KB125562

끌리는 이야기는 어떻게 쓰는가

끌리는 이야기는 어떻게 쓰는가

**사람의 뇌가 반응하는
12가지 스토리 법칙**

Wired for Story

리사 크론 지음 ㅣ 문지혁 옮김

웅진 지식하우스

불타는 창작열과
죽이는 아이디어가 있는데
왜 독자는 외면할까?

옛날 옛적에는 정말로 똑똑한 사람들조차도 지구가 평평하다고 생각했다. 그리고 그들은 얼마 지나지 않아 그렇지 않다는 걸 깨달았다. 하지만 여전히 태양이 지구를 도는 것만큼은 확실하다고 믿었다. 그 이론이 무너지기 전까지는.

어쩌면 그보다 더 긴 시간 동안 똑똑한 사람들은 이야기를 그저 오락의 한 종류로만 생각했다. 이야기가 주는 커다란 즐거움(좋은 이야기가 남기는 순간적 기쁨과 깊은 만족감 같은 것)을 제외하면 이야기 자체에는 어떠한 목적도 없다고 생각했다. 물론 이야기가 없었다면 우리의 삶은 훨씬 더 지루했겠지만, 어쨌든 그럭저럭 살아남는 데 큰 지장은 없었을 거라고.

또, 틀렸다.

결론부터 말하면, 이야기는 우리의 진화에 결정적인 역할을 했다. 나머지 네 손가락들과 마주 볼 수 있는 인간의 엄지손가락보다 더. 나머지 손가락들과 마주 볼 수 있는 엄지손가락은 어딘가에 매달리는 것을 가능케 한다. 이야기는 우리가 무엇에 매달려야 할지를 알려준다. 이야기는 우리로 하여금 앞으로 무슨 일이 일어날지 상상하게 함으로써 미래를 준비할 수 있게 해준다. 엄지손가락은 물론 다른 어떤 동물도 할 수 없는 재주다.[1] 비유가 아니라 문자 그대로, 이야기는 우리를 인간이게 한다. 최근 신경과학계는 사람의 두뇌가 이야기에 강하게 반응하도록 설계되어 있다는 것을 밝혀냈다. 훌륭한 이야기를 듣고 즐거움을 느끼는 것은 인간을 유혹하여 그 이야기에 주의를 기울이게끔 하는 자연의 방식이다.[2]

다시 말해 우리는 세상의 이치를 가르쳐주는 이야기에 반응하도록 '설계되어 있다'. 중고등학교 시절을 한번 생각해보자. 세계사 선생이 아무리 열변을 토해도, 수업을 들으며 게슴츠레해지는 당신의 눈을 대체 누가 비난할 수 있겠는가? 그건 단지 당신도 인간이라는 사실을 증명해줄 뿐이다.

따라서 대부분의 사람들이 논픽션보다 픽션을 선호하는 것은 놀랍지 않다. 역사서보다는 역사 소설을 읽는 게 낫고, 건조한 다큐멘터리보다는 극영화를 보는 게 더 좋을 테니까.[3] 그건 우리 모두가 게으른 바보라서가 아니라 우리의 신경 회로가 이야기를 갈구하도록 설계되었기 때문이다. 좋은 이야기가 유발하는 기분 좋은 중독은 우리를 옷장 속 쾌락주의자로 만들지 않는다. 다만 각각의 이야기가 주는 무수한 가르침들을 기꺼이 배울 준

비가 된 학생으로 만들어줄 뿐이다.[4]

작가들에게 이 정보는 매우 결정적이다. 이제까지의 연구는 독자의 뇌 속에 강력하게 설계된 이야기의 청사진을 해독함으로써, 우리의 두뇌가 구체적으로 이야기 속 어떤 부분에 반응하는지에 대한 비밀을 밝혀내려 노력해왔다. 더욱 흥미로운 사실은, 강력한 이야기는 독자의 뇌를 재설계할 수 있는 힘(예를 들면 공감을 느끼게 하는 힘)을 지녔다는 점이 드러났다는 것이다.[5] 이것은 왜 작가들이 세계에서 가장 영향력 있는 사람들 가운데 하나이며, 왜 언제나 그럴 수밖에 없는지에 관해 설명해준다.

작가들은 단지 등장인물의 눈을 통해 삶의 단면을 넌지시 보여주는 것만으로 독자들의 사고방식을 바꿀 수 있다. 작가는 독자를 한 번도 가보지 않은 곳으로 보내기도 하고 꿈꿔왔던 상황 속으로 밀어 넣기도 하며, 그들의 현실 인식을 송두리째 바꿔놓을 수 있는 미묘한 보편적 진리를 드러내 보이기도 한다. 아주 다양한 방법으로 작가들은 독자들이 밤을 지새울 수 있게 돕는다. 그리고 그건 결코 하찮은 일이 아니다.

하지만 조건이 있다. 독자를 사로잡는 이야기는, 독자의 강력한 기대를 계속 충족시킬 수 있어야 한다. 일찍이 호르헤 루이스 보르헤스가 "예술이란 불과 수학의 결합이다"[6]라고 말한 데는 다 그만한 이유가 있다.

글쓰기에서 불은 절대적으로 중요하다. 이것은 모든 이야기의 첫 번째 재료다. 열정은 우리로 하여금 쓰게 하고, 뭔가를 말하고 싶은 짜릿한 기분을 느끼게 하며, 그럼으로써 최종적으로는 변화를 이끌어낸다.

그러나 독자의 관심을 즉각 이끌어낼 수 있는 이야기를 쓰려면 열정만으로는 충분치 않다. 작가들은 종종 성공적인 이야기를 만들기 위해 필요한 것은 오직 열정뿐이라고 잘못 생각하는 경우가 있다. 이를테면 불타는 창작열, 창조적 영감, 한밤중에 자신을 깨워 잠 못 이루게 하는 '죽이는' 아이디어 같은 것들 말이다. 그래서 그들은 곧바로 이야기 속으로 뛰어드는 우를 범하곤 한다. 자신들이 써내려가는 모든 말들은 실패할 운명을 지녔다는 것을 깨닫지 못한 채로. 왜 그럴까? 글쓰기를 이루는 나머지 반쪽에 대해 제대로 고려하지 않았기 때문이다. 바로 수학이다.

이러한 측면에서, 보르헤스는 오늘날의 인지심리학과 신경과학이 밝혀낸 사실들을 직관적으로 알고 있었다. 이제까지 얘기한 불, 바로 그 열정을 독자의 머릿속에 점화시키기 위해서는 이야기 속에 보이지 않는 어떤 틀이 필요하다는 사실 말이다. 그게 없으면 이야기는 실패한다. 그 틀을 지닌 이야기만이 독자를 깜짝 놀라게 할 수 있다.

그렇다면 작가들은 이야기를 창조하기 위해서는 좋은 아이디어와 언어를 다루는 기술 이상의 것이 필요하다는 개념을 왜 쉽게 받아들이지 못하는 것일까? 그것은 '읽을' 때 쉽게 빠져들도록 해주는 이야기의 어떤 특성이, 오히려 '쓸' 때는 이야기에 대한 이해를 흐리게 만들어버리기 때문이다. 우리는 무엇이 좋은 이야기를 만드는지 이미 알고 태어났다. 별로인 이야기는 금세 알아볼 수 있기 때문이다. 그럴 때 우리는 비웃으며 책을 덮고는 책장 속에 책을 밀어 넣는다. 눈을 돌려 극장을 빠져나온다. 깊은 숨을 들이쉬고 삼촌이 옛 전쟁에 대해 제발 좀 그만 떠들어 주기를 간절히 기도한다. 형편없는 이야기라면, 우리는 단 3초도 견디고 싶어 하지 않는다.

반면에 좋은 이야기라면, 금세 알아차린다. 그건 세 살 때부터 가능했던 일이다. 그 이후로 우리는 쭉 여러 종류의 이야기들에 중독되어왔다. 그러니 만약 우리의 뇌가 첫 문장만 봐도 이게 좋은 이야기인지 나쁜 이야기인지 분간할 수 있도록 설계되었다면, 대체 좋은 이야기를 쓰는 방법을 모를 수 있다는 게 말이나 되는가?

다시 한 번, 인류 진화의 역사가 답을 제공한다. 이야기란 본래 인간의 삶에 도움이 되는 구체적인 정보를 여럿이 공유하기 위한 수단으로 생겨났다. 이봐, 친구, 저기 저 반짝이는 빨간 열매는 먹지 말라고. 옆집 네안데르탈인처럼 뒈지기 싫다면 말야. 글쎄 오늘 무슨 일이 있었냐면……. 이야기는 단순하고, 서로 관련이 있으며, 우리가 오늘날 '가십'이라 부르는 것과 크게 다르지 않았다. 한참 후 문자 언어가 등장했을 때, 이야기는 비로소 지역 뉴스와 공동체의 즉각적인 관심사 너머로 확장되기 시작했다. 그리고 이것은 독자들(어김없이 늘 커다란 기대를 갖고 있는)이 이야기 자체의 매력에 빠져들어야 함을 의미했다. 어느 시대든 훌륭한 이야기꾼이 존재했음은 의심의 여지가 없지만, 괴팍한 사촌에 대한 뒷담화를 나누는 것과 위대한 소설을 집필하는 것에는 엄청난 차이가 있으니 말이다.

좋다. 하지만 야심찬 작가들 대부분은 독서를 즐기므로, 그들이 샅샅이 먹어 치운 멋진 책들이 그들에게 독자를 사로잡는 어떤 방법, 최고의 묘수 같은 것을 가르쳐주진 않았을까?

아니다.

좋은 이야기를 만들기 위한 첫 번째 작업은, 지금 눈앞에 어떻게 이리도 강력한 환상을 만들어내고 있는지 묻는 우리 뇌의 영역을 완전히 마비시키는 것이다. 좋은 이야기는 환상처럼 느껴지지 않는다. 말 그대로 진짜처럼, 삶처럼 느껴진다. 최근 학술지에 보고된 뇌 영상 연구는 우리가 실생활에서 보고, 듣고, 맛보고, 움직이는 부분을 관장하는 뇌의 영역이 인간이 강력한 이야기에 몰입할 때 활성화된다는 사실을 밝혀냈다.[7] 이것은 내일 아침 일찍 일어나야 하는데도 밤새 읽기를 멈출 수 없을 때 우리가 느끼는 생생한 이미지와 본능적 반응을 설명해준다. 이야기가 우리를 매혹할 때 우리는 그 안으로 들어가 주인공이 느끼는 것을 같이 느끼고, 그 일을 실제로 일어나고 있는 일처럼 경험한다. 그리고 맨 마지막에 가서야 이야기 자체의 짜임새에 주목한다.

따라서 모든 매혹적인 이야기를 읽을 때 그 이야기 이면에 복잡한 그물처럼 연결되어 서로를 지탱하고 있는 요소들이 존재

끌리는 이야기는 어떻게 쓰는가

한다는 사실을 완전히 잊어버리곤 한다는 것은 그리 놀랍지 않다. 겉으로 보기엔 쉬울 것 같지만 결코 그렇지 않다. 이는 종종 이야기 속에서 우리를 사로잡은 것이 무엇인지 스스로 정확히 알고 있다는 착각을 하게 만든다. 이를테면 아름다운 비유, 실감나는 대화, 흥미로운 인물 같은 것들 말이다. 하지만 이런 것들이 우리를 사로잡는 것처럼 보인다 해도 사실 이 모든 것은 부차적이다. 우리를 진짜 붙잡는 것은 다른 것, 즉 이들 아래 숨어 있는 것, 삶으로 비밀스럽게 데려오는 어떤 것이다. 우리의 뇌가 알고 있는 대로, 그것은 바로 이야기다.

이야기를 읽을 때 우리가 무의식적으로 무엇에 반응하는지를 분석하기 위해서는, 일단 멈춰야 한다. 무엇이 실제로 우리 뇌의 관심을 잡아끌고 있는가? 그걸 알아야 우리도 독자의 뇌를 사로잡는 이야기를 쓸 수 있기 때문이다. 당신이 순수문학 소설을 쓰건, 하드보일드 미스터리를 쓰건, 하이틴 판타지 로맨스를 쓰건 상관없다. 이것은 모든 장르의 글에 해당한다. 독자 개개인의 취향은 모두 다르겠지만, 어떤 종류든 이야기가 그들의 기대에 부응하지 못하면 어쨌거나 책은 책장을 벗어나지 못할 것이다.

이런 일이 당신의 이야기에 일어나지 않도록 하기 위해, 이 책은 우리의 두뇌가 어떻게 작동하며 이야기와는 어떻게 상응하는지, 실제로 글을 쓸 때 어떤 기술이 필요한지에 대해 열두 개의 장에 걸쳐 구체적으로 알려줄 것이다. 매 장 마지막에는 실제 작업에 적용해볼 수 있는 체크포인트를 첨부했다. 글을 쓰기 전에, 매일 글을 쓰고 난 후에, 각 장면이나 장을 마쳤을 때, 식은 땀을 흘리며 새벽에 깨어났을 때, 세상에서 가장 후진 글을 썼다는 확신이 들 때 언제든 적용해볼 것을 권한다. 그러면 당신의 작업은 순조롭게 진행될 것이고, 당신 자신도 예상치 못한 사람들까지 당신의 독자로 만들 가능성이 한층 높아질 것이다. 보장한다.

단 한 가지 주의할 점은, 당신 스스로 자신의 이야기에 대해 솔직해야 한다는 것이다. 서점에서 집어든 책을 읽을 때나 리모컨 위에 손가락을 올려놓은 채 영화를 보고 있을 때와 마찬가지로. 중요한 것은 각각의 문제가 자리하고 있는 지점을 정확히 짚어내고, 그 문제가 잡초처럼 번져나가기 전에 고치는 것이다. 이 작업은 생각보다 훨씬 더 재미있다. 당신의 이야기가 독자들을 완전히 홀릴 정도로 발전해나가는 것을 보는 일보다 더 짜릿한 것은 없을 테니까.

차례

1장 독자를 사로잡는 법

독자는 첫 문장에서부터
무슨 일이 벌어질지를
알기 원한다

뇌의
비밀

인간은 미래를 그려볼 수 있는
이야기의 형태로 사고한다.

이야기의
비밀

바로 첫 문장부터 독자는
다음에 무슨 일이 일어나는지를
알고 싶어 한다.

**"대부분의 사람들은 이야기가 무엇인지
잘 안다고 생각한다.
앉아서 직접 써보기 전까지는."**

— 플래너리 오코너

　　이 문장을 읽는 몇 초 동안, 당신의 감각은 11,000,000개가 넘는 정보를 받아들인다. 인간의 의식은 그중 40개 정도를 기록할 수 있다. 실제로 집중할 수 있는 정보의 양은 어떨까? 한 번에 처리할 수 있는 정보로 본다면 컨디션이 좋은 날엔 일곱 개, 나쁜 날엔 다섯 개다.[1] 몹시 아픈 날엔 거기서 세 개 정도를 더 빼야 할 것이다.

　하지만 당신은 이 복잡다단한 세상 속에서 그럭저럭 잘 살고 있을 뿐 아니라, 당신이 창조한 세계 속을 헤매고 다니는 누군가에 대한 이야기까지 쓰려고 한다. 그러니 나머지 10,999,960개의 정보는 기껏해야 얼마나 더 중요할 수 있겠는가?

　그런데 놀랍게도 이 나머지 정보들이 실제로 굉장히 중요하다는 것이 밝혀졌다. 비록 나머지 정보들을 의식 속에 모두 기록하지는 못하지만, 뇌는 각종 정보들을 관찰하고 분석하고 결정하느라 분주하다. 여기에는 그 정보가 우리와 큰 관련이 없는 정보인지(예를 들면 하늘이 여전히 푸르다는 것) 혹은 주의를 기울일 필요가 있는 정보인지(얼마 전 옆집에 이사 온 건장한 사내 생각에 빠져 길을 건너는 동안 듣게 되는 요란한 경적 소리 같은 것) 판단하고 결정하는 과정이 포함된다.

그렇다면 뇌는 무엇을 기준으로 우리를 평화로운 백일몽에 빠져 있게 내버려두거나 반대로 즉시 주위를 기울이게 하는 것일까? 간단하다. 모든 살아 있는 유기체가 그렇듯, 인간의 두뇌 역시 단 하나의 중요한 목적을 갖고 있다. 바로 생존이다. 신경과학자들이 '적응 무의식', 혹은 '인지적 무의식'이라 부르는 뇌의 잠재의식은 아주 세밀하게 조율된 악기와 같아서, 무엇이 중요한지 중요하지 않은지, 그 이유는 무엇인지, 그리고 지금 당장 어떻게 해야 하는지에 대해 곧바로 알아차린다.[2] 다시 말해 우리 뇌는 이런 생각을 할 시간이 없다는 사실을 알고 있다. '젠장, 이 시끄러운 소린 뭐지? 아, 경적 소리군. 저기 내 쪽으로 달려오는 대형 SUV에서 나는 소리가 틀림없어. 운전하는 놈은 아마 문자 보내느라 나를 못 본 걸 거야. 어쩌면 나는 피해야 할지도.'

쾅.

이렇게 차에 치여 죽는 운명이 되지 않도록, 우리의 뇌는 느려 터진 의식보다 훨씬 더 빨리 정보를 선별하고 해석하는 방법을 고안해냈다. 대부분의 동물들은 신경과학자들이 '좀비 시스템'이라고 부르는 수준의 본능적 반사를 하는 데서 진화가 멈췄지만, 인간은 거기서 한 걸음 더 나아갔다.[3] 우리의 뇌는 의식적으로 정보를 찾아내는 법을 발전시켜, 충분한 시간만 주어진다면 다음에 해야 할 일을 스스로 결정할 수 있게 진화했다.

그것이 이야기다.

신경과학자 안토니오 다마지오는 이렇게 말한다. "우리는 이 모든 지혜를 어떻게 이해시키고, 전달하며, 설득하고, 강요할 수 있는가에 관한 문제에 직면했고, 해법을 찾아냈다. 스토리텔링이 답이다. 이야기야말로 뇌가 은연중에 자연스럽게 하는 일이기 때문이다. 따라서 이야기가 인간의 모든 사회와 문화를 퍼뜨린 도구라는 사실은 전혀 놀라운 일이 아니다."[4]

우리는 '이야기'로 사고한다. 뇌가 그렇게 설계되어 있다. 이야기는 인간을 둘러싼 이 어마어마한 세계에 전략적으로 대처하기 위해 우리가 만들어낸 방식이다. 간단히 말해 뇌는 유입되는 모든 정보로부터 끊임없이 의미를 찾고, 생존을 위해 중요한 정보들을 뽑아낸다. 그리고 과거에 겪었던 경험, 지금 느껴지는 감정, 우리에게 미칠 영향을 토대로 해서 그 정보에 대한 이야기를 들려준다. 뇌는 단순히 모든 것을 선착순으로 기록하는 것이 아니라, 스스로를 '주인공'으로 캐스팅한 다음 자신의 경험을 마치 한 편의 영화처럼 편집하여 재구성한다. 기억과 생각과 사건 사이에 논리적 상관관계를 만들고 지도를 그려, 미래에 언제든 다시 참고할 수 있도록 남겨두는 것이다.[5]

이야기는 경험의 언어다. 내 경험이든, 타인의 것이든, 허구의 주인공들 것이든 다른 사람들의 이야기는 우리 자신의 이야기 만큼이나 중요하다. 스스로의 경험에만 의존해야 했다면 아마 우린 아직 아기 옷을 벗지 못했을 것이다.

이제 정말 중요한 질문을 던질 차례다. 이 모든 것이 우리 '작가들'에게 의미하는 바는 무엇인가? 이것은 이야기 속에서 뇌(다시 말해 독자)가 진짜로 기대하는 것을 간파할 수 있다는 것을 의미한다. 먼저 이 책에 담긴 인지과학적 비밀들 속에 숨어 있는 두 가지 핵심 개념부터 살펴보자.

1. 신경과학자들은 이미 과부하 상태인 뇌가 그토록 소중한 시간과 공간을 할애하여 우리를 이야기에 빠지도록 만드는 이유가, 이야기가 없다면 우리도 끝장나기 때문이라고 생각한다.

이야기는 아주 강렬한 경험을 실제로 겪지 않고 간접적으로 체험할 수 있게 해준다. 과거 석기시대에 이것은 생과 사를 가르는 문제였다. 덤불 속에서 나는 부스럭거리는 소리가 점심거리를 찾아 헤매는 굶주린 사자가 내는 소리라는 사실을 경험으로 배워야 했다면, 우리는 이미 사자의 식사가 되어 인생을 마쳤을 것이다. 현대에 들어 이것은 더욱더 중요한 문제, 바로 사회적 영역의 문제가 되었다. 이야기는 우리 자신과 타인의 마음을 탐구하거나, 미래를 대비하는 최종 리허설 같은 수단으로 진화했다.[6] 그 결과 이제 이야기는 생사를 가르는 문제뿐 아니라 사회적으로 잘 사는 데도 도움을 준다. 하버드대의 저명한 인지과학자 스티븐 핑커는 이야기에 대한 우리의 필요를 이렇게 설명한다.

"허구적 서사는 언젠가 우리가 맞닥뜨릴 수도 있는 운명적 난관들에 대한 일종의 정신적 카탈로그를 제공해주며, 그 상황에서 우리가 선택할 수 있는 결정의 결과도 알려준다. 삼촌이 내 아버지를 죽이고 그의 자리를 빼앗아 어머니와 결혼했다고 의심되는 상황에서 나는 어떤 선택을 해야 할까? 불운한 형이 도무지 가족들의 존중을 받지 못하는 상황이라면 형은 나를 배신할 수도 있을까? 아내와 딸이 집을 비운 주말에 고객이 나를 유혹한다면 어떤 일이 벌어질까? 시골 의사의 아내라는 지루한 일상에 자극을 주기 위해 누군가와 바람을 피운다면? 내 땅을 노리는 침입자들에 맞서 자살도 하지 않고 겁쟁이처럼 보이지도 않으면서 땅을 내주는 방법은 무엇일까? 이 질문들에 대한 답은 아무 서점이나 DVD 대여점에 가면 찾을 수 있다. '삶은 예술을 모방한다'라는 진부한 표현은 진실이다. 그렇게 하도록 하는 것이 예술의 기능 중 하나이기 때문이다."[7]

2. 우리는 이야기를 간절히 원할 뿐 아니라, 모든 이야기에서 구체적으로 뭔가를 기대한다.

여기서 문제는 평균적인 독자가 그 기대가 무엇인지에 대해 설명할 수 없다는 것이다. 아무리 물어봐도, 기껏해야 독자는 그것이 도무지 수치화해서 말할 수 없는 어떤 것, 형언할 수 없는 것, 그러니까 이야기의 마술적 힘이라고 겨우 답할 것이다. 누가 그것을 비난할 수 있겠는가? 하지만 실제 답은 그런 직관에 반한다. 우리의 기대는 자신을 이 지구에서 무사히 살아가도록 해주는 이야기의 능력과 깊은 관련이 있다. 그러기 위해 그 기대를 잠재의식 속에 자리하고 있는 정교한 이야기의 틀, 즉 분명한 목적을 가진 누군가를 점점 어려워지는 상황 속으로 밀어 넣고 그 안에서 헤매도록 하는 틀로 걸러낸다. 이야기가 우리 뇌의 기준을 충족시킬 때, 비로소 우리는 편안한 마음으로 주인공에게 몰입할 수 있다. 안락한 거실 소파에 앉아 앞으로 그에게 어떤 어려움이 펼쳐질지 기대하며 말이다.

작가들에겐 이 모든 사실이 엄청나게 중요하다. 이것을 알면 이야기가 무엇이며, 어떤 것은 왜 이야기가 될 수 없는지에 대해 깔끔한 정의를 내릴 수 있기 때문이다. 1장에서 우리가 다루고자 하는 주제는 크게 세 가지다. 첫째, 이야기를 구성하는 네 가지 요소는 무엇인가. 둘째, 독자가 책을 읽을 때 첫 페이지부터 기대하는 것은 무엇인가. 셋째, 제아무리 아름다운 문장이라 해도 왜 그것만으론 모형 과일바구니만큼의 매력밖에 지니지 못하는가.

그래서, 이야기가 대체 뭔데?

많은 사람들의 생각과는 다르게, 이야기는 그저 '일어난 일'이 아니다. 만약 그게 사실이라면 지금 당장 거실 소파에 파묻혀 텔레비전을 보던 이들을 앞마당에 옮겨놓은 다음 케이블 채널 대신 세상 돌아가는 것만 보고 있게 해도 그들은 1년 365일 내내 충분히 즐거워해야 한다. 뭐, 한 10분 정도는 진짜 재미있어할지도 모른다. 그러나 그다음에는 너무도 지루한 나머지 마당에 벽만 있다면 거기라도 기어 올라가고 싶어 할 것이다.

이야기는 단순히 '누군가에게' 일어난 일도 아니다. 만약 그렇다면 장 보러 가는 매일의 일상을 아주 진지하게 기록한 누군가의 일기를 보면서도 우리는 커다란 감동을 느껴야 한다. 그러나 실제론 그렇지 않다.

이야기는 누군가에게 일어난 '드라마틱한' 사건 역시 아니다. 먼지 가득한 고대 원형 경기장에서 검투사 A가 검투사 B를 쫓아다니며 목을 베는 피 튀기는 이야기가 200여 페이지 동안 이어진다면, 그게 재미있을까? 당연히 아니다.

그러면 대체 이야기는 무엇일까? 이야기란, 달성하기 어려운 어떤 '목표'를 위해 노력하는 '누군가'에게 '일어나는 일'들이, 그에게 어떤 영향을 주며, 나중에 그를 '어떤 모습으로 변화시키는가'를 보여주는 일이다. 이를 문학용어로 바꾸면 이렇다.

'일어나는 일'은 플롯이다.
'누군가'는 주인공이다.
'목표'는 독자가 품게 되는 가장 중요한 질문이며,
'어떤 모습으로 변화시키는가'가 실제 이야기가 말하고자 하는 바다.

이상하게 들릴지 모르지만, 이야기란 플롯이나 줄거리가 아니다. 이야기는 우리를 둘러싼 세계가 아닌, 우리 자신의 변화에 관한 무엇이다. 이야기가 우리가 플롯을 따라 나아가게끔 허락해야만 우리는 그것을 경험할 수 있다. 따라서 이야기는 결코 외부로의 여행이 아니다. 이야기는 내면으로의 여행이다.

이야기의 모든 요소들은 이 단순한 전제에 기초하여, 모두 한목소리로 독자에게 더 선명하고 명확하며 훨씬 재미있는 현실을 창조해내기 위해 기능한다. 왜냐하면 이야기는 인지적 무의식이 하는 일을 똑같이 하기 때문이다. 눈앞에 벌어지는 상황으로부터 주의를 빼앗는 모든 것을 걸러내는 일. 실제로 이야기는 그 일을 더 잘 해내는데, 이유는 실생활에서는 우리를 성가시게 방해하는 모든 요소를 완전히 제거하는 것이 사실상 불가능하기 때문이다. 새는 수도꼭지, 우왕좌왕하는 상사, 신경질적인 배우자 같은 것들을 현실에서 어떻게 걸러낼 수 있겠는가? 하지만 이야기는 그렇게 할 수 있다. 오직 하나의 사건에만 집중해서 말이다. 당신의 주인공이, 당신이 교묘히 만들어놓은 어떤 문제를 해결하기 위해 직면해야 하는 것은 무엇인가? 그 문제가 독자가 책을 읽기 시작한 순간부터 알아내고자 하는 것이 될 것이다. 그리고 바로 그 문제가, 첫 문장에서부터 일어나는 모든 일을 결정한다.

상황 속으로 독자를 끌어들이는 방법

현실을 직시하자. 우리는 모두 바쁘다. 게다가 우리 대부분은 실제로 하고 있는 일이 아니라 지금 당장 꼭 해야만 하는 일을 계속 상기시키는 뇌 속의 조그마한 목소리에게 괴롭힘을 당하고 있다. 특히 무언가 비생산적으로 보이는 일을 할 때 그렇다. 예를 들면 소설 같은 것을 읽을 때 말이다. 다시 말해 이야기가 주위 환경의 끊임없는 요구로부터 우리를 지켜내려면, 이야기는 우리의 주의를 재빠르게 낚아채야 한다는 것이다.[8] 신경과학자 조나 레러의 말을 빌리면 놀라움보다 우리 마음을 더 잡아끄는 것은 없다.[9] 그러니까 우리가 책을 집어 들었을 때 가장 원하는 것은 뭔가 범상치 않은 일이 일어날 듯한 느낌이다. 누군가의 삶에 아주 중요한 순간이, 너무 가깝지는 않은 어느 시점에 찾아올 것 같은 기분을 바라는 것이다. 우리를 흥분시키는 것은 문제가 진행 중일 뿐 아니라, 아주 오래되었으며 곧 임계점에 도달하리라는 암시다. 말하자면 이야기를 통해 땅에 떨어진 빵 부스러기를 쫓아 숲 속 깊숙한 곳으로 점점 더 들어가게 되는 셈이다. "모든 소설은 한 문장으로 요약될 수 있다"라는 말을 들어본 적이 있을 것이다. 한 문장 속에서 독자들이 기대하는 바는 바로 '변화', 뭔가 달라질 것이라는 느낌이다. 물론 그 변화가 꼭 좋은 쪽일 필요는 없다.

간단히 말해 독자는 이야기에 신경을 써야 할 이유를 찾는 것이다. 이야기가 우리를 사로잡으려면 단지 무언가가 일어날 뿐 아니라, 예상할 수 있는 결과가 있어야 한다. 신경과학이 밝힌 것처럼 우리가 이야기 속으로 끌려들어가 거기 머무는 것은 흥미로운 정보를 전달하는 도파민 뉴런의 분비 때문이다.[10] 따라서 실제로 어떤 사건이 전개되든, 주인공이 내면적으로 진퇴양난에 빠져 있든, 아니면 단지 무언가가 시작되었다는 느낌만 살짝 있든 '공'은 있어야 한다. 우리가 그 공의 정체에 대해 전부 알아야 할 필요는 없다. 공이 있기만 하면 된다. 심지어 첫 번째 공이 가장 중요한 공일 필요도 없다. 시작만 하는 공이어도 된다. 그러나 적어도 첫 페이지에서만큼은, 그 공이 전부여야 하고 우리의 모든 주의를 끌 수 있어야 한다.

캐럴라인 레빗의 소설《위기의 소녀들 Girls In Trouble》첫 단락을 보자.

세라의 진통이 이제 10분 간격으로 오기 시작한다. 진통이 올 때마다 그녀는 차에 몸을 기대며 괴로워한다. 차창 밖의 풍경은 휙휙 지나간다. 그녀의 아버지 잭이 과속을 하고 있기 때문이다. 전에는 한 번도 보지 못한 일이다. 세라는 손잡이를 움켜쥔다. 손가락 마디가 하얗다. 그녀는 등을 뒤로 기대고 바닥에 발을 쭉 뻗는다. 마치 언제라도 차를 벗어나 훨훨 날아갈 것처럼. 그만. 그녀는 말하고 싶다. '좀 천천히. 그만.' 그러나 그녀는 말을 할 수가 없다. 입을 떼어 소리를 낼 수가 없다. 두려움 속에서 다음 진통을 기다리는 것 말고는 어떤 일도 할 수 없다. 잭은 차가 많지 않은데도 경적을 울리며 전속력으로 달린다. 백미러를 통해 그의 얼굴이 보이지만, 그는 세라를 보고 있지 않다. 대신 세라 옆에 앉아 있는 아내 애비를 바라본다. 무슨 생각을 하고 있는지 그의 얼굴을 도무지 읽을 수가 없다.[11]

문제가 진행 중인가? 그렇다. 오래된 문제인가? 적어도 아홉 달, 어쩌면 그 전부터. 중요한 순간임이 느껴지는가? 하나하나 새로운 사실들이 밝혀질 때마다, 이 이야기는 당신을 앞으로 이끈다. 당신은 앞으로 일어날 일뿐만 아니라 대체 무엇이 지금의 상황을 일어나게 했는지 궁금하다.

우리는 알고 싶다. 아이의 아버지는 누구인가? 합의된 관계인가? 강간 당한 것은 아닌가? 우리 안의 호기심이 작동되면, 그때부턴 의식적으로 읽어야겠다는 생각 없이도 이야기를 계속 읽어 나가게 된다.

그게 무슨 의미지?

독자는 중요한 정보를 하나하나 탐사하며 늘 궁금해한다. "이게 나에게 무슨 의미가 있을까?" 혹자는 이렇게 말한다. 인간은 음식 없이 40일을 살 수 있고, 물 없이 3일을 살 수 있지만, 의미 없이는 35초도 살 수 없다고. 그렇다. 35초란 우리 뇌가 각종 정보를 분석하는 속도에 비하면 영원과도 같은 시간이다. 이것은 생물학적 충동이다. 우리는 언제나 의미를 갈구하는 존재다. "실재란 무엇인가?" 같은 형이상학적인 질문만 여기 속하는 것은 아니다. 아주 구체적이고 현실적인 질문들을 통해서도 우리는 의미를 찾는다. '오늘은 조가 모닝커피를 안 마시고 나갔네. 왜지?' '베티는 한 번도 지각한 적이 없는데, 오늘은 왜 30분이나 늦었을까?' '아침마다 머리를 내밀고 짖어대는 옆집 개 때문에 짜증이 났었는데, 오늘은 웬일로 조용하지?'

인간은 항상 표면적으로 일어나고 있는 일 이면에 존재하는 '이유'를 찾는다. 거기에 우리의 생존이 걸려 있기 때문만은 아니다. 그것이 우리에게 쾌감을 주기 때문이다. 이유를 찾는 일은 어떤 감정을 느끼게 한다. 바로 호기심이라는 감정이다. 뇌가 호기심을 자극하는 건 본능이다. 그리고 그 본능은 우리를 더 큰 가능성으로 이끈다.

그리고 알고 싶어 하는 정보를 예상하는 것에서 그치지 않고 도파민 분비로 인한 쾌감까지 맛보게 한다. 독자로서 책을 읽다 보면 자연스레 호기심이 생겨나고, 다음에 어떤 일이 일어날지 궁금해지는 순간이 있다. 그러면 도파민이 분비되면서 어떤 감정을 갖게 된다. 바로 한시도 더 참을 수 없게 만드는 '급박함(urgency)'이다.

통역이 필요할 때

그러면 다음에 무슨 일이 일어날지 도통 예상할 수 없을 때는 어떤 일이 생길까? 대개 아마 다른 읽을거리를 찾게 될 것이다. 나는 몇 번 다른 사람의 원고를 읽다가 두 손 두 발 다 든 적이 있다. 누군가 통역을 좀 해줬으면 했다. 작가의 불타는 의도는 잘 느낄 수 있었다. 뭔가 아주 중요한 것을 말하려고 한다는 것도 잘 알 것 같았다. 문제는, 무슨 얘기를 하려는지 모르겠다는 것이었다.

누군가 이렇게 이야기를 시작한다고 해보자.

내가 프레드에 대해서 얘기한 적 있수? 분명 어젯밤에 오기로 했었는데 말이지. 근데 프레드는 안 오고 비가 왔다오. 바보같이 창문 닫는 걸 깜빡해서 새로 산 소파가 다 젖었지 뭐야. 꽤 비싸게 주고 산 건데. 우리 할머니 다락방에 있는 옛날 옷처럼 뿌옇게 뭐가 일어날까 봐 걱정이야. 우리 할머니는 좀 우중충한 분이긴 하지만 내가 뭐라고 할 수는 없어. 백 살이 넘으셨거든. 나도 할머니 유전자를 좀 물려받았으면 좋겠단 생각을 해요. 평생 아파본 적이 없는 분이거든. 얼마 전부터 난 비만 오면 무릎이 아프다니까. 어젯밤 프레드를 기다리면서도 이 무릎이 아파가지고…….

아마 지금쯤 당신은 다리를 꼬았다 풀었다 하면서 이런 생각을 하고 있을 것이다. '그래서 대체 무슨 얘기를 하려는 건데요? 또 그게 나랑 무슨 상관인데요?' 물론 아직까지 듣고 있다면 말이다. 이야기의 첫 페이지도 이와 똑같다. 무슨 일이 일어나는지, 또 그것이 주인공에게 왜 중요한지가 와닿지 않으면 우리는 더 이상 읽지 않을 것이다. 서점에 가서 책을 하나 집어 들었다고 해보자. 첫 몇 장을 읽다가 이렇게 생각해본 적이 있는가? '이건 좀 지루하다. 관심도 별로 안 가고. 그렇지만 작가가 이걸 쓰려고 얼마나 고생을 했겠어? 앞부분은 좀 아니지만 어쩌면 뒤에 중요한 메시지 같은 게 숨어 있을 수도 있잖아. 그러니 난 이 책을 살 거야. 친구들한테도 꼭 추천해야지.'

말도 안 된다. 독자는 책을 고를 때 철저히 잔인하고 무정하다. 작가의 수고나 훌륭한 의도 따위는 하나도 중요하지 않다. 독자는 작가에게 무엇도 빚지고 있지 않다. 집어 든 책이 별로라면, 그냥 다시 서가에 집어넣고 다른 책을 꺼내면 된다.

첫 페이지에서 독자가 찾는 것은 무엇인가? 의식적으로 문장을 하나씩 분석하며 읽는가? 이 책을 계속 볼지 아니면 다른 책을 꺼낼지를 결정하는, 세밀하게 계산된 어떤 지점에 대해 정확히 알고 있는가? 그렇지 않다. 최소한 의식적으로는 아니다. 눈을 깜빡일 때 어떤 근육을 사용하는지 알 필요가 없는 것과 마찬가지로, 책을 고르는 일 역시 인지적 무의식에 의해 결정되는 완벽한 반사 작용이다. 일종의 근육이라는 이야기다. 하나 다른 점이 있다면 여기서의 근육이 뇌를 의미한다는 것뿐.

좋다. 펼쳐 든 책의 첫 문장이 당신을 사로잡았다고 하자. 그 다음에는?

무엇에 대한 이야기인가?

이제 뇌 속을 맴도는 질문은 이것이다. '무엇에 대한 이야기 인가?'

이것은 아주 커다란 질문처럼 보인다. 다음 장에서 우리는 보다 심도 있게 이 질문을 다룰 것이다. 어쨌든, 첫 페이지에서부터 무엇에 대한 이야기인지 알 수 있을까? 그런 경우는 흔치 않다. 이렇게 생각해보면 간단하다. 누군가를 처음 만나 그 사람의 모든 것을 한숨에 알 수 있겠는가? 그렇지 않다. 이야기도 마찬가지이다. 첫 페이지에서 독자들이 알아내고자 하는 세 가지는 다음과 같다.

1. 누구의 이야기인가?
2. 무슨 일이 일어나고 있는가?
3. 무엇이 위태로운가?

각각의 질문에 답하기 위해, 이제 이 세 가지 요소와 그 상호작용에 대해 살펴보자.

누구의 이야기인가?

이야기에 주요인물, 즉 주인공이 필요하다는 사실은 누구나 안다. 심지어 옴니버스 식으로 구성된 작품에서도 하나의 중심 인물이 있는 경우가 많다. 그럼 더 이상 이야기할 필요가 없을까? 그렇지 않다. 작가들이 종종 놓치고 있는 사실이 하나 있다. 이야기 속에서 독자가 느끼는 감정은 주인공이 느끼는 감정에 의해 좌우된다는 것 말이다. 이야기란 내면적이기 때문이다. 독자는 주인공의 피부 속을 맴돌다가, 결국엔 그가 느끼는 감정을 똑같이 느끼게 된다. 그렇지 않다면 독자는 이야기로 들어갈 구멍을 찾지 못하고 작가가 창조하여 끌어들인 세계로 들어갈 방법을 상실하게 된다.

요약하면 주인공 없이는 모든 것이 중립적으로 되어버린다. 그러나 3장에서 살펴보겠지만 삶에서, 또 이야기에서 중립적인 것이란 존재하지 않는다. 다시 말해 독자는 주인공을 가능한 한 빨리 만날 필요가 있다. 되도록이면 첫 번째 문단에서.

무슨 일이 일어나고 있는가?

그다음으로, 반드시 무언가가 일어나고 있어야 한다. 첫 번째 페이지에서부터 말이다. 이것은 주인공이 영향을 받는 일이어야 하며, 독자가 '큰 그림'을 그려볼 수 있게 하는 일이어야 한다. 이에 관해 존 어빙은 이렇게 말했다. "가능하다면, 첫 문장으로 소설 전체의 이야기를 말해줘야 한다."[12] 맞다. 적어도 목표로 삼아볼 만한 말이다.

'큰 그림'은 독자에게 주인공이 이야기 내내 싸워야 할 문제가 무엇인지에 대해 알려준다. 예를 들어 고전적인 로맨틱 코미디에서 문제란 이것이다. '이 남자가 저 여자랑 사귀게 될까?' 따라서 독자는 일어나는 모든 일을 바로 이 한 가지 질문에 연관 지어 판단할 수 있다. '이 사건이 그를 그녀와 더 가까워지게 하는 데 도움이 될까?' '가망 없는 관계로 만들어버리진 않을까?' '그녀는 그와 정말 어울리는 사람일까?'

무엇이 위태로운가?

갈등은 이야기의 생명줄이다. 겉으로는 아주 쉬워 보이지만 결코 간과해서는 안 되는 부분이다. 아무 갈등이나 다 갖다 붙여도 된다는 말이 아니다. 갈등은 주인공의 여정에 구체적으로 나타나야 한다. 첫 문장에서부터 독자는 집요하게 무엇이 위태로우며 그 일이 우리의 주인공에게 어떤 영향을 미칠지 끊임없이 탐색하기 때문이다. 물론 주인공의 여정이 아직 분명히 드러나지 않을 수도 있다. 그러나 독자들은 계속해서 위기에 처한 무언가를 찾고 싶어 한다. 핵심은, 뭐든 위태로운 것이 있어야 한다는 점이다. 바로 첫 페이지에서부터.

확실한 질문들

이 세 가지가 모두 첫 페이지에서 발견될 수 있을까? 물론이다. 2007년, 문학이론가 스탠리 피시는 이것에 대한 답을 내놓은 적이 있다. 그는 비행기 시간을 얼마 남기지 않고 공항에 도착해 몹시 서두르는 중이었고, 설상가상으로 읽을거리라곤 아무것도 가져오지 않았다. 그는 서점에 무작정 들어가 오직 첫 문장만 보고 책 한 권을 골랐다. 그 책이 바로 엘리자베스 조지의《그녀를 쓰기 전 그에게 무슨 일이 있었나 What Came Before He Shot Her》였다.

> "당시 열한 살이었던 조엘 캠벨은, 버스에 타는 것으로 끝내 살인까지 이어지는 추락을 시작했다."

자, 보자. 이 한 문장 속에 앞서 말한 세 가지 질문에 대한 답이 모두 있다.

1. 누구의 이야기인가? 조엘 캠벨.
2. 무슨 일이 일어나고 있는가? 버스에 올라타고 있다. 그리고 이것은 결국 그를 살인에 이르게 한다.
3. 무엇이 위태로운가? 조엘의 목숨, 그리고 또 다른 누군가의 목숨.

누가 이 이야기를 계속 읽지 않을 수 있겠는가? 조엘이 살인 사건에 연루될 것이라는 사실은 이 책의 내용을 알려줄 뿐 아니라 이 이야기의 맥락, 즉 어떤 '기준'을 제공한다. 이 '기준'을 통해 독자는 '그가 그녀를 쏘기 전까지' 일어나는 모든 일들에 대해 그 중요성과 정서적 의미를 측정할 수 있게 된다.

이 첫 문장 이후 소설은 600여 페이지에 걸쳐 문제의 살인이 일어나기 전까지 불행하고 용감하며 가난에 시달리는 주인공 조엘이 런던 빈민가에서 겪는 일들을 추적한다. 최종적으로 일어날 사건에 대해 알기에 독자는 이 모든 과정에 꽉 붙들려 있을 수밖에 없다. 그래서 그가 겪는 모든 우여곡절이 어떻게 그를 불가피한 살인으로 떠밀게 될까 분석하게 되는 것이다.

더 재미있는 사실은 만약 이 첫 문장이 없었다면 이 소설은 굉장히 다른 이야기가 되었을 것이란 점이다. 사건들은 똑같이 일어나겠지만, 독자는 이 일들이 무엇을 향해 가는지 알 수 없게 된다. 따라서 잘 쓰인 소설이었다 해도 그만큼 매력적이지는 못했을 것이다. 왜 그럴까?

그 이유에 대해 신경정신학자 리처드 레스탁은 이렇게 설명한다. "뇌는 언제나 구체적인 맥락 속에서 사건을 평가한다."[13] 의미를 부여하는 것은 맥락이며, 뇌가 찾아 헤매는 것은 의미다. 이야기가 앞으로 벌어질 비슷한 상황을 대비하여 유용한 정보를 얻기 위해 뇌가 행하는 일종의 모의실험이라면, 우리에게 필요한 정보는 그 상황이 대체 무엇이냐 하는 것이다.

바로 이 '큰 그림'에 대한 힌트를 줌으로써 엘리자베스 조지는 독자들에게 조엘 앞에 일어나는 모든 일들의 의미를 해독할 수 있는 기준을 제공한다. 이런 기준은 마치 수학 공식 같다. 앞으로 사건들이 어떻게 진행되어갈지를 정확히 알려주니까. 이것이 용기 있는 작가들에게 주는 보다 유용한 통찰은, 이야기에서 불필요한 부분들을 가차 없이 드러내준다는 점이다. 당신이 무슨 수를 써서라도 없애버려야 하는 이야기 속 군살들 말이다.

지루한 부분들

엘모어 레너드는 유명한 말을 남겼다. "삶에서 지루한 부분을 뺀 나머지가 이야기이다." 지루한 부분이란 우리 주인공과는 아무 관계도 없고 그에게 어떤 영향도 줄 수 없는 모든 것을 말한다. 이야기 속 모든 요소들(이를테면 서브플롯, 날씨, 배경, 심지어 어조까지도)은 독자가 죽도록 알기 원하는 사실에 명확한 영향을 주어야만 한다. 주인공은 자신의 목적을 달성하게 될 것인가? 그 과정에서 어떤 대가를 치러야 하는가? 결국 그 일은 주인공을 어떻게 변화시키는가? 독자를 사로잡고 계속 읽게 하는 힘은 바로 도파민을 연료로 하는, 다음에 일어날 일을 알고 싶은 욕망이다. 이것 말고는 다른 어떤 것도 중요하지 않다.

하지만 누군가가 이렇게 물을지도 모른다. "그럼 훌륭한 문장들은 어떤가요? 아름다운 시적 이미지들은요?"

이 책을 통해 우리는 수많은 잘못된 신화들을 깨부수게 될 것이다. 글쓰기에 관한 고상한 격언들이 왜 작가를 자꾸만 잘못된 방향으로 이끄는지 알아보면서 말이다. 여기, 아주 대표적인 사례를 보자.

잘못된 믿음 : 아름다운 글은 모든 것을 이긴다.

실제 : 이야기가 아름다운 글을 이긴다. 언제나.

좋은 이야기를 쓰려면 무엇보다 '잘 쓰는' 법을 배워야 한다는 믿음만큼 작가들에게 위험한 것은 없다. 누가 여기에 이의를 제기할 수 있겠는가? 이 말은 아주 논리적이고 또 명확하다. 무엇이 이것의 대안이 될 수 있을까. 못 쓰는 법을 배우는 것? 모순적으로 들릴지 모르지만, 못 쓰는 것은 생각보다 훨씬 덜 해롭다. 이야기만 제대로 할 수 있다면 말이다.

좋은 이야기를 쓰려면 잘 쓰는 법을 배워야 한다는 말의 문제는 다른 많은 글쓰기 신화처럼 핵심을 놓치고 있다는 데 있다. 이 경우 '잘 쓴다'라는 것은 대개 아름다운 언어나 선명한 이미지, 실감 나는 대화, 통찰력 풍부한 은유, 흥미로운 인물, 그리고 그 가운데 펼쳐지는 아주 생생한 감각의 세부 사항들을 의미하게 마련이다.

듣기엔 아주 그럴듯하다. 안 그런가? 이런 것들이 없는 소설을 누가 읽으려 하겠는가?

그렇다면 《다빈치 코드》를 읽은 수백만의 독자들은 어떨까? 아무리 많은 책을 팔았다 할지라도, 이 책의 저자 댄 브라운을 가리켜 위대한 작가라고 부르는 사람은 없다. 댄 브라운의 문장에 대한 가장 간결하고 통렬한 평은 아마도 동료 작가 필립 풀먼이 한 말일 것이다. "밋밋하고 왜소하며 못났다." 그는 댄 브라운의 책을 가리켜 "완전히 평면적이고 2차원적인 인물들로 가득하며, 그들은 서로 비현실적인 대화만을 나눈다"[14]라고 평했다.

그러면 《다빈치 코드》는 왜 초대형 베스트셀러가 된 것일까? 그 이유는 첫 페이지에서부터 독자로 하여금 다음에 일어날 일을 알고 싶게 하기 때문이다. 이것이 가장 중요한 점이다. 나머지 모든 것(멋진 인물들, 훌륭한 대화, 생생한 이미지, 매혹적인 문장)은 부수적이다.

잘 쓴 글을 비난하려는 의도가 아니다. 나 역시 다른 사람과 똑같이 아름답게 쓰인 문장을 사랑한다. 그러나 혼동하면 안 된다. '잘 쓰는 법'을 배우는 것은 '이야기 쓰는 법'을 배우는 것과 동의어가 아니다. 잘 쓰는 것은 두 번째 문제다. 독자가 다음에 무슨 일이 일어날지 궁금해하지 않는다면, 잘 썼다는 게 무슨 의미가 있겠는가?

이제 첫 페이지에서부터 독자를 사로잡는 것이 무엇인지 알았으니 '그렇다면 실제로 그런 이야기를 어떻게 만들 수 있는가'의 질문으로 넘어가자. 인생 일이 모두 그렇듯, 말하긴 쉽지만 실천은 어렵다. 이제부터 그 질문에 답해보자.

CHECK POINT 01

누구의 이야기인지 독자가 아는가?
이야기에는 반드시 작가가 창조한 세계를 들여다보게 하는 주인공이 있어야 한다. 주인공을 작가가 창조해낸 세계 속에 있는 독자의 대리인이라고 생각하라.

첫 페이지에서부터 무언가가 벌어지고 있는가?
나중에 일어날 갈등을 위해 무대를 세팅하는 데 그치지 마라. 주인공에게 영향을 줄 수 있는, 그래서 독자들이 그 결과를 궁금해할 만한 사건에서부터 바로 시작하라. 무언가 이미 일어나고 있지 않다면 다음에 일어날 일을 어떻게 궁금해할 수 있겠는가?

사건 속에 갈등이 존재하는가?
이 갈등은 주인공에게 직접적인 영향을 끼치는가? 비록 앞으로 주인공의 여정이 어떻게 될지 정확히 모른다 해도 말이다.

무언가가 위태로운가?
그리고 독자는 그게 무엇인지 알고 있는가?

보이는 것이 다가 아니라는 느낌을 주는가?
이것은 특히 주인공이 처음부터 등장하지 않을 경우에 중요하다. 머지않은 미래에 주인공이 나타나기 전까지 독자를 잡아둘 전조가 있는가?

독자가 '큰 그림'을 그려볼 수 있는가?
독자들이 자신의 시각으로 개개의 사건들을 바라볼 수 있게 하는 것은 '큰 그림'이다. 이야기가 어디로 가는지 알지 못한다면, 움직이고 있는지 아닌지 어떻게 알 수 있겠는가?

2장   핵심에
      집중하기

이야기 속 모든 정보는
반드시 알 필요가
있는 것이어야 한다

**뇌의
비밀**

무언가에 주의를 집중할 때
뇌는 모든 불필요한 정보들을
걸러낸다.

**이야기의
비밀**

이야기 속 모든 내용은
독자가 알 필요가 있는 것이어야
한다.

　　여기, 불편한 진실이 있다. 마케터, 정치인, 그리고 목사들은 대부분의 작가들보다 이야기에 대해 더 잘 안다. 이유는 간단하다. 그들은 종종 작가들이 생각조차 못 하는 곳, 바로 이야기의 핵심에서부터 이야기를 시작한다. 그들은 핵심이 얼마나 중요한지 잘 알고 있기 때문에, 모든 단어와 모든 이미지와 모든 뉘앙스를 이 핵심에 집중시킨다.

　　당신의 집을 한번 둘러보라. 지금 눈에 보이는 것들, 그러니까 당신이 산 모든 물건들에는 아주 교묘한 이야기들이 숨어 있다. 말하자면 당신은 자신도 모르는 사이 설득당한 것이다. 당신이 호구여서가 아니다. 잘 짜인 이야기는 먼저 우리의 인지적 무의식을 움직인다.[1] 마케터들은 이 무의식을 의식적인 무언가로 바꾸는 작업을 한다. 예를 들면 이런 것들이다. '자정이긴 하지만 빅맥을 하나 먹어야겠어.'

'저 약을 내 주치의가 처방해 줄까?' '저 남자와 맥주 한잔하면 재미있겠군.' '이번 선거에선 저 사람을 뽑아야겠어.'

무섭지 않은가?

이 힘을 잘 이용하기 위해 작가는 내키지 않더라도 다음과 같은 사실을 기꺼이 받아들여야만 한다. 이야기에서 가장 중요한 요소는 글쓰기 자체와는 거의 관련이 없다는 것이다. 이 사실은 오히려 이야기의 근간을 이루는데, 유명한 언어학자 윌리엄 라보프는 이를 가리켜 '평가'라고 칭했다. 이 요소가 독자들로 하여금 이야기 속 사건의 의미를 평가하게 하기 때문이다. 이 요소를 "그래서 어쨌다고?"라고 생각하면 쉽다.[2] 이것은 독자에게 이야기의 핵심에서 일어나는 모든 일에 대한 정보, 다시 말해 무엇에 관한 이야기인지를 말해준다. 영문학자 브라이언 보이드가 적절하게 지적했듯, 평가 기준이 없는 이야기는 독자가 무엇이 중요한 정보인지 결정할 수 없게 한다. 사람들의 눈 색깔이 중요한지 양말 색깔이 중요한지, 코의 모양이 중요한지 양말의 모양이 중요한지, 아니면 그들 이름의 음절수가 중요한지.[3]

그러므로 당신이 해야 할 첫 번째 일은 이야기의 핵심에 집중하는 것이다. 좋은 소식은 이것이 글을 쓸 때 시간 낭비를 줄여준다는 것이다. 왜? 처음부터 당신의 인지적 무의식이 하는 일을 자동적으로 도와주기 때문이다. 즉 불필요하고 방해가 되는 정보들을 걸러낸다.[4]

이번 장에서 우리는 주인공의 문제, 주제, 플롯을 이야기 속에

끌리는 이야기는 어떻게 쓰는가

서 어떻게 하나로 엮을 것인지, 또 주제가 정말로 의미하는 것이 무엇이고 그것이 이야기를 어떻게 정의하는지, 마지막으로 플롯이 어떤 식으로 이야기에 방해가 될 수 있는지를 살펴볼 것이다. 그러고 나서 고전 《바람과 함께 사라지다》에서 이 원칙들이 얼마나 잘 작동하고 있는지 알아볼 것이다.

이야기 vs 그냥 일어난 일

　이야기는 처음부터 끝까지 오직 하나의 질문에 답하기 위해 만들어진다. 독자로서 우리는 이것을 본능적으로 알기 때문에, 모든 단어와 문장, 글자와 이미지, 행동들이 우리를 그 답에 가까워지게 해주기를 기대한다. 로미오와 줄리엣은 함께 도망갈까? 스칼렛은 너무 늦기 전에 레트가 운명의 남자라는 걸 깨닫게 될까? 우리는 '로즈버드'가 대체 무엇을 의미하는지 알아낼 수 있을 만큼 찰스 포스터 케인에 대해 잘 알게 될까?

　따라서 이야기를 쓸 때 말하고자 하는 바는 단순해야만 한다. 종종 나중에 가서야 말하려는 바가 종잡을 수 없다는 것이 밝혀지기도 하지만 말이다. 우리가 아무리 노력해도 서사는 이리저리 방황하면서 두서가 없어지기 십상이다. 이러면 제아무리 흥미로운 사건들이 많이 일어난다 한들 결국엔 아무 의미가 없어지고 만다. 질문은 없고, 대답만 있다. 이런 이야기는 핵심이 없기 때문에 독자가 알 필요가 없는 것들로 가득 차 있고, 따라서 엄밀히 말해 이야기가 아니다. 그냥 '일어난 일'들의 모음일 뿐.

지나친 말처럼 들리는가? 나는 누군가 "어떤 이야기예요?"라고 물었을 때 "그냥 300페이지짜리예요"라고밖에 대답할 수 없는 원고들을 수도 없이 읽어봤다. 어떤 편집자는 이런 식으로 말하기도 한다.

"만약 당신이 쓴 책을 몇 문장으로 요약할 수 없다면, 그렇게 할 수 있을 때까지 다시 쓰세요."

맞는 말이다. 오랜 세월 동안 셀 수 없는 이메일, 시놉시스, 원고와 시나리오 들을 읽으며 깨달은 사실은, 자신의 이야기를 명료하고 매력적인 한두 문장으로 요약하지 못하는 작가들은 명료하고 매력적인 이야기도 쓰지 못한다는 것이다. 이건 쉽게 얻은 교훈이 아니었다. 그중 한 요약본은 괜찮아 보였지만 무질서하고 다소 일관성이 없었다. 그때만 해도 나는 좋은 이야기를 쓰는 능력과 요약을 잘하는 능력은 아주 다르다고 생각했기 때문에, 원고를 읽었다. 그러나 나는 마침내 요약본이 전체 이야기를 정확하게 요약하고 있다는 사실을 깨달았다. 그 이야기 역시 무질서하고 일관성이 없었다.

그렇다면 이야기가 핵심을 벗어나 산으로 가는 조짐을 보이는 몇 가지 예를 들어보자.

• 주인공이 누구인지 알 수 없는 경우, 독자는 일어나는 일의 의미나

끌리는 이야기는 어떻게 쓰는가

연결고리를 파악할 방법이 없다.

- 주인공이 누구인지는 알지만 목표가 없는 경우, 독자는 핵심이 무엇인지, 이야기가 어디로 가는지 알 수 없다.
- 주인공의 목표가 무엇인지는 알지만 그 목표를 만들어낸 내면적 문제에 대해 알지 못하는 경우, 모든 일은 표면적이거나 도리어 따분하게 느껴진다.
- 주인공이 누구인지, 목표와 내면적 문제가 무엇인지도 알지만 갑자기 주인공이 원하는 것을 얻어버리거나 멋대로 마음을 바꾸거나 버스에 치여 죽어버린다. 그리고 엉뚱한 사람이 다시 주인공이 되어버린다.
- 주인공의 목표가 무엇인지는 알지만, 일어나는 일들이 주인공이나 목표를 이루는 과정에 전혀 영향을 끼치지 못한다.
- 일어나는 일들이 상식적인 방식으로 주인공에게 영향을 미치지 않는 경우, 주인공은 실제 인물처럼 보이지 않을 뿐더러 독자는 그가 왜 그 일을 하고 있는지, 또 앞으로 무슨 일을 할지 알 수 없다.

이상의 모든 문제들은 독자의 두뇌에 똑같은 영향을 끼친다. 도파민의 분비가 중단될 뿐 아니라, 뇌는 기대했던 보상과 실제로 얻은 것을 비교해서 우리에게 '즐겁지 않다'는 사실을 알려준다. 한마디로 우리는 불만족스럽다.[5] 이것은 작가가 핵심에 집중하지 못하고 있다는 증거이다. 이제 무슨 일이 일어날지는 뻔하다. 독자는 읽기를 멈춘다. 그게 끝이다.

초점의 중요성

모든 실패한 원고들이 간과하고 있는 것은 초점이다. 초점이 없으면 독자는 어떤 의미도 파악할 수 없다. 우리의 두뇌는 모든 것으로부터 의미를 찾아내도록 설계되었다. 초점 없는 이야기에는 의미도 없다.

그렇다면 초점이란 무엇일까? 초점은 이야기를 만들어낼 때 한목소리로 잘 어우러져야만 하는 세 가지 요소의 종합이다. 주인공의 문제, 주제, 그리고 플롯. 이 중 가장 중요한 요소인 '주인공의 문제'는 1장에서 다뤘던 '이야기 질문', 곧 주인공의 목표에서 비롯된다. 하지만 기억하는가? 이야기란 주인공이 목표 그 자체를 달성했느냐 아니냐에 관한 것이 아니라, 그러기 위해 그가 '내면적으로' 무엇을 극복했느냐에 관한 것이다. '주인공의 문제'는 바로 이야기를 앞으로 나아가게끔 하는 요소다.

두 번째 요소인 '주제'는 이 이야기가 인간 본성에 대해 무엇을 말하는가에 관한 것이다. 주제는 등장인물들이 서로를 어떻게 다루는가를 통해 드러나곤 하기 때문에, 이야기가 펼쳐지는 세계 속에서 무엇이 가능하고 무엇이 가능하지 않은지를 결정한다. 따라서 얼마나 영웅적인가와 관계없이, 주제는 종종 주인공의 노력이 성공할지 실패할지를 결정한다.

세 번째 요소는 '플롯'이다. 플롯은 주인공이 목표를 추구하는 과정에서 자신의 문제와 직접 대면하도록 가혹하게 몰아치는

끌리는 이야기는 어떻게 쓰는가

일련의 사건들이다. 이 사건들은 그 과정에서 주인공이 문제를 피해가려고 얼마나 노력하는가와는 관계없이 몰아친다.

이 세 가지 요소들은 독자들에게 이 이야기가 무엇에 관한 것인지 알려주고, 사건을 해석하게 하며, 이를 통해 이야기가 어디로 가고 있는지 예상하게 해줌으로써 이야기에 초점이 생겨나도록 해준다. 이는 굉장히 중요하다. 왜냐하면 우리의 사고란 "앞으로 일어날 일을 예측하기 위해" 존재하기 때문이다.[6]

그렇다면 작가들은 어떻게 이 일을 하는가? 그들은 이야기의 범위를 설정하고, 주인공 삶의 특정 부분에 초점을 맞춘 다음 연대기 순으로 이를 기록한다. 우리가 그러하듯 우리의 등장인물들도 24시간 동안 똑같이 그들의 삶을 산다. 먹고, 자고, 보험 회사와 싸우고, 인터넷이 안 될 때 짜증을 내고, TV 앞에서 멍하니 시간을 보내거나 치과 예약이 화요일인지 목요일인지 헷갈려 하면서. 당신이라면 이 모든 것을 이야기 속에 넣겠는가? 당연히 그럴 순 없다. 대신 당신은 이야기의 핵심 질문과 관계된 사건들을 신중히 고른 다음 주인공이 자신의 말을 행동으로 보여줄 수 있는 일련의 도전(즉, 플롯!)을 설계할 것이다.

우리에겐 또 하나의 수학적 증거가 있다. 일어나는 모든 것에 반하는 구체적인 프레임이 정해져 있다는 사실이다. 이것은 현실에서 우리가 골치 아픈 상황에 처했을 때 우리의 뇌가 정보를 처리하는 방식이다. 신경과학자 안토니오 다마지오가 말했듯 이는 문학이 본뜨고 있는 것이 무엇인지를 알려준다.

당신이 식당에서 커피를 마시고 있다고 가정해보자. 당신은 남동생을 기다리고 있는데, 그는 당신과 부모의 유산에 대해, 그리고 이상하게 행동하는 이복 남매에 대해 의논하고 싶어 한다. 당신은 현재의 상황에 매우 충실하며, 할리우드에 있지만 이제부터 수많은 장소들로 공간 이동을 한다. 거기서 당신은 동생뿐만 아니라 많고 많은 사람들을 만나며, 지금껏 경험해본 적 없는, 풍부한 상상력과 정보로 만들어진 상황들을 겪는다. 당신은 분주하게 과거, 현재, 미래의 곳곳을 돌아다닌다. 그러나 당신, 당신 자신만은 결코 시야에서 사라지지 않는다. '이 모든 내용들은 결코 떼어놓을 수 없는 하나의 대상과 연결되어 있다. 아무리 멀리 있는 사건에 집중한다 해도, 이 연결은 끊어지지 않는다. 중심은 유지된다.' 이것은 큰 범위의 의식으로, 인간 두뇌의 가장 큰 성취 중 하나이며 인간성을 규정하는 특질 중 하나이기도 하다. …… 이것은 각종 소설과 영화, 음악에 의해 그려지는 의식의 한 종류다.[7]

다시 말해 중심부(여기서는 식당에 앉은 우리 친구에게 유산 처리 문제가 어떤 영향을 미칠 것이냐)는 나머지 모든 것과 연결되어 있는 하나의 대상이다. 만약 이게 이야기라면, 우리 친구는 이 까다로운 상황을 헤쳐 나가기 위해 해결해야만 하는 내면적 문제를 지니게 될 것이다. 그가 문제 해결에 성공할 수 있을까? 여기가 바로 주제가 등장해야 할 지점이다.

그런데 주제가 정확히 뭐지?

주제란 무엇이며, 그것이 어떻게 드러나는지에 관해서는 말들이 많다. 이 말들을 따라가다 보면 마가린을 순결의 상실을 뜻하는 은유로 사용할 수 있는가에 대한 심오한 논의로 이어질 수도 있다. 하지만 다행히도 주제는 믿기지 않을 정도로 단순하게 요약될 수 있다.

- 인간의 의미에 대해 이야기는 무엇을 말하고 있는가?
- 통제를 벗어난 상황에 반응하는 인간들에 대해 이야기는 무엇을 말하는가?

주제는 종종 인간성의 구성 요소들(충성, 의심, 투지, 사랑)이 어떻게 인간의 행동을 규정하는지에 대한 작가의 견해를 드러낸다. 그러나 주제에 관한 진짜 비밀은 그것이 추상적이지 않다는 점이다. 즉, '사랑' 그 자체는 결코 주제가 될 수 없다. 사랑에 관한 작가의 어떤 '구체적인 의견'이 진짜 주제인 것이다. 예를 들어 사랑에 관한 이야기의 경우, 인간은 결국 선한 존재라는 것을 드러내는 서정적이고 달콤한 이야기일 수 있다. 혹은 인간은 열정적이고 변덕스러운 존재라는 것을 드러내는 냉철하고 신랄한 이야기일 수도 있다. 아니면 인간은 가능한 한 피하는 것이 상책이라는 것을 드러내는 냉소적이고 교묘한 이야기일 수도 있다.

하고자 하는 이야기의 주제를 미리 아는 것은 도움이 된다. 왜냐하면 주제를 통해 당신은 특정 상황에 처한 인물들의 반응을 예상할 수 있기 때문이다. 그들은 작가인 당신이 창조한 세계에 따라 친절하거나 거칠거나 혹은 비겁한 반응을 보일 것이다. 주제는 주인공이 여정 중 겪게 될 어려움의 유형을 결정하기 때문에, 이후에 이야기 질문이 어떻게 해결될 것인지에도 영향을 미친다. 애정이 지배하는 세계에서, 주인공은 진정한 사랑을 찾을 것이다. 인간미 없는 세계에서, 주인공은 진정한 관계란 존재하지 않는다는 것을 깨닫게 될 것이다. 잔혹한 세계에서, 주인공은 결국 한니발 렉터와 결혼하게 될 것이다.

당신의 요점은 무엇인가?

대개 주제는 당신의 이야기가 말하고자 하는 요점을 드러낸다. 그리고 모든 이야기는 첫 페이지에서부터 핵심을 말한다. 하지만 그것이 꼭 독자들이 머리를 한 대 얻어맞은 것만큼 놀랄 만할 것일 필요는 없다.

광고를 생각해보자. 광고의 목적은 실제로 그것을 어떻게 만드는지 알지 못하게 하면서 소비자에게 매우 구체적인 한 방을 전달하는 것이다. 우리가 그들의 의도(소비자가 물건을 사게 하는 것)를 잘 알고 있음에도 말이다. 기업 컨설턴트 리처드 맥스웰과

로버트 딕먼은 그들의 책《5가지만 알면 나도 스토리텔링 전문가》에서 다음과 같이 말한다.

"자신의 일이 남을 얼마나 잘 설득하는가에 달려 있는 사람들(즉 비즈니스를 하는 모든 사람들)에게 생존의 열쇠는 불필요한 모든 것을 걷어내고 실제로 물건을 파는 것이다. 좋은 소식은 판매의 비밀이 오래전부터 한 가지였다는 사실이다. 바로 좋은 이야기다."[8]

이야기의 요점을 알면 불필요한 모든 것을 걷어낼 수 있다. 광고 회사처럼 계산적이어야 한다는 얘기가 아니다. 문학적인 글에는 요점이 필요 없다는 얘기도 아니다. 다만 작가들은 잠시 하던 일을 멈추고 자신들이 말하고자 하는 바가 무엇인지, 그리고 이야기의 핵심이 무엇인지 생각해볼 필요가 있다. 이것이 중요한 이유는, 독자가 당신의 책을 펼치는 순간 독자의 인지적 무의식은 본능적으로 이야기 속에서 삶을 좀 더 편안하게 만들어주고, 사물을 더 명확하게 보게 해주며, 인간을 더 잘 이해하게 해주는 법을 찾을 것이기 때문이다.[9] 그러니 한번 스스로에게 물어보자.

독자들이 책을 덮으며 무엇을 생각하게 하고 싶은가? 이야기의 요점은 무엇인가? 나는 독자들이 세상을 보는 방식이 어떻게 바뀌길 원하는가?

텅 빈 플롯 속에 이야기를 묻어버리지 말라

이 세 가지 요소 중, 작가들이 단 하나의 요소만을 애지중지한다는 사실은 그리 놀랍지 않다. 바로 플롯이다. 다른 두 요소들은 플롯 위에 올라타 흘러가기 때문에, 그것들이 거기 있다는 사실을 잊기 쉽다. 문제는 나머지 두 요소가 없는 이야기는 빈 깡통으로 끝나버린다는 것이다. 뭔가가 계속해서 일어나지만 아무도 거기에 영향을 받지 않는다. 심지어 독자들까지도 말이다. 이 문제는 깨부수어야 할 또 하나의 잘못된 믿음을 떠올리게 한다.

> 잘못된 믿음 : 이야기는 플롯이다.
> 실제 : 이야기는 플롯이 주인공에게 어떤 영향을 끼치는가에 관한 것이다.

지금까지 암시만 되어왔던 것을 이제 똑똑히 말하겠다. 플롯은 이야기의 동의어가 아니다. 플롯은 주인공이 목표에 가까이 가지 못하도록 방해하는 문제를 만듦으로써 이야기를 촉진시킨다. 세계가 주인공을 다루는 방식과 이에 대한 주인공의 반응은 주제를 드러낸다. 그래서 맨 마지막에, 주인공이 플롯 속을 헤매면서 억지로 경험하고 배워야만 했던 것들이 이야기 자체가 되는 것이다.

영화 〈프랙처〉에서 여기에 관한 훌륭한 예를 찾을 수 있다. 이 영화는 다른 많은 영화들처럼 이야기의 개념에 관한 좋은 사례 연구가 된다. 왜냐하면 영화는 책보다 훨씬 더 단순하고 직설적인 매체이기 때문이다(같은 내용이라면 대부분의 사람들이 책보다 영화를 본다는 사실은 말할 것도 없다). 영화 〈프랙처〉에서 관객들은 첫 17분 동안 주인공 윌리 비첨을 볼 수 없다. 그때까지 관객은 시작 부분에서 자신의 아내에게 냉혹하게 총을 쏜 테드 크로퍼드가 주인공일 거라 추정하며, 앞으로 크로퍼드가 이 사건으로 감옥에 갈 것인가 아닌가에 관한 이야기가 전개될 것이라고 생각한다. 사실 이것이 일반적인 플롯이다.

그러나 이야기는 그렇게 흘러가지 않는다. 대신 영화는 젊은 검사 비첨에게 초점을 맞춘다. 그는 공공 부문의 검사 일을 그만두고 잘나가는 로펌으로 막 직장을 옮기려던 참이었다. 이 영화는 비첨이 진실을 버리고 타협할 것인지, 아니면 끝까지 싸우고 검사 일을 계속할 것인지(부와 명예에 대한 꿈과는 작별하면서)에 관한 이야기이다. 이 영화에서 플롯(크로퍼드와 그의 재판)은 오직 비첨의 도덕심을 시험하기 위해 일어난다. 비록 주인공 비첨이 영화의 첫 20분 동안 등장하지 않는다 할지라도, 이야기 측면에서 볼 때 그 순간까지 일어난 모든 일은 오로지 그를 시험대에 올려놓기 위해 벌어진 일이었다.

다시 말해 주인공이 첫 페이지에 등장하지 않는다 해도, 그가 나타나기 전까지 일어난 모든 일들은 마침내 주인공이 등장했을 때 그에게 어떤 영향을 미칠 것인지 분명한 의도가 있어야 한다. 그때까지 독자들이 그 의도에 대해 알고 있어야 한다는 말이 아니다. 어떻게 그럴 수 있겠는가? 〈프랙처〉에서 주인공 비첨이 등장하기 전까지, 관객들은 이 영화가 크로퍼드에 관한 이야기가 아니라는 사실을 까맣게 모른다. 그러나 작가들은 알고 있다. 그래서 그들은 크로퍼드가 한 모든 일이 비첨을 시험하기 위해 되돌아오도록 만들어두었다(여기서의 '시험'은 결코 추상적인 개념이 아니다. 아주 구체적이고 확실한 것이다). 크로퍼드의 계산된 행동들은 모두 비첨의 자아관과 세계관, 그리고 그 안에서 그의 위치를 뒤흔들기 위해 짜인 것들이다. 이야기가 진행될수록 크로퍼드의 이러한 행동들은 비첨의 자신만만하고 자기도취적인 가면을 '부수어뜨린다(fracture)'. 그리고 그 안에 숨겨진 훨씬 더 의미 있고 단단한 무언가를 드러나게 한다.

그렇다면 〈프랙처〉가 인간의 조건에 대해 말해야만 하는 것은 무엇인가? 바로 진실은 부유함보다 훨씬 가치가 있다는 사실이다. 그 때문에 한동안 차도 없이 지내야 한다 해도 말이다. 이 메시지는 어떻게 전달되는가? 이것은 비첨이 자신 앞에 던져진 문제와 씨름할 때 우리를 그 안에 들어가 있게 하는 빠르고 강력한 플롯에 의해 전달된다. 이로써 우리는 주인공과 플롯 사이에 벌어지는 싸움을 멀리서 조감할 수 있게 된다. 여기에 대해 좀 더 구체적으로 알아보자.

주제 : 보편성으로 가는 길

인간의 경험을 다루는 서사에서 주제는 가장 근본적인 요소다. 따라서 주제에는 보편성 또한 함께 존재한다. 보편성은 우리모두와 공명하는 감정, 정서, 혹은 진실을 의미한다. 예를 들어 '진정한 사랑의 힘'은 카사블랑카의 술집 주인이든, 바다 밑 인어든, 아서 왕의 궁정에 있는 기사든 상관없이 모두가 공감할 수있는 주제다. 보편성은 우리가 자신과 전혀 다른 인물이 되어, 마치 기적처럼 그가 느끼는 것을 우리도 똑같이 느끼게 해주는하나의 통로다.

이러한 보편성이 매우 구체적인 형상화를 통해서만 얻어진다는 것은 아이러니하다. 6장에서 살펴보겠지만, 추상성 속에서 보편성이란 너무도 광대하여 마음에 와닿지 않는다. 보편성은 오직 피가 튀고 살이 부대끼는 구체적인 이야기 속에서 일대일로 경험할 때에야 비로소 느껴지는 무엇이다.

퓰리처 상 수상에 빛나는 소설 《올리브 키터리지》는 이에 관해 단순하지만 탁월한 예를 제시한다. 이 소설의 주제는 '인간은 상실을 어떻게 견뎌내는가'인데, 작가 엘리자베스 스트라우트는 자신의 독자들이 "인간의 인내심에 대해 경외감을 느끼기를 바란다"라고 말했다.[10] 다음의 인용문에서, 평범한 어느 순간은 우리에게 아주 매혹적인 기억을 떠오르게 한다. 우리 모두가 한 번쯤 경험해보았지만 언어로 표현하기는 힘들었던 어떤 보편성에 접근하고 있기 때문이다.

> 그녀는 헨리를 떠나지 않았던 걸 다행이라 생각했다. 남편처럼 충실
> 하고 친절한 친구는 결코 없었다.
> 하지만 아들 뒤에 서서 신호가 바뀌기를 기다리며, 그녀는 이 모든
> 일들 가운데 깊은 외로움을 느꼈던 순간들이 있었음을 기억해냈다.
> 그리 오래지 않은 몇 해 전, 충치를 치료하기 위해 치과에 갔을 때 의
> 사가 부드러운 손가락으로 그녀의 턱을 살며시 돌린 적이 있었다. 이
> 것이 너무나도 대단한 친절로 느껴져 그녀는 신음 소리와 함께 터져
> 나오는 눈물을 숨죽여 참아야 했다.[11]

이 아주 구체적인 기억(치과의사의 순간적이고 일상적인 손길) 속에
서, 달리 형언할 길이 없는 존재의 외로움이 마치 우리가 진짜로
경험하는 것처럼 뚜렷이 느껴진다. 다음 장에서 더 이야기하겠
지만, 이 경우 우리 두뇌에게 이것은 진짜 일어난 일과 다름없다.

상실과 인내라는 렌즈를 통해 인물들의 삶을 들여다봄으로
써, 작가는 올리브의 일상에서 임의로 몇 개의 순간들을 뽑아내
어 우리에게 올리브가 세상을 바라보는 방식에 관한 통찰을 갖
게 해준다. 동시에 인간으로서 살아가기 위해 치러야 하는 대가
를 잠시나마 엿볼 수 있게 한다.

끌리는 이야기는 어떻게 쓰는가

주제와 톤 : '무엇을'이 아닌 '어떻게'

이야기에서 주제는 가장 강력한 요소 중 하나인 동시에 가장 보이지 않는 요소이기도 하다. 위에 언급된 스트라우트의 소설 어디서도 우리는 주제를 눈으로 '볼' 수 없다. 그렇지 않은가? 주제는 어디 적혀 있지도 않고 참고문헌에 나와 있지도 않지만, 그럼에도 불구하고 거기에 있다. 이것은 마치 목소리의 톤과 같아서, 때론 내용 자체보다 더 많은 것을 말해준다. 누군가와 오래 관계를 맺어온 사람이라면 알 것이다. 톤이라는 것이 말하고 있는 바의 정확히 반대를 말해주기도 한다는 것을.

이야기의 톤은 작가인 당신이 등장인물들을 어떻게 보고 있는지를 반영한다. 톤은 당신이 그들을 풀어놓은 세계를 규정한다. 이것은 마치 영화의 사운드트랙처럼 당신의 의도에 따라 일종의 감정적 프리즘 속으로 독자를 통과시킴으로써 주제를 전달한다. 톤을 이용해 당신은 독자가 진짜 알아야 할 부분을 강조해서 이야기의 초점을 더 선명하게 만들 수 있다.

예를 들어 로맨스 소설의 톤은 커다란 일들이 잘못되더라도 완전히 나쁜 일만 일어나는 건 아니라는 사실을 알려준다. 그래서 우리는 편안하게 이야기에 빠져들 수 있고, 사랑이란 곤경을 벗어나게 하는 능력을 가졌을 뿐 아니라 정말로 일어난다는 사실에 안도한다. 반면《그녀를 쏘기 전 그에게 무슨 일이 있었나》같은 소설에서는, 첫 문장의 톤이 앞으로 그와는 완전히 반대의 이야기가 펼쳐질 것임을 암시한다. 그런 내용이 직접적으로 등장하지 않음에도 느낄 수 있다. 이처럼 톤은 특정한 분위기를 조성함으로써 독자로 하여금 무언가를 '느끼게' 한다. 톤은 작가의 것이고, 분위기는 독자의 것이다.

다시 말하면 주제는 톤을 낳고 톤은 독자가 느끼는 분위기를 낳는다. 분위기는 독자로 하여금 작가가 만들어낸 세계에서 무엇이 가능하고 또 무엇이 가능하지 않은지를 느끼게 하는 밑바탕이 된다. 분위기는 독자를 다시 주제에 반영된 이야기의 핵심으로 돌아오게 한다. 여기서 '반영된'이 키워드다. 주제는 중요하면 중요할수록 절대 노골적으로 서술되지 않는다. 중요한 주제는 언제나 함축되어 있다. 주제를 최우선으로 하고 이야기는 그다음에 놓는 책과 영화들은 '말하지 말고 보여주라'라는 글쓰기의 가장 중요한 규칙을 깨기 쉽다. 이야기가 주제를 보여주는 것이지, 주제가 이야기를 말해주는 게 아니다. 특히 주제는 형편없는 이야기꾼이어서, 증거를 제시하고 우리가 스스로 결정할 수 있게 내버려두기보다는 독자가 무엇을 생각해야 하는지 직접 말해주는 데 더 관심이 있다. 주제는 제멋대로이며 잘난 척만 하는 깡패다.

아무도 무얼 할지 누가 정해주는 것을 좋아하지 않는다. 그러므로 요점을 전달하고 싶을수록 당신은 이야기를 신뢰해야 한다. 영국의 작가 에블린 워는 이렇게 말했다. "모든 문학은 도덕적 기준과 비판을 함축하고 있다. 그리고 이것은 노골적이지 않을수록 더 낫다."[12]

한번 생각해보라. 당신은 서점에 가서 스스로에게 이렇게 말해본 적이 있는가? '내가 진짜 좋아하는 건 생존에 관한 책이야. 대재앙들이 왜 누군가에겐 상황 대처 능력을 이끌어내고 다른 이에겐 그렇지 않은지에 대해 쓴 책 말야'[13], 또는 '난 지금 사회의 결함부터 인간 본성의 결함까지를 잘 다룬 책이 읽고 싶어 미칠 지경이야'[14], 아니면 '오늘은 라틴 아메리카를 상징하는 책을 읽고 싶은 기분이야'[15]라고. 그럴 리 없지 않은가? 물론 이것은 《바람과 함께 사라지다》, 《파리 대왕》, 《백년의 고독》 같은 책들이 출판될 때 작가들 스스로가 설명한 주제 때문에 그 책을 골라서는 안 된다는 얘기가 아니다.

하지만 잠깐. 저 책들에 또 다른 주제들이 있지는 않을까? 아마 있을 것이다. 인터넷으로 간단히 검색만 해봐도 각각의 책들에 관한 무수히 많은 주제들을 찾아낼 수 있다. 그중 몇몇은 아주 놀라워서 심지어 원작자를 열받게 할 수도 있다. 그러나 그것들 대부분은 부차적이다. 우리가 여기서 이야기하고 있는 것은 중심 주제다. 훗날 학자들이 세미나에서 대학원생들과 끝없이 논쟁할 만한 몇몇 주제들이 아니라, 작가인 당신이 선택할 만한 한 가지 주제 말이다.

사례 연구 : 《바람과 함께 사라지다》

　무엇에 관한 이야기를 할 것인지를 결정하려면 초점 사용법에 대한 더 깊은 이해가 필요하다. 즉 불필요한 정보들을 걸러내는 기준을 만들어야 한다. 이를 위해 앞서 언급한 세 권의 책 중에서 가장 접근하기 쉬운 《바람과 함께 사라지다》를 보자. 과거에 많은 사람들은 이 작품을 진부하고 상업적인 '대중 소설'로 폄하했다. 그저 인기만 많은 소설이라면서 말이다. 그러나 누구도 이 소설이 눈을 뗄 수 없을 정도로 재미있다는 것만은 부인하지 못했다. 게다가 충격적인 사실. 이 작품은 1937년에 퓰리처 상을 받았다. 그리고 1966년에 (무슨 이유에선지 퓰리처 상을 받지 못한) 《인형의 계곡》에 밀려나기 전까지 역사상 최고의 베스트셀러였다.

　작가 마가렛 미첼이 1936년 출판사와 했던 인터뷰를 토대로 《바람과 함께 사라지다》의 주제를 자세히 살펴보자.

　만약 이 작품에 주제가 있다면, 그건 바로 생존이다. 무엇이 어떤 사람들은 대재앙을 극복하게 만들고, 겉으로 보기에 똑같이 능력 있고 강하고 용감해 보이는 나머지 사람들은 실패하게 만드는가? 이런 일은 매 격변기마다 일어난다. 어떤 이들은 살아남고, 나머지는 그렇지 못하다. 싸움에서 승리하는 이들에게 있는 것, 동시에 실패하는 이들에게 없는 것은 무엇인가? 내가 아는 것은 오직 생존자들이 이를 '상황 대처 능력'이라고 부른다는 사실뿐이다. 그래서 나는 상황 대처

능력을 가진 이들과 그렇지 못한 이들에 대해 썼다.[16]

　소설에서 스칼렛이 싸우고 계획을 세우고 조종하며 갈등하고 궁극적으로 온갖 역경을 딛고 살아남을 때, 핵심 요소는 바로 '상황 대처 능력'이다. 맞는 말이다. 하지만 이것이 소설의 주제 차원에서 볼 때 주된 초점일까? 이것이 엎친 데 덮친 격으로 불행이 겹겹이 찾아올 때마다 그녀를 움직이게 하는 힘일까? 이 능력이 독자에게 이야기 전개 과정을 보여주는 렌즈일까? 무엇으로 규정할 수 있든 없든 이것이 우리를 굳게 묶어주는 비밀 요소일까? 그렇다.

　독자로 하여금 이 책을 계속 읽도록 만드는 것은 스칼렛의 강한 의지와 인내심, 용기(그녀의 '상황 대처 능력')가 사회적 명령에 순응해야 하는 필요성보다 강하다는 사실이다. 그러나 길들여지지 않은 그녀의 상황 대처 능력은 너무나 강력한 나머지 그녀의 가장 큰 관심사 속에 바로 그녀의 내면적 문제가 있음을 보지 못하게 한다. 우리는 무엇이 그녀를 가장 행복하게 해줄 수 있을지 안다. 그리고 곧 그녀가 아마도 그 일을 결코 하지 않을 거라는 사실도 깨닫는다. 따라서 우리는 다음과 같은 질문을 던질 수밖에 없다. '그렇다면 그녀는 그 대신 무엇을 할 것인가? 그녀는 결국 자신이 진정 원하는 것이 무엇인지 깨닫게 될까?' 바로 이것 때문에 우리는 이 이야기를 계속해서 읽는다.

　하지만 이 소설을 관통하는 다른 주제들은 어떤가? 예를 들면 사랑의 본질, 계급구조의 억압, 19세기 사회의 엄격한 성역할 구분 같은 주제들. 이것들 중 중심 주제가 될 만한 것은 없는가? 좋은 질문이다. 여기 리트머스 시험지가 있다. "중심 주제는 반드시 주인공과 주인공의 내면적 문제를 구체적으로 꿰뚫어볼 수 있는 정확한 관점을 제공해야 한다. 그러면서도 일어나는 모든 사건들(플롯)을 설명할 수 있을 만큼 광범위해야 한다." 그렇다면 《바람과 함께 사라지다》를 요약해서 여기 대입했을 때 어떤 일이 일어나는지 살펴보자.

먼저, 사랑의 본질을 중심으로 보자.

> 남북전쟁을 배경으로 한 소설 《바람과 함께 사라지다》는 엉뚱한 사람을 사랑하는 바람에 그녀가 진정 원하는 것을 줄 수 있었던 운명의 남자를 알아보지 못한 남부의 어느 미인에 관한 이야기다.

나쁘지 않은 설명이다. 이 책이 로맨스 소설이고 나머지 모든 것이 그저 '배경'에 불과하다면 말이다. 그러나 소설이 다루는 범위를 생각할 때 이 요약은 너무 제한적이다.

다음으로 스칼렛이 사회 규범을 무시하는 방식을 중심으로 정리해보자.

> 《바람과 함께 사라지다》는 남북전쟁 가운데서 살아남기 위해 사회의 흐름에 저항하는 남부의 어느 미인에 관한 이야기다.

이것도 나쁘지는 않다. 추상적이어도 괜찮다면 말이다. 하지만 정확히 어떤 사회적 흐름인가? 저항한다고 했는데, 어떻게? 보다 구체적인 설명 없이는 무슨 말인지 쉽게 와닿지 않는다.

그렇다면 계급구조에 초점을 맞춰 보자.

《바람과 함께 사라지다》는 남부의 전통적 계급구조가 남북전쟁을 거치는 동안 어떻게 무너지는가에 관한 이야기다.

이건 마치 논픽션 같지 않은가? 논픽션은 팔리는 장르고, 또 수백만의 남북전쟁 애호가들이 있음을 감안할 때 이 책은 베스트셀러가 될 수도 있다. 이 소설이 실은 사회의 흐름에 저항하는 어느 용기 있는 여인의 뜨거운 로맨스라는 것을 깨닫기 전까지는 말이다. 물론 그때쯤이면 아무리 투철한 역사광이라도 입을 다물고, 오직 스칼렛이 너무 늦기 전에 레트가 진정한 사랑임을 깨닫기만을 바라느라 정신없을 테지만.

위의 요약들이 전부 다 쓸데없다는 말은 아니지만, 분명 앞서 소개한 요약들에는《바람과 함께 사라지다》에서 가장 핵심인 뭔가가 빠져 있다. 그렇지만 만약 '상황 대처 능력(미첼이 스스로 자신의 주제를 설명할 때 썼던 그 개념)'으로 이 소설을 요약한다면, 그건 좀 다른 이야기가 된다.

《바람과 함께 사라지다》는 고집 센 남부의 어느 미인에 관한 이야기다. 남북전쟁이 벌어지는 동안 그녀는 생존을 위해 무너져가는 사회 규범에 치열하게 저항하면서, 불굴의 상황 대처 능력으로 인해 유일하게 자신과 똑같은 남자를 거절한다.

아하! 《바람과 함께 사라지다》에 대한 이 요약이 완벽하지는 않지만, 여기서 우리는 언급할 만한 가치가 있는 무언가를 발견할 수 있다. 이야기의 중심 주제를 알아내는 데 도움을 주는 한 가지 방법은 바로 이렇게 묻는 것이다. "그것은 이야기의 다른 주제들까지도 관통하는가?" 《바람과 함께 사라지다》의 경우 스칼렛의 상황 대처 능력이 가장 우선이며 이것은 나머지 모두에 영향을 끼친다. 사랑, 시대의 사회적 관습이 강요하는 것에 대한 거부, 그리고 원하는 것을 얻지 못했을 때 행동을 취하는 성격까지. 행동을 취한다고? 그렇다. 그것이 플롯이다.

주인공의 문제 vs 플롯

잘 알다시피 플롯은 주인공으로 하여금 원하는 목표에 이르기 위해 점점 더 어려운 장애물을 통과하도록 만든다. 그러나 플롯의 목표가 단순히 주인공의 목적 달성에 있는 것만은 아니다. 그보다 먼저 플롯은 주인공이 자신의 내면적 문제를 직면하게 한다. 이 문제는 때때로 주인공의 '치명적 약점'이라 불린다. 뿌리 깊은 두려움이건, 끈질긴 오해건, 의심 많은 성격이건, 이것은 주인공이 오랫동안 싸워온 것이며 결국 마지막 장애물을 넘기 위해 반드시 극복해야만 하는 대상이다. 역설적이게도 이것을 한번 극복하고 난 주인공은 진정한 성공이란 이때껏 자신이 생각해왔던 것과는 전혀 다르다는 것을 깨닫게 된다. 이는 로맨틱 코미디에서 흔히 볼 수 있는 장면이다. 이를테면 남자 주인공은 이야기 내내 아름답고 도도하며 부자인 데다 날씬하기까지 한 여자에게 매달리다가 결국 이웃집의 귀엽고 통통한 평범녀가 훨씬 더 사랑스럽다는 것을 깨닫는다.

그런데 스칼렛은 그렇지 않다.

그녀의 치명적 약점은 일종의 자아도취에 있다. 이것은 그녀의 멈출 수 없는 상황 대처 능력과 맞물려 그 자신도 보지 못하는 약점을 만들어낸다. 그러나 우리에겐 이것이 보인다. 그래서 우리는 그녀가 살아남기를 응원할 뿐 아니라 쓸데없는 것 때문에 중요한 것까지 버리지 않기를 바란다. 그런데 그녀는 어떻게 되는가? 거의 독자의 바람 가까이에까지 가지만, 너무 늦고 또 조금 부족하다. 이 때문에 책을 다 읽고 난 우리는 레트는 걱정하지 않지만 그녀는 걱정한다.

스칼렛의 구체적 목표 : 그녀가 진정으로 원하는 것은 무엇인가?

잠깐. 이 소설에 관한 설명으로 아직도 무언가가 빠져 있는 듯한 느낌이다. 치명적 약점이든 뭐든 스칼렛은 살아남기를 원한다. 그런데 그것은 우리 모두 원하는 것이지 않은가? 다시 말해 이것은 모두에게 해당하는 말이기 때문에, 정작 스칼렛에 대해서는 그 무엇도 말해주지 않는다. 이야기에도 별 도움이 되지 않는다. 진짜 질문은 이거다. "살아남는 것이 스칼렛에게 지니는 의미는 무엇인가?" 플롯 측면에서 이 질문은 다음과 같이 번역된다. "자신의 삶에 던져진 것들로부터 살아남았음을 느끼기 위해 스칼렛에게 필요한 것은 무엇인가?" 정답은 그녀 가족이 소유한 농장이다. 타라. 즉, 땅이다. 이야기 앞부분에서 스칼렛의 아버지는 이렇게 말한다. "땅은 이 세상에서 무엇이든 될 수 있는 유일한 것이다." 땅은 스칼렛을 과거와 이어주는 동시에 지금 그녀를 만들어가고 있는 것이다. 땅이 없으면 그녀는 아무것도 아니다. 이것만이 그녀가 살아남았음을 증명해줄 척도다.

하지만 이 말이 맞는가? 그녀를 과거와 이어주고, 지금의 그녀를 만들어가고 있는 것이 땅인가? 맙소사, 그게 아니기를 빌자. 이게 바로 스칼렛이 성공적이면서도 비극적인 인물인 이유이며, 자신이 진정 원하는 것에 대한 그녀의 맹목(자신의 치명적 약점에서 비롯된)에 독자 입장에서 짜증이 나기보다는 이해가 가는 이유이기도 하다. 놀랍게도 독자는 의도적으로 맹목적인 주인공에 대해, 그 맹목의 이유만 이해하고 있다면 관대하다. 말하자면 이런 것이다. '왜 그는 모두가 잘 아는 무언가를 외면하기 위해 야근을 할까?' 이때 실제로 "아하" 하게 되는 순간이 오는 시점은 독자에게 달려 있다. 왜냐하면 독자가 느끼는 깨달음은 주인공이 변하지 않으리라는 사실뿐 아니라, 주인공의 의도적인 맹목이 실은 무언가로부터 그를 보호하고 있다는 사실을 처음으로 아는 것에서 비롯되기 때문이다.

그러면 다시 스칼렛의 이야기로 돌아가서, 앞서 우리가 한 요약에 한 구절 덧붙여보자.

《바람과 함께 사라지다》는 고집 센 남부의 어느 미인에 관한 이야기다. 남북전쟁이 벌어지는 동안 그녀는 살아남기 위해 무너져가는 사회 규범에 치열하게 저항하면서, 불굴의 상황 대처 능력으로 인해 유일하게 자신과 똑같은 남자를 거절한다. 그녀가 가장 중요하다고 잘못 생각한 한 가지는 가족의 땅, 타라를 지키는 것이었다.

어떤가? 이것은 마치 작은 개요 같다. '상황 대처 능력으로 이뤄낸 생존'이라는 주제가 스칼렛의 내면적 문제와 합쳐져 플롯 속을 통과하고 있기 때문이다. 주제, 주인공의 내면적 문제, 그리고 플롯이 하나로 모아지면서 우리는 1024쪽에 달하는 책의 핵심을 뽑아낼 수 있었다. 우리는 이 책이 말하고자 하는 바를 분명하게 보여주는 큰 그림을 발견했다.

초점 사용법 : 이야기를 순조롭게 진행하는 방법

이 방법은 이야기를 다 쓴 다음 이 이야기가 무엇에 관한 것인지를 알아보는 데도 효과적이지만, 글을 쓰기 전이나 쓰는 도중에 참고하면 더 큰 도움이 된다. 언제나 유용하다는 말이다. 이야기의 초점이 무엇인지 아는 것은 인지적 무의식이 늘 하는 일, 즉 중요하지 않은 모든 정보를 걸러내는 일을 우리 스스로 하게끔 해준다. 작가인 당신은 이야기를 더 단단하게 만들기 위해 각각의 사건, 전환, 등장인물의 반응에 이 원칙을 적용해볼 수 있다.

글을 쓸 때 처음 생각한 주제를 바꾸거나 예상과 완전히 다른 방향으로 전개해서는 안 된다는 말은 아니다. 그러나 이것들이 한번 바뀌면 작가는 반드시 알아차리고 이에 맞게 서사를 재조정해야 한다. 어떻게? 당신은 이미 원래 이야기가 가려던 방향과 목적지를 알고 있다. 그러므로 달라진 이야기에도 같은 지도를 활용할 수 있다. 잊지 말아야 할 점은 만약 이야기의 초점이 중간쯤에서 달라진다면 앞으로의 도착 지점뿐만 아니라 그 지점까지 오게 한 모든 것이 달라져야 한다는 사실이다. 그렇지 않으면 마치 뉴욕행 비행기를 탔는데 신시내티에 내린 것과 같은 꼴이 될 것이다. 잘못 가져온 옷들은 차치하더라도, 이 얼마나 황당한 일인가. 좋은 소식은 이미 당신에게는 지도가 있기 때문에(5장에서 이 지도에 대해 더 자세히 살펴볼 것이다) 어디를 고쳐야 할지 쉽게 알 수 있다는 점이다.

초점이 있는 이야기는 독자들에게 큰 즐거움을 준다. 독자들은 기본적으로 이야기 속의 모든 것이 필요에 의해 존재한다고 믿고 있다. 따라서 그들에게 멋진 이야기를 들려주기 위해서는 필요하지 않은 모든 것들을 솜씨 있게 걸러내야만 한다.

CHECK
POINT
02

지금 쓰고 있는 이야기의 핵심이 무엇인지 아는가?
독자들이 무엇에 관해 생각해보기를 원하는가? 그들의 세
계관이 어떻게 변하기를 바라는가?

당신의 이야기가 인간 본성에 대해 무엇을 말하고 있는지
아는가?
이야기는 우리가 세상을 이해하는 방법이다. 따라서 모든
이야기는 작가가 의도했든 아니든 인간에 대해 무언가를
말해준다. 당신 이야기는 무엇을 말하고 있는가?

주인공의 내면적 문제, 주제, 플롯이 '이야기의 핵심 질문'
에 답하기 위해 함께 작동하는가?
스스로에게 질문해보라. 당신이 창조한 세계가 주인공을
다루는 방식에 주제가 반영되어 있는가? 플롯의 여러 사
건들은 주인공이 감추고 있는 내면적 문제를 끄집어내도
록 강요하고 있는가?

플롯과 주제가 이야기의 주된 질문을 벗어나고 있지는 않
은가?
이야기가 던지는 핵심 질문은 독자의 마음속에 늘 남아 있
어야 한다. 주제와 연관된 사건들이 이 역할을 해야 한다.

당신의 이야기를 하나의 짧은 문단으로 요약할 수 있는가?
먼저 당신의 주제가 어떻게 플롯을 형성해가는지를 살펴
보라. 우리가 《바람과 함께 사라지다》로 했던 것처럼 천천
히 단계를 밟아나가라. 쉽지 않겠지만 노력의 대가는 결코
작지 않을 것이다.

3장 감정 전달하기

독자는 주인공의 감정을
그대로 느낀다

뇌의
비밀

모든 의미를 결정하는 것은
감정이다.
느끼지 못하면
깨어 있는 것이 아니다.

이야기의
비밀

모든 이야기는
감정에서 비롯된다.
느끼지 못하면 읽는 것이 아니다.

"감정은 단순히 중요한 게 아니다.
그것은 중요하다는 말이 의미하는 바 자체다."

— 다니엘 길버트,《행복에 걸려 비틀거리다》

우리 대부분은 이성과 감정이 양 극단의 것이라고 믿으며 자라왔다. 이성이 튼튼한 흰 모자라면 감정은 칙칙한 검은 모자라는 식으로 말이다. 남자와 여자 중 누가 어떤 모자를 써야 한다고 말해왔는지에 대해선 얘기도 꺼내지 말자. 사람들은 이성이 세계를 있는 그대로 본다고 생각하는 반면, 분별없는 깡패나 다름없는 감정은 여기에 흠집을 내려 한다고 생각했다. 어휴.

하지만 신경과학자 조나 레러는 "감정이 없었다면 이성은 존재하지도 않았을 것"이라고 했다.[1] 여기 그것을 설명해주는 슬픈 실화가 있다. 더 슬픈 것은, 현실의 실제 주인공은 이것을 슬픈 일이라고 생각하지도 못한다는 데 있다. 왜냐하면 말 그대로 그는 슬픔을 느끼지 못하기 때문이다. 안토니오 다마지오의 환자였던 엘리엇은 양성 뇌종양 수술 과정에서 전두엽 피질의 작은 부분을 잃었다. 아프기 전에 그는 기업의 고위직에 있었으며,

유복하고 화목한 가족도 있었다. 그러나 다마지오를 만날 당시 그는 모든 것을 잃어가는 중이었다. 엘리엇은 IQ 테스트에서 여전히 상위 3% 안에 들었고 뛰어난 기억 능력을 지니고 있었으며 각각의 문제에 대해 가능한 한 모든 해결책을 제시하는 데 아무런 지장이 없었다. 문제는 그가 더 이상 결정을 내릴 수 없게 되었다는 데 있었다. 작게는 어떤 색깔의 펜을 써야 할지에서부터 크게는 상사가 기대하는 업무를 하는 것과 하루 종일 사무실의 모든 폴더들을 알파벳 순서로 정리하는 것 중 무엇이 더 중요한지 결정하는 일까지.[2]

왜일까? 다마지오는 그가 감정을 잃었기 때문이라는 사실을 발견했다. 뇌 손상이 엘리엇으로 하여금 더 이상 감정을 경험할 수 없게 만든 것이다. 그 결과 엘리엇은 삶에서 완전히 분리되어 모든 것을 중립적으로 생각하게 되었다. 잠깐, 그런데 이것은 꼭 나쁜 일인가? 그의 판단에 더 이상 감정이 끼어들거나 방해하지 않는다면, 그는 오히려 더 쉽게 합리적인 판단을 내릴 수 있지 않겠는가? 그러나 그렇지가 않다. 감정이 없으면 모든 것은 말 그대로 똑같아진다. 모든 선택지가 동일한 무게를 지니게 되는 것이다.

인지과학자 스티븐 핑커는 "감정이란 뇌에서 가장 중요한 목표들을 결정하는 메커니즘이다"라고 했다.[3] 중요한 결정에서부터 오늘 아침에 뭘 먹을까 하는 결정까지 모두. 감정 없이는 무엇이 중요하고 중요하지 않은지, 또 무엇이 가치가 있고 그렇지 않은지를 가늠할 수 없다.

이것은 이야기에도 똑같이 적용된다. 만약 독자가 무엇이 중요하고 중요하지 않은지 감정적으로 느낄 수 없다면, 아무것도 중요하지 않게 되어버린다. 이야기를 끝까지 읽는 일까지도. 그렇다면 작가들에게 묻겠다. 이 감정들은 어디서 오는가? 답은 간단하다. 바로 주인공이다.

이 장에서 우리는 이야기의 요소 중 가장 중요한, 그러나 종종 간과되어왔던 감정의 문제를 어떻게 능숙하게 다룰 것인지에 대해 알아보고자 한다. 또 외부에서 일어나는 일들에 반응하며 주인공의 내면에 어떤 감정이 이는지 독자들이 알게 하는 일, 일인칭과 삼인칭으로 쓸 때 달라지는 전달 방식, 사설화의 폐해, 몸짓 언어가 결코 거짓을 말하지 않는 이유 등에 대해 살펴볼 것이다. 마지막으로 "아는 것을 쓰라"라는 오래된 격언에 대해서도 다시 생각해볼 것이다.

주인공 : 내가 느껴지니?

우리가 이야기에 완전히 빠져들게 되면 경계는 사라진다. 우리는 주인공이 되어 그가 느끼는 것을 함께 느끼며 원하는 것을 같이 원하고 두려워하는 것을 똑같이 두려워한다. 다음 장에서 다루겠지만, 문자 그대로 우리는 주인공의 생각을 거울처럼 그대로 따라하게 된다. 영화도 마찬가지다. 대학 시절 캐서린 헵번이 나오는 영화를 보고 집으로 돌아오던 길이 생각난다. 어두운 가게 유리창에 비친 내 모습을 보기 전까지, 나는 내가 얼마나 깊게 그 영화에 영향을 받았는지 깨닫지 못했다. 바로 그 순간 전까지 나는 캐서린 헵번이었다. 아니, 더 정확히 말하자면 영화 〈휴일〉의 린다 시턴이었다. 그러다 갑자기 나는 다시 나로 돌아온 것이다. 그것은 영광스러운 미래를 향해 항해를 떠나기 위해 배 위에서 기다리고 있는 캐리 그랜트가 내게는 없다는 것을 의미했다.

그러나 적어도 거리를 걷는 몇 분 동안 나는 그녀의 눈을 통해 이 세상을 보았다. 그것은 감동적인 일이었고, 선물처럼 느껴지기까지 했다. 나의 세계관 전부가 뒤바뀌어버렸기 때문이었다. 린다는 집안의 골칫덩어리였고, 나 역시 그랬다. 그녀는 관습과 싸웠고 결과에 연연하지 않았으며, 다락방에서 몇 년을 보내기까지 했지만 결국엔 승리했다. 어쩌면 나도 그럴 수 있을지 몰랐다. 극장에 갔을 때보다 집으로 돌아올 때 내 발걸음은 더 가벼웠다.

작가들이 빠지기 쉬운 함정 중 하나는 바로 독자를 주인공에게 다가오지 못하도록 하는 것이다. 그들은 무엇이 일어났는지가 곧 이야기라고 착각한다. 하지만 우리가 이미 배웠듯 진짜 이야기란 일어난 그 일이 주인공에게 어떤 영향을 미쳤으며 그 결과 주인공이 무엇을 하게 되었느냐에 관한 것이어야 한다.

따라서 이야기에 나오는 모든 것은 그 나름의 감정적 무게를 지니며, 주인공에게 어떤 영향을 주느냐에 따라 의미를 갖는다. 만약 주인공에게 영향을 주지 못한다면, 그게 삶이건 죽음이건 로마제국의 멸망이건 완전히 중립적인 것이 되어버린다. 그러면 어떤 일이 벌어지는가? 독자는 지루해진다. 중립성은 요점을 비껴가게 할 뿐만 아니라 요점을 손상시킨다.

바로 이것이 우리가 쓰는 모든 이야기 속에서 주인공이 반드시 독자가 보고 이해할 수 있는 방식으로 대응해야 하는 이유다. 이 반응은 구체적이고 개인적이며 주인공이 자신의 목적을 달성하는 데 어떤 영향을 주어야 한다. 냉정하고 객관적인 해설이 되어서는 안 된다.

이제껏 신경과학자들이 발견한 사실들, 즉 우리가 경험하는 모든 일들은 자동적으로 감정의 옷을 입는다는 것을 독자들은 본능적으로 안다. 중요한 질문은 오직 하나뿐이다. '나에게 상처를 줄 것인가, 도움을 줄 것인가?'[4] 이 하나의 문장이 복잡하고 변화무쌍한 우리의 자아 관념과 나아가 우리가 경험하는 세계를 규정하는 근간이 된다. 안토니오 다마지오에 따르면 "어떤 문제에 관한 어떤 종류의 의식적 이미지도 감정과 그 결과로 나타나는 기분을 동반하지 않을 수는 없다".[5] 느끼지 않는다면 숨 쉬고 있지 않은 것이다. 중립적인 주인공은 인형에 불과하다.

주인공 속으로 독자를 던져 넣으려면

　주인공의 반응을 아주 가까이서 볼 수 있을 때 비로소 우리는 '느낄 수' 있다. 주인공이 느끼는 것을 독자도 느끼게 되면 이야기가 끝날 때까지 독자는 거기 붙잡혀 있게 된다. 물론 이야기 속 다른 인물들이 느끼는 감정은 독자가 전혀 느끼지 않는다는 말은 아니다. 그러나 궁극적으로 다른 인물들이 느끼고 생각하고 행하는 일들은 모두 주인공에게 어떠한 영향을 주는가를 기준으로 판단된다. 결국 우리가 읽는 이야기는 주인공의 이야기이므로, 모든 인물과 사건은 주인공을 중심으로 평가된다. 최종적으로 이야기를 앞으로 움직이게 하는 것은 외부에서 벌어지는 일들이 아니라 그에 따른 주인공의 행동과 반응, 결정이다.

　주인공의 반응은 크게 다음 세 가지로 나눌 수 있다.

　1. **외부적으로** : 프레드가 늦는다. 수는 초조하게 왔다 갔다 하다가 발끝을 부딪힌다. 아프다. 그녀는 한 발로 뛰며 선원처럼 욕을 한다. 프레드가 좋아하는 루비색 구두의 광택에 흠집이 나지 않기를 바라면서.

　2. **우리의 직관을 통해** : 우리는 수가 프레드를 좋아하고 있다는 것을 안다. 따라서 프레드가 늦는 이유, 즉 그가 수의 절친한 친구 조앤과 함께 있다는 것을 알게 된 순간, 앞으로 수에게 다가올 고통을 즉

시 느낄 수 있다. 지금 수는 프레드가 조앤을 알고 있다는 사실조차 모른다.

3. 주인공 내면의 생각을 통해 : 수가 프레드를 조앤에게 소개할 때, 그녀는 둘 사이에 무엇인가가 있다는 것을 감지한다. 서로를 모른 체 하는 두 사람을 지켜보며 수는 그들이 끔찍한 최후를 맞게 할 음모를 계획한다.

이야기 사건들이 주인공의 시선을 통해 걸러질 때, 즉 주인공이 모든 일에 자신만의 의미를 부여할 수 있을 때 우리는 주인공의 눈을 통해 사건을 바라보게 된다. 그러면 우리는 단순히 주인공이 보는 것을 똑같이 보는 것에서 그치지 않고 그 일이 주인공에게 무엇을 의미하는지까지 알게 된다. 바꾸어 말해, 그러므로 독자는 일어나는 모든 일에 관한 주인공의 의견을 알아야 한다.

바로 이것이 서사적 이야기에 독특한 힘을 부여하는 요소다. 연극이나 영화, 심지어는 삶과도 구분되는 이 산문 문학만의 가장 매력적인 특징은 다른 사람의 마음이라는, 결코 접근할 수 없는 상상의 영역에 가닿을 수 있다는 것이다. 이 중요성이 손실되지 않도록, 우리 뇌는 다음 목적을 위해 진화해왔다는 사실을 마음에 새겨두자. 그 목적이란 바로 타인의 마음속, 즉 그들의 동기, 생각, 진짜 색깔을 직관적으로 알아내는 것이다[6](이 문제에 대해선 4장에서 더 다루게 될 것이다). 삶에서도 '직관'은 대단히 중요한 단어다. 영화는 행동을 통해 시각적으로 이 직관을 전달하는 힘을 지녔으며, 희곡은 대화를 통해 전달한다. 이 방법들은 모두 놀랍도록 매력적이지만 궁극적으로 우리의 추측을 요구한다는 공통점을 지니고 있다. 그러나 산문에서는 이러한 생각들이 명확하게 제시된다. 이야기가 살아 숨 쉬는 곳에서 이 생각들은 주인공이 사건으로 인해 어떤 영향을 받았고 이 사건을 어떻게 해석하는지를 직접 드러내준다.

독자가 원하는 것, 독자 자신도 모르게 던지게 되는 비밀의 질문은 바로 이것이다. '만약 나한테 이런 일이 일어난다면 기분이 어떨까? 어떻게 대처하는 게 최선일까?' 주인공은 아예 대응하지 않음으로써 문제를 피해갈 수도 있다. 이 또한 유용한 답이 될 수 있다.

어떻게 하면 독자에게 주인공의 생각에 대한 단서를 줄 수 있을까? 즉, 어떻게 하면 주인공이 실제로 생각하고 있는 바를 독자에게 알려줄 수 있을까? 그가 입으로는 정반대의 이야기를 하고 있다고 해도 말이다. 이것이 가장 중요한 질문이다. 왜냐하면 대개 사건에 대한 인물의 반응은 온전히 내면적이기 때문이다. 입 밖에 내지 않은 독백, 갑작스러운 깨달음, 회상, 혹은 에피파니(평범한 대상에서 갑자기 경험하는 정신적 현시 – 옮긴이)의 순간처럼. 이것을 이야기 속에 직조해 넣는 방법은 일인칭 시점으로 쓰느냐 삼인칭 시점으로 쓰느냐에 따라 달라진다.

일인칭 시점으로 쓰기

　일인칭 시점으로 쓰면서 독자에게 주인공의 생각을 전달한다는 것은 얼핏 생각 없는 얘기처럼 들린다. 일인칭 자체가 주인공이 직접 이야기한다는 소리인데, 그렇다면 모든 것이 다 주인공의 생각이지 않겠는가? 맞다. 바로 그 지점이 까다로운 부분이다. 왜? 일인칭 시점으로 쓰는 이야기 속 모든 요소들은 반드시 직접적이거나 간접적이거나 암시적인 의미를 지니고 있어야 하기 때문이다. 그래서 화자가 들려주는 모든 이야기에는 그의 의견이 섞여 있다. 화자가 선택하는 각각의 디테일에는 그의 사고방식이 반영되어 있고, 이를 통해 우리는 그가 어떤 사람인지, 또 어떤 세계관을 갖고 있는지 알 수 있다. 영화 〈라쇼몽〉을 떠올려보자. 네 사람이 하나의 사건을 목격했지만, 결국 네 명의 증언은 서로 다르다. 누가 거짓말을 하는 것도 아니다. 하나가 진실이면 다른 하나는 거짓일까? 그렇지 않다. 가치관과 세계관이 각각 다르고, 그것이 같은 사건을 다르게 보도록 만든 것뿐이다. 모두가 똑같은 사건을 보았지만 각자 의미를 부여한 부분과 방식이 달라서 모두 다른 결론을 내리게 되었다는 이야기다.

　그렇다면 객관적 진실이란 존재할까? 그럴 수도 있다. 하지만 우리의 경험은 주관적일 수밖에 없다는 것을 고려해볼 때, 우리가 객관적 진실을 어찌 알겠는가? 일인칭 시점의 글에서 화자가 말하는 모든 것에는 주관적인 의미가 들어 있다. 화자는 이야기를 만들기 위해 자의적으로 말할 거리들을 택한 것이다.

삼인칭 시점과 일인칭 시점의 차이는 무엇일까? 이것은 거리의 문제다. 삼인칭 시점으로 쓰인 이야기에는 독자가 전지적 화자에 의해 제시된 사건들의 의미에 대해 평가할 수 있는 시간이 있다. 독자가 주인공에 대해 알고 있는 것을 토대로 말이다. 예를 들어, 한 남자가 여자에게 플러시 천으로 만든 형광 오렌지색 소파를 깜짝 선물한다고 해보자. 이 사건 자체는 중립적이다. 그러나 만약 우리가 여자는 자신의 오래된 소파를 아끼며, 오렌지색을 싫어하고, 플러시 천은 질색한다는 사실을 알고 있다면, 그녀가 그 선물을 받았을 때 기분이 어떨지 잘 알 수 있을 것이다. 이후 여자가 남자에게 무슨 말을 하는지와는 관계없이 말이다.

반면에 일인칭 시점으로 쓰인 이야기에서는 아무것도 중립적일 수 없다. 단 한 순간도. 화자는 자신에게 어떤 식으로든 영향을 미치지 못하는 일이라면 결코 우리에게 말해주지 않는다. 일인칭 시점에서 화자는 마을이 어떻게 생겼는지, 여직원이 뭘 입고 출근했는지, 마들렌이 얼마나 맛있으며, 정부가 나라를 어떻게 망쳐놓았는지에 대해 결코 객관적으로 늘어놓지 않는다. 화자가 이런 말을 한다면 그건 오직 이것들이 그가 하려는 이야기에 어떤 식으로든 영향을 주기 때문이다. 화자를 일종의 나르시시스트로 생각하면 도움이 될 것이다. 이야기 속 모든 것은 그와 관련이 있다. 그렇지 않다면, 왜 이야기하겠는가?

따라서 화자의 생각은 그가 언급하기로 선택한 모든 것들 속

끌리는 이야기는 어떻게 쓰는가

에 스며들어 있으며, 화자는 그 모든 것들로부터 결론을 이끌어 낸다. 하지만 여기서 끝이 아니다. 화자는 자신이 말하는 모든 것에 대한 생각을 직접 표현하는 것에 조금도 수줍어하지 않는다. 당연히, 그가 말하는 모든 것이 완전히 틀릴 수도 있다. 일인칭 시점에서 화자는 종종 믿을 수 없는 존재다. 그래서 그의 말이 어디까지 사실인지를 밝혀내는 것이 독자의 재미이기도 하다.

 일인칭 시점에서 화자가 우리에게 말해줄 수 없는 단 한 가지는 바로 다른 인물의 생각이나 감정이다. 따라서 만약 프레드가 수와 헤어진 이야기를 한다고 했을 때 이런 식으로는 말할 수 없다. "내가 조앤과 사랑에 빠졌다고 말했을 때, 수는 한 대 얻어맞은 것 같은 기분이 들었다." 대신 그는 이렇게 말할 것이다. "내가 조앤과 사랑에 빠졌다고 말했을 때, 수는 한 대 얻어맞은 것처럼 얼굴색이 변했다." 프레드는 수의 감정에 대해 정보를 전달하거나 추측할 수는 있지만, 그녀의 마음속을 들여다본 것처럼 단정적으로 말할 순 없다. 물론 이런 식은 가능하다. 프레드는 원래 남의 속을 들여다보듯 말하는 인물이라고 설정하는 것이다. 그러나 이 경우에도 '수는 한 대 얻어맞은 것 같은 기분이 들었다'라는 프레드의 확신은 프레드가 어떤 사람인지를 보여주는 것이지 진짜 수의 감정을 설명해주는 것은 아니다.

 하지만 프레드가 아무것도 느끼지 않는다면 어떨까? 그는 지금 조앤과의 관계를 부인하고 있다. 따라서 자연스럽게 수가 자신과 조앤의 관계에 대해 모든 것을 알고 있다는 힌트를 주는데도 반응하지 않는다. 독자가 프레드가 부인하고 있다는 것을 알고 있다면, 이미 비밀은 누설된 것이다. 일인칭 시점으로 글을 쓰는 한 프레드가 생각하고 있지 않은 것을 전달할 수는 없다.

프레드가 아무 생각도 하지 않는 것을 우리가 원치 않는다는 건 자명한 일이다. 프레드가 부인 중이라는 것을 전달하는 방법은 그가 수의 힌트들을 어떻게 해석하고 있는지 보여주는 것이다. 그는 어떻게 합리화를 하고 있는가? 부정하는 상태를 설명하기란 말처럼 쉬운 일이 아니다. 그건 '텅 빈' 상태가 아니다. 오히려 더 많은 일을 요구받고 있는 상태다. 멀쩡하게 잘 살고 싶은 갈망을 충족하려면 정보 조작의 달인이 되어야 하는 것이다.[7] 프레드는 의미를 부여하고 그것들을 합리화하기 위해 더 많은 시간을 쏟아야 하고, 독자는 그 이면의 진짜 의미를 분명히 짚어낼 수 있어야 한다.

요약하면, 일인칭 시점으로 이야기를 쓸 때는 다음 사항들을 유의해야 한다.

- 화자가 하는 모든 말은 화자 자신의 가치관을 반영한다.
- 화자는 자신에게 영향을 끼치지 않은 일에 대해 결코 언급하지 않는다.
- 화자는 말하는 모든 일로부터 결론을 이끌어낸다.
- 화자는 중립적일 수 없다. 언제나 자신만의 목표가 있다.
- 화자는 타인의 감정이나 생각에 대해 말해줄 수 없다.

끌리는 이야기는 어떻게 쓰는가

삼인칭 시점으로 쓰기

작가가 일인칭 시점으로 이야기를 쓸 때 가장 좋은 점은 독자가 이게 누구의 생각인지 혼동할까 봐 걱정할 필요가 전혀 없다는 점이다. 일인칭 시점에서 모든 생각은 화자의 것이다. 그러나 삼인칭 시점이라면 이야기는 달라진다. 여기 가장 대표적으로 사용되는 세 가지 경우를 보자.

1. 객관적 삼인칭 시점 : 객관적이고 외부적인 시선에서 이야기를 서술한다. 따라서 작가는 결코 등장인물의 감정이나 생각에 대해 말하지 않는다. 대신 영화에서처럼 모든 정보는 오직 등장인물의 행동에 의해서만 암시된다. 객관적 삼인칭 시점에서 이야기를 쓴다면, 당신은 외부 신호를 통해 주인공의 내면을 보여주어야 한다. 예를 들면 몸짓 언어나 입고 있는 옷, 그리고 등장인물이 어디로 가서 무엇을 하는지, 누구와 만나는지, 무엇을 말하는지를 통해서.

2. 제한적 삼인칭 시점 : 단 한 사람(대부분 주인공)의 생각과 감정에 대해서만 말해준다는 점에서 이것은 일인칭 시점과 매우 흡사하다. 주인공은 모든 상황과 장소에 등장해야 하며, 일어나는 모든 일을 알고 있어야 한다. 유일한 차이점은 '나' 대신 '그'나 '그녀'를 사용한다는 점이다. 일인칭 시점과 마찬가지로 주인공을 제외한 다른 사람들의 마음은 들여다볼 수 없다. 그들이 먼저 떠들어대기 전까지는.

3. 전지적 작가 시점 : 모든 것을 보고 모든 것을 아는 믿을 수 있는 화자가 이야기를 해준다. 이 시점에서 화자는 모든 인물의 마음속을 꿰뚫어볼 수 있으며, 그들의 감정과 생각, 이미 한 일과 앞으로 할 일에 대해서까지 독자에게 알려줄 수 있다. 물론 까다로운 점도 있다. 화자가 모든 일에 계속 따라다녀야 하며, 커튼 뒤에 계속 숨어 있어야 하기 때문이다. 자신을 드러내는 아주 작은 실수 하나만으로 이 꼭두각시 인형극은 엉망이 될 수 있다. 독자들이 인형 뒤에 실이 없다는 환상을 믿어야 하니까.

그러면 전지적 작가 시점이나 제한적 삼인칭 시점으로 이야기를 쓸 때 어떻게 등장인물의 생각을 전달할 수 있을까? 이것은 마치 텔레파시를 사용하는 것과 유사하다. 좋은 이야기는 지금 뭔가를 전달하고 있다는 것조차 독자가 눈치 채지 못하도록 이 일을 해낸다. 아마 당신은 등장인물의 생각에 대해 아주 능숙하게 알려주는 삼인칭 시점의 책을 수백 권도 더 읽었을 것이다. 하지만 여전히 우리는 '생각'으로 명확히 표시해야 하는 부분을 꼭 이탤릭체로 강조하거나 따옴표로 묶어야 하는지 궁금하다. 정답은 '아니요'다. 이탤릭체도, 따옴표도, 그 어떤 표시도 필요 없다.

일단 페이지에 등장인물의 생각을 자연스레 흘려 넣는 기술을 습득하면, 독자는 자동적으로 화자의 목소리와 인물 내면의 생각을 구별할 수 있게 된다. 독자에게 화자의 존재는 중요하지

끌리는 이야기는 어떻게 쓰는가

않지만, 직관적으로 독자는 주인공이 어떤 의견을 갖게 되리라고 기대한다. 대신 화자의 목소리는 거의 언제나 중립적이다. 전지적 작가 시점에서 화자는 숨은 채로 모든 사실을 보고해야 한다. 반면 등장인물의 경우 무엇에 대해서든 자신들의 욕망을 자유롭게 표현할 수 있다. 독자가 주인공이 누구인지 알고 있는 한 다른 설명은 필요 없다. 예를 들어 엘리자베스 조지의《적색 부주의Careless in Red》중 한 부분을 보자.

> 앨런이 말했다. "케라."
>
> 그녀는 못 들은 척했다. 쌀과 녹색 콩으로 된 잠발라야와 브레드 푸딩을 만들기로 했다. 시간이 좀 걸리겠지만 괜찮았다. 치킨, 소시지, 새우, 피망, 바지락 국물…… 목록은 계속해서 이어졌다. 그녀는 일주일분을 만들기로 결심했다. 연습해보는 것도 좋을 것이다. 이렇게 하면 아무 때나 자기들이 원할 때 전자레인지에 데워 먹을 수 있겠지. 정말 훌륭한 기계가 아닌가? 전자레인지는 삶을 단순하게 만들어줬다. 이건 음식뿐 아니라 사람들도 이런 기계에 넣을 수 있게 해달라는 소녀의 기도에 대한 신의 응답이 아닐까? 그들을 데우는 것이 아니라, 전혀 다른 무언가로 바꿀 수 있도록. 소녀는 누굴 가장 먼저 집어넣을까. 그녀는 궁금했다. 엄마? 아빠? 산토? 아니면, 앨런?[8]

훌륭하다. 그렇지 않은가? 작가는 등장인물이 잠발라야를 만들기로 하는 평범한 결정을 전혀 다른 문제의 핵심으로 이동시키고 있다. 작가가 이것을 어떻게 전달하는지 유심히 보라. 케라의 생각을 통해 현실과 은유를 오가면서, 사람들을 전자레인지 속에 집어넣는 것이 괜찮은 아이디어로 느껴질 정도로 잘 표현했다. 또 우리가 어떻게 이 질문들을 작가가 아닌 케라 자신의 생각으로 쉽게 알아챘는지도 생각해보라. '그녀가 결심했다', '그녀는 궁금했다' 같은 문장 없이도 독자는 이것이 케라의 내면에서 일어나는 생각이라는 것을 알아낼 수 있다.

많은 경우 등장인물의 생각은 목소리와 톤을 만드는 일을 하기 때문에, 첫 페이지에서부터 분위기를 설정하는 데 도움을 준다. 아니타 슈리브의《조종사의 아내 The Pilot's Wife》두 번째 단락을 보자. 지금까지 우리가 알고 있는 사실은 주인공 캐스린이 새벽에 눈을 떴다는 것이 전부다.

불 켜진 방은 마치 한밤중의 응급실처럼 낯설었다. 그녀는 계속해서 빠르게 생각했다. 마티. 그리고 잭. 그리고 이웃들. 그리고 자동차 사고. 그러나 마티는 침대에 있었다. 그렇지 않은가? 캐스린은 그녀가 자러 가는 것, 거실로 내려가 문을 여는 것, 단단하게 닫히는 소리가 난 것을 지켜보았다. 그리고 잭. 잭은 어디 있었나? 그녀는 자느라 눌린 머리를 헝클어뜨리며 머리 옆쪽을 긁었다. 잭은, 어디에 있었나? 그녀는 일정을 기억해내려 애썼다. 런던. 점심시간 근처엔 집에 있어야 했다. 그녀는 확신했다. 아니면 그녀가 틀렸으며, 그가 열쇠를 다시 잃어버린 걸까?[9]

독자의 주의를 잡아끄는 이 문단에 어떻게 조금씩 새로운 사실들이 첨가되고 있는지 보라. 의미가 하나씩 더해지고 있다. 그러면서 있는 그대로의 캐스린 모습과 그녀의 가족, 그리고 뭔가 잘못되고 있다는 의혹을 잠재우기 위해 그녀가 고군분투하며 정보를 처리해가는 과정이 드러나고 있다. 이것은 단순히 캐스린의 생각뿐만 아니라 사고 패턴까지 보여준다. 짧고, 들쭉날쭉하며, 혼란스러운 이 사고 과정은 장면을 계속해서 앞으로 진행시킨다. 작가의 최소한의 서술(예를 들면 "그녀는 계속해서 빠르게 생각했다", "그녀는 일정을 기억해내려 애썼다")들은 그녀의 생각 자체를 강조해주기도 하지만, 동시에 거부할 수 없는 신선하고 매력적인 문체와 목소리를 만드는 데도 기여한다.

하지만 이런 서술이 꼭 필요한가? 독자가 화자의 목소리에서 빠져나와 등장인물의 머릿속으로 들어갔다고 말해줄 작가가 꼭 있어야 하는가? 엘모어 레너드의 《프리키 디키Freaky Deaky》의 한 부분을 보면, 이런 서술이나 표시가 전혀 없다.

로빈은 그가 와인을 마시고 술잔을 다시 채우는 것을 지켜보았다. 불쌍한 사람 같으니. 그는 엄마를 필요로 하는 게 틀림없었다. 그녀는 손을 뻗어 그의 팔을 만졌다. "마크?" 그리고 그의 근육이 단단해지는 것을 느꼈다. 좋은 신호였다.[10]

여기서 마크를 모성애가 필요한 불쌍한 사내로 보는 사람이,

작가가 아니라 로빈이라는 사실에는 의심의 여지가 없다. 물음표나 이탤릭체, 혹은 '그녀는 생각했다', '궁금했다', '깨달았다', '가만히 바라보았다' 같은 말이 없다 해도. 이 단락에서 로빈의 생각이라고 따로 표시된 문장은 하나도 없다. 왜일까? 그럴 필요가 없기 때문이다. 독자는 상황을 이해하고 있다. '마크의 근육이 단단해진 것은 좋은 신호다'가 로빈의 의견이라는 걸 그냥 안다는 얘기다. 작가 입장에서 봤을 때 로빈의 생각은 완전히 틀릴 수도 있다. 바로 이 점이 우리를 계속 읽어나가게 한다. 독자는 결과를 알고 싶어 하기 때문이다.

일인칭 시점에서와 같이 삼인칭 시점에서도 주인공이 아닌 다른 인물의 감정이나 행동에 대해서는 단정적으로 말할 수 없다. 현실에서처럼 우린 그저 추측만 할 수 있을 뿐이다. 그리고 그 추측은 인물에 대해 뭔가를 알려주는 경우가 잦다. 다시 한번 《적색 부주의》의 두 인물, 설리번과 그의 냉정한 손녀 태미를 보자.

> 그녀는 신중하게 고개를 끄덕였다. 그는 그녀의 표정에서 알 수 있었다. 곧 그녀가 그의 말을 꼬아 반격해 오리라는 것을. 마치 그 일에만은 너무나도 전문가인 것처럼.[11]

작가는 태미가 곧 설리번의 말을 비틀어 답할 거라고 말해주지 않는다. 오히려 그녀의 표정에서 이것을 읽고 우리에게 알려주는 사람은 설리번이다. 여기서 우리는 세 가지를 알 수 있다. 그는 태미의 행동을 예상하고 있고, 혹은 그렇지 않을 가능성도 예상하고 있으며, 무엇보다 확실한 것은 그가 자신의 모든 말을 태미가 오해하고 있다고 느낀다는 점이다. 이 소설은 전지적 작가 시점으로 쓰였기 때문에 이렇게 반문할 수도 있다. "작가가 태미의 머릿속으로 들어가서, 사실 그녀는 할아버지의 말을 오해하지 않았다는 걸 확실히 보여주면 안 되나요?"

그럴 수 없다. 왜냐하면 그럴 경우 일명 '머리 넘나들기(head hopping)'라 하는 실수를 범하게 되기 때문이다.

머리 넘나들기

어떤 시점으로 글을 쓰든, 한 장면에서는 한 사람의 머릿속에만 들어가야 한다. 따라서 작가가 설리번의 머릿속에 들어가 있기로 했다면 그 장면에선 거기에만 머물러야 한다. 왜? 장면 중간에 시점을 바꾸는 것은 독자를 거슬리게 할 뿐 아니라 전체적인 흐름을 끊어버리기 때문이다. 마치 아래의 글처럼 말이다.

앤은 계속 왔다 갔다 하면서 제프가 언제쯤 기운을 차리고 무슨 일이 있었는지 말해줄까 궁금해했다. 결국 아내 미셸에게 우리 사이에 대해 얘기했을까? 왜 이렇게 마음 아파 보일까? 그녀는 좋은 대답을 기다렸지만 아무리 노력해도 그가 왜 소파 구석에 앉아 더러운 카펫만 멍하니 바라보고 있는지 도저히 알 수 없었다. 언제쯤 그녀는 더이상 참지 못하고 그에게 묻게 될까. "제프, 대체 뭐예요? 뭐가 잘못된 거죠?"라고.

그녀는 알고 있어. 제프는 생각했다. 느껴지거든. 물론 미셸에게 그녀에 대해 얘기했지. 미셸이 비웃으며 이렇게 말할 줄 누가 알았겠어. "어서 그 멍청한 여자랑 사라져버려. 뻔하지. 아마 집에 더러운 카펫이 한 트럭 있는 그런 여자일걸." 내가 너무 바보였어. 그렇지만 이제앤에게 다 끝났다고 어떻게 말해야 하지? 이렇게 여기 계속 앉아 카펫이나 쳐다보고 있다간 그녀가 먼저 알아차릴지도 몰라. 여자들의직감이란 무서운 거니까.

제프가 계속해서 대답하지 않자, 앤의 마음은 가라앉았다. 그건 오직하나만을 의미했다. 그가 아내 미셸에게 말했고, 미셸은 아마 저 카펫에 대해 또다시 언급했겠지. 지난 3월에 카펫 세탁 사업을 시작한이후로 미셸은 카펫에 대해 강박적이니까. 맙소사, 제프는 어쩜 이렇게 바보일까!

혼란스럽지 않은가? 그렇다면 작가들이 이런 실수를 범하는이유는 무엇인가? 하나의 장면에서 중요한 정보를 전달할 수 있는 방법이 오직 이 길뿐이라고 생각하기 때문이다. 하지만 그렇지 않다. 사실, 말보다 더 효과적인 언어가 있다.

끌리는 이야기는 어떻게 쓰는가

몸짓 언어

당신은 거리를 걷고 있다. 모퉁이를 돌아 두 구역쯤 올라가던 당신은 저만치에서 느릿느릿 걸어가는 누군가를 발견한다. 뒷모습만 봤을 뿐인데도 당신은 그가 당신의 절친한 친구임을 알아본다. 어떻게? 그의 걸음걸이를 보고.[12] 이것이 바로 몸짓 언어의 세계다.

몸짓 언어는 거짓말이 불가능한 언어다. 인지과학자 스티븐 핑커의 말에 따르면 "의도는 감정에서 비롯되고, 감정은 얼굴과 몸의 표현을 진화시켜왔다. 얼굴과 몸의 표현을 거짓으로 꾸며내기란 힘들 것이다. 실은, 어쩌면 꾸며내기 힘들기 때문에 진화한 것일 수도 있다."[13] 다시 말해 몸짓 언어는 우리 인간이 해독법을 배운 최초의 언어다. 저 멀리 석기시대에서부터 우리는 어떤 사람의 말과 실제 속마음이 전혀 다를 수도 있다는 것을 알고 있었다.

우리 주인공에게도 마찬가지다. 이야기 속에서 몸짓 언어의 목표는 등장인물이 진짜로 느끼는 게 무엇인지를 알려주는 것이다. 특히 인물이 '말하고 싶은' 것과 '말할 수 있는' 것 사이에 큰 괴리가 있을 때 유용하다. 작가들이 몸짓 언어를 다룰 때 가장 흔히 범하는 실수는 독자가 이미 알고 있는 사실을 말해주는 것이다. 앤이라는 인물이 슬프다는 것을 독자가 이미 안다면, 굳이 한 문단이나 써가며 그녀가 우는 모습을 묘사할 필요가 있겠는가? 그것보다 독자가 알지 못하는 사실을 몸짓 언어로 말해주는 것이 낫다. 인물의 머릿속에서 실제로 무슨 일이 벌어지고 있는지 몸짓 언어를 통해 말해줄 수 있다면 가장 좋을 것이다. 몸짓 언어는 눈앞에서 일어나고 있는 일과 대립할 때 가장 잘 작동한다. 예를 들어 등장인물이 알리고 싶어 하지 않는 것을 말해준다거나,

> 앤은 애써 침착한 척했지만, 오른발을 신경질적으로 떠는 것을 멈추지 못했다.

아니면 등장인물의 기대에 찬물을 끼얹는다거나.

> 앤은 제프가 드디어 미셸을 떠날 수 있게 되어 기뻐하기를 기대한다. 그러나 제프는 등을 구부린 채 거기 그대로 앉아 슬픈 표정으로 지저분한 카펫만을 바라보고 있다.

독자는 앤의 고통을 느낄 수 있다. 작가가 앤이 기대했던 것 (제프가 웃으며 큰 짐을 들고 돌아오는 일)을 우리에게 이미 잘 알려주었기 때문이다. 그러나 앤의 기대와는 달리 제프는 찡그린 얼굴을 하고 작은 짐을 들고 왔다. 여기서 우리가 그녀가 원했던 것과 실제로 얻은 것 두 가지 모두를 눈치채지 못한다면, 몸짓 언어는 의미가 없다. 당연한 소리 같겠지만, 작가들이 등장인물의

기대가 어떻게 귀결되는지 독자에게 일러주는 것을 얼마나 자주 잊어버리는지를 알게 된다면 아마 놀랄 것이다. 이럴 경우 독자는 등장인물들의 기대가 충족되었는지 혹은 좌절되었는지 알 길이 없다.

이것을 염두에 두고, 앤과 제프의 이야기로 다시 돌아가보자. 이번에는 몸짓 언어를 통해 정보를 전달해볼 것이다.

결국 참을 수 없을 지경에 이르렀을 때, 앤은 그를 향해 몸을 돌렸다. "제프, 대체 뭐예요? 뭐가 잘못된 거죠? 미셸에게 우리에 대해 얘기했어요, 안 했어요?"

제프는 축 처진 소파에 몸을 더 깊게 파묻은 채로 아무 말도 하지 않았다. 그는 앤이 앞뒤로 왔다 갔다 할 때마다 누추한 카펫에서 일어나는 먼지를 내려다보았다. 그녀는 그가 자신의 얼굴을 바라보다 재빨리 시선을 거두는 것을 보았다. 걸음이 더 빨라졌다.

앤의 마음은 가라앉았다. 미셸이 분명 카펫에 대해 또 언급했을 거라는 걸 그녀는 알았다. 그렇지 않고서야 저 겁쟁이가 왜 저렇게 카펫만 내려다보며 앉아 있겠는가. 그는 어쩌면 그녀가 모든 것을 알아채고 자신을 보내주기만을 기다리고 있는지도 몰랐다. 제프는 정말 바보야. 그녀는 생각했다. 저 사람은 차라리 없는 게 나아.

위 글에서 앤의 통찰은 그들 셋 사이의 관계에 대해 많은 것을 알려준다. 비록 우리가 미셸이 제프에게 뭐라고 말했는지 정확히 알지 못하더라도 말이다. 제프의 몸짓 언어를 읽어내는 것만으로 독자는 그의 생각을 분명하게 이해할 수 있다. 우리는 앤이 무엇을 원하는지도 알고 그녀 스스로 그것을 얻을 수 없음을 깨닫고 있다는 것도 알기 때문에, 앤의 몸짓 언어를 통해 그녀의 머릿속 생각을 알 수 있다. 제프의 몸짓 언어가 그러한 것처럼. 이것들은 매우 시각적이다. 이야기 측면에서 독자는 이 몸짓이 두 사람에게 무엇을 의미하는지 감정적으로 알게 된다. 그렇지 않았다면 이 장면은 훨씬 더 이해하기 어려웠을 것이다. 둘 사이에 뭔가 중요한 일이 일어나는 것은 알았겠지만, 그게 무엇인지는 정확히 몰랐을 것이다.

하지만 잠깐. 굳이 이럴 게 아니라 그냥 작가가 끼어들어서 그들의 감정을 직접 설명해주고, 더불어 누가 옳고 누가 바보짓을 하고 있는지에 대해서도 가려주면 안 될까? 만약 독자들이 제대로 이해하지 못하면 어떻게 하느냐는 말이다.

이 문제는 우리를 또 다른 함정으로 이끈다. 바로 편집자적 논평이라는 함정이다. 작가가 독자들을 믿지 못할 때 이런 일이 벌어진다.

이봐, 당신은 내 상사가 아니야

독자가 감정을 느낄 수 있도록만 하면, 누가 옳고 그른지는 독자가 판단한다. 반면 독자에게 특정한 감정을 느끼라고 강요하면, 오히려 독자가 느낄 수 있는 여지는 사라진다. 하나의 행동이 주인공에게 어떤 영향을 미쳤는지 보여줄 때, 작가인 당신이 살짝 끼어들어 한 발짝 앞서 나아가고픈 충동을 억제해야 하는 이유가 여기 있다. 독자의 생각이나 느낌에 대해서도 마찬가지다. 편집자적 논평은 독자를 설득하는 것이 목적인 신문 사설 같은 글에나 완벽하게 어울린다. 그러나 이야기에서 그런 일을 하면 독자는 짜증을 낼 뿐만 아니라 당장 읽기를 때려치울 것이다. 독자가 이야기를 읽는 목적은 자신만의 방식으로 그 이야기를 경험하기 위함이지, 누군가가 이미 내려버린 결론에 대한 설명을 들으려는 게 아니다. 심지어 이것은 느낌표에도 적용된다. 이것들은 항상 거슬린다! 진짜로!! 더 나쁜 점은, 이런 방식은 독자로 하여금 이야기 속에 빠져들어 스스로 반응하도록 자극하는 대신, 분명한 명령을 내림으로써 독자의 뇌를 이야기 밖으로 끌어낸다는 사실이다.

따라서 독자가 존이 나쁜 사람이라고 생각하게끔 하고 싶다면, 존이 나쁜 일을 하는 것을 보여주기만 하면 된다. 우리 삶에서와 똑같다. 당신의 회사 동료 비키가 당신이 전혀 모르는 옆집 사람 얘기를 한다고 가정해보자. "그 사람 이름은 존인데." 그녀가 말한다. "아주 찐따야. 엄청 이기적인 데다 파렴치하기까지 하다니까." 하지만 비키의 인색한 평가에도 불구하고, 당신은 존을 모르고 또 비키가 무슨 일 때문에 그런 평가를 내렸는지에 대해서도 알 길이 없기 때문에, 비키의 말이 진실인지 아닌지 결코 알 수 없다. 여하튼 당신은 존이 얼마나 끔찍한 인간인지 비키를 통해 들었다. 그것은 혹독하기까지 한 폭언이다. 따라서 이제 당신은 대체 비키가 존에게 어떻게 했기에 그랬을까 궁금해하게 된다. 그녀의 의도와는 정반대로 말이다.

그러나 만약 이렇게 하면 어떨까? 비키가 존에 대한 자신의 감정을 이야기하는 대신, 존이 할머니 돈을 훔쳤고, 기차 안에서 아무나 밀고 다니며, 부장님 커피에 침을 뱉는다는 사실을 말한다. 아마 당신은 비키의 말에 동의하는 것을 넘어, 그녀보다 존을 더 싫어하게 될지도 모른다.

인물들이 비열하든 훌륭하든, 작가는 그들을 판단해선 안 된다. 작가는 그저 될 수 있는 한 명확하고 냉정하게 일어난 일들을 늘어놓고, 그 일들이 주인공에게 어떤 영향을 미쳤는지를 보여주기만 하면 된다. 그러곤 재빨리 빠져나오면 끝이다. 재미있는 것은 어떤 감정을 느껴야 하는지 적게 말해줄수록 독자는 작가가 원하는 감정을 느끼게 된다는 사실이다. 독자 마음대로 생각할 수 있게 해주는 한 독자는 작가 손안에 있다. 전지적 작가 시점이라고 해서 다음과 같이 쓰면 곤란한 까닭이 여기에 있다.

"난 너와 결혼할 수 있을 것 같지 않아." 에밀리가 말했다. 그건 생색을 내는 듯한, 그러면서도 기분 나쁜 말투였다. 남자보다 자신들이 우월하다고 믿는 그런 여자들의 말투.

만약 샘이라는 이름의 일인칭 화자가 이렇게 서술했다면 아무 문제도 없었을 것이다. 하지만 이건 작가의 목소리다. 작가는 지금 자신이 의도한 것보다 아주 조금 더 많은 것을 말하고 있다. 딱 적당할 정도라고 할 수 있을지도 모른다. 일찍이 요한 볼프강 폰 괴테가 말했다. "모든 작가는 어떤 식으로든 작품 안에서 자신의 모습을 그려낸다. 그것이 그의 뜻에 반한다 할지라도."[14] 이 모든 것은 우리가 다음의 오래된 격언을 다시 검토해 봐야 함을 의미한다. "당신이 아는 것을 쓰라."

잘못된 믿음 : 당신이 아는 것을 쓰라.

실제 : 당신이 '감정적으로' 아는 것을 쓰라.

만약 주인공이 남극에 주둔하며 트럼펫을 연주할 줄 아는 전직 신경외과 의사 출신의 CIA 요원이라고 해보자. 아마 작가인 당신은 그것들 각각에 대해 조금씩은 알고 있어야 할 것이다. 그러나 더 넓은 의미에서, "당신이 아는 것을 쓰라"에서 '아는 것'은 단순히 어떤 사실이나 정보만을 의미하지 않는다. 당신이 '감정적으로' 알고 있는 것만이 지식의 차원을 뛰어넘어 사람들을 움직이게 할 수 있다.

그러나 작가가 실제로 알고 있는 것을 쓰는 일은, 위험한 게임이 될 수 있다. 인간은 암묵적으로 내가 알고 믿는 것에 대해 다른 사람도 그러리라 생각하는 경향이 있기 때문이다.[15] 커뮤니

케이션 학자 칩 히스와 댄 히스 형제는 이러한 경향을 "지식의 저주"라 명명했다. 그들의 설명에 따르면 "뭔가를 알게 된 이후에는 알기 이전의 상태가 어땠는지 상상하기 어려워진다. 지식이 우리를 '저주한' 것이다. 이렇게 되면 다른 사람과 지식을 공유하는 것이 더 어려워지는데, 왜냐하면 우리는 쉽게 몰랐던 때의 마음 상태로 돌아갈 수 없기 때문이다".[16]

작가들이 무의식적으로 독자가 작가의 관심사에 대해 잘 알고 있다고 가정하게 되면 이야기는 거칠고 울퉁불퉁해지기 쉽다. 반면 작가에겐 너무 친숙한 소재라 대충 설명하고 넘어가면 독자는 완전히 길을 잃을 것이다. 또 너무 작은 것들을 세세히 설명하다보면 정작 이야기 자체에서 멀어질 수도 있다. 이와 같은 실수는 변호사들이 범하기 쉽다. 나는 이제까지 무수히 많은 원고를 읽으며 수차례나 이야기가 삐걱거리며 멈추는 것을 경험했다. 이유는 작가가 매번 모든 일의 법적 파급효과에 대해 언급했기 때문이었다. 마치 독자가 고소라도 할 것처럼 말이다.

이와 비슷한 오해는 '실제 일어난 일이라면' 믿을 만한 이야기가 될 것이라는 착각이다. 이럴 때 마크 트웨인의 날카로운 지적을 곁에 두고 숙고하는 것은 큰 도움을 준다. "진실이 허구보다 낯선 것은 당연한 일이다. 허구는 적어도 말이 돼야 하니까."[17]

말이 되게 하려면 어떻게 해야 하는가? 바로 인간의 본성과 사람들 간 상호 작용에 대한 자신의 지식을 활용하여 모든 일

끌리는 이야기는 어떻게 쓰는가

뒤에 숨어 있는 감정적, 심리적 '이유'를 끊임없이 보여주어야 한다. 당신에게는 누르기만 하면 지식이 튀어나오는 도깨비 방망이가 있는가? 물론 그런 게 있을 리 없다. 소설가 도널드 윈드햄은 이런 말을 남겼다. "나는 '아는 것을 쓰라'라는 충고에 동의하지 않는다. 다만 당신이 알 필요가 있는 것에 대해 쓰라. 그것을 이해하려고 노력하면서."[18]

마지막으로 한 가지 충고를 덧붙인다. 단어가 커질수록 감정 전달은 어려워진다. 작가가 사용하는 단어들이 모호할수록 감정은 전달되기 힘들다. 이것은 풋내기 작가들과 전미도서상을 수상한 작가들 모두에게 해당하는 얘기다. 전미도서상 수상에 빛나는 작가 조너선 프랜즌의 일화가 이를 잘 설명해준다. 그는 어느 독자로부터 받은 편지에 대해 이렇게 말했다.

그녀는 내 소설에 등장하는 서른 개 정도의 단어와 구절들을 나열해놓았어요. '주행성', '대척지', '전자점묘화로 그린 산타클로스 얼굴들' 같은 거였죠. 그러고 나서 아주 두려운 질문 하나를 던졌어요. "당신은 대체 누구를 위해 쓰는 거죠? 이건 그냥 좋은 책을 읽으려는 평범한 사람을 위한 게 결코 아니에요."[19]

우리는 모두 평범한 사람들이다. 그러나 우리가 이야기를 통해 얻는 즐거움은 결코 사소하지 않다. 이야기를 통해 우리는 현실에서의 진짜 삶을 잠시 뒤로 하고, 다른 사람의 삶을 살아본다는 것이 어떤 것인지 실제로 느끼고 경험할 수 있다. 큰 단어들?
그건 아이러니하게도, 독자를 들어야 할 이야기로부터 방해하는
신발 속 자갈 같은 존재다.

CHECK POINT 03

주인공은 일어나는 모든 일에 대해 반응하고 있는가? 그것도 독자가 즉시 이해할 수 있는 방식으로?

사건과 주인공의 반응 사이에서 인과관계를 찾을 수 있는가? 독자가 주인공이 기대하는 것이 무엇인지 잘 알고, 앞으로 그 기대가 충족되거나 좌절되리라는 것을 판단할 수 있는가? 주인공이 아직 중요한 장면에 이르지 않았다면, 앞으로 일어날 일이 주인공에게 어떤 영향을 미치리라는 것을 독자가 알 수 있는가?

일인칭 주인공 시점에서, 모든 사건은 화자의 눈을 통해 걸러지고 있는가?

일인칭 주인공 시점일 때 화자는 이야기와 관계없는 것을 결코 말해선 안 된다. 자신의 의견이 아닌 중립적인 사실을 말해서도 안 된다.

편집자적 논평을 하고 있지는 않은가?

전달하고 싶은 메시지가 많을수록, 이야기 스스로 그 일을 하도록 내버려두어야 한다. 독서의 즐거움은 이야기의 궁극적 메시지가 무엇인지 스스로 발견해나가는 데 있다. 글쓰기의 즐거움은 독자가 이야기 속에 작가가 숨겨놓은 의미를 발견할 수 있도록 보이지 않게 패를 섞어놓는 데 있다.

독자가 모르는 것을 일러주기 위해 몸짓 언어를 제대로 사용하고 있는가?

몸짓 언어를 사용하여, 직접 말하는 것만이 다가 아니라는 것을 독자에게 알려주라.

4장　주인공의 목표 만들기

목적이 없으면
갈 곳도 없다

뇌의
비밀

우리가 하는 모든 일에는
목적이 있다.
그리고 우리의 가장 중요한 목적은
우리의 목표를 성취하기 위해
다른 모든 사람들의 문제를
파악하는 것이다.

이야기의
비밀

분명한 목적이 없는 주인공은
밝혀내야 할 것도,
가야할 곳도 없다.

"인간의 뇌가 가장 잘하는 것, 마치 이를 위해
뇌가 만들어지기라도 한 듯한 그것은 바로
관계적으로 사고하는 일이다."

— 마이클 가자니가

책이 있기 전에, 우리는 서로를 읽었다. 그리고 여전히
우리는 매일 매 순간 그 일을 한다. 우리는 본능적으로 모든 이
가 자신만의 문제를 지니고 있다는 것을 알며, 그것이 우리에게
어떤 해를 끼치지 않을까 확인하고 싶어 한다. 비유적으로든 실
제로든 말이다. 우리가 바라는 것은 친절과 공감, 혹은 커다란
초콜릿 한 상자다. 따라서 '자신만의 문제'라는 용어가 종종 이
중성, 속임수, 교활함 등을 내포하는 권모술수와 같은 부정적인
의미로 사용되는 것은 흥미롭다.

스티븐 핑커는 지적인 삶을 "장애물 앞에서 목표를 이루기 위
해 자신의 지식을 활용하는 삶"이라 정의한다.[1] 마치 이야기의
정의처럼 들리지 않는가? 우리의 삶과 이야기에서 가장 큰 장애
물은 타인의 의미를 밝혀내는 것이라는 사실 역시 재미있다. 최
근 신경과학자들이 발견한 대로 우리 뇌 안에 엑스레이 렌즈와

유사한 장비가 들어 있다는 사실에는 의심의 여지가 없는데, 이 장비는 바로 거울 뉴런이다.

연구를 주도했던 신경과학자 마르코 이아코보니에 따르면 뇌 속의 거울 뉴런은 다른 사람이 어떤 일을 하는 것을 보고 우리가 같은 행동을 할 때 활성화된다. 단지 물리적으로 똑같은 것을 느끼는 데 그치는 것은 아니다. 우리의 진짜 목표는 그 행동을 '이해하는' 것이기 때문이다.[2] 마이클 가자니가의 말처럼, 거울 뉴런 덕분에 우리는 누군가 막대 사탕을 집어 들었을 때 단지 집어 들었다는 그 사실 뿐 아니라, 앞으로 그 사람이 그걸 먹거나 가방 안에 넣거나 버리거나 혹 운이 좋다면 내게 건넬 수도 있다는 사실을 이해할 수 있다.[3]

거울 뉴런으로 인해 우리는 다른 사람이 경험하는 일을 마치 우리가 경험하듯 느낄 수 있다. 이것은 타인의 욕망과 의도를 설명하기 위해 다른 사람이 무엇을 알고 있는지 추론하는 데 도움을 준다.[4] 그러나 여기 주목해야 할 것이 있다. 우리는 다른 사람만 거울로 비춰 보는 게 아니라 허구의 인물들에게도 똑같은 일을 한다.

fMRI를 이용한 최근 연구에서 피험자에게 단편소설을 읽게 하고 뇌를 촬영했더니 그들이 소설 속에서 주인공의 어떤 행동을 '읽을' 때와 실제 생활에서 그 행동을 할 때 켜지는 두뇌의 부위가 일치한다는 사실이 밝혀졌다. 화끈한 소설을 많이 읽는 독자들은 고개를 끄덕이며 이렇게 생각할지도 모른다. '그걸 알아

내려고 fMRI까지 찍었단 말이야?'

　논문의 공동저자였던 제프리 M.잭스는 이야기의 영향력에 대해 이렇게 말했다. "심리학자들과 신경과학자들은 점점 이런 결론에 도달하고 있어요. 우리가 어떤 이야기를 읽고 그것을 정말로 이해하면, 이야기가 묘사하는 상황과 사건에 대해 정신적 시뮬레이션을 하게 된다고 말입니다." 그러나 실제로는 그 이상이다. 연구진의 리더였던 니콜 스피어는 다음과 같이 지적했다. "읽는 행위는 결코 수동적이지 않아요. 오히려 독자는 서사 속에서 맞닥뜨린 각각의 새로운 상황에 대해 능동적으로 정신적 시뮬레이션을 하게 되지요. 텍스트 속에서 가져온 자세한 행동과 감정은 과거 경험으로 축적된 독자의 개인적 지식과 결합됩니다. 그러면 독자는 이 정보들을 가지고 우리가 현실 세계에서 보고, 상상하고, 행동할 때 사용하는 뇌의 부분을 이용해 거울 뉴런을 통한 정신적 시뮬레이션 과정을 거치게 되죠."[5]

　즉, 우리가 이야기를 읽을 때 진짜로 주인공 속에 들어가 주인공이 느끼고 경험하는 것을 똑같이 느끼고 경험한다는 것이다. 그리고 그것은 100퍼센트 주인공의 목표에서 비롯된다. 주인공의 목표는 다른 인물들의 행동 모두를 평가하는 기준을 정의한다. 만약 주인공이 무엇을 원하는지 모른다면, 우리는 주인공이 무엇을 어떻게 왜 해야 하는지 전혀 갈피를 못 잡을 것이다. 스티븐 핑커의 지적처럼 목표 없이는 모든 것이 무의미하다.[6]

　정신이 번쩍 나는 말이다. 그렇지 않은가? 이번 장의 목표는 주인공의 목표를 어떻게 정할 것인가에 대한 것이다. 목표만이 일어나는 모든 일에 의미를 부여해준다. 이 장에서는 종종 대립하는 주인공의 내면적 목표와 외면적 목표의 차이점에 대해 살펴보고, 주인공이 씨름하는 주요 문제가 이 두 가지와 어떻게 연결되는지 알아볼 것이다. 또한 이야기가 가라앉는 것을 막기 위해 어떻게 하면 주인공에게 외부 장애 요소들을 잘 만들어줄 수 있는지도 이야기할 것이다.

모든 사람에겐 목표가 있다

거울 뉴런은 독자로 하여금 주인공의 신발을 신고 걸어볼 수 있게 해준다. 이것은 주인공이 어디론가 가야만 한다는 것을 의미하기도 한다. 현실에서건 소설에서건 모든 사람에겐 목표가 있다. 똑같은 모습으로 남으려 하거나 결코 변하지 않을 것 같은 사람들에게조차도 목표가 있다. 사실 이것은 가장 큰 도전이다. 영원한 변화라는 끊임없는 공격 앞에서 같은 모습을 유지한다는 것은 쉬운 일이 아니다. 편안한 안락의자에 누워 있건, 세계 눈을 감고 있건, 손가락으로 귀를 틀어막고 있건, 크게 웅얼거리고 있건 마찬가지다.

좋은 소식은 우리 주인공이 원하는 바로 그것이, 앞으로 일어날 일들에 그가 어떻게 반응할지를 알려줄 것이란 점이다. 미국

대통령이었던 드와이트 아이젠하워는 성공적인 이야기의 본질에 대해 이렇게 완벽하게 정의했다. "삶에서건, 전쟁에서건, 아니면 다른 무엇에서건 우리는 오직 하나의 최우선적인 목표를 세우고 모든 결정을 그에 맞춰 내릴 때만 성공할 수 있다."[7]

플롯 측면에서 말하면, 여기서 '모든 결정을 그에 맞춰 내려야 하는' 목표란 주인공의 외면적 목표다. 사실 외면적 목표는 주인공의 내면적 문제에 의해 좌우된다. 여기서 외면적 목표는 땀 한 방울 흘리지 않고 달성할 수 있는 쉬운 목표가 아닌, 주인공이 붙들고 놓지 못하는 무엇이다. 앞으로 찬찬히 살펴보겠지만 주인공 스스로 의식하든 못하든 주인공 안에서 벌어지는 이 내부적 투쟁이 독자가 이야기를 읽는 이유다. 그렇다면 다음 질문을 하겠다. "그 목표를 달성하기 위해 치러야 하는 감정적 대가는 무엇인가?"

쉽고 빠른 예를 하나 들어보겠다. 영화 〈다이하드〉에서 주인공 존 맥클레인의 목표는 무엇인가? 가짜 테러리스트들이 크리스마스 파티에 모인 사람들을 죽이지 못하게 하는 것? 한스 그루버를 죽이는 것? 살아서 새벽을 보는 것? 물론, 이 모든 것들이 그가 원하는 것이다. 하지만 그의 진짜 목표(영화 맨 첫 부분에서 확실히 알 수 있듯이)는 별거 중인 아내 홀리를 되찾는 것이다. 따라서 그의 앞에 일어나는 모든 일들은 그녀가 존을 떠난 이유를 직면하게 하는 동시에 극복하게 한다. 깨진 유리 위를 맨발로 뛰고 기관총을 피하며 50층짜리 건물의 엘리베이터 통로로 뛰어드는 것은 전부 그 와중에 벌어지는 일일 뿐이다.

목표 없이는 기준도 없다

주인공의 내면 깊숙이 자리 잡은, 이야기를 통해 그가 이루어야 할 어떤 목표를 주지 않는다면, 일어나는 모든 일은 마치 무작위로 벌어지는 것처럼 느껴진다. 일어나는 모든 일이 쌓여가지 않는다는 뜻이다. 주인공이 원하는 게 무엇인지, 내면적 문제가 무엇인지 알지 않고서는 거트루드 스타인의 말처럼 "그곳은 그곳이란 것조차 없는 곳"이다(물론 이것은 그녀가 오랜만에 돌아온 자신의 고향 캘리포니아 오클랜드에서 어린 시절 자랐던 옛집을 찾을 수 없음을 지칭해 한 말이지만). 목적이 없다면 주인공의 여정을 가늠할 수 있는 어떤 기준도 세울 수 없고, 주인공의 여정에 의미를 부여해줄 문맥을 만들어내는 것도 불가능하다.

결과적으로 이런 경우 우리는 앞으로 다가올 일련의 사건들을 그려볼 수 없다. 즉, 이야기 자체를 상상할 수 없게 된다. 이것은 마치 규칙도 모르고 점수가 어떻게 나는지도 모르면서 미식축구를 보는 것과 같다. 우람한 체구를 가진 사내 행크가 주인공이라 해보자. 쿠션이 들어간 스판덱스 유니폼을 입은 그가 방금 길쭉한 타원형의 공을 잡았다. 그때 갑자기 비슷한 유니폼을 입은 사내들이 그에게 달려든다. 이제 행크는 어떻게 해야 할까?

끌리는 이야기는 어떻게 쓰는가

오른쪽으로 달려야 할까, 왼쪽으로 달려야 할까, 아니면 빨간 유니폼을 입은 사내에게 공을 던져야 할까? 아예 공을 묻어버리는 건 어떨까? 이처럼 목표가 없으면 모든 것이 뒤죽박죽이 되어버린다. 행동들은 의미를 만들며 쌓이지 못하고, 따라서 독자가 따라가야 할 것도 없어진다. 독자는 다음에 무슨 일이 일어날지 예측할 수 없다. 앞으로 일어날 일에 대한 '기대와 예측'은 독자를 사로잡는 강력한 힘이다. 이야기에서 이것이 빠진다면 독자로서는 더 읽어나갈 이유가 없다.

유의미한 관계 만들기 : 점점 쌓여가는가?

한 가지 유념할 것이 있다. 독자로서 뭔가를 읽을 때 늘 겪으면서도 작가로서 뭔가를 쓸 때는 자꾸 까먹는 이 사실은, 독자는 작가가 쓰는 모든 것을 '알 필요가 있는 사실'로 가정한다는 점이다. 독자는 만약 알 필요가 없는 것이라면 작가가 결코 소중한 시간을 낭비하며 이렇게 얘기하고 있지 않을 거라고 가정한다. 따라서 독자는 이야기에 등장하는 각각의 정보, 사건, 묘사와 관찰 하나하나를 중요하게 생각한다. 주인공의 고향이 어떻게 묘사되느냐에서부터 그가 사용하는 헤어 젤의 양이나 그의 신발이 얼마나 닳았는지에 이르기까지. 그리고 이 모든 것들은 이야기의 결과를 아는 데나 무슨 일이 일어나고 있는지 파악하는 데 필요한 통찰력을 준다고 믿는다. 만일 이들 중 하나가 중요하지 않다는 것이 밝혀지면, 독자는 다음 중 하나의 반응을 보인다. 흥미를 잃거나, 거기서 의미나 중요성을 찾아내려고 애쓰거나. 후자의 경우도 대개 흥미를 잃는 것을 지연시킬 뿐이다. 그 후에 독자는 단순히 흥미를 잃는 것을 넘어 짜증마저 나는데, 작가가 전달하려는 바를 알아내기 위해 실제론 아무 쓸모없는 것에 시간과 에너지를 투자한 꼴이 되어버리기 때문이다.

그러나 주인공이 원하는 바를 정확히 알고 극복해야 할 내면 문제를 제대로 파악하고 있다면 독자는 이 튼튼한 근거를 토대로 주인공의 여정을 그려볼 수 있다. 예를 들어보자. 완다가 원하는 것은 사랑이다. 그녀의 목표는 완벽한 남자 친구를 만나거나 그게 안 되면 데려오기 좋은 잘생긴 골든리트리버를 키우는 것이다. 이러면 이 이야기의 유일한 목표가 정해진다. '이야기 전체를 관통하는 질문'이 생긴 것이다. 완다는 사랑을 찾게 될까? 대상이 사람이든 아니든 간에. 우리는 소설을 읽기 시작하면서부터 이 정보를 찾아 헤매게 될 것이다. 동시에 이것은 무슨 일이 일어났을 때 주인공이 거기에 어떻게 반응할지 알려주는 역할을 할 것이다. 따라서 세스가 완다를 향해 추파의 눈짓을 보낼 때 우리는 완다의 가슴이 심하게 쿵쾅거릴 것을 알 수 있다. 만약 그녀가 그토록 사랑을 갈구하지 않았다면 그녀의 눈에 비친 세스는 지나치게 감정적인 바보에 불과해 보였을지 모른다.

하지만 물론 이게 다가 아니다. 우리는 그녀의 내면적 문제가

끌리는 이야기는 어떻게 쓰는가

무엇인지 여전히 알지 못한다. 기억해야 할 것은, 이야기의 역할은 단순히 삶을 보여주는 데 그치지 않고 삶을 해독하고 그 이면에 숨겨진 의미를 파헤치는 데까지 이르러야 한다는 사실이다. 이야기는 어떤 상황 속에서 주인공이 읽어내는 의미를 분명히 보여주어야 한다. 비록 현실에서는 이해하기 힘든 일일지라도. 줄리언 반스는 이러한 이야기의 특성을 멋지게 요약한다. "책에서는 '그녀는 이런 이유로 이렇게 했다'라고 한다. 하지만 현실에서는 '그녀는 이렇게 했다'뿐이다. 책에서는 어떤 것이든 이유를 말해준다. 하지만 삶은 그렇지 않다."[8]

이러한 경우, 설명이 필요한 부분은 '왜' 주인공이 그것을 원하는가, 그것의 의미는 무엇인가, 또 그것을 얻기 위해 주인공이 치러야 하는 대가는 무엇인가에 관한 것이다. 독자로서 이것은 '내 몸에 맞는 사이즈를 찾기 위해 옷을 입어보는' 것과 같다. 인지심리학 교수이자 소설가 키스 오틀리는 다음과 같이 말한다. "문학에서 우리는 짓밟히는 고통을 느끼기도 하고 패배의 쓰라림을 맛보기도 하며 승리의 기쁨을 만끽하기도 한다. 그러나 이 모든 것은 안전한 공간 안에서 이뤄진다. 문학을 통해 우리는 감정적 이해 능력의 폭을 넓힐 수 있다. 평범한 삶에서라면 지나치게 낯설고 두렵기까지 할 인물들과 교감함으로써 우리는 타인과의 공감 능력을 키울 수 있다. 그리고 다시 진짜 삶으로 돌아왔을 때 우리는 다른 사람들의 행동방식에 대해 이전보다 더 잘 이해할 수 있게 되는 것이다."[9] 더 간단히 말하면, 영화 〈시민 케인〉의 첫 장면에서 어느 뉴스 제작자가 말하듯 "무엇이 사람들을 움직이는지 아는 것보다 좋은 것은 없다". 이를 알게 되면 언제 숨겨야 할지, 멈춰야 할지, 혹은 드러내야 할지를 아는 예견의 힘이 생기기 때문이다.

따라서 단지 완다가 남자 친구를 애타게 원한다는 사실을 아는 것만으론 충분치 않다. 우리는 그녀가 목표에 이르기 전, 그녀의 내면적 문제가 무엇이며 그런 문제가 생긴 까닭은 무엇인지 알아야만 한다. 어느 날 아침 일어나 갑자기 '그래! 난 남자 친구 없이는 하루도 살 수 없어!'라고 결심할 수는 없기 때문이다. "그렇지만 그게 내 친구 수전에게 실제로 일어난 일인걸요" 하는 식으로 변명해서는 안 된다. 삶과 달리 이야기에서는 그런 핑계가 통하지 않는다. 그리고 수전은 실제로 충분한 이유가 있을 것이다. 본인이 알든 알지 못하든 말이다. 이건 굉장히 중요한 것이다. 스스로 그 이유를 알든 모르든 모든 사람의 행동에는 이유가 있다. 그 어떤 일도 진공 상태에서 혹은 '그냥' 일어날 수 없다. 특히 이야기에서라면 더욱. 이야기의 본질은 바로 이 '이유'와 그 아래 감춰진 문제를 탐구하는 데 있다. 그렇지 않다면 삶의 방향을 알려줄 수 있는 지침을 이야기 속에서 어찌 얻을 수 있겠는가?

따라서 비록 우발적인 외부 사건에 의해 발현된 것이라 할지라도, 모든 주인공의 진정한 목표는 오랫동안 발전되어온 것이다. 바로 그 순간까지 주인공 자신도 모르고 있을 수도 있지만

끌리는 이야기는 어떻게 쓰는가

말이다. 이것이 가능한 이유는 그의 욕망이 외면적으로 의미 있는 무엇에서가 아니라 내면적으로 의미 있는 것에서부터 비롯되기 때문이다. 어떤 남자의 목표가 백만장자라고 하자. 그러나 그는 비싼 물건을 원 없이 사기 위해 부자가 되고 싶은 게 아니다. 그가 백만장자가 되려는 이유는 많은 돈을 가져야만 '진짜 사나이'가 된다고 믿기 때문이다. 이것이 그의 행동을 좌우한다. 주인공의 욕망은 배우들이 늘 묻곤 하는 질문과 같다. "나의 동기는 무엇인가?" 이야기의 핵심은 일어난 일에 있지 않다. 이야기의 핵심은 바로 일어난 그 일이 주인공에게 어떤 의미를 지니느냐에 있다.

사례연구 1 : 영화 〈멋진 인생 It's a Wonderful Life〉

주인공 조지 베일리의 목표가 베드포드 폴스를 벗어나는 것이라는 사실은 영화 시작부터 꽤 명확하다. 그는 아버지에게 나머지 인생 전부를 덜컹거리는 책상 앞에 앉아 보낸다는 것은 생각만 해도 견딜 수 없다고 말한다. 그는 뭔가 가치 있는 일, 사람들이 기억해줄 만한 큰일을 하고 싶어 한다. 즉 조지는 고향에 머무는 것을 일종의 실패로 여긴다. 고향에 남아 있는 한 무슨 일이 일어나든 그는 성공할 수 없다고 믿는다. 이것이 바로 그의 내면이 싸우고 있는 문제이며, 이 문제는 그가 고향을 벗어나려

하는 데 강력한 동기를 부여한다. 이 감정은 그가 하는 모든 행동의 기저에 깔려 있다. 그는 그곳을 벗어나려는 과정을 위협하는 무언가를 만날 때마다 이 감정과 싸운다.

반면 조지로 하여금 베드포드 폴스를 떠나지 못하도록 하는 것은 외부에서 벌어지는 사건들이 아니다. 아버지의 죽음도, 형제 해리가 가업을 물려받고 싶어 하지 않는다는 사실도, 운영하고 있는 은행업 때문도 아니다. 조지를 묶어두고 있는 것 역시 내면적 이유다. 바로 그의 성실함과 정직함이다. 수많은 사람들이 자신을 의지하고 있다는 것을 알기에, 그는 떠나고 싶어 하면서도 떠나지 못한다. 이러한 사건들에 보이는 조지의 반응은 그의 내면에서 빚어지는 갈등에서 비롯된다. 이제껏 신경과학에서 배운 것을 기억해보라. 우리 뇌는 관계적으로 사고하도록 설계되어 있다. 조지에게 동기를 부여하는 것은 외부에서 일어난 사건이 아니라, 자기 자신을 향한 스스로의 시선과 타인에게 느끼는 책임감이다.

조지에게 가장 큰 보상 역시 내면적인 것이다. 사라진 8천 달러의 행방을 아는 사람은 마을의 악덕 부호 포터뿐이라든가 조지가 그 돈을 횡령하지 않았다는 사실을 아무도 입증하지 않는다는 사실은 그래서 중요하지 않다. 영화의 결말 부분을 보면 조지가 그 돈을 훔쳐 베일리 공원에 묻었다고 생각할 수도 있다. 그러나 여기서 핵심은, 플롯상 조지가 그런 혐의를 받는 것은 그가 받는 진짜 보상에 비하면 아무것도 아니라는 점이다. 그가 할 수밖에 없었던 모든 양보와 포기가 그가 원하던 삶을 결코 빼앗아가지 않았다는 내면적 깨달음이 바로 그가 받는 진짜 보상이다. 깊이 생각해보면 오히려 양보와 포기가 그에게 그가 원하던 삶을 선사했다. 자신을 탈출시키기 위해 문 앞에 이른 마을 사람들을 보며 그는 그 사실을 깨닫는다. 만약 그들이 조지를 감옥으로 데려갔다면, 그는 행복한 사람과는 거리가 멀었을지 모른다.

하지만 그들은 그렇게 하지 않았다. 이야기 속에서 인물들은 주인공과 같은 방식으로 반응하게 마련이다. 그들이 조지에게 준 선물 역시 내면적인 것이었다. 플롯상으로 그들이 조지에게 준 것은 감옥에 가지 않아도 될 돈이었지만, 그들이 진정으로 전달한 것은 무조건적인 사랑이었다. 조지는 언제나 정직하고 성실하게 마을 사람들을 대해왔다. 그리고 그가 위기에 처했음을 알고 나서 마을 사람들이 그에게 보인 태도 역시 정확히 같았다. 누군가 마을 사람들에게 조지가 곤경에 빠졌다는 사실을 알렸을 때 마을 사람 누구도 자초지종을 묻지 않는다. 그들은 그저 돈을 모으고 어떻게 하면 그를 도울 수 있는지 물었을 뿐이다.

프루스트는 이런 말을 했다. "진정한 발견이란 새로운 땅을 찾아내는 것이 아니라 새로운 시각을 갖는 것이다."[10] 조지 베일리에게 일어난 일이 정확히 그랬다. 그는 자신의 삶을 새로운 눈으로 돌아보고, 그가 기대했던 것과는 전혀 다른 무언가를 발견한다. 그리고 여느 주인공들과 같이 깨닫게 된다. 자신의 외면적 목표와 내면적 목표가 실은 늘 다투어왔다는 것을.

내면적 목표가 달성된 다음, 다시 외면적 목표로

주인공의 외면적 목표는 종종 이야기의 진행에 따라 달라진다. 이것은 독자가 응원하는 바이기도 하다. 영화 〈멋진 인생〉에서 조지의 내면적 목표는 세상을 크게 변화시키는 것이다. 그의 외면적 목표는 베드포드 폴스를 벗어나 다리를 건설하고 고층 건물을 올리는 것처럼 '큰일'을 하는 것이다. 이제껏 그는 이 두 가지 목표가 하나이며 똑같다고 생각해왔다. 이후 영화는 순차적으로 조지의 외면적 목표가 어떻게 좌절되는지를 보여주고, 그때마다 그가 '큰일' 대신 '옳은 일'을 해왔음을 알려준다. 결국 이 과정은 그가 자신의 내면적 목표를 정확히 성취하는 과정이다. 많은 사람들의 삶을 크게 변화시켰기 때문이다. 그리고 그는 뒤늦게서야 자신의 외면적 목표 역시 성취되었음을 깨닫는다. 그는 단순히 고층 건물을 짓는 것보다 더 크고 중요한 일을 했다. 내면적 목표를 성취함으로써 조지는 자신의 외면적 목표를 재정의할 수 있게 되었다. 그리고 행복하게도 그는 그 새로운 외면적 목표 역시 이미 이루었음을 발견한다.

하지만 이걸 깨닫기까지 조지는 오직 외면적 목표를 성취함으로써만 내면적 목표를 이룰 수 있다고 믿었다. 허나 우리도 이미 알고 있듯 이런 일은 좀처럼 흔치 않다. 얼마나 많은 사람들이 5킬로그램만 빼면(외면적 목표) 얼마나 행복할까(내면적 목표) 하고 생각하는가? 마치 1+1 행사처럼 외면적 목표를 달성하면

124

내면적 목표 역시 따라올 것이라는 믿음 하에 우리는 5킬로그램을 뺀다. 지방 흡입도, 위절제술도 없이 오직 노력만으로 힘들게 말이다. 그러고 나서야 우리는 우리의 삶이 여전히 행복하지 않다는 걸 깨닫는다. 뚱뚱할 때는 살을 빼면 행복해질 거라는 환상이라도 있었으므로, 어떤 의미에선 살을 뺀 후에 더 불행하기까지 하다. 살을 빼면 행복해질 거라는 게 오산이었다는 걸 깨달은 후에야 우리는 무엇을 해야 진정으로 행복해질 수 있을지 고민하기 시작한다. 먼저 주인공의 외면적 목표와 내면적 목표를 설정하고 그 둘을 싸우게 하라. 거기서 전체 이야기를 이끌어갈 수 있는 외부적 긴장과 내면적 갈등을 얻을 수 있다.

진짜 문제 : 주인공의 가장 큰 적은 주인공 자신이다

주인공이 자신의 외면적 목표를 달성하기 위해 극복해야 하는 대상은 비교적 명확하다. 주인공과 성공 사이를 가로막고 있는 플롯상의 외부적 장애물들이 바로 그것이다. 하지만 내면적 목표의 경우는 어떤가? 그곳엔 무엇이 가로막고 있는가? '눈에는 눈, 이에는 이' 식으로 생각해본다면 이는 내면적 장애물이 될 것이다. 주인공 내면에 오랜 정서적, 심리적 장벽의 형태로 자리하면서 영원히 그를 잡아끄는 것들. 이것이 바로 주인공 내면의 문제다. 주인공이 각각의 어려움에 다가설 때마다 '대체 뭘 하고 있는 거야?'라고 속삭이는 두려움의 목소리. 이 목소리는 장애물이 점점 더 어려워질수록 분명해지다가, 마침내 도저히 넘을 수 없는 마지막 장애물 앞에 주인공이 멈춰서고 난 뒤에야 사라진다. 현실에서라면 프로작(항우울제의 일종) 한 알을 삼키고 흐릿한 기분 속에서 문제가 멀어져가는 것을 바라보면 끝이겠지만, 이야기에서만큼은 다르다. 주인공은 반드시 맨 정신으로, 또 스스로의 힘으로 문제에 맞서야만 한다.

　이러한 내면적 장애물들을 만들어내기 전에 먼저 스스로에게 물어보자. 주인공은 '왜' 두려워하는가? 주인공이 목표를 달성하지 못하게 하는 그 두려움의 대상은 '구체적으로' 무엇인가? 여기서 당신의 대답이 "진정한 사랑을 잃을까 봐, 재산을 다 잃을까 봐, 혹은 죽을까봐"가 아니길 빈다. 플롯상 이것들이 실제로 당신 주인공이 지닌 두려움이라 해도 말이다. 왜냐하면 이것들은 모두 지나치게 일반적이고 포괄적이어서 우리가 이미 알고 있는 것 외에 어떤 것도 말해주지 않기 때문이다. 좋은 출발점이기는 하지만, 오직 그뿐이다.

　목표와 마찬가지로 주인공의 두려움 역시 경험에서 비롯된다. 여기에 대해서는 다음 장에서 보다 자세히 다룰 예정이다. 이번 장에서는 일단 가장 명확한 두려움인 '죽음'에 대해 살펴보겠다. '제발. 그걸 꼭 설명해야 돼?' 하고 생각해도 좋다. 죽음은 보편적인 것이기에, 그것이 우리가 해야 할 일 가운데 가장 하고 싶지 않은 일이라는 사실은 딱히 배울 필요도 없다.

좋다. 거기에 대해 토를 달자는 건 아니다. 다만 한 발짝 비켜서려고 하는데, 왜냐하면 그게 문제가 아니기 때문이다. 진짜 문제는 죽음이 '지금 이 순간' 주인공에게 어떤 의미냐 하는 것이다. 예를 들어, 누가 남겨질 것인가? 남겨진 이들 중 지금 당장 누구보다 그녀를 필요로 하는 사람은 누구인가? 그녀가 어머니의 무덤 앞에서 맹세했지만 끝내 이루지 못한 것은 무엇인가? 그녀가 지키지 못한 약속은 무엇인가? 죽기 전에 바로잡아야만 하는 일은 무엇인가? 이 질문들에 대한 답은 당신의 주인공에게 '죽음'이 의미하는 바가 무엇인지 말해줄 것이다.

그렇다. 이런 식으로 우리는 '이 사건들이 주인공에게 의미하는 바는 무엇인가?'라는 질문으로 다시 돌아오게 되어 있다. 무엇이 주인공의 진정한 목표인가? 여기에 대한 답을 알아야만 우리는 주인공에게 추상적이고 뻔하지 않은 구체적인 목표를 쥐어줄 수 있다.

그렇다면 왜 작가들은 언제나 주인공에게 진부하고 일반적인 문제들만 안겨주는 것일까? 슬프게도 그들이 아래와 같은 잘못된 믿음을 갖고 있기 때문이다.

잘못된 믿음 : 외면적 문제들을 늘리면 드라마가 풍부해진다.

실제 : 외면적 문제들을 늘리면 드라마가 풍부해진다. 단, 이 문제들은 반드시 주인공이 자신의 문제를 극복하기 위해 대면해야 하는 것들이어야 한다.

태곳적부터 '외면적 문제들이 드라마를 더해준다'라는 잘못된 믿음이 작가들을 괴롭혀왔다. 이것은 수많은 버전의 '영웅 서사'들을 통해 무의식적으로 이어져왔는데, 이런 이야기의 특징은 특정 사건이 이야기의 특정 부분에서 반드시 일어나야 한다는 것이다. 그 결과 작가들은 주인공 안에서 일어나는 내면적 변화에 집중하는 대신 플롯을 이루는 외면적 사건들을 만드는 데 골몰하게 되었다. 이러한 이야기들은 밖에서부터 안으로 만들어진다. 작가는 유기적이고 점층적인 흐름이 아니라 기계적인 시간 흐름을 따라 주인공 앞에 극적 장애물을 던져놓는다. 이 경우 극적 사건들은 이야기 속에서 저절로 만들어지지 못하고 수치화된 일종의 이야기 공식에 의해 만들어진다.

반대로 유기적이고 강력한 장애물을 만들어내고 싶다면, 작가는 반드시 맨 첫 페이지에서부터 주인공이 마주하는 모든 것들이 그 혹은 그녀가 해결해야만 하는 구체적인 문제로부터 비롯되도록 해야 한다. 외면적인 것과 내면적인 것 모두. 이렇게 해야 주인공의 목표를 만들어내기 위해 일반적이고 추상적인 '나쁜 상황'을 사용하는 흔한 실수를 피할 수 있다.

격랑의 한가운데서 힘차게 시작하는 원고는 수도 없이 많다. 주인공의 남편이 지금 막 떠나버리거나, 주인공의 출근길에 거대한 지진이 일어나거나, 크루즈 유람선으로 제때 돌아가는 것을 깜빡한 주인공이 베네수엘라에서 오도 가도 못하는 지경이 되거나. 가진 거라곤 입고 있는 끈 비키니와 슬리퍼뿐인데 말이다. 다

좋다. 문제는 작가가 단지 다음에 무슨 일이 일어날지를 보기 위해 주인공을 이런 위험한 상황에 집어넣었다는 데 있다. 그러나 주인공은 어떤 오랜 필요에 의해 그 상황 속으로 들어간 것이 아니기 때문에, 그들의 목표는 단순히 자신이 처한 끔찍한 상황 속에서 벗어나는 것밖에 될 수 없다. 이렇게 되면 우리의 관심은 주인공이 아니라 문제 자체에 쏠리게 된다. 어떤 일들이 일어나겠지만, 그건 주인공에게 표면적인 영향밖에는 끼치지 못한다. 독자는 주인공이 거기서 빠져나와야 한다는 아주 명확한 일차원적 목표 외에는 주인공의 욕망, 두려움, 필요에 대해 아무런 단서도 갖지 못한다. 따라서 무슨 일이 일어난다 해도 '누구나 그렇게 하겠지' 싶은 상식적인 선 외에는 주인공의 반응을 예측하기 어려워진다. 그리고 그것은 지루하다. 왜? '누구나 그렇게 하겠지' 싶은 것들은 이미 우리 모두가 잘 아는 것이기 때문이다. 거기에 무슨 서스펜스가 있을 수 있겠는가? 우리는 이야기가 '우리가 모르는' 것에 대해 이야기하도록 해야 한다. 우리는 '누구나 그렇게 할 것 같은' 일에는 관심 없지만, 우리의 주인공이 보이는 반응에 대해서는 뜨겁게 궁금해한다. 그 이유를 아는 한.

주인공의 목표와 두려움에 대해 제대로 이해하고 있다면, 거기서 작가는 아주 견고한 플롯 지침을 얻을 수 있다. 아까 잠깐 언급했던 실망스러운 원고들 중 남편이 주인공을 떠난 이야기를 다시 살펴보자. 이야기는 이렇다. 남편 릭이 예고도 없이 그녀를 떠나버리는 바람에 아내 뎁은 큰 상처를 입었다. 그러나 그녀는 푸념하는 대신 오히려 자아를 발견하고 삶을 지속한다(차라리 좀 푸념하는 게 나았다. 그랬다면 적어도 독자는 그들의 결혼 생활이 어땠는지, 뎁은 어떤 사람인지, 앞으로의 삶의 궤적이 어떻게 될지 조금이라도 알 수 있었을 테니까). 여기서 문제는 결혼의 균열을 낳은 별다른 문제가 없다는 점이다. 뎁은 흥미로운 캐릭터가 되기엔 너무 잘 짜여 있다. 지나치게 균형을 잡고 있어서 독자는 즉시 두 가지 의문을 품게 된다. 남편 릭은 왜 이런 여자를 떠났을까? 뎁은 처음부터 왜 이런 나쁜 남자와 결혼했을까? 아이러니하게도 이것이 뎁 이면에 뭔가 더 숨어 있을 거라는 점을 알려주는 유일한 힌트다. 하지만 이 점이 좀 더 발전되지 못했기 때문에, 독자들에겐 그저 줄거리 편의상 이렇게 설정된 것으로 읽힌다.

그렇다면 뎁의 이야기는 그냥 버려져야 할까? 그렇지 않다. 뎁의 문제를 한번 제대로 발전시켜보자.

뎁의 실패한 결혼 이야기

먼저 뎁의 뒷이야기를 해보자. 만약 뎁이 스스로의 힘으로 삶을 꾸려나가는 데 대한 두려움이 있었고, 그 두려움을 인정할 용기가 없어서 좋지 않은 결혼 생활을 유지했던 거라면? 이 경우 뎁의 목표는 단순히 이 나쁜 상황을 지나쳐가는 데 있지 않다. 지금의 딜레마에 선행하는 문제를 극복하는 일이 필요하다. 여기서 우리의 가정을 조금 더 확장시켜보자. 남편이 떠나버리자, 뎁은 그녀가 가장 두려워했던 것, 자신의 힘으로 홀로 살아가는 일이 가능한지 판단해야 할 지경에 놓였다. 이것은 훨씬 더 크고 매력적인 질문이며, 탐구해볼 만한 가치가 충분한 다음의 질문들로 우리를 안내한다.

- 그녀를 자립할 수 없게 하는 두려움의 근원은 무엇인가?
- 애초부터 그 두려움이 남편 릭과 결혼하게 만든 것은 아닌가?
- 그녀는 안정되어 있었는가?
- 그녀가 자기 자신을 드러내는 일을 피하기 위해 결혼을 선택한 것은 아닌가?
- 만약 두려움이 뎁을 수동 공격형의 인간으로 만들었다면, 언뜻 나빠 보이는 릭의 행동들도 실은 일방적으로 나쁘다고만 할 수 없는 것은 아닌가?
- 사실상 그녀에게 가장 큰 두려움을 피할 수 있게 해주었으므로, 실패한 결혼 생활의 일상이 오히려 그녀의 결혼 생활을 유지하게 해준 것은 아닌가?

어떤가. 더 읽어보고 싶지 않은가?

우리는 뎁의 목표와 두려움을 세밀하게 정했다. 다음 할 일은 페이지 위로 이것들을 옮겨놓는 것이다. 하지만 이런 식으로 시작해선 곤란하다. "뎁은 1967년 조그마한 오두막에서 태어났으며……" 우리가 하려는 일이 독자에게 뎁과 그녀의 곤경에 대한 정보를 모두 알려주는 게 아니라는 점을 기억하라. 그저 알아야 할 것이 많다는 암시만 주려는 것이다. 우리의 목표는 독자가 마치 그녀를 아는 사람처럼 느끼고, 본질적으로는 그녀에게 앞으로 무슨 일이 일어날지 알고 싶어질 만큼 그녀가 신경 쓰이도록 만드는 데 있다. 이것은 우리가 다음 두 가지를 분명히 해야 한다는 것을 의미한다. 커다란 변화가 다가오고 있고, 보이는 게 다가 아니라는 사실. 최대한 빨리 이 일을 해내야 한다. 한번 해보자.

장바구니를 다른 손으로 옮기고, 뎁은 열쇠를 구멍에 넣은 다음 마음을 다잡았다. 릭은 한 번도 그녀를 때린 적이 없다. 그런 일이 일어났다면 그녀는 그를 떠났을 것이다. 저녁 6시. 그녀는 그가 집에 있으리라는 것을 알았다. 텔레비전이 켜져 있겠지. 그리고 그는 그녀의 존재를 무시할 것이다. 마치 맞바람 속으로 걸어 들어가는 것처럼 세차게. 그녀는 속으로 그를 증오한다고 말했다. 어쨌든 맥박이 빨라지는 것이 화가 났다. 오늘 역시 지루한 하루였다. 마치 중요한 일이라도 하듯 쇼핑, 청소, 운동을 했다. 감각을 생생히 느낄 수 있었던 아침, 릭이 언짢게 일하러 나간 이후 이게 처음이라는 것을 그녀는 깨달았다. 차 한 대가 빠져나가는 소리가 들렸다. 지난가을 이후 앞마당 구석의 방수포 밑에서 썩고 있는 나뭇잎 냄새가 났다. 한숨을 쉬며 그녀는 열쇠를 돌렸다. 손끝으로 딸깍, 하는 느낌이 전해졌다. 문이 활짝 열리고 그녀는 침묵 속으로 비틀거리며 들어갔다.

집은 비어 있었다. 릭은 없었다. 가구도 없었다. 있는 건 오직 벽난로

선반 위에 놓인, 그녀의 이름이 단정하게 인쇄된 평범한 흰색 봉투뿐이었다.

이야기 안에 심어져 있는 뎁의 뒷이야기 요소들을 발견했는가? 예를 들어 "릭은 한 번도 그녀를 때린 적이 없다. 그런 일이 일어났다면 그녀는 그를 떠났을 것이다"라는 구절은, 뎁의 시각에서, 릭이 자신에게 나쁜 행동을 하고 있기는 하지만 때리지만 않는다면 같이 살 만하다고 여긴다는 사실을 말해준다(이는 뎁이 자기합리화의 달인임을 암시한다). "마치 중요한 일이라도 하듯 쇼핑, 청소, 운동을 했다"는 몸을 날씬하게 유지하는 일에 그녀가 크게 연연하지 않았음을 알려준다. 어쩌면 릭은 눈치채지 못했을까? "그녀는 속으로 그를 증오한다고 말했다. 어쨌든 맥박이 빨라지는 것이 화가 났다"라는 구절이 의미하는 바는 꽤 명확하다. 독자를 더 궁금하게 만드는 애매모호함이 충분히 들어 있기는 하지만. 그러고 나서 이 감정은 다음 문장에서 다시 한 번 되풀이된다. "감각을 생생히 느낄 수 있었던 아침, 릭이 언짢게 일하러 나간 이후 이게 처음이라는 것을 그녀는 깨달았다." 여기서 우리는 릭이 어떤 사람인지 엿볼 수 있다. 적어도 뎁의 입장에서는. 그다음, 뎁이 청각과 후각으로 감각하는 것들은 단지 거기 있기 때문에 임의로 나열된 것이 아니다. 이들은 분명한 함의를 지니고 있다. "차 한 대가 빠져나가는 소리가 들렸다(우리는 지금 릭이 떠나버렸다는 것을 알기 직전이다. 차에 타고 있던 사람은 혹 그였을까?)”, “지난가을 이후 앞마당 구석의 방수포 밑에서 썩고 있는 나뭇잎 냄새가 났다(마치 잘 보이는 곳에서 부패해가도록 내버려두었던 릭과 뎁의 결혼 생활처럼)”. 그리고 마지막으로 우리가 3장에서 살펴보았듯 이 이야기는 삼인칭 시점으로 쓰였지만 독자는 뎁의 머릿속에 들어와 있다. 독자는 모든 것을 그녀의 시각에서 보고 듣고 판단한다.

그로부터 뎁의 이야기는 분명해진다. 이것은 아내에게 흥미를 잃고 아마도 더 푸른 잔디를 찾아 떠난 남편으로부터 홀로 남겨진 아내의 갈등에 관한 이야기다. 아니면 그 반대일까? 왜냐하면 지금까지 우리는 아내 쪽에서만 바라보았기 때문이다. 릭의 이야기는 무엇일까? 뎁이 극복해야 하는 대상 중 일부는, 어쩌면 릭의 진짜 문제에 관한 그녀의 오해 아닐까?

사례연구 2 : 소설 《낡아버린 마음 The Threadbare Heart》

이야기의 기초는 종종 이런 식의 오해에 뿌리내리고 있다. 뎁은 말 그대로 점쟁이가 아니기 때문에, 자신의 세계관에 기초해 거울 뉴런이 말해주는 대로 혹은 자신이 릭이라면 의도했을 법한 뜻으로 상대방을 해석하게 마련이다. 우리 모두가 그렇다. 누군가가 상처가 될 만한 말이나 행동을 하면 우리는 상처를 받는다. 그러나 가끔씩은 그 상처가 되는 말들, 이야기의 흐름을 뒤

집을 만한 그 말들이 주인공이 생각했던 것과는 정반대의 의미였음이 밝혀지기도 한다.

지니 내시의 날카로운 통찰력을 보여주는 소설《낡아버린 마음》은 아주 자연스러운 오해로부터 시작된다. 주인공 릴리는 톰과 25년 이상 결혼 생활을 해왔다. 그간의 결혼 생활은 만족스러웠고, 릴리는 자신이 톰을 깊이 알고 있으며 그들의 결속은 견고하다고 믿는다. 그러나 5페이지에 이르러 릴리는 안전하고 행복한 기분 속에 초콜릿을 조금 먹는 모험을 감행하려 한다. 그것이 편두통을 유발할지도 모른다는 것을 알면서도. 이를 알아챈톰이 릴리를 말리지만, 그녀는 두통이 찾아오더라도 자신이 잘해결할 것이라며 걱정하지 말라고 한다. 그때 남편 톰이 발끈하면서 그녀의 두통은 그의 문제이며 언제나 그래왔다고 화를 낸다. 릴리는 크게 충격을 받는다. 갑자기 그녀는 그가 자신이 알던 남편이 맞는지 확신하지 못하게 되고, 온 세상이 두렵고 위험하게 느껴진다. 독자 역시 그녀의 불편함을 금세 공유한다. 네페이지에 걸쳐서. 9페이지에 이르러 톰은 생각한다.

오랫동안 그는 아무런 불평 없이 릴리의 두통을 견뎌왔다. 그러나 최근 몇 번, 그녀의 두통은 그를 두렵게 만들었다. 그는 그녀가 자신의손이 닿지 않을 정도로 멀리, 나선형을 그리며 전에 한 번도 가보지못했던 고통 속으로 추락하는 것을 상상했다. 이는 그로 하여금 그녀의 죽음과, 남겨진 자신에 대해 생각하게 했다. 그건 도저히 견딜 수

없을 것 같은 일이었다.[11]

이 장면은 사건의 표면적 의미가 180도 변하는 것을 보여주는 명확한 사례다(독자들이 찾아 헤매는 것이기도 하다). 톰이 화를 낸 이유는 언뜻 추측했던 것과 정확히 반대다. 톰은 릴리가 두통의 위험을 무릅쓰는 것에 화가 난 것이 아니다. 그는 그녀를 엄청나게 사랑하기에, 아내를 자신에게서 가져가버릴지도 모르는 것이라면 그 무엇도 참을 수 없는 것이다. 아이러니하게도 릴리는 톰을 잘 알고 있다고 생각했지만 이제는 그렇지 않다. 그녀는 더 이상 남편이 자신을 얼마나 사랑하는지 알지 못한다. 반대로 우리는 그것을 알고 있다. 소설 내내 그녀는 이 문제와 싸우고, 우리는 톰의 진짜 감정을 알기에 그녀가 어디까지 왔는지 쉽게 측정할 수 있다. 이것은 우리가 릴리의 문제뿐 아니라 톰의 문제 역시 알고 있기 때문에 가능한 일이다.

이상은 누군가의 소망과 두려움이 이야기를 얼마나 강력하게 만들 수 있는지를 보여주는 예시다. 이것은 동시에 단순한 오락거리 이상을 전달한다. 타인이 우리에게 무엇을 원하는지 이해하는 것은 어렵다. 우리 스스로가 무엇을 진정으로 원하는지를 아는 것 역시 어렵다. 이야기는 무엇이 사람을 움직이는지 알아내기 위해 필요한 훈련을 하게 해줄 뿐만 아니라, 우리 자신이 어떻게 움직이는지에 대한 통찰도 갖게 해준다.

끌리는 이야기는 어떻게 쓰는가

CHECK POINT 04

주인공이 무엇을 원하는지 알고 있는가?
그 혹은 그녀가 가장 바라는 것은 무엇인가? 주인공의 문제는 무엇이며, 주인공의 존재 이유는 무엇인가?

주인공이 그것을 '왜' 원하게 되었는지 아는가?
목표를 이루는 것이 주인공에게 구체적으로 어떤 의미인가? 그 이유를 아는가? 한마디로, 그의 동기는 무엇인가?

주인공의 외면적 목표가 무엇인지 아는가?
주인공을 앞으로 나아가게 하는 구체적인 목표는 무엇인가? 단지 주인공이 어떻게 할지를 보기 위해 주인공을 일반적인 '나쁜 상황' 속에 몰아넣는 것을 주의하라. 목표는 반드시 주인공의 오랜 필요나 욕구를 충족시키는 것이어야 함을 기억하라. 목표 달성 과정에서 주인공을 내면 깊숙이 자리 잡은 두려움과 만나게 하라.

주인공의 내면적 목표가 무엇인지 아는가?
여기에 대답하는 방법은 이렇게 묻는 것이다. '외면적 목표가 주인공에게 의미하는 바는 무엇인가?' 주인공은 목표를 이루는 것이 스스로가 자신을 바라보는 시선에 어떤 영향을 미칠 것이라 생각하는가? 자신에 대해 무엇을 말해줄 거라 생각하는가? 그 말이 맞는가? 아니면 주인공의 내면적 목표와 외면적 목표가 서로 대립하는가?

주인공의 목표가 주인공으로 하여금 자신의 오랜 문제나 두려움을 구체적으로 대면하게 하는가?
목표에 이르기 위해 주인공이 맞닥뜨려야 하는 비밀스러운 공포는 무엇인가? 주인공이 의문을 품어야 할 깊은 신념은 무엇인가? 평생 마주치고 싶지 않아 피해 다녔던 것, 그러나 이제는 눈을 뜨고 똑바로 바라보거나 백기를 흔들며 투항해야만 하는 그것은 무엇인가?

5장 세계관
뒤틀기

진짜 문제는
내면에 묻혀 있다

**뇌의
비밀**

우리는 세상을
있는 그대로 보지 않고
우리가 믿고 싶은 대로 본다.

**이야기의
비밀**

주인공의 세계관이 언제 그리고 왜
어긋나게 되었는지
정확히 알아야 한다.

"이제껏 내 삶은 끔찍한 불행으로 가득 차 있었지만,
그중 대부분은 일어난 적도 없다."

— 미셸 드 몽테뉴

　　　　다섯 살 때 나는 눈을 감고서 정말 진지하게 이제 내가
보이지 않을 거라고 생각했다. 분명 나는 아무것도 볼 수 없었
다. 그러니 누가 나를 볼 수 있겠는가? 그래, 됐어! 나는 내가 정
말 사라진 거라고 결론지었다. 완벽한 논리였고, 게다가 아주 신
나는 일이었다. 스스로가 아주 똑똑하게 느껴졌다. 왜 안 그렇겠
는가? 저널리스트이자 자칭 '틀린 것 전문가(wrongologist)' 캐스
린 슐츠가 자신의 책《오류의 인문학》에서 아주 훌륭하게 지적
했듯이, 뭔가를 완전히 틀리면 오히려 정확히 맞힌 느낌이 든다.
어쨌든 이후 몇 날 며칠 동안 나는 어떻게 하면 눈을 감은 채 어
디에도 부딪히지 않고 부엌에서 쿠키 몇 개를 몰래 가져올 수
있는지를 연구했다. 정확히 말하면 쿠키 병을 들고 대체 뭐하는
거냐고 엄마가 소리를 지르기 전까지 그렇게 했다. 그 순간, 나
는 문자 그대로 또 비유적으로 '눈을 떴다'.

틀리는 것은 우리가 세계를 보는(혹은 보지 않는) 방식을 바꾼다. 그리고 실제로 우리는 아주 많이 틀린다. 여기에는 여러 가지 이유가 있는데, 하나는 우리가 생존을 위해 자신이 보는 모든 것에 대해 알게 모르게 어떤 결론을 내리도록 설계되었기 때문이며, 또 하나는 인지적 무의식이 우리 안의 선입견들을 재빨리 조직하고 쌓아올려 하나의 세계를 만들어버리기 때문이다.[1] 따라서 별 위안이 되지 않겠지만, 틀리는 건 대부분 우리의 잘못이 아니다. 적어도 "네가 무슨 짓을 했는지 잘 알고 있겠지"라고 비난할 수는 없다는 얘기다. 대개의 경우 우리는 잘 모른다. 신경 심리학자 저스틴 바렛의 말에 따르면, 우리의 선입견과 "비성찰적" 믿음은 우리 내면의 기본 상태다. 이것은 경험과 기억을 형성하기 위해 모든 상황 뒤에서 지속적으로 은밀히 작용한다.[2]

그 결과, 이러한 잘못된 선입견 중 하나(이를테면 '사람은 다 지독히 이기적이기 때문에 괜찮아 보이는 사람일수록 장차 실망할 일도 많아진다')가 생겨나는 순간부터 우리는 일어난 일들을 멀쩡하게 잘못 해석한다. '여기 있는 사람들은 다 괜찮아 보여. 뒤를 조심해야겠군' 같은 식으로 말이다. 무서운 점은, 이 생각이 틀렸다는 걸 증명해주는 무언가가 일어나기 전까지 우리는 자신이 무슨 일을 하고 있는지 모른다는 사실이다. 그리고 일단 이 선입견이 의식 위로 떠오르게 되면 우리는 이것을 상대하고 합리화하느라 많은 시간을 들인다.[3]

이야기는 바로 이 순간에 시작된다. 주인공이 오랫동안 품어

끌리는 이야기는 어떻게 쓰는가

왔던 믿음이 질문으로 바뀌는 순간. 때로 이 믿음은 주인공과 주인공이 진정으로 원하는 것 사이에 존재한다. 때로 이것은 주인공으로 하여금 옳은 일을 하지 못하게 하는 무엇이다. 때로 이것은 너무 늦기 전에 주인공이 나쁜 상황에서 벗어나기 위해 맞서야만 하는 무엇이다. 그러나 착각하면 안 되는 사실은, 이야기를 앞으로 끌어나가는 것은 바로 주인공이 '내면적 문제'와 벌이는 싸움이라는 점이다. 플롯은 주인공이 맞서 싸우거나 포기하는 것 외엔 다른 방법이 없도록 그를 단계적으로 구석을 향해 몰아가는 방식으로 구성된다. 사건들은 주인공을 꾀고 구슬려 그의 과거를 냉혹하게 다시 살핀다. 이건 낭만적으로 과거를 회상하는 것과는 굉장히 다른 느낌이다. 마찬가지로 현재의 삶은 주인공에게 자신의 자아를 재평가하도록 계속 자극한다. 이 결과 과거의 사건들은 새로운 정서적 무게를 얻고, 사실들은 새로운 중요성을 갖는다.[4] 영국의 시인 T. S. 엘리엇이 적절하게 지적했듯 "우리의 여행은 출발한 곳으로 돌아와, 그곳을 재발견할 때 끝난다".[5]

여기서 까다로운 질문이 생겨난다. 그렇다면 이야기를 쓸 때 시작하기에 가장 좋은 곳은 어디인가? 결론부터 말하자면 답은 맨 처음도, 1페이지도 아니다. 자기 책상 앞? 역시 아니다. 이야기를 시작하기에 가장 좋은 곳은 아무것도 모르는 불쌍한 당신의 주인공이 1페이지에 등장하기 훨씬 이전이다. 주인공의 내면적 문제가 처음으로 그의 세계관을 뒤흔들기 시작한 바로 그때가 이야기를 시작하기에 가장 좋은 지점이다.

이번 장에서는 종종 작가들이 피하려고 하는 것(이야기가 시작되기 전의 인물들을 알아가는 과정)을 다루고자 한다. 그러기 위해 우리는 개요를 짤 때 얻을 수 있는 중요한 장점들과 감수해야 할 사소한 단점들을 살펴볼 것이다. 이와 함께 이야기를 시작하기 전 주인공의 전기를 쓰는 것이 왜 중요한지, 이로 인해 어떤 이야기들이 저절로 만들어지는지, 또 너무 빈틈없이 쓰인 인물 설정이 전혀 안 쓴 것보다 왜 더 위험한지 알아볼 것이다.

부서지지 않으면 고칠 수도 없다

이야기란 피할 수 없는 문제에 직면한 사람들에 대한 것이다. 너무 당연한 소리로 들리는가? 그렇다면 왜 많은 작가들은 주인공의 문제에 대해 정확히 알지도 못하면서 일단 뛰어들고 보는 것일까? 종종 그들은 일단 쓰기 시작하면 모든 것이 명확해질 거라고 생각한다. 하지만 무엇이 고장 났는지 모르는데, 어떻게 고치는 이야기를 쓸 수 있겠는가? 편집자들이 원고에 주로 적어놓는 첫 번째 질문이 "그러니까 대체 뭐에 관한 이야기지?"라면, 두 번째는 "왜 지금?"이다. 왜 이야기는 어제나 내일이 아니라 지금 이 순간에 시작하는 것일까?

개요를 짜거나 등장인물의 전기를 작업하기 위해 멈추는 것이 자신의 창의력에 큰 해가 될 거라고 단언하는 이들이, 주인공의 세계관이 어긋나기 시작하는 과거의 어느 한 지점에서 이야기를 시작하는 경우가 많다는 점이 재미있다. 이런 작가들은 진짜 이야기는 사실 훨씬 늦게, 오랜 시간 잠복하고 있던 두 대립된 힘이 부딪쳐 주인공이 행동을 취할 수밖에 없게 되는 시점에서 시작한다는 점을 간과한다. 이 개념은 텔레비전 애니메이션 〈트랜스포머〉의 주인공 오라클이 옵티머스 프라임에게 하는 말 속에 잘 요약되어 있다. "미래의 씨앗은 과거에 묻혀 있다."[6]

그렇다면 이것은 이야기의 개요를 먼저 잡아야 한다는 걸 의미하는가? 물론 그렇게 들린다. 하지만 다른 모든 일이 그렇듯이 이 또한 상대적이다. 이제부터 개요 짜기의 좋은 점과 나쁜 점에 대해 살펴보자.

개요 짜기에 대한 끝없는 논쟁

성공한 많은 작가들은 이렇게 말한다. 자신이 글을 쓰는 유일한 방법은, 어디로 가는지에 대한 막연함 말고는 아무것도 없이 그냥 첫 페이지로 뛰어드는 것이라고. 그런 작가들에게 글쓰기의 황홀은 쓰면서 이야기를 발견해나가는 데서 온다. 만약 그들이 이야기를 이미 알고 있다면 스릴은 사라지고 글쓰기는 불필요하게 느껴질 것이다.

예를 들어 미국의 소설가 이디스 워튼의 전설적인(그러나 미심쩍은) 일화를 보자. 막 완성한 원고가 불에 타 없어지는 사고를 당하자, 그녀는 편집자에게 자신이 이미 결말을 알고 있기 때문에 다시 쓸 수 없다고 말했다고 한다. 여기에 대해 로버트 프로스트는 이렇게 동의한다. "작가에게 놀랍지 않으면 독자에게도 놀랍지 않다."[7] 로버트 B. 파커 역시 자신이 글을 쓰기 시작할 때는 이야기가 어디로 갈지 전혀 알 수 없다고 했다.[8]

하지만 반대 의견도 있다. 예를 들어 캐서린 앤 포터의 말은 이디스 워튼과 정반대다. "이야기의 결말을 모른다면 나는 글쓰기를 시작할 수 없다."[9] 조앤 K. 롤링은 어떤가? 그녀는 《해리 포터》 시리즈를 처음 쓰기 시작했던 1992년에 이미 일곱 권의 시리즈 모두를 아주 자세하게 구상해놓았다.[10] "나는 작품 속 세계의 세세한 것들까지 철저하게 구상하는 일에 끔찍하게 많은 시간을 투자한다. 난 언제나 기본적인 플롯을 생각해둔다."[11]

어느 쪽 말이 옳은가? 아니면 이것은 단지 개요를 쓰고 쓰지 않고는 작가의 스타일에 달려 있다는 사실을 보여줄 뿐인가? 그럴 수도 있다. 하지만 이를 다르게 들여다볼 수도 있다. 운 좋은 몇몇 이들은 마치 절대음감처럼 이야기에 대한 선천적인 감각을 갖고 태어난다고 말이다. 그들은 쌓여 있는 세탁물을 가지고서도 아주 미묘하고 감동적인 이야기를 만들어낼 수 있다. 엉망으로 정리된 양말을 보고도 독자들이 눈물을 흘리게끔 만들 수 있단 얘기다. 만약 당신이 그런 작가라면 얼른 쓰고픈 대로 써서

끌리는 이야기는 어떻게 쓰는가

성공하라. 하지만 대부분의 작가들(대부분의 성공한 작가들을 포함한)은 첫 페이지를 시작하기 전에 주인공의 과거를 생각해봄으로써 분명한 이점을 얻는다. 이 작업이 두 개의 커다란 함정을 피하도록 해주기 때문이다.

1. 개요 없는 이야기에서 가장 흔하게 일어나는 문제는 제대로 된 진전이 없다는 것이다. 어떻게 진전이 가능하겠는가? 주인공의 내면적 문제와 그의 오랜 욕망 사이에서 벌어지는 싸움을 기반으로 한 확실한 목적지가 없다면, 이야기는 방황을 거듭할 수밖에 없다. 작가는 퇴고를 시작할 무렵 당장 2페이지쯤에서 뭔가 중요한 일이 필요하다는 걸 깨닫게 될 것이다. 그렇게 되면 그 뒤를 따르는 수많은 이야기들과의 연관성이 사라져 첫 페이지만 계속 고치다 끝나버릴 것이다.

2. 이렇게 생각하는 작가들도 있다. '별거 아냐. 다시 쓰면 되지. 다들 그렇게 말하잖아? 글쓰기에서 다시 쓰기는 꼭 필요한 과정이라고.' 맞는 말이다. 그러나 이 경우 훨씬 더 큰 문제가 있다. 초고란 크게 고려할 가치가 없다는 사실을 인정하기란 굉장히 어렵다. 이것은 털어놓기 힘든 실수 중 하나이다. 따라서 우리가 뭔가를 다시 쓸 때는 이미 거기 있는 것에 맞추어 새로운 것을 만들어내기가 쉽다. 우리의 뇌는 이야기 자체보다 이미 써놓은 것에 무의식적으로 더 충성하게 되어 있기 때문이다. 그 결과 아이러니하게도 새 버전이 초고보다 못한 경우가 많다. 전에 밋밋했던 부분은 그대로 밋밋하게 남아 있고,

나머지는 이전보다 좀 더 말이 안 되게 바뀌어 있을 뿐이다.

이쯤이면 개요를 써봐야겠다는 생각이 드는가? 좋다. 그렇다고 로마 숫자로 시작하는 딱딱한 개요문이나 인물에 관한 천편일률적인 100문 100답 같은 걸 떠올리진 말자. 이제부터 개요 짜기가 얼마나 직관적이고 창조적이며, 영감을 주는 과정이 될 수 있는지 알아보려는 참이니까. 종종 이 과정이 생각보다 훨씬 금방 끝난다는 건 말할 필요도 없다. 그 이유를 한번 살펴보자.

> **잘못된 믿음**: 인물을 잘 알기 위해서는 꼭 완벽한 전기를 작성해야만 한다.
> **실제**: 인물의 전기는 오직 이야기와 관련 있는 정보에만 집중되어야 한다.

인물에 대해 알아가는 과정에서 종종 정보는 넘쳐나기 쉽다. 인물에 관한 아주 사적인 디테일들이 나쁘다는 뜻은 아니다. 이야기 속에서 이런 디테일들은 오히려 필요하고 유용한 경우가 많다. 그러나 이야기와 '관계없는' 디테일은 나쁘다. 때로 작가들은 자신이 창조한 인물을 진짜로 알기 위해서는 쓰려는 책보다 더 길고 자세하게 인물의 전기를 알아야만 한다고 생각한다. 이를테면 다음과 같은 질문들에 답할 수 있어야 한다고 여긴다.

- 그는 자신의 가운데 이름(middle name)을 좋아하는가?
- 뒷마당에 드러누워 일광욕을 즐기고 있는 그녀가 깔고 누운 수건은 구체적으로 어떤 종류인가?
- 그녀가 가장 좋아하는 공간이 있는가?
- 그녀에게 추억을 강하게 불러일으키는 색은?
- 그는 모반(태어났을 때부터 있던 점)이 있는가?
- 그와 잘 어울리는 도자기가 있는가?
- 만약 그에게 모반이 있다면, 혹시 중국 지도 모양은 아닌가?
- 안락사에 대해 그는 어떻게 생각하는가?

여기에 일일이 대답하는 것이 흥미로울 수도 있겠지만, 아마 대부분 당신의 이야기와는 큰 관련이 없을 것이다. 등장인물의 출생부터 지금까지에 관한 긴 전기를 쓰는 일도 마찬가지다. 이야기의 핵심은 불필요한 정보를 걸러내는 데 있기 때문이다. 우리가 찾는 것은 오로지 우리가 하려는 이야기와 관련된 정보뿐이다. 이야기가 어떤 문제에 관한 것이라면, 당신이 찾는 것은 첫 페이지에서부터 자라나게 될 그 문제의 근원이다. 예를 들어 베티가 탁월한 하프 연주자라는 사실이 이야기에 들어가거나 어떤 영향을 끼치는 게 아니라면 그녀가 하프를 연습하면서 보낸 고통스러운 시간들에 대해선 굳이 언급할 필요가 없다. 만약 작가인 당신이 이 정보를 이야기의 어디쯤에 넣어야 할 것인지에 대해 고민하고(사실은 나와서는 안 되지만) 최악의 경우 부차적인 플롯을 만들어서 베티가 휴일 사무실에서 열린 파티에서 하프 실력을 자랑하게 하는 데 시간과 노력을 낭비하면, 이것은 당신이 전달하고자 하는 서사와 아무런 관련이 없기 때문에 이야기는 갑자기 멈춰버린다. 거기서 끝나는 게 아니다. 이 하프 얘기는 독자의 마음속에 남아 계속 질문을 던진다. '이 하프 얘기는 대체 뭘 말하려고 한 거지?' 따라서 등장인물의 전기를 작성할 때 명확히 해야 할 것은 다음 두 가지다. 첫째, 주인공의 세계관이 어긋나는 계기가 된 과거의 사건은 주인공의 목표 달성을 방해하는 내면적 문제를 촉발해야 한다. 둘째, 목표를 향한 주인공의 욕망이 어떻게 시작되는가를 명확히 해야 한다. 종종 이 둘은 일치하기도 한다. 영화 〈멋진 인생〉에서 이것을 밝혀주는 순간은 주인공 조지가 자신의 아버지가 포터에게 구타당하는 것을 목격했을 때다. 이 사건은 조지에게 자신이 계속 베드포드 폴스에 머문다면 결코 성공할 수 없으리라는 믿음(그의 세계관을 왜곡하는)을 갖게 한다. 그리고 여기가 아닌 다른 어딘가에서 뭔가를 크게 해냄으로써 자신의 아버지가 하지 못한 성공을 이뤄야겠다고 다짐하게 한다. 그런 다음 이야기는 조지가 자신의 외면적 목표가 완전히 빗나가 있었음을 천천히 깨닫게 될 때까지 자신의 세계관을 재평가하도록 강요한다.

모든 이야기에 이러한 '단서' 장면이 등장하는 건 아니지만, 그렇더라도 이것은 종종 주인공이 자신의 삶에 등장한 혼란과 싸우는 과정을 통해 언급된다. 때로는 전혀 언급되지 않은 채 주인공의 행동에만 암시되어 있을 수도 있다. 이를 전혀 볼 수 없다 해도 독자는 그 영향력을 느낄 수 있다. 작가인 당신이 주인공이 하는 모든 행동을 통해 이 두 가지를 엮어내기 때문이다.

그러므로 등장인물의 전기를 쓰는 목표는 주인공의 삶에서 이러한 중요한 순간들을 찾아내고 이 순간으로 인해 일어난 사건들의 궤적을 좇는 것이어야 한다. 이야기가 다루게 될 것은 이 움직임의 정점에 존재할 어떤 딜레마일 것이기 때문이다. 일단 이 작업을 마치고도 당신이 여전히 주인공에 대한 심층적이고도 완전한 전기를 쓰고 싶어 죽을 지경이라면, 어찌 막겠는가? 다만 미리 말해둘 것은, 당신이 그 과정에서 발견한 흥미롭지만 쓸데없는 디테일들을 아주 조심히 다루지 않는다면, 그 디테일들이 이야기의 목을 졸라 생명을 앗아갈지도 모른다는 것이다.

그러나 그것들을 잡초 뽑듯 잘 걸러내 '초점이 잘 맞춰진' 등장인물의 전기를 쓰고 나면 당신은 이야기 자체로 뛰어들고 싶어질 것이다. 주인공의 과거 속에서 '단서가 되는' 순간들을 찾기 위해, 전기를 쓸 때 도움이 될 만한 네 가지 주의사항을 살펴보자.

등장인물의 전기를 쓸 때 주의할 점

1. 말할 땐 너무도 자명하지만 정작 잊기 쉬운 다음 원칙을 되새겨라. 이야기란 '변화'에 관한 것이다.

사건은 어딘가에서 시작해서 다른 어딘가에서 끝난다. 이것이 바로 이야기의 구조다. 이야기는 무언가의 '이전'과 '이후' 사이의 공간에서 펼쳐진다. 이야기는 사건들이 흥미롭게 흘러가는 것을 시간 순으로 기록하면서 독자에게 어느 쪽으로든 갈 수 있다는 착각을 심어준다. 따라서 등장인물의 전기를 쓸 때 우리에게 필요한 것은 모든 일이 갑자기 어떤 방향으로 흘러가기 시작하는 순간과 연결된 구체적인 '과거'다. 이 '과거'는 이야기 속에 미리 심어질 정보를 제공하므로, 이를 통해 독자는 주인공이 '무엇으로부터' 변화하게 되었는지를 알 수 있다. 말하자면 이런 것이다. 나비는 그 자체로 아름다울 수도 있지만, 나비를 흥미롭게 만드는 것은 나비가 한때 애벌레였다는 사실이다. 이러한 '과거'는 독자가 '미래'를 향해 나아가는 주인공의 여정을 가늠해볼 수 있게 해준다.

2. 등장인물의 내면을 깊숙이 파헤치는 것을 불편해하지 말라.

예의 차린답시고 망설이지 말라는 말이다. 당신은 그 사람의 문제가 무엇인지 알아내야만 한다. 그것이 당신이 쓰려고 하는 것이다. 그들을 당황하게 할 만한 질문을 던져라. 개인적인 질문일수록 좋다. 그들 안에서 좋은 것, 나쁜 것, 특히 못난 것, 엉망인 것, 정말로 감추고 싶어 하는 비밀들을 찾아내라. 출입 금지인 곳은 없다. 작가는 그들의 결점에 눈감아주는 것이 아니라, 그것들을 하나씩 정확히 짚어낸 다음 거기에 고성능 현미경을 들이대서 인물의 내면적 문제와 목표에 비추어 관찰하는 사람이다. 작가의 목표는 그 인물들을 우리와 똑같이 역경에 맞서 싸우느라 고군분투하는 '살아 있는' 사람으로 만드는 것이다. 이야기의 본질은 현실에서 우리가 큰 소리로 말하지 못하는 것들을 드러내는 데 있다. 잔인하게 느껴질지 모르지만, 이것이 바로 주인공의 과거를 탐색할 때 그 어떤 비밀이나 자비도 허용할 수 없는 이유다. 물론 쉽지만은 않다. 그들은 숨기기도 할 것이고 거짓말을 할지도 모른다. 그러나 그것을 놔두거나 봐준다면, 결과적으로 이야기에서 진실은 사라질 것이다. 자신을 속이지 마라. 독자는 그걸 안다. 실제든 허구든 인간은 타인을 이해하기 위해 자동적으로 자신의 기본 지식을 활용하기 때문에, 이야기를 읽기 시작했을 때 독자는 작가가 자신을 어디로 이끌어가려 하는지 꽤 정확히 알고 있다.[12] 그렇지 않다면 아예 시작조차 하지 않았을 것이다. 중간에 방향을 바꾸면 독자는 알아챈다. 그러면 독자는 흥미를 잃고 텔레비전을 보러 떠나버리고 말 것이다.

3. 너무 잘 쓰려고 하지 마라.

전기를 쓸 때 편한 점은 이 작업이 일차원적이고 단순하며 꾸준히 할 수 있다는 것이다. 원한다면 여기저기 자리를 옮겨 다니면서도 할 수 있다. 전적으로 당신에게 달린 일이다. 게다가 첫 문장이 독자를 사로잡을 만큼 매력적인지, 너무 많은 형용사들이 붙어 있지는 않은지, 심지어는 잘 쓰였는지조차도 걱정할 필요가 없다. 필요한 것은 오직 내용이다. 어떻게 표현되는지는 전혀 상관없다. 역설적으로 이런 점들 때문에 종종 훌륭한 글이 나온다.

4. 이야기에 직접적으로 포함되지는 않더라도, 모든 주요 인물에 대한 짧은 전기를 쓰라.

이것은 전기를 쓰는 과정에서 가장 중요한 부분이다. 인물의 행위 이면에 존재하는 동기를 발견하여 거기에 의미를 부여하게 해주기 때문이다. 스콧 피츠제럴드가 했던 "인물은 행동이다"라는 유명한 구절이 의미하는 바와 같다. 우리가 하는 행동은 곧 우리가 누구인지를 말해준다. 뇌신경과학자 마이클 가자니가가 지적했듯 "우리의 행위는 우리 자신의 직관적인 생각이나 신념을 자동적으로 반영하는 경향이 있기" 때문이다.[13] 많은 경우 이야기란 '무엇이 나에게 그 일을 하도록 했는지'를 깨닫게 되는 주인공에 관한 것이다.

개요 발전시키기 : 사례연구

이제 실제로 마법처럼 이야기 윤곽의 싹을 틔워줄 등장인물에 대한 간단한 전기를 엮어 발전시켜보도록 하자.

전제

대부분의 작가들은 "만약 이렇다면…… 무슨 일이 일어날까?" 같은 전제를 가지고 이야기를 시작한다. 전제는 무엇으로든 시작될 수 있다. 당신의 일상에 일어난 어떤 일, 신문을 읽다 떠오른 생각, 혹은 희망사항 같은 것도. 예를 들어 영화를 보러 갔다고 해보자. 영웅 역을 맡은 남자 배우는 너무 늙었다. 상대역을 맡은 여배우가 그의 손녀딸 뻘로 보일 정도다. 집으로 돌아오는 길에 당신은 좀 신경질이 난다. 어떻게 상업 영화에서 남자가 훨씬 더 늙은 것은 아무렇지도 않고, 반대의 경우는 〈해롤드와 모드〉(1971년작의 유명한 컬트영화 - 옮긴이)가 될 수밖에 없는가?

물론, 당신이 40대쯤에 접어든 여자가 아니라면 이것이 그렇게 신경 쓰이는 일은 아닐 것이다. 더 골치 아픈 건 당신이 나이든 영웅의 아들 역할을 한 젊은 배우 칼에게 반했다는 사실이다. 상상만으로 얼굴이 붉어질 정도다. 그리고 퍼뜩 이런 생각이 떠오른다. 기껏해야 칼과 당신의 나이 차이는 열서너 살밖에 나지 않을 테지만, 주인공 영웅과 여배우의 나이 차이는 그보다 두 배는 더 될 것이다. 이게 공평한 일인가? 하지만 현실에서는 어쩔 도리가 없다. 모든 게 내 맘대로 되기를 바라는 건 그저 희망사항일 뿐이니까. 따라서 당신에게 남은 대안은 오직 한 가지뿐이다. 바로 이야기를 쓰는 것이다.

이런 전제를 세워보자. 이제 막 40대에 들어선 여인이, 비밀스레 반해버린 젊은 배우와 만나 열렬히 사랑하게 된다면 어떤 일이 일어날 것인가? 농담이 아니다. 일어날 수 있는 일이다. 문제는 '어떻게' 일어나느냐일 뿐. 우리는 지금 스토킹이나 최면, 초능력에 대해 이야기하는 게 아니다. 진지하게 이야기하는 것이다. 그것도 '자발적으로' 말이다.

스스로에게 "왜?" 묻기

표면적으로 이 이야기는 마흔 살의 여인이 어떻게 스물여섯 살 영화배우의 마음을 얻었는가에 관한 이야기다. 하지만 이야기의 진짜 의미를 생각해보자. 한참 어린 영화배우의 마음을 얻는다는 것은 그녀에게 어떤 의미인가? 그런 시도를 하기 이전에 그녀의 내면이 직면해야 하는 문제는 무엇인가? 이것을 알아내기 위해서는 좀 더 깊게 들어가볼 필요가 있다. 그녀의 연애 생활은 어떤가? 그녀의 내면적 문제에 대해 뭔가를 말해줄 수 있는 남자 친구를 가정해보자. 그녀에게는 엄청 착하지만 따분한 약혼자가 있다. 그는 자꾸만 결혼을 재촉한다. 하지만 정작 그녀는 결혼을 생각하고 있지 않다. 왜일까? 그건 남자가 너무 '안전하기' 때문이다. 이것은 그녀에게 위험을 무릅써야 할 어려운 시간이 주어진다는 것을 의미할까? 물론이다. 따라서 이 이야기의 진짜 의미는 주인공이 안전하고 편안한 미래와 짜릿하지만 아무것도 보장할 수 없는 미래 사이에서 하나를 선택해야만 할 때 두려움을 극복하는 법을 어떻게 배워나가는가에 대한 것이 된다.

이제 우리는 아까의 전제를 택할 수 있다. 마흔 살의 여인이 한참 어린 남자의 마음을 얻을 수 있는가? 그리고 이것을 '단 한 번도 인생에서 위험을 무릅써본 적 없는 사람이 안락한 삶을 뛰쳐나와 큰 맘 먹고 대담한 행동을 할 때 무슨 일이 일어나는가?'라는 주제와 연결시킬 수 있다. 이 말은 이렇게도 바꿀 수 있다. '모르는 악마와 함께하는 위험을 감수하지 않는다면, 남은 평생을 이미 알고 있는 악마에게 묶인 채 살아갈 것이다'라고. 이제 이걸 조금 다듬어보자. 이 이야기는 인간 본성에 관해 무엇을 말하고 있는가? 용기를 내어 위험을 무릅쓰면 좋은 일이 일어난다. 비록 우리가 기대했던 좋은 일은 아니라고 해도 말이다. 좋다. 비로소 우리는 이 세계가 그녀를 어떻게 대해야 하는지 알게 되었다. 그러면 이것으로 등장인물의 전기와 개요가 완성된 것인가? 아니다. 어떻게 그걸 아느냐고? 눈을 감아보라. 무엇이 보이는가? 그렇다. 썩 뭐가 많이 보이지는 않는다. 얼른 다음 단계를 살펴보자.

'일반적인 것'을 '구체적인 것'과 차별화하는 법

머릿속에서 그릴 수 없다면 그건 일반적인 것이다. 눈에 보인다면 그건 구체적인 것이다. 6장에서 더 깊이 다루겠지만 작가는 반드시 눈으로 볼 수 있어야 한다. 일반성은 기껏해야 중립을 맴돌면서 움직이지 않는 객관적인 이야기만을 들려준다. 그러나 구체성은 그 이야기에 살과 피를 부여해서 살아 움직이게 만든다. 이것은 아주 큰 차이다.

이 이야기를 좀 더 깊이 파헤쳐보자. 예를 들어 이 여인(이제부터 래라고 부르자)의 삶은 어떤가? 아이는 있는가? 사실 그녀에겐 딸이 하나 있다. 그렇다면 이혼을 했는가? 아니, 숨어 있는 전남편 같은 건 없는 편이 좋겠다. 그냥 과부가 되었다고 하자. 그녀는 직업이 있는가? 없다. 남편 톰이 여유 있게 살 수 있을 만큼의 돈을 남겨주었다. 잠깐, 이것들 중 목표는 어디 있는가? 갈등은? 아직 흥미롭지가 않다. 우리는 기록이 아니라 경기에 필요한 공을 찾고 있다. 그녀의 내면적 문제가 위험을 무릅쓰지 못하는 것이라면, 그녀의 과거 중 무엇이 우리에게 그 사실을 알려줄 것인가? 어떤 계기로 인해 그녀는 뒤틀린 세계관을 갖게 되었는가?

이런 식으로 해보자. 래는 화가가 되고 싶었다. 어머니가 화가였으므로 그녀는 어려서부터 어깨 너머로 그림을 배웠다. 다른 사람들이 어머니의 그림에 대해 열띠게 이야기하는 것이 그녀를 들뜨게 했다. 실제로 그림을 사겠다고 나선 사람은 아무도 없었다는 걸 그땐 몰랐다. 그러던 어느 날 래는 어머니의 가장 친한 친구가 하는 말을 우연히 엿듣는다. 모두가 실은 어머니의 그림들이 터무니없고 형편없다고 생각하지만 누구도 그녀에게 상처를 주고 싶지 않아 말하지 못한다는 거였다. 래는 일종의 굴욕감을 느낀다. 어머니가 이 사실을 알게 된다면 아마 무너지고 말 것이다. 그곳은 결코 그녀가 끼어 있고 싶지 않은 자리였다. 그래서 래는 가족과 친구들을 제외한 누구에게도 자신의 그림을 보여주지 않는다. 래는 자신에게 정말로 재능이 있다고 생각했고, 적어도 그러길 바랐다. 그게 그녀가 계속 그림을 그릴 수 있게 해주는 힘이었다. 그녀는 전문가에게 자신의 그림을 보였을 때 그녀의 재능이 어머니와 다를 바 없다는 걸 확인하게 될까 두려웠다. 그것은 자기기만이다. 그녀는 곧 동네 미술상에게 자신의 그림들을 보여주리라 다짐한다(그렇다. 목표다). 하지만 오늘은 아니다. 지난 10여 년 동안 그녀는 늘 이런 식이었다.

정리해보자. 우리는 래의 내면적 문제가 위험을 감수하는 것에 대한 두려움이란 걸 안다. 따라서 그녀의 미공개 작품들은 이 내면적 문제를 '이미 존재하는 조건'으로 설정해준다. 그리고 이들은 구체적이기 때문에, 독자는 앞으로 그녀가 이 구체적인 문제를 극복하려 노력할 거라고 예상하게 된다(다시 말해 독자는 적극적으로 이야기에 참여하게 된다).

다음은 래의 딸에게 시선을 옮겨볼 차례다. 이름은 클로이라고 하자. 이 아이는 왜 필요할까? 아직까진 별다른 이유가 없다. 중요한 것은 모든 서브플롯이 그러하듯 클로이의 존재가 메인 플롯에 어떤 영향을 미칠 것인가다. 클로이의 존재가 이야기를 앞으로 움직이게 하는가? 어쩌면 우리는 클로이의 이야기에 래의 이야기를 반영할 수 있는 서브플롯을 만들어주어야 할지도 모른다. 서브플롯에 관해서는 11장에서 보다 심도 깊게 살펴볼 것이므로, 여기선 반영을 목적으로 하는 거울형 서브플롯이라도 메인 플롯을 문자 그대로 똑같이 반영할 필요는 없다고 말하는 것만으로 충분하다. 만약 메인 플롯을 똑같이 반영하면 장황해지고 무엇보다 지루해진다. 대신 서브플롯은 이야기의 핵심 질문에 답이 될 수 있는 대안들을 드러내보여야 한다. 경고 메시지이든 변화를 위한 보상이든, 주인공을 위한 어떤 대안을 말이다.

그렇다면 이렇게 해보자. 클로이는 열여섯 살이고 색소폰을 연주한다. 실력은 꽤 수준급으로 줄리아드에 전액 장학금 조건으로 입학 허가를 받았을 정도다. 그러나 사우스캐롤라이나 주에 있는 찰스턴에 살고 있는 그들에게 뉴욕은 너무 멀다. 래는 이것을 이유로 클로이가 12학년을 건너뛰고 아는 사람 하나 없는 낯선 도시로 가는 대신 집에 남아 고등학교를 졸업해야 한다고 말한다. 게다가 클로이가 훌륭한 색소폰 연주자인 건 맞지만, 미래에 대한 보장은 누구도 해줄 수 없으며 뮤지션의 삶은 너무 예측 불가다. 물론 클로이는 줄리아드로 떠나고 싶어 죽을 지경이다. 래는 딸을 보내줄까?

자, 이로써 우리는 일종의 '반영'을 만들어두었다. 그리고 한 가지 더 필요한 게 있다. 등장인물의 뒷이야기를 파헤칠 때 늘 찾게 되는 것, 바로 현재의 갈등이다. 갈등은 언제나 시간과 연결되어 있다. 클로이에겐 줄리아드의 제안을 수락할 수 있는 일주일이 주어졌다. 좋다. 경기가 시작되었다.

이제 래의 남편, 톰을 살펴보자. 이들 부부의 관계는 래가 영화배우 칼을 만날 때 벌어질 상황들에 대해 무엇을 말해줄 수 있을까? 이런 방법도 가능하다. 칼이 래보다 훨씬 어리다면, 톰을 아예 아주 나이 많은 사람으로 설정하는 것이다. 훌륭한 선택이다. 이 사실은 나이 차이가 많이 나는 관계도 가능하다는 걸 래가 안다는 뜻이 된다. 물론 비슷한 상황에서라면 젊은 여자가 더 유리하겠지만 말이다.

반대편 세력도 살펴봐야 한다. 내면적 문제 외에 래의 앞을 가로막고 있는 것은 무엇인가? 먼저 사회적 통념을 생각해볼 수 있다. 나이 든 여인의 품에 젊은 남자가 안기는 이유는 돈에 있을 거라는 통념. 더 나쁘게는, 그런 여자는 아마도 진한 화장을 하고 입술엔 콜라겐을 넣었으며 뱃살을 숨기고 있을 거라는 선입견이 있다. 이런 무언의 태도는 래의 마음을 포함한 이야기의 모든 요소에 스며들어 있다. '사람들이 뭐라고 할까?'만 생각하면 그녀의 심장은 쿵쾅거린다. 사람들이 그녀 어머니에게 했던 말을 생각해보자. 그건 그저 그림에 대한 것만은 아니었다.

이 정도면 반대세력으로 충분한가? 아직 아니다. 여전히 너무 막연하고 일반적이다. 물론 다른 인물들이 래와 칼에게 반응하는 방식을 통해 드러나긴 하겠지만, 여전히 개념적인 수준이다. 눈을 감으면 아직 아무것도 보이지 않는다. 우리가 찾는 건 눈으로 그릴 수 있는 보다 구체적인 장애물이다. 래에게 필요한 것은 구체적인 선택의 기회다. 이왕이면 칼과의 관계를 통해 영향을 받을 수 있는 어떤 것. 이를테면 착하긴 하지만 불운한 그녀의 남자 친구 윌 같은 것 말이다. 윌은 결혼하자고 래를 압박하지만 그녀는 왜 자신이 흔쾌히 그의 청혼을 못 받아들이는지 확신하지 못한다. 윌은 클로이에게 좋은 양아버지가 될 것이고, 나쁜 길에 빠지지도, 그녀에게 무언가를 강요하지도 않을 것이다. 그는 그저 관습적으로 아내들에게 요구되는 일만을 래에게 기대할 것이다. 그러니 그러지 못할 이유가 뭐 있겠는가? 그녀 역시 지금까지 관습적으로 살아왔는데. 하지만 윌이 모르고 있는 것이 있다. 그가 그녀를 강하게 압박할수록 래는 다른 가능성들도 있다는 사실을 깨닫게 될 거라는 점이다. 그들은 지금 이제껏 그녀가 단 한 번도 열어볼 생각을 못 했던 문 앞에 서 있다. 바로 '위험'이라는 문이다. 그렇다면 다시. 모든 사람이 진정으로 좇는 것은 '안전'이 아니란 말인가? 윌은 나쁜 사람이 아니기에 래의 대답을 기다려준다. 그녀는 이번 주말까지 윌의 프러포즈에 대한 대답을 알려주겠노라고 약속한다.

아주 훌륭하다. 이제 공은 두 개로 늘어났다. 그리고 마지막으로, 칼을 보자. 그의 이야기는 무엇인가? 또 목표는? 그의 내면적 문제는 무엇인가? 먼저 이야기. 칼은 열다섯 살 때부터 유명했다고 하자. 그는 늘 주목을 받으며 성장했다. 이틀 후에 칼은 그를 스타에서 우상으로 만들어줄 영화의 촬영에 들어간다. 모두가 그 영화를 찍어야 한다고 이야기한다. 문제는 그가 부와 명예가 생각처럼 좋지만은 않다는 걸 깨닫기 시작했다는 점이다. 그리고 그는 스스로를 불쌍히 여긴다. 어디를 가나 사람들이 자신을 알아보는 게 이젠 신물이 난다. 그는 단 며칠 동안만이라도 사라져서 앞으로 무엇을 어떻게 할지 결정하고 싶다. 이것이 그의 목표이자 내면적 문제다. 자, 이제 공은 세 개가 되었다.

좋다. 이제 우리는 주전 선수들을 모두 알고 있다. 시작할 준비가 되었는가? '눈 감기' 테스트를 다시 적용해보자. 눈을 감았을 때, 무언가가 좀 보이는가? 아니다. 우리는 아직 어두운 무대 뒤편에 있다. 가진 것은 '누구'와 '왜'뿐이다. 행동이 시작되기 위해서는 '어디'와 '어떻게'가 필요하다. 이것이 바로 플롯이다.

'무엇' 알아내기

래와 칼이 마주치게 될 장소를 찾는 것으로 이 이야기를 한 겹 더 벗겨보자. 만약 그들이 각자 애지중지하는 장소가 있다면? 그리고 그것이 같은 장소라면? 괜찮을 것 같긴 하지만 조심해야 한다. 우연의 일치가 아니라 플롯을 통해 그 일이 일어나게 해야 한다. 같은 시간, 같은 공간으로 그들을 끌어들이는 필연적 이유를 찾아야 한다. 캐롤라이나 해변 근처의 작은 섬에서 매년 여름 칼의 가족이 오두막 하나를 빌려 휴가를 보내곤 했다고 하면 어떨까. 유명해지기 전, 그가 '있는 그대로의 자신'으로 스스로를 기억하는 마지막 장소라고 한다면. 좋다.

래가 칼에게 반한 것은 영화 속에서 그를 처음 보았을 때라고 하자. 그때 그는 아주 매력적인 소년이었으며, 지금만큼 유명해지기 훨씬 이전이었다. 칼의 가족이 어떤 섬에서 휴가를 보내곤 했다는 것을 어딘가에서 읽었을 때 그녀는 순전히 재미로 혹시 여름에 아직도 그 오두막을 빌릴 수 있는지 알아보기로 했다. 놀

납게도 가능했다. 그래서 지난 몇 년간 래와 클로이 그리고 윌은 그 섬에서 여름을 보냈다. 이제 우리는 래와 칼의 과거를 같은 장소에 묶어줄 뿐 아니라, 동기도 같게 묶어주는 무언가를 갖게 된 것이다.

래와 칼이 그럴듯하게 마주치게 될 타당한 장소가 생겼으니, 이제 '어떻게'를 생각해보자. 첫 만남부터 많은 사람들이 구경하는 것은 별로다. 두 사람만 오붓하게 만날 수 있다면 가장 좋다. 따라서 우리가 그들에 대해 이미 알고 있는 것들을 꼼꼼하게 살펴 추린 다음 적당한 답을 찾아보자.

여름 끝자락이라면 어떨까. 래는 일주일 동안 윌의 청혼에 대한 대답과 클로이의 줄리아드 행에 대한 허락을 결정해야 한다. 그래서 그녀는 다른 사람들이 모두 집으로 돌아간 다음에도 혼자 섬에 남아 한 주 더 시간을 보내기로 한다. 여기에 약간의 위험이 뒤따른다는 것을 그녀도 안다. 섬에는 아무도 없을 테니까. 게다가 9월은 허리케인이 다가올 시기다. 그러나 평생 안전한 길만을 택해왔던 그녀는 한 번쯤 위험을 감수해보기로 한다.

칼에게도 데드라인이 있다. 이제 막 촬영이 시작될 블록버스터 세트장에 가 있어야 하는 것이다. 하지만 래와 마찬가지로 그는 자신의 미래에 대해 다른 생각을 품기 시작했다. 이 영화에 출연하는 것으로 자신의 인생이 영원히 뒤바뀌어버릴 걸 알지만, 그에 앞서 잠시 휴식 시간이 필요하다. 앞으로 어떻게 해야 할지 생각하기 위해 혼자 있는 시간이 필요한 것이다. 그러기 위

끌리는 이야기는 어떻게 쓰는가

해 자신이 마지막으로 행복해했던 장소보다 더 좋은 곳이 어디 있겠는가? 그 섬이다. 지금쯤 그곳엔 아무도 없을 것이다.

우리 두 주인공들의 시계가 똑딱거리기 시작했다. 이것은 곧 우리가 시작점을 찾았다는 걸 의미한다. 각각의 인물들은 '이전'이라는 이름의 해변에 서서 저 멀리로 보이는 '이후'의 모양을 그려보려 애쓰고 있다. 이야기는 바로 이 '이전'과 '이후' 사이의 과정을 기록할 것이다.

이제 우리에겐 '왜', '어디', '어떻게', '언제' 그리고 '누가'가 있다. 눈을 감으면 무언가가 펼쳐질 것이다. 초등학교 때로 치자면 '참 잘했어요' 도장을 받을 정도로 완벽하게 작성된 개요인가? 아마 아닐 것이다. 하지만 글쓰기를 시작하는 데는 충분한가? 아마 그럴 것이다. 우리의 이야기는 '이전'의 해변에 안전하게 닻을 내리고 있다. 이제부터 일어날 일들은 시간의 제한을 받고 있으며, 주인공들로 하여금 이제껏 숨겨온, 자신들 안에 깊이 자리하고 있는 오랜 두려움과 욕망을 대면하도록 할 것이다. 이로 인해 급박함이 만들어질 것이고 독자들은 곧 다음에 무슨 일이 일어나게 될지 예측할 수 있을 것이다.

'40대에 접어든 여인이 자신이 반한 젊은 배우를 만나 뜨거운 사랑에 빠지면 어떤 일이 일어날까?' 우리는 이 전제에 대한 답을 아는가? 그렇지 않다. 우리는 더 중요한 것을 알고 있다. 이 이야기의 핵심은 그게 아니다. 이것은 래라는 여인이 내면의 두려움을 극복하는 이야기다. 자신의 그림을 남들에게 보여주고 그들의 반응이 어떠하든 자신은 괜찮다는 걸 깨닫는 것에 관한 이야기다. 자신이 누구인지를 직시하고 결과를 받아들이며 진정한 사랑을 찾는 과정을 그린 이야기다.

이를 위한 무대가 준비되었는가? 그렇다. 보다시피 개요를 짤 때는 즉흥적인 면을 제외할 필요가 없다. 작가인 당신이 이야기가 어떻게 끝날지 정확히 알지 못해도 좋다. 하지만 주인공이 이 여정에서 무엇을 배워야 하는지, 즉 그 깨달음의 순간이 무엇인지에 대해선 반드시 알아야 한다. 만약 모든 장면마다 정확한 계획을 미리 세워두었다면? 앞서 2장에서 살펴봤듯 꼭 거기에 따라야 하는 법은 없다. 때로 글쓰기의 즐거움이란 이야기 스스로가 나아가는 미지의 영역을 발견하는 데 있으니까. 그 새로운 방향이 원래의 목적지보다 더 이치에 맞고 그럴듯한 경우가 많다. 물론 삶의 모든 일이 그렇듯 행운은 준비된 자에게 더 호의적이다.

글을 쓸 때 우리가 할 수 있는 최선의 준비는 주인공의 세계관이 무엇인지, 그리고 '어디에서' '왜' 그것이 잘못되었는지를 명확히 아는 것이다. 이렇게 해야만 당신은 주인공이 보는 방식으로 세계를 바라볼 수 있게 되고, 그가 자신에게 일어나는 모든 일을 어떻게 해석하고 그것에 어떤 반응을 하는지 이해할 수 있다. 이것을 알고 있어야 작가는 이야기가 시작되었을 때 주인공이 진실이라 확신하던 것들을 다시 생각하게 만드는 플롯을 구성할 수 있다. 바로 이것이 이야기의 핵심이고, 독자를 밤늦게까지 잠 못 들게 만드는 요소다.

CHECK POINT 05

시작 부분을 살펴보자. 이야기는 왜 거기서 시작해야만 하는가?

어떤 시계가 움직이기 시작했는가? 원하든 원치 않든, 무엇이 주인공으로 하여금 그 행동을 하도록 강요하는가?

주인공의 구체적인 두려움과 욕망의 근원을 발견했는가?
주인공의 내면적 문제는 무엇인가?
주인공의 과거로 거슬러 올라가 구체적인 사건들을 알아낼 수 있는가? 이야기가 시작하는 순간에 이르기까지 주인공의 내면적 문제가 그의 욕망을 어떻게 좌절시켜왔는지 알고 있는가?

등장인물들의 가장 깊고 어두운 비밀들을 알고 있는가?
'빅 브라더'가 되라는 말은 아니다. 다만 그 비밀을 인물들이 잘 감추고 있게 놓아두라. 독자들도 곧 알게 될 것이다.

등장인물의 전기를 충분히 구체적으로 쓰고 있는가?
눈을 감으면 무슨 일이 일어날지 보이는가? 아니면 아직도 개념적인 수준에 머물러 있는가? 보이지 않는다면 주인공이 앞으로 어떻게 될지 가늠해볼 수도 없다. '이전'이 없으면 '이후'도 없다.

이야기가 어디로 가고 있는지 아는가?
첫 줄을 쓰고 나서 바로 결말을 알아야 한다는 뜻은 아니다. 하지만 이야기가 가려는 방향에 대해 어느 정도 알고 있지 않으면서, 첫 페이지에 미래의 씨앗을 뿌려놓았다고 말할 수 있겠는가?

6장 구체적으로 쓰기

떠올릴 수 없다면
존재하는 게 아니다

뇌의
비밀

우리는 추상적으로 생각하지
않는다.
구체적인 이미지로 생각한다.

이야기의
비밀

개념적이고 추상적이고
일반적인 모든 것은
반드시 주인공의
구체적인 고군분투를 통해
형상화되어야 한다.

> **"젊은 작가들에게, 짜증나는 지연 과정 없이
> 잘 쓸 수 있는 방법에 관해 충고한다.
> 추상적인 인류 전체에 대해 쓰지 말고,
> 구체적인 한 사람에 대해 써라."**
>
> — E. B. 화이트

　　누군가 이렇게 말할지도 모른다. 어떤 사람들은 추상적으로 생각하기도 한다고. 예를 들면 과학자들, 수학자들, 앨버트 아인슈타인 같은 천재들 말이다. 아인슈타인이 제인 오스틴과의 교감을 통해 E=mc2이라는 공식에 도달했을 리 없다. 오히려 그는 어린 시절 빛 위에 올라타서 우주를 통과하는 상상을 했던 것을 기억한 뒤 이 공식을 떠올렸다. 상대성 이론은? 엘리베이터 통로에서 수직으로 떨어지면서, 동시에 주머니에서 동전 하나를 꺼내 떨어뜨리려 한다고 상상해보자. 물론 먼저 기절하거나 토하지 않는다는 가정 하에. 아인슈타인은 자신의 정신적 사고과정에 대해 이렇게 설명한 적이 있다. "내 특별한 능력은 수학적 계산이 아니라 효과와 가능성, 그리고 결과를 시각화하는 데 있다."[1]

　　이건 마치 이야기를 지칭하는 것처럼 들린다. 여기서 키워드는 '시각화'다. 볼 수 없다면 느낄 수도 없다. 스티븐 핑커는 말한다. "이미지는 지성뿐 아니라 감정도 움직인다." 그는 이미지를 '엄청나게 단단한' 것이라 표현한다.[2]

추상적 개념이나 일반론, 개념어들은 우리를 매혹하기 어렵다. 이유는 우리가 그것들을 볼 수도, 느낄 수도, 어떤 식으로든 경험할 수도 없기 때문이다. 거기에 집중하기 위해서는 매우 '의식적인' 노력이 필요하다. 뇌는 그다지 즐겁지도 않은데 말이다. 집중을 해도 깨닫는 것은 추상적 개념들이 '엄청나게 지루하다'라는 사실뿐이다. 마이클 가자니가는 이를 다음과 같이 표현한다. "아무리 집중을 한다 해도 그것만으론 의식에 자극을 주기에 충분치 않다. 당신이 끈 이론에 관한 논문을 읽고 있다고 해보자. 시선을 똑바로 고정하고 입으로 단어를 하나하나 읽어 내려간다 하더라도 뇌에는 아무것도 전달되지 않는다. 아무리 계속해도 마찬가지다."[3]

반면 이야기는 지루한 일반론을 걷어내고 거기에 구체적인 옷을 입혀 독자가 한번쯤 입어볼 수 있게 해준다. 우리의 뇌는 삶의 모든 것을 '안전한가, 안전하지 않은가'의 기준으로 평가하도록 설계되었다는 점을 기억하라. 따라서 이야기의 핵심은 일반적인 것을 구체적인 것으로 번역하여 그것의 진짜 의미가 무엇인지 알게 하는 데 있다. 우리가 어두운 골목길에서 그것과 대면할 때를 대비해서.

무언가를 알 수 있는 유일한 방법은 '보는' 것이다. 안토니오 다마지오의 말대로다. "의식이라는 커다란 천은 똑같은 옷감으로 만들어진다. 바로 이미지라는 옷감이다."[4] 신경과학자 V. S. 라마찬드란도 여기 동의한다. "인간은 시각적 이미지에 탁월하다. 우리의 뇌는 이 능력을 마음속으로 이미지를 그려볼 수 있는 능력으로 진화시켜, 실제 세계에서 위험이나 손해 없이 앞으로 다가올 행동들을 미리 연습할 수 있도록 했다."[5] 결국 이 모든 얘기를 요약하면, 이야기는 구체적이어야 한다는 소리다.

그러나 몇몇 작가들은 종종 일반론의 함정에 빠져 이야기를 쓴다. 이 경우 그들은 개념만이 독자를 매혹시킬 수 있다고 믿거나, 더 나쁜 경우 구체적인 것을 채우는 일은 독자의 몫이라는 잘못된 믿음을 갖고 있다. 이번 장에서 우리는 구체성과 일반론의 차이를 알아보려 한다. 그와 함께 이야기에서 왜 구체성이 종종 사라지는지, 작가들이 어디에서 길을 잃기 쉬운지, 그리고 디테일이 너무 많은 것이 왜 디테일이 부족한 것만큼이나 나쁜지에 대해서도 살펴볼 것이다. 마지막으로 감각에 관한 구체성이 이야기에 생기를 불어넣는다는 잘못된 믿음에 대해서도 다시 한 번 생각해보려 한다.

일반론 vs 구체성

'2006년 10월, 허리케인으로 인한 홍수로 6천 명에 가까운 사람들

이 목숨을 잃었다.'

자, 이 문장을 빠르게 읽어보자. 어떤 기분이 드는가?

아마 당신은 다소 난감한 질문이라고 느낄 것이다.

이제 거대한 물벽이 작은 아이에게 곧바로 돌진하는 장면을 상상해보자. 소년은 당황한 엄마에게 필사적으로 매달려 있다. 그녀는 아이를 진정시키기 위해 속삭인다. "걱정하지 마. 내가 여기 있잖니. 널 보내지 않을 거야." 폭풍전야 같은 고요 속, 엄마 품에서 아이는 잠시 마음을 놓는다. 그러나 곧 물이 덮쳐 아이를 엄마 품에서 빼앗아간다. 나무는 뿌리째 뽑히고 집들은 산산조각이 났다. 소년의 마지막 절규는 남은 평생 동안 그녀를 괴롭힐 것이다. 휩쓸려 가는 소년의 얼굴 표정은 마치 이렇게 말하는 듯했을 것이다. 난 엄마를 믿었는데, 결국 날 놓아버렸네.

어떤 기분이 드는가? 이번 질문은 명확하다. 이름 모를 6천 명이 홍수로 죽었다는 사실보다 이처럼 홍수로 소년이 휩쓸려 가는 구체적인 장면을 지켜보는 일이 훨씬 더 우리 가슴을 저리게 한다. 당신이 다른 수많은 희생자와 그 가족들에 대해 마음을 쓰지 않는다는 얘기가 아니다. 그러나 적어도 처음의 그 문장을 읽었을 때는 마음에 아무것도 느끼지 못했을 가능성이 크다.

걱정할 필요는 없다. 이건 우리 내면 깊이 자리 잡은 병적 경향을 알아보는 심리테스트가 아니다. 오히려 인간이 정보를 처리하는 방법을 알려주는 예시다. 이상하게 들릴지 모르지만, 아무리 크고 끔찍한 사건이라 해도 그것이 일반화되어 제시될 경우 우리에게 미치는 감정적 파장은 크지 않다. 따라서 아무 일 없었다는 듯 그 곁을 지나쳐 가기 쉽다. 왜일까? 앞선 두 번째 예시에서 이야기가 해주었던 일을 '수동으로' 하기 위해 일부러 멈춰서 생각해야 하기 때문이다. 감정적 파장이 생길 만큼 그것을 구체적으로 만드는 일. 하지만 굳이 그 일을 해야 할 이유가 어디 있는가? 다마지오의 말대로 "똑똑한 두뇌는 극도로 게으르다. 더 하는 것보단 덜 하는 것을 즐긴다. 마치 미니멀리즘을 신앙으로 삼는 것처럼".[6] 우리의 뇌는 홍수로 인한 비극보다 자신에게 중요한 일에 더 관심을 갖는다. 예를 들면 오늘 남편의 귀가가 늦어지는 이유 같은 것. 그 생각에 빠져 있다면 홍수 따위를 생각할 여유가 있겠는가? 어디선가, 그것도 몇 년 전에 일어난 홍수를? 이미 일어난 비극에 대해 우리가 할 수 있는 일이란 없다. 게다가 생각한들 기분만 나빠질 뿐이다. 당신이 이미 한심한 배우자 덕분에 충분히 힘들다는 건 하늘도 안다. 그때 엄마의 경고를 들었어야 했다. 그런데 뭐? 홍수라고? 지금 나한테 하는 말인가?

핵심은 이거다. 만약 내가 당신에게 무언가에 대해 생각해보라고 말한다면 당신은 생각할 수도 있고 생각하지 않을 수도 있다. 하지만 내가 당신에게 어떤 감정을 느끼게 한다면? 그때 당신은 내게 주의를 기울이게 된다. 감정은 곧 반응이다. 우리의 감정은 우리에게 무엇이 중요한지를 결정한다. 생각은 그저 따라올 뿐이다.[7] 사실들은 우리에게 아무 영향을 끼치지 못할 뿐더러 중요하지도 않다. 일반화의 범위가 수천 배 더 큼에도 불구하고 한 개인에 대한 이야기가 비인칭 일반화보다 무한히 많은 영향력을 지니는 이유가 여기에 있다. 추상적 개념을 정확히 전달할 수 있는 방법은 오직 구체적 개인화를 통해서만 가능하다. 그렇지 않으면 생각은 내일로 미뤄진다. 감정적으로 사로잡지 못한 것을 생각하게 하려면 일주일, 혹은 그 이상이 걸릴지도 모른다.

먼저 느껴라. 그다음 생각하라. 이것이 바로 이야기의 마술이다. 이야기는 일반적인 상황, 생각, 가정을 들고 와 구체화를 통해 구현한다. 이야기는 거대하고 끔찍한 사건(예를 들면 홀로코스트)을 택한 다음 이 사건이 인간에게 미친 영향을 한 사람의 딜레마를 통해 그려낸다. 영화 〈소피의 선택〉에서처럼. 영화에서 이 막대하고 참을 수 없는 사건의 비인간성은 오직 한 사람의 삶, 사랑하는 두 아이 중 누구를 살릴 것인지 선택해야만 하는 어머니의 이야기를 통해 도드라진다. 우리는 소피 안에 들어와 있기 때문에 이 모든 일, 즉 홀로코스트와 다 표현할 수 없는 잔인함과 그녀의 최종 결정에 대해 말할 수 없는 크기의 감정을 느낀다. 우리는 단순히 그 사건의 결과에 대해 '전해 듣는' 것이 아니다. 우리는 소피와 함께 이를 '경험한다'.

구체성에 관하여

이야기를 손상시키는 일반론을 발굴해내기 위해서는 먼저 그 것들이 어떻게 생겼는지를 알아야만 한다. 답은 간단하다. 일반론은 '어떻게도' 생기지 않았다. 이게 핵심이다. 일반론이란 구체적인 어떤 것도 지칭하지 않는 포괄적인 생각, 감정, 반응, 사건을 말한다. 예를 들어 "트레버는 좋은 시간을 보냈다"라는 문장을 보자. 이것은 그가 실제로 무엇을 했는지, 또 그에게 '좋은 시간'이란 무엇인지 알려주지 않기 때문에 일반론이다. 또 "거트루드는 언제나 그녀 자신만의 사업을 시작하고 싶어 했다"라는 문장을 보자. 여기서는 그 사업이 무엇인지, 그녀에 왜 거기 관심이 있는지, 그렇다면 왜 여태껏 시작하지 못했는지를 말해주지 않기 때문에 일반적이다. 일반적인 개념은 교활한 악마와 같다. 이 악마는 당신의 이야기 중간에 갑자기 끼어들어 블라인드를 내린 다음 독자가 아무것도 보지 못하게 만들어버린다. 여기 그 악마가 이야기 속으로 숨어 들어와 자리를 잡을 때 어떤 일이 일어나는지를 보여주는 구체적인 예가 있다.

제이크 케이트, 우린 오랫동안 같이 일을 해왔지.

케이트 긴 세월이죠.

제이크 그래서 난 뭔가를 기대하게 됐는데, 아, 이걸 어떻게 말해야 좋을까? 이번 자네 일엔 말로 표현할 수 없는 뭔가가 있어.

케이트 고마워요. 생각해볼게요.

제이크 안타깝게도 이번 프로젝트에서 자네 작업은 수준 이하야.

케이트 하지만 전 최선을 다했는걸요.

제이크 자네가 얼마나 열심히 일했는지를 묻는 게 아니야. 자네의 늘지 않는 실력에 대해 의문을 제기하는 거라고. 이번 일이 우리 회사에서 가장 중요한 일이라는 걸 잊었어? 모든 게 거기 달려 있어. 며칠 더 줄 테니 다시 해봐. 제대로 해내지 못하면 다시 예전 부서로 보내버릴 거야.

케이트 그런 말씀을 하시다니, 믿을 수가 없군요. 지난 4월에 그런 일이 있었는데도 말예요.

제이크 내 말이 바로 그거야! 이제 다시 가서 일하게. 내 결정을 후회하기 전에.

적어도 작가에게 지금 이 두 사람은 분명 강렬한 갈등의 전환점에 놓여 있다. 아마도 작가는 케이트의 커져가는 불안과 제이크의 실망에 대해 신나게 써내려 갔을 것이다. 독자 또한 케이트와 제이크처럼 이 부분에서 불안과 실망을 느낀다. 왜냐하면 케이트와 제이크가 대체 뭔 소리를 하고 있는 건지 도무지 알 방법이 없기 때문이다.

사례연구 : 월리와 제인

마찬가지로 비슷하게 모호한 다음의 문장을 보자. 모호함이 구체적으로 어떻게 보이는가?

제인은 월리가 그가 한 무시무시한 일들로 악명 높다는 사실을 알고 있었기 때문에, 그가 모든 사람들 앞에서 그녀의 외모에 대해 언급했을 때 그를 한 대 치고 싶은 마음을 자제했다.

표면적으로 이것은 완벽하게 합리적인 문장처럼 들린다. 다음에 오는 문장이 여기서 제기한 모든 질문에 대한 답을 준다는 가정 하에 말이다. 하지만 안타깝게도 뒤따르는 문장은 대개 또 다른 모호한 일반론을 가득 담은 것이기 쉽다. 이것을 염두에 두고 위 문장이 우리에게 '무엇을 말해주지 않는지'에 대해 자세히 살펴보자.

우리가 모르는 것은 월리가 어떤 종류의 무시무시한 일을 했는가 뿐만 아니라 제인이 그가 한 일에서 어떤 것을 '무시무시하다고' 보았는가 하는 것도 포함된다. 예를 들어 월리는 들고양이들을 불에 던져 넣었을 수도 있다. 이건 꽤 무시무시한 일인 동시에 월리에 대해 무언가를 말해준다. 아니면 월리는 그저 가난한 아이들과 트랙을 가로지르며 놀았을 수도 있고, 이것이 제인과 그녀 주위 사람들이 보기엔 절대적으로 용서할 수 없을 만큼

무시무시한 일일 수도 있다. 이 경우 우리는 제인과 월리 두 사람 모두에 대해 무언가를 알게 된다.

또 "모든 사람들 앞에서"라는 구절을 보자. 그들은 어떻게 반응했는가? 아마도 그건 그들이 누구냐에 따라 달라질 것이다. 그들은 철강 노동자인가? 고등학교 학생들인가? 지하철 속 익명의 군중들인가? 그러나 우리가 그들이 누구인지 정확히 안다 한들 그들이 월리의 말에 어떻게 반응했는지 충분히 상상하기란 쉽지 않다. 월리가 무슨 말을 했는지 모르기 때문이다.

월리가 무슨 말을 했는지에 대해 알아보기 전에 '언급'이라는 단어를 보자. 월리는 그녀의 외모에 대해 '언급'했다. 이것은 나쁜 의미에서의 언급인가? 아니면 칭찬으로서의 언급인가? 알 수 없다. 우리가 아는 것은 오직 제인이 거기에 강하게 반응했다는 사실뿐이다. 월리는 제인에게 살이 쪘냐고 물었던 것일까? 아니면 '내가 당신 가슴을 쳐다보지 않길 바란다면 푹 패고 달라붙는 티셔츠는 입지 말았어야지'라고 말했을까? 혹은 그녀는 단지 그가 그녀에게 말을 걸었다는 것, 그러니까 마을의 퀸카인 자신에게 지질이인 그가 말을 섞었다는 사실 자체만으로 그를 한 대 치고 싶었던 걸까?

진실이 무엇인지 모르기 때문에, 아무리 합리적인 추론을 하려 해도 우리는 그것이 옳은지 아닌지 알 수 없다. 어떤 결론을 내리든 간에 이는 제비뽑기와 다를 바 없다.

'한 대 치는' 것에서도 우리는 똑같은 혼란을 느낀다. 제인은 가슴에 제대로 한번 주먹을 날리고 싶었던 것일까? 아니면 그저 장난 삼아 엉덩이를 툭 치고 싶었던 걸까? 아니면 혹 '친다'라는 말이 키스의 은어로 쓰인 건 아닐까? 만약 월리가 그녀에게 '오늘 정말 예쁜데?'라고 말한 것이라면 말이다. 사실은 그가 들고 양이를 불태웠다는 소식을 들었을 때부터 제인은 월리에게 반해 있었는지도 모른다. 그녀 역시 똑같은 비밀 취미를 가지고 있었기 때문에. 〈토이 스토리〉의 주인공 버즈의 말대로 가능성은 '무한히 열려 있다'. 이 가능성의 여지를 0으로 만든 정답은 다음과 같다.

> 제인은 월리가 벌레 먹는 것을 좋아한다는 것을 알고 있었다. 그는 그걸 설명하는 도중에 먹은 벌레들을 토해 모든 사람을 메슥거리게 할 수 있었다. 그래서 유치원 친구들 앞에서 월리가 제인을 '계집애'라고 불렀을 때, 제인은 월리의 배를 때려 그 재미를 주지 않기로 결심했다.

일반적인 서술이 지닌 문제는 그것이 모호하기 때문에 앞으로 나아갈 수 없다는 점이다. 무슨 일이 일어나고 있는지 구체적으로 알려주지 않으므로 우리는 다음에 무슨 일이 일어날지 구체적으로 예상할 수 없다. 계속 읽기 위해서는 호기심이 생겨야 하고 호기심을 유발하기 위해서는 도파민이 분비되어야 하는데 일반론적인 이야기를 읽는 독자들에게 이는 너무 지나친 일이 아닐 수 없다.

　일반론은 구체적인 결과를 생산해낼 능력이 없다. 이것이 핵심이다. 모호한 일들이 계속 일어나고 혼란은 가중되면 어느 순간 독자는 이야기 속에 답은 없고 질문뿐이라는 사실을 깨닫게 된다. 그러면 독자는 책을 덮고 일어나 간식거리나 찾으러 냉장고로 향할 수밖에 없다.

작가는 왜 모호해지는가?

　작가들은 자신들이 모호하게 쓰고 있다는 사실을 잘 깨닫지 못하는 경우가 많다. 아래 예에서 볼 수 있듯 이따금씩은 일부러 그렇게 하면서도 말이다. 작가들이 이야기를 일반론에 맡겨버리는 이유는 크게 세 가지로 생각할 수 있다.

　1. 작가가 이야기를 너무 잘 알고 있을 때, 그는 자신에게 매우 명확한 어떤 개념이 독자들에게는 완전히 불투명한 개념이라는 사실을 깨닫지 못한다.
　작가가 이렇게 썼다고 해보자. "르네는 오스굿을 바라보았다. 그는 꽉 끼는 청바지에 흐트러진 머리카락을 하고 찢어진 컨버스 하이탑을 신고 있었다. 그녀는 의미심장한 미소를 지었다." 여기서 '의미심장한'이란 대체 무슨 뜻인가? 그 미소 뒤에는 무엇이 있는가? 오스굿이 진짜 멋쟁이가 아니라 그저 흉내만 내는 가짜에 불과하다는 것? 아니면 오스굿이 실은 그녀의 이상형이고, 오늘밤 그녀가 그에게 고백한다는 뜻인가? 혹은 르네는 액셀의 아이를 임신하고 있지만 오스굿은 결코 그 사실을 알지 못하리라는 것? 작가는 그 '의미심장한 미소'가 무엇을 뜻하는지 정확히 알고 있다. 문제는 독자인 우리도 그럴 것이라 생각한다는 점이다.

2. 작가가 이야기에 대해 충분히 알지 못할 때, 르네가 오스굿을 향해 '의미심장한' 미소를 짓는 이유는 단지 플롯상의 필요 때문이다.
그 이유가 뭐냐고 묻는다면, 아마도 작가는 당신을 이상하다는 듯 쳐다보며 말할 것이다. "잠깐만요. 그럼 그 이상의 이유가 필요하다는 건가요?"

3. 작가가 자신의 이야기에 대해 아주 잘 알고 있으며 '의미심장한' 미소 뒤에 무엇이 있는지 독자에게 알려주지 않았다는 사실 역시 잘 인식하고 있는 경우도 있다.
이때는 작가가 독자에게 '너무 많은 것을 주지 않으려는' 두려움을 갖고 있을 때다. 이러한 잘못된 두려움에 대해서는 7장에서 심도 깊게 이야기할 것이다. 그러니, 음, 여기서는 이에 관해 '너무 많은 것을 주지는' 않으려고 한다.

너무 잘 알아서든 몰라서든 혹은 일부러 그렇게 해서든 모호해지는 것은 좋지 않다. 이 모호함이 당신의 이야기 속 어디에 침투해 있는지 밝혀내기 위해 상습 침투 구역 몇 군데를 살펴보자.

'구체성'이 실종되기 쉬운 여섯 장소

1. 등장인물이 무언가를 하는 구체적인 '이유'

대부분의 일이 그렇듯 시작은 거창하게 할 수 있다. "홀리는 골목으로 숨었다. 샘을 백만 번째 피할 수 있음에 안도하며." 그럴듯하지 않은가? 문제는 홀리가 샘을 피하는 '이유'에 대해 독자가 알기 전까지 이 이야기는 실패한 이야기라는 점이다. 그 이유는 1967년부터 샘이 그녀를 스토킹해왔기 때문일 수도 있고, 그녀가 그를 몰래 사랑하고 있는 나머지 헤어스타일이 엉망인 날 그를 마주치고 싶지 않아서일 수도 있으며, 그에게 돈을 빌렸기 때문일 수도 있다. 누가 알겠는가?

각각의 구체적 가능성들은 전혀 다른 이야기를 만들어낼 수 있기 때문에 이 중 하나를 골라야만 우리는 무슨 일이 일어나고 있는지 또 앞으로 무슨 일이 일어나게 될지 예상할 수 있다. 구체성 없이는 단서도 없다.

2. 은유가 밝혀내고자 하는 구체적인 '것'

우리가 이미 알고 있는 사실에 흥미로운 사실 하나를 더해보자. 인간은 이야기로 생각하고 이미지로 생각할 뿐 아니라 언어학자 조지 레이코프의 지적대로 '은유'로도 생각한다.[8] 언제나 이 사실을 기억하고 있는 건 아니지만 말이다. 은유란 "추상적 개념을 분명한 용어로 표현하는 법"이다.[9] 믿을지 모르겠지만 우리는 1분당 여섯 개의 은유를 말한다. 가격이 '뛰어올랐다', 내 마음이 '가라앉았다', 시간이 '다 흘렀다'. 우리는 잘 알아채지 못하지만 은유는 어디에나 있다.[10] 그러나 문학적 은유는 이것과는 조금 다르다. 문학적 은유는 새로운 통찰을 주기 위한 것이며, 숨어 있지도 않다. 문학적 은유는 발견되는 것이 핵심이다. 아리스토텔레스의 완벽한 정의대로 "은유는 하나의 사물에 다른 무언가에 속한 이름을 주는 것이다."[11] 문제는 작가들이 아름답고 암시적인 은유를 만드는 데 몰두하느라 정작 '그것'이 무엇인지에 대해 독자에게 말해주는 걸 잊곤 한다는 점이다. 예를 들어보자.

샘 내면의 무언가가 찢어지려 하고 있었다. 매듭마다 실이 당겨지는 것을 그는 느꼈다. 그건 마치 서투른 10대가 사용하던 소프트볼 같았다. 이제는 때가 묻어 회색이 된 실밥이 터지기 시작하면, 공은 전혀 다른 무언가가 될 것이었다. 껍질이 벗겨지면 낯설고 추한 무언가가 나타날 것이다. 한때 빛나던, 아프게 희망에 차 있던, 그 공의 한가운데 들어 있으리라고는 짐작조차 하지 못했던 무언가.

이 문단은 암시적으로 쓰였지만 독자로서 몰입하기가 쉽지 않다. "낯설고 추한 무언가"가 이야기 속에서 무엇과 상응하는지, 또 작가가 샘의 내면에서 일어나고 있는 모호하고 불특정한 일을 왜 소프트볼이 벗겨지는 것에 비유하고 있는지 독자로선 알 길이 없기 때문이다. 은유란 오직 그것이 구체적으로 무엇을 드러내려 하는지 독자가 알고 있을 때에만 힘을 발휘한다. 그렇지 않으면 그 은유가 아무리 중요한 무엇인가를 의미하는 것처럼 들린다 해도 독자 입장에선 이런 생각이 들 수밖에 없다. '이게 엄청 중요하다는 건 알겠어. 근데 대체 그게 뭔지를 모르겠단 말야.'

그걸 모르면 우리는 그 은유를 해독하는 데 0.001초도 사용할 수 없다. 은유는 반드시 '잡을 수 있어야' 하고 의미를 즉시 파악할 수 있어야 한다. 한 가지 덧붙이자면, 은유는 단순히 독자가 이미 알고 있는 사실을 반복하는 것에 그쳐서는 안 된다. 은유는 새로운 정보와 신선한 통찰을 줄 수 있어야 한다. 은유가 얼마나 시적인가는 중요하지 않다.

3. 주인공 안에서 어떤 상황이 불러일으키는 구체적인 '기억'

또 다른 시작 부분을 살펴보자.

> 샘이 홀리에게 냄새 나는 낡은 소프트볼을 던진 순간, 그는 그게 실수라는 걸 깨달았다. 1967년 여름, 위나톤카 호수 캠프에서 잊을 수 없는 열한 번째 이닝이 진행되는 동안 그가 그 교훈을 깨닫기만 했다면. 그러나 슬프게도, 그는 그러지 못했다.

'잠깐만, 무슨 교훈? 그걸 왜 잊을 수 없다는 거지?' 1967년에 실제로 무슨 일이 일어났는지에 대한 구체적인 정보가 없는 한, 우리는 샘이 뭘 배웠는지 또 그 교훈이 지금 상황에 어떻게 적용되는지, 혹은 그 일이 샘과 홀리 사이의 관계에 대해 무엇을 말해주는지 전혀 알 수 없다. 독자가 할 수 있는 최선은 스스로 빈칸을 메우는 것뿐이다. 이건 보기보다 훨씬 더 사람을 미치게 하는 일이다. 왜냐하면 독자는 빈칸을 채워 넣고도 그게 맞는 건지 틀린 건지 알 길이 없기 때문이다. 더 안 좋은 점은 작가가 빈칸으로 남겨놓은 구체성의 영역을 독자가 스스로 상상해서 메울 수 있는 확률은 로또 당첨 확률과 같기 때문에, 이제 독자는 작가가 써놓은 것과 확실하게 다른 이야기를 그리게 된다는 점이다.

4. 중요한 사건에 대해 주인공이 보이는 구체적인 '반응'

샘과 홀리의 이야기를 좀 더 따라가보자.

샘은 자신이 주머니에 소프트볼을 넣고 또다시 따라다닌다는 사실을 홀리가 알아챌까 봐 두려웠다. 만약 그런 일이 일어난다면 그녀는 스파게티를 먹기로 한 저녁 만남을 거부하는 데서 그치지 않고 끝내 그에게 접근 금지 명령을 내릴 것이기 때문이었다. 그러나 그녀가 신발끈을 묶기 위해 몸을 숙인 것을 몰랐던 그는 그녀에게 걸려 넘어지고 말았다. 샘은 걱정이 돼서 견딜 수가 없었다. 이제 그녀는 샘이 자신의 뒤를 밟고 있었다는 것을 알게 되었다. 변명의 여지는 없었다. 다음 날 샘은 사장의 기분이 좋기를 바라며 회사에 갔다. 이번 승진 건에 대해 묻고 싶었기 때문이었다……

'이봐요, 잠깐만. 샘은 홀리가 자신이 뒤를 밟는다는 사실을 알게 된 것 때문에 걱정하고 있지 않았었나? 그래서 샘이 내린 결론이 뭔데? 그다음은 어떻게 됐냐고? 샘은 어떤 기분이지? 뭐라고 말 좀 해봐. 아무 말이라도!' 우리는 샘이 그 일에 극도로 신경을 쓰고 있다는 사실을 알기 때문에, 이처럼 샘이 아무런 반응도 하지 않을 경우 그가 살아 있는 사람이 맞는지조차 의심하게 된다. 샘이 외계인이라도 된단 말인가?

이 예시는 극단적인 것처럼 보이지만 놀랍게도 일반적이다. 왜? 작가는 홀리가 샘에게 어떤 의미를 지니는지 독자에게 충분히 이야기했기 때문에, 샘이 어떤 기분을 느낄지도 독자가 정확히 알고 있으리라 생각한 것이다. 그러니 다 아는 얘기를 굳이 쓸 필요가 있겠는가? 그러나 독자는 샘이 어떤 기분일지 그저 '막연히' 상상할 뿐이다. 다시 한 번 말하겠다. 이야기는 구체적이어야 한다.

등장인물들은 일어나는 모든 일들에 구체적인 이유를 가지고 반응해야 한다. 그리고 이유는 독자가 그 순간 이해할 수 있는 것이어야 한다. 물론 시간이 지나기 전까지는 온전히 이해할 수 없는 깊은 이유가 있을 수도 있다. 실제로 어떤 반응의 '진짜 이유'는 지금 눈에 보이는 이유와는 정반대일 수도 있다. 하지만 독자를 붙잡고 싶다면 등장인물이 아무 반응도 보이지 않는 것만큼은 반드시 피해야 한다. 특히 등장인물이 눈 하나 깜짝하지 않는 어떤 일에 의해 큰 영향을 받았다고 독자에게 이야기할 경우 더더욱 그렇다. 이야기는 일어난 일 속에 있는 것이 아니다. 이야기는 일어난 일에 대한 등장인물들의 반응 속에 있다.

5. 주인공이 무슨 일이 일어나고 있는지를 이해하려고 노력하는 가운데, 그 마음속에서 일어나는 구체적인 '가능성들'

다시 샘과 홀리의 '구체적이지 못한' 이야기로 돌아가보자.

홀리는 샘이 지난 몇 년간 자신을 스토킹해왔다는 사실을 깨달았다.

'대체 왜 그런 일을 했을까? 또 소프트볼은 왜 가지고 다니는 걸까?' 그녀는 궁금한 나머지 답을 찾기 위해 골몰했지만, 무엇으로도 그의 행동을 설명할 수는 없었다.

이번엔 이런 생각을 하게 된다. '잠깐, 적어도 무슨 생각을 했는지는 알려줘야 하는 거 아냐? 답을 찾기 위해 골몰했다며. 무슨 생각을 그렇게 했다는 거야?'

당신의 주인공이 실제 반응을 보이기 전의 내면을 다루는 단락을 통해 얼마나 많은 정보를 전달할 수 있는지를 엘리너 브라운의《이상한 자매The Weird Sisters》에서 확인해보자.

그녀는 전 남자 친구들 중 하나가 자신에게 1년에 책을 몇 권이나 읽느냐고 무성의하게 물었던 것을 기억해냈다. "몇 백 권 정도요." 그녀가 말했다.

"책 읽을 시간을 어떻게 내세요?" 깜짝 놀라며 그가 물었다.

그녀는 눈을 가늘게 뜨고 가능한 대답들을 그녀 앞에 늘어놓았다. 케이블 채널을 돌리며 도무지 볼 게 없다고 불평하는 데 시간을 허비하지 않기 때문에? 경기 전이나 경기 중에 또 경기 후에 계속해서 거기에 대해 떠들어대는 사람들과 일요일 전체를 허비하지 않기 때문에? 매일 밤 비싼 맥주를 마시며 자기 자랑이나 해대는 허세 모임에 참석하지 않기 때문에? 줄을 설 때나 운동할 때나 열차를 탈 때나 점심을 먹을 때, 나는 기다린다고 불평을 하지도 않고 멍하니 빈 공간을 쳐다보지도 않으며 아무것이나 거울 삼아 스스로를 비추며 우쭐해하지도 않아. 나는 그저 읽는다고!

"잘 모르겠어요." 그녀가 어깨를 으쓱하며 말했다.[12]

더 말이 필요한가?

6. 등장인물의 변심 뒤에 존재하는 구체적인 '근거'

자, 다시 일반론적인 이야기를 보자.

샘이 자신을 쫓는다는 것을 알게 된 이후, 홀리는 그녀가 결코 하지 않을 한 가지 일이 있다면 그건 샘과 스파게티를 먹는 거라고 다짐했다. 하지만 샘이 그녀에게 물이 끓고 있으며 파스타가 붇지 않으려면 8분 안에 자신에 집에 와야 한다는 문자를 보냈을 때 그녀는 극심한 내면적 갈등을 겪었다. 그리고 마침내 홀리는 이렇게 답장했다. "네, 전 알덴테(파스타를 중간 정도로 설익힌 것 – 옮긴이)가 좋아요. 5분 안에 갈게요."

이제 여기서 던져야 할 질문이 무엇인지 알 것이다. '홀리는 왜 마음을 바꿨는가?' 답은 결코 '그냥'이어서는 안 된다. 독자는 홀리의 극심한 내면적 갈등이 무엇이었는지, 그리고 무엇이 끝내 그녀의 결심을 바꾸었는지 알기 원한다.

구체적인 것은 좋지만 때로는 덜 구체적인 것이 더 좋다

뷔페라도 온 것처럼 정신없이 접시 가득 구체적인 것들을 담기 전에 메리 포핀스의 지혜로운 충고를 귀담아 들을 필요가 있다. '적당한 것은 잔칫상만큼이나 좋다.' 너무 많은 디테일은 독자를 압도할 수 있다. 우리의 뇌는 한 번에 오직 일곱 개의 정보만 받아들일 수 있기 때문이다. 너무 빨리 너무 많은 구체적 정보를 제공한다면 뇌는 더 이상의 정보를 받아들이지 않을 것이다. 예를 들어 다음 문단을 끝까지 읽어 내려갈 수 있는가?

> 제인은 노란 방을 들여다보았다. 기둥이 네 개 달린 커다란 침대에는 파란색과 초록색으로 된 페이즐리 퀼트가 있었고, 장인이 만든 듯한 흔들의자, 그와 어울리는 색의 오크 테이블 위에는 책들과 먼지가 쌓여 있었다. 그 위엔 깜빡거리는 불꽃 모양 전구가 달린 큼직한 놋쇠 전등이 있었는데, 열여섯 개의 개봉된 갈색 상자들 옆에서 불길하게 왔다 갔다를 반복하고 있었다. 그중 문과 가장 가까운 상자에는 1960년대에서 온 듯한 오래된 옷들이 가득했다. 가죽 미니스커트, 모슬린 홀터넥, 무릎까지 올라오는 꽉 끼는 흰색 가죽 부츠, 노란 마리화나, 나팔 청바지, 헐렁한 보라색 스웨이드 카우보이모자까지. 다른 열다섯 개의 상자에는 마틸다가 평생 동안 모은 온갖 것들이 들어 있었다. 그녀는 말하자면 수집광이었으므로, 거기엔……

끌리는 이야기는 어떻게 쓰는가

자, 방 색깔은 무엇인가? 지금 당신이 '뭐? 무슨 방?'이라고 생각한다 해도 비난할 생각은 없다. 아마 당신은 처음 세 줄 정도만 읽고도 지쳐버렸을 것이다. 작가는 각각의 세부 사항들이 왜 중요한지 알고 있다고 해도 독자는 갈피를 잡을 수가 없다. 심지어는 잠시 멈춰서 그 의미를 파악할 수도 없다. 새로운 디테일들이 계속해서 등장하기 때문이다. 이런 이유로 이 문단의 끝에 이르면 독자들은 단지 디테일에서뿐만 아니라 이야기 자체에서 길을 잃고 만다.

각각의 디테일을 하나의 달걀이라고 생각해보자. 작가는 우리에게 이 달걀을 차례로 던진다. 우리가 가까스로 균형을 잡은 채 들고 있는, 쌓여가는 달걀 개수에 대해선 알지 못한 채로. 따라서 묘사 중간 어딘가에서(이를테면 "큼직한 놋쇠 전등") 더 이상 달걀을 받지 못하는 순간이 온다. 달걀이 너무 많기 때문이다. 문제는 우리가 그 하나의 달걀만 떨어뜨리는 게 아니라는 사실이다. 그 순간 들고 있던 모든 달걀이 땅에 떨어져 깨지고 만다. 작가가 더 많은 디테일을 줄수록 독자는 더 적은 디테일만을 기억하게 된다. 우리 삶에서 대부분의 일이 그렇듯 넘치는 것보단 모자란 것이 낫다. 전설적인 가수 토니 베넷은 '젊었을 때 하지 못한 것 중 80대가 되어 노래할 때 할 수 있게 된 것은 무엇이냐'라는 질문을 받았을 때 주저함 없이 이렇게 대답했다. "이제는 무엇을 빼야 할지 알게 됐죠."[13] 이 사실을 깨닫기 위해 우리도 굳이 여든 살까지 기다려야 하겠는가?

그러나 사람들은 결코 지나치게 많다고 할 수 없는 류의 디테일이 하나 있다고 말한다. 바로 감각적 디테일이다. 흔히 작가들은 독자를 이야기로 더 잘 끌어들이기 위해 풍부하고 선명하며 생동감 있고 만지고 맛볼 수 있는 세부 사항들을 섞어 넣으라는 충고를 듣는다.

진짜 그런가?

잘못된 믿음 : 감각적 디테일들은 이야기를 살아 있게 만든다.

실제 : 필요한 정보를 전달하지 않는 한, 감각적 디테일들은 이야기의 흐름을 방해한다.

이야기의 다른 요소들과 마찬가지로, 감각적 디테일 역시 이야기에 반드시 '필요한' 것이어야 한다. 이른 아침 도로를 운전하며 손등에 내려앉은 햇빛의 온기라든가, 혀끝에 남아 있는 아침에 먹은 값비싼 딸기의 맛이라든가, 기쁨으로 전율하게 하는 손바닥 밑 운전대의 차가움이라든가…… 이렇게 시작하는 원고의 첫 장을 읽다보면 나는 그저 잠이나 조금 자면 얼마나 상쾌할까 하는 생각밖에 안 든다.

햇빛이 주인공의 손등 위로 내리쬔다고 해서 우리가 그 사실을 알 필요는 없다. 주인공이 양치를 하건, 치실을 하건, 가글을 여섯 번 하건 관계없이 딸기를 맛볼 수 있다고 해서 우리가 그 사실을 알아야 할 필요도 없다. 운전대가 차갑다고 해서…… 이제 내가 무슨 말을 하려는지 알 것이다. 이것들을 알아야 할 필요가 있는 경우는 이 감각적 디테일들이 필요한 정보를 가지고 있을 때다. 예를 들어 주인공('루시'라고 하자)은 진한 바닐라 셰이크의 차갑고 깨끗한 단맛을 몹시 좋아한다. 아무려면 어떤가? 하지만 마지막 한 모금을 마신 다음 저혈당인 루시는 기절하고 만다. 그렇다, 결과가 생긴 것이다.

《스틱》에서 칩 히스와 댄 히스 형제가 지적하듯 생생한 디테일들은 이야기의 신뢰성을 높이기도 하지만, 거기엔 어디까지나 의미가 있어야 한다. 즉 디테일들은 이야기의 핵심적인 개념을 상징하고 돕는 것이어야 한다.[14] 매 순간 11,000,000개의 정보가 우리의 오감을 자극한다는 사실을 기억하는가? 말하자면 이들 모두가 감각적 디테일이다. 그러나 우리의 뇌는 그중 10,999,960개를 걸러낸다. 오직 우리에게 영향을 미칠 가능성이 있는 정보들만 뇌까지 전달될 수 있다. 당신의 이야기도 마찬가지다. 당신이 해야 할 일은 조금이라도 필요 없는 디테일들을 걸러내어, 진짜 필요한 디테일들을 위한 충분한 공간을 남겨두는 것이다.

감각적 디테일이 이야기 속에 들어가야 하는 경우는 크게 세 가지다.

1. 이야기의 플롯과 연관된 인과관계의 일부일 때 : 루시는 셰이크를 마시면 기절한다.

2. 인물에 대해 중요한 사실을 알게 해줄 때 : 루시는 문제를 일으키기 쉬운, 당당한 쾌락주의자다.

3. 은유일 때 : 루시가 좋아하는 맛은 그녀가 이 세계를 어떻게 바라보고 있는지를 말해준다.

덧붙여 독자는 반드시 각각의 디테일이 그 이야기에 존재하는 이유를 알고 있어야 한다. 플롯 측면에서는 간단하다. 바닐라 셰이크를 마시는 동안 루시는 의식에서 빠져나와 바닥으로 떨어진다. 이 관계는 분명하다. 이 장면이 독자에게 그녀가 쾌락주의자임을 말해준다면, 우리가 먼저 알아야 할 것은 그녀가 저혈당이고 이 음료를 마시는 것의 위험성을 스스로 알고 있다는 사실이다. 이것은 작가가 초고에서 간과하기 쉬운 종류의 설정이지만, 개고에서 충분히 삽입할 수 있는 장면이기도 하다.

작가 입장에서 세 번째 경우(뭔가를 은유적으로 암시하는 것)는 전달하기가 가장 어렵다. 물리적 행동이나 구체적인 사실처럼 뭔가 확실한 것에 기대어 말하는 것이 아니기 때문이다. 오히려 그보다는 서브 텍스트를 파악할 수 있는 독자의 능력이 중요하다. 바닐라를 좋아하는 루시의 취향이 그녀가 그녀 자신만의 방식으로 살아가는 종류의 사람이라는 걸 은유한다는 사실을 독자가 직관적으로 알 수 있으려면, 작가가 기초 작업을 아주 잘해놓아야만 한다. 따라서 독자는 그 이전에 이미 대부분의 여자들이 초콜릿을 좋아한다는 사실을 알고 있어야 하며, 루시가 초콜릿

끌리는 이야기는 어떻게 쓰는가

으로 대표되는 문화적 획일성에 숨 막혀 한다는 사실도 알고 있어야 한다. "루시는 작은 식당에 앉아 있는 모든 여자들이 천천히 초콜릿 음료를 마시고 있는 것을 둘러보았다. 그것은 마치 비밀스러운 악수, 그녀 자신은 전혀 참여할 의사가 없는 클럽으로 들어가는 입장권 같았다." 그러므로 바닐라 음료를 마시는 것은 굉장히 용기 있는 행동이다. 루시가 자신의 확신에 따라 행동하는 여자임을 보여주기 때문이다. 그때부터 이 사소한 정보는 앞으로 루시가 하는 모든 행동과 처하게 되는 모든 상황 속에서 독자의 판단에 영향을 미친다.

장소의 문제

'이야기의 필연적 이유' 법칙에서 예외를 찾고 싶어 하는 작가들이 종종 가리키는 것이 바로 풍경이다. 그러니까, 우리는 이야기가 어디서 일어나고 있는지를 알아야만 하는 것까진 맞다. 침실의 배치, 늘어진 현관 바닥, 마당의 버드나무, 치솟은 산맥…… 아름다운 석양을 좋아하지 않을 사람이 어디 있겠는가? 그러나 엘모어 레너드가 날카롭게 지적했듯 "독자가 건너뛸 만한 부분은 빼버리도록 노력하라".[15] 전부 다 건너뛰지는 않더라도 독자는 대개 풍경을 대충 읽는다. 배경이나 날씨도 마찬가지다. 왜 그럴까? 이유는 간단하다. 이야기란 사람들과 그들에게 일어나는 사건, 그리고 그들이 거기 어떻게 반응하는가에 관한 것이기 때문이다. 이 모든 일들이 일어나는 배경이 아무리 중요하고 잘 쓰였으며 흥미롭다 해도, 풍경과 마을과 날씨에 대해서만 묘사하는 것은 이야기를 넘어지게 하고 멈추게 할 뿐이다.

내 말은 "어둡고 폭풍우가 몰아치는 밤이었다"나 "도시는 1793년으로 거슬러 올라간다" 같은 문장으로 시작하는 고딕소설을 쓰지 말라는 게 아니다. 하지만 이렇게 할 땐 조지 S. 코프먼의 충고를 마음에 새기고 있어야 한다. "풍경을 흥얼거릴 순 없다." 독자는 이야기 속에서 구름이 얼마나 불길한지, 도시가 얼마나 생기 있는지, 흰색 울타리가 얼마나 독특한지를 신경 써야 하는 필연적 이유를 필요로 한다. 풍경 묘사는 종종 이야기의 톤을 결정한다. 스티븐 핑커의 말대로 "분위기는 배경에 의해 결정된다. 버스 터미널 대합실에 있는 것과 호숫가 별장에 있는 것을 생각해보라".[16] 따라서 만약 당신이 풍경을 묘사하는 데 어려움을 겪고 있다면(어떤 방인지, 배경은 어딘지, 주인공이 뭘 먹고 무엇을 입었는지) 그 노력은 다른 곳에 쓰는 편이 낫다. 방에 대한 묘사는 거기 사는 사람에 대해 뭔가를 드러내거나, 사라진 다이아몬드의 행방에 대한 힌트를 주거나, 이야기가 펼쳐지는 공동체의 가치관에 대해 중요한 사실을 말해주는 것이어야 한다. 물론 세 가지 다 줄 수 있다면 더 좋다.

예를 들어 타의 추종을 불허하는 대가 가브리엘 가르시아 마르케스의《콜레라 시대의 사랑》중 한 부분을 훔쳐 보자. 다음

끌리는 이야기는 어떻게 쓰는가

문단은 단지 하나의 방에 대한 묘사가 어떻게 인물에 대한 통찰을 줄 수 있는지에 대한 전형적인 예다. 여기서 후베날 우르비노 박사는 방금 자살한, 자신의 좋은 친구이자 체스 파트너였던 사진작가 제레미아 드 생타무르의 방을 조사한다.

> 방 안에는 공원에서 쓰인 듯한 바퀴 달린 커다란 카메라와, 집에서 만든 페인트로 칠한 바닷가의 석양이 그려진 배경이 놓여 있고, 벽에는 중요한 순간들이 담긴 아이들의 사진들이 붙어 있었다. 첫 성찬식 때 사진, 토끼 옷을 입고 찍은 사진, 생일 파티 사진. 체스를 두다 생각에 잠겨 멈춰 있던 오후마다, 우르비노 박사는 해가 지날수록 벽을 덮은 사진이 늘어가는 것을 바라보았다. 일상적인 그 사진들은 미래의 도시의 씨앗이었다. 이 모르는 아이들에 의해 다스려지고 또 부패할, 그의 영광이라곤 재조차 남아 있지 않을 그곳. 종종 그런 생각을 할 때면 그는 슬픔으로 몸서리쳤다.[17]

이 짧은 단락은 이야기의 배경과 우르비노 박사의 세계관을 드러내 보여줄 뿐 아니라 우리 모두가 씨름하는 보편적 인간 조건을 멋지게 요약해준다. 마치 우리가 애초부터 존재하지 않았던 것처럼 언젠가 세계도 우리 없이 계속될 거라는 사실을 말이다. 이것은 우리가 이야기를 쓰는 이유이기도 하다. 적어도 커다란 돌 위에 "왔다 감"이라고 스프레이로 써놓는 것보단 훨씬 낫다.

그러므로 만약 당신이 전혀 모르는 사람들이 자신의 친구들에게 전화를 걸어 "너 이 책 좀 꼭 읽어봐"라고 말하게 되는 소설을 쓰고 싶다면, 당신은 당신의 이야기를 파헤쳐 모든 종류의 모호하고 추상적이고 일반적인 것들을 놀랍도록 구체적이고 기분 좋게 만질 수 있으며 눈을 떼지 못하게 적나라한 것으로 바꾸어야만 한다.

CHECK
POINT
06

모든 '일반적인' 것들을 '구체적인' 것으로 바꾸었는가?
'해야 할 일'은 꼭 해라. 당신이 의도한 것과 다른 방식으로
독자가 빈칸을 메우는 것은 당신도 원치 않을 것이다.

드러나야 할 구체성이 사라진 부분은 없는가?
주인공의 행동 속에 숨어 있는 이유나 논리, 반응, 기억, 가
능성 중 독자에게 보이지 않는 부분은 없는가?

이야기 속의 은유가 현실과 구체적으로 어떤 상관관계를
맺고 있는지 독자가 단번에 알고 그 의미를 파악하며 그려
볼 수 있는가?
먼저 그려본 다음 그 의미가 무엇인지 파악하기 위해 독자
가 서너 번씩 되풀이해서 읽는 것을 원하는 작가는 없다.

감각적 디테일(맛보고, 느끼고, 보는 것)이 거기 반드시 들어
가야 할 필연적 이유가 있는가? 단지 '그냥'이 아니라?
각각의 감각적 디테일은 독자에게 인물과 이야기, 혹은 주
제에 관한 통찰을 줄 수 있도록 세밀하게 배치되어야 한다.
숨은 의미가 없는 풍경 묘사는 그저 기행문일 뿐이라는 사
실을 기억하라.

7장 변화와 갈등 만들기

갈등은 정말 피할 수 없는
것이어야 한다

뇌의
비밀

아무리 좋은 변화라고 할지라도
우리의 뇌는 변화에
완강히 저항하도록 설계되어 있다.

이야기의
비밀

이야기는 변화에 대한 것이다.
그 변화는 오직
피할 수 없는 갈등으로부터
비롯된다.

"모든 변화에는, 비록 그토록 갈망하던 것이라도, 일정한 슬픔이 있다.
우리가 남겨두고 떠나는 것은 우리 자신의 일부이기 때문이다.
또 하나의 삶으로 들어가기 위해 우리는 이전의 삶을 끝내야만 한다."

— 아나톨 프랑스

우리의 뇌는 변화를 좋아하지 않는다. 인간은 수백만 년 동안 오직 안정된 평형 유지라는 하나의 목표를 가지고 진화해왔다. 그리고 이 평형 상태를 계속 유지하게끔 하는 '기분 좋고 편안함'에서 행복을 느낀다. 그런 다음 뇌는 이 균형을 깨는 것이라면 무엇이든 덤벼들 수 있도록 보이지 않는 곳에서 경계를 늦추지 않고 기다려왔다.[1] 이것은 왜 다른 미용사에게 머리를 맡기거나 낯선 길로 출근하거나 다른 브랜드의 치약을 사는 일이 생각만으로도 우리를 불안하게 하는지 설명해준다. 해오던 미용사, 가던 길, 쓰던 치약에 그냥 충성을 다하는 편이 마음 편하다. 어쨌든 이가 다 빠지지는 않았으니 지금 쓰고 있는 치약도 괜찮다는 뜻 아닌가? 멀쩡한 배를 굳이 흔들 필요가 있는가?

조나 레러는 저서 《탁월한 결정의 비밀》에서 "확신은 위안을 준다. 확실성의 매혹은 우리의 뇌 기저에 내장되어 있다"라고 지적한다.[2] 실제로 이것은 우리의 행복감 중 큰 부분을 차지한다. 때문에 어떤 것이든 우리의 믿음과 신념에 도전하는 질문들이 일어날 때 우리는 쉽게 화가 나고 예민해진다. 사회심리학자 티머시 D. 윌슨은 이렇게 말하기도 했다. "위협이 될 만한 정보 앞에서 사람들은 조작과 합리화, 정당화의 달인이 된다. 이런 방법까지 동원해 우리는 행복감을 유지한다."[3]

우리는 변화뿐 아니라 갈등도 좋아하지 않는다. 따라서 대부분의 경우 이 두 가지 모두를 되도록 피하려 한다. 하지만 쉽지 않다. 삶에서 변화란 변하지 않는 단 한 가지이며, 변화는 갈등에서 비롯되기 때문이다.

너무 암담하게 들린다고? 하지만 이게 다는 아니다. 한 번이라도 반짝거리는 크리스마스트리 구슬의 마법이나 매력적인 낯선 사람, 기묘한 꿈을 경험해본 사람이라면 알겠지만, 여기엔 또 다른 면이 있다. 새로운 것, 신기한 것에 대한 매혹 역시 우리 뇌에 내장되어 있다는 사실이다.

우리는 변화에 저항할 뿐 아니라 위험을 감수하는 쪽으로도 진화해왔다. 실제로 그래야만 했다. 모험을 감수하지 않고서는 점점 커져가는 우리의 뇌를 먹일 수 있는 야생의 먹잇감을 찾으러 밖으로 떠날 수 없었을 것이다. 험한 산을 기어올라 저 아래 삶을 지속시켜줄 신록의 계곡을 찾아내고, 한참 후에 우리의 생을 훨씬 살 만한 것으로 만들어준 낯선 누군가에게 처음 다가설 용기를 주었던 바로 그것.[4]

여기엔 일종의 역설이 존재한다. 우리는 위험을 감수했기 때문에 살아남을 수 있었지만, 반드시 바꿔야 하는 것이 아닌 한 아무것도 바꾸지 않음으로써 안전하게 지내는 것을 목표로 해왔다. 그런데 갈등이라니! 갈등은 우리를 다시 이야기로 데려온다. 이야기의 역할은 갈등을 다루는 방법에 대해 얘기하는 것이다. 다시 말해 두려움과 욕망 사이의 전투를 다루는 것이다.

따라서 아주 오래전부터 갈등은 이야기의 생명이라고 불려왔다. 여기에 대해서만큼은, 당신이 살인 거미에 관한 돈벌이용 소설을 기계적으로 만들어내든 정교하게 다듬어진 순문학 소설을 써내든 모두가 동의할 것이다. 그 결과 갈등을 창조해내는 일은 분명하고 공공연하며 명확해 보인다.

하지만 그건 사실이 아니다. 갈등이란 말하자면 수동 공격적인 악마나 다름없다. 이번 장의 목표는 이 악마를 넘어뜨리는 것이다. 그러기 위해 어떻게 하면 곧 일어날 갈등을 이용해 첫 문장부터 서스펜스를 집어넣을 수 있는지, 갈등과 서스펜스는 어떻게 구체적으로 찾아내야 하는지, 또 반전을 위해 중요한 정보를 숨겨두는 것이 왜 좋지 않은지에 대해 차례로 살펴볼 것이다.

갈등으로 갈등 이해하기

갈등에 있어서만큼은 당신의 독자는 존재하지 않는 것을 볼 수 있어야 한다. 마치 〈식스 센스〉의 창백한 얼굴을 한 아이처럼 말이다. '보이는 게 다가 아니다'라는 사실을 독자가 감지하기 위해서는 갈등이 표면화되기 한참 전부터 이를 명백히 알 수 있어야 한다. 일어나는 모든 일들에 급박함을 줄 수 있는 것은 갈등이 지닌 잠재력이다. 심지어 매우 평범한 사건에서도 불길한 전조를 느끼게 만드니까. 실제로 갈등은 긴장이라는 이름으로 이야기 전체에 영향을 준다. 좋은 이야기에서 독자가 느끼게 되는 짜릿한 도파민 분비의 감각이 바로 서스펜스이며, 이것은 진짜 무슨 일이 일어나고 있는지 알고 싶은 욕망이다.

그러나 갈등을 페이지 위로 옮길 때, 현실에서 하는 방법 대로 하면 엉망진창이 되기 쉽다. "인간은 사회적 동물이기 때문에 어딘가에 속하는 것은 음식이나 산소처럼 생존에 필요한 기본 요소다."[5] 리처드 레스탁은 말한다. 생존에 있어 둘은 하나보다 낫고, 전체 사회는 둘보다 낫다는 것을 인간이 알게 된 건 수백만 년 전의 일이다. 여기서 인간의 새로운 목표가 탄생했다. 유치원에서부터 우리가 배우는 이 목표는 바로 '다른 사람과 잘 협력하는 것'이다. 이 목표가 우리로 하여금 타인과 어울리게 한다. 즐겁기도 하고 불쾌하기도 한 온갖 감정들을 일으키면서. 감정의 강력한 힘을 아직도 의심하는 사람들을 위하여, MRI를 이용한 최근 연구는 강한 사회적 거부를 당했을 때와 실제 육체적 고통을 느낄 때 활성화되는 뇌의 부위가 동일하다는 것을 밝혀냈다.[6] 우리의 뇌는 분명히 말하고 있는 것이다. 갈등은 아프다

끌리는 이야기는 어떻게 쓰는가

는 것을.

이것은 우리가 왜 그토록 갈등을 빨리 풀고 싶어 하는지를 설명해준다. 우리는 아주 어렸을 때부터 관계에는 갈등이 생겨나며, 이것을 더 자라게 두지 않고 일찍 싹을 잘라버렸을 때 보상이 주어진다는 사실을 잘 이해하도록 만들어졌다. 여기에 따르면 부정적인 것보다 긍정적인 것에 집중하고 '중간에서 헤매지 않는' 것이 중요하다.[7] 그러나 문제는 모든 이야기가 바로 이 '중간에서 헤매는' 과정에 대한 이야기라는 사실이다. 우리 무의식의 욕망을 따라 바위와 딱딱한 곳을 피하고 '대접 받고 싶은 대로 대접하라'라는 황금률을 좇아 아무도 그 자리에 놓아두지 않는 것은 매우 쉽다. 우리의 주인공마저도.

나는 아직도 브루노라는 사내에 관한 800쪽짜리 원고를 가져온 어느 작가를 잊을 수가 없다. 가난했던 주인공 브루노가 냉혹한 마피아 대부로 막대한 부자가 되는 소설이었는데, 문제는 그가 냉혹해질 만한 기회가 좀처럼 없었다는 점이었다. 그의 아내는 브루노가 매일 밤 외박을 하고 돌아다니는데도 그에게 다른 애인이 있으리라는 의심을 하지 않는다. 브루노의 정부는 그의 아내가 누구인지 찾아서 위협해볼 생각도 하지 않는다. 물론, 종종 갈등의 가능성이 보이기는 한다. 브루노는 총과 칼, 각종 기구와 유사시를 대비한 차량 폭탄까지 동원해 정교한 습격 작전을 세운다. 그러나 막상 그가 상대 조직이 있는 방 앞에 도착했을 때, 안에 있던 상대편은 모든 것이 잘 해결됐다는 전화를 받는다. 그들은 문을 활짝 열고 브루노를 세게 껴안은 다음, 모두 둘러앉아 진한 에스프레소와 맛있는 비스코티를 먹고 마신다.

이 소설의 작가는 60대의 성공한 비즈니스맨이었다. 그는 어린 시절 첫사랑과 결혼했고, 똑똑하고 반듯하게 자란 자녀들을 여럿 두었다. 나는 그에게 삶에서의 '갈등'에 대해 어떻게 생각하느냐고 물었다. 그는 인상을 찌푸리며 답했다. "난 갈등을 별로 좋아하지 않아요." 그리고 덧붙였다. "누가 좋아하겠어요?"

물론 갈등을 좋아하는 사람은 아무도 없다. 하지만 그게 바로 우리가 이야기를 찾는 이유다. 현실에서 우리가 피하고, 멀리 떨어져 합리화하며, 두려워하고, 이루기를 갈망하지만 다양한 이유로 하지 않거나 하지 못하는 모든 것들을 이야기를 통해 대리 경험하기 위해서 말이다. 우리는 그것을 경험하면 기분이 어떻고 무슨 감정이 일어날지 알고 싶기에, 자신 혹은 잘 아는 누군가를 비슷한 상황으로 밀어 넣어야만 한다. 결국 요약하면 이렇다. 실제 삶에서 우리는 갈등이 당장 해결되기를 바란다. 그러나 이야기 속에서 우리는 갈등을 끌어내어 점점 키운 다음 최대한 끝까지 가보기를 원한다.

잠깐, 이쯤에서 이렇게 말하는 독자가 있을지 모른다. "이것 봐요. 전에는 주인공이 감정적으로 느끼는 걸 독자도 똑같이 느끼게 된다면서요. 그런데 갈등은 고통스러운 거잖아요? 그럼 우리가 마조히스트라도 된다는 건가요?" 전혀 그렇지 않다. 우리가 인물을 통해 느끼는 대리 스릴은 진짜만큼 강력하지 않다. 이

끌리는 이야기는 어떻게 쓰는가

야기 속에서 느끼는 고통도 마찬가지다. 물론 우리는 주인공이 느끼는 감정을 문자 그대로 '느낄 수' 있다. 그러나 똑똑한 뇌는 불쌍한 주인공에게 일어나는 일이 우리에게 진짜로 일어나고 있는 건 아니라는 사실도 잘 알고 있다. 그러니 우리는 잠에서 깨어나 사랑하는 로미오가 자기 곁에서 싸늘하게 죽어 있는 것을 발견한 줄리엣의 고통을 느끼면서도, 한편으론 내 진짜 애인이 영화관 옆 자리에서 평화롭게 코를 골며 자고 있다는 사실을 잊지 않을 수 있는 것이다. 그리고 바로 이것이 이야기가 우리에게 그토록 큰 만족을 주는 이유다. 아무런 '위험 부담 없이' 문제를 경험해볼 수 있으니까.

삶과는 달리 문학이란, 갈등을 수용하여 서스펜스에 활용하는 것을 목적으로 한다. 이제부터 우리는 "어떻게 하면 곧 일어날 갈등을 지속적인 서스펜스로 바꿀 수 있는가?"라는 중요한 질문에 답해볼 것이다.

서스펜스는 갈등의 시녀

잘 알고 있듯 이야기란 변화하는 상황 속의 '그 이전'과 '그 이후' 사이에 걸쳐 있다. 따라서 근본적으로 이야기는 변화하고 있는 무언가를 시간 순으로 기록한 것이다. 일반적으로 이 '무언가'는 주인공이 '그 이전'의 해안을 떠나 '그 이후'의 기슭에 도달하기 위해 해결해야만 하는 문제를 중심으로 전개된다.

표면적으로 갈등은 주인공이 쉽게 해결할 수 없는 외부 문제들이 점차 커져가는 데서 비롯된다. 그러나 이 표면 아래에, 처음부터 내재된 갈등의 씨앗들이 없었다면 나중에 나오는 장애물들 역시 아무런 의미도 지니지 못한다. 이 씨앗들이 햇볕이 있는 곳까지 흙을 뚫고 자라나야만 하는 것이다. 이를 '그 이전'이라는 이름의 벽에 나타난, 아주 가느다란 첫 균열이라고 상상해보자. 이 틈이 생겨난 원인은 대개 이 질문에 대한 대답에서 찾을 수 있다. "이 이야기가 바로 그 순간부터 시작되어야 하는 이유는 무엇인가?"

예를 들어 아니타 슈리브의 《조종사의 아내》를 보자. 이 책의 첫 장면은 주인공 캐스린의 현관문에서 새벽녘에 불길한 노크 소리가 나는 것으로 시작한다. 이 최초의 균열은 캐스린이 자신의 남편 잭에 대해 몰랐던 사실을 하나둘 알아가면서 서서히 커져 마침내 벽을 산산조각 내고 만다. 알고 보니 잭은 여러 면에서 완벽한 타인이나 마찬가지였던 것이다.

그러나 이 이야기는 캐스린이 처한 상황 그 자체에 있는 것이 아니라, 캐스린이 어떻게 그 상황을 이해하고 의미를 부여하며 결국에는 지금껏 그녀가 진실이라 믿어온 모든 것들이 사실 그렇지 않다는 것을 깨닫는 데 있다. 우리는 우리의 뇌가 변화에 강력히 저항한다는 사실을 이미 배웠다. 캐스린이 계속해서 믿고자 한 것은 잭이 완벽한 남편이라는 사실이었다. 삶이(곧 여기서는 이야기가) 남편에 대한 그녀의 확고한 믿음을 계속해서 쑤셔대지만 않는다면 말이다.

따라서 이야기의 첫 균열과 이로 인해 파생된 결과들은 주인공의 세계 한가운데를 지나며 모든 것을 뒤흔든다. 진짜 지진처럼, 균열들은 두 개의 상반된 힘이 충돌하며 만들어진다. 우리의 주인공은 그 위에 서 있다. 나는 이 두 힘의 충돌을 '대결'이라 부르고 싶다. 이 대결이 생겨나면 비로소 이야기는 이들의 싸움이 벌어질 경기장을 마련한다. 참고로 모든 이야기에는 하나 이상의 '대결'이 존재하는데, 그중 가장 흔한 유형들은 다음과 같다.

- 주인공이 진실이라 믿는 것 vs 실제로 진실인 것
- 주인공이 원하는 것 vs 주인공이 가진 것
- 주인공이 원하는 것 vs 남들이 주인공에게 기대하는 것
- 주인공 vs 주인공 자신
- 주인공의 내면적 목표 vs 주인공의 외면적 목표
- 주인공의 두려움 vs 주인공의 목표(외면적/내면적/둘 다)
- 주인공 vs 대립세력
- 대립세력 vs 자비(혹은 자비로운 모습)

자, 이제 우리의 결론을 조금 더 확장해보자. 이야기는 시간적으로는 '그 이전'과 '그 이후' 사이에서, 그리고 공간적으로는 '대결' 사이에서 일어난다. 이러한 시공간 속에서 주인공은 대립

하는 두 개의 현실을 어떻게든 조정하여 문제를 해결하려고 애쓴다. 마침내 문제가 해결되는 순간 이 시공간은 닫히고 이야기는 끝난다. 이 과정에서 독자는 점점 더 멀어지는 것처럼만 보였던 두 개의 힘이 대체 어떻게 하나가 되었는지 궁금해하며, 여기에서 서스펜스가 만들어진다.

요약하면 이야기의 역할은 주인공을 어떻게든 찌르고 괴롭히는 것이다. 언제까지? 그가 변할 때까지. 이 사실을 염두에 두고 '대결'이 어떻게 안에서부터 이야기를 형성해가는지 살펴보자.

리타와 마르코의 이야기 : 다중 대결

이들의 이야기를 살펴보기 전에 두뇌의 정보 처리 과정에 대한 세 가지의 중요한 사실을 먼저 들여다보자.

1. 10장에서 좀 더 자세히 알아보겠지만, 두뇌는 모든 것으로부터 일정한 패턴을 찾아내도록 설계되어 있다. 패턴의 반복이나 변화에 따라 다음에 무슨 일이 일어날지 예측하는 데 도움을 주기 때문이다(따라서 무엇보다도 독자가 발견할 수 있는 유의미한 패턴이 있어야 한다).[8]

2. 독자는 실제든 상상이든 비슷한 사건에 대한 자신의 경험을 토대로 나름의 시나리오를 만들며 책을 읽는다. 이야기가 얼마나 믿을 만

끌리는 이야기는 어떻게 쓰는가

한 것인지를 확인하기 위해서(따라서 독자는 페이지에 적힌 것보다 더 많은 정보를 추론할 능력을 가지고 있다. 만약 책 자체에 아무것도 추측할 수 없을 정도로 정보가 부족하다면 몹시 화가 날 것이다).[9]

3. 인간은 문제를 해결하는 데서 기쁨을 느끼게 되어 있다. 우리가 무언가를 알아내면 뇌는 일제히 신경 전달 물질을 분비하며 말한다. "잘했어!"[10] 이야기의 즐거움은 무슨 일이 일어나고 있는지를 파악하는 데 있다(따라서 위의 1, 2번을 무시하는 이야기는 독자에게 결코 기쁨을 줄 수 없다).

이 모든 것은 독자가 당신이 생각하는 것보다 훨씬 더 많은 것을 알고 있다는 사실을 다르게 표현한 것뿐이다. 그러니 독자에게 너무 많은 걸 알려준 게 아닐까 하는 염려는 하지 않아도 좋다. 아마 독자는 작가인 당신이 예상했던 지점보다 훨씬 더, 어쩌면 주인공보다도 몇 발짝 앞서가 있을 테니까. 예를 들어 아내가 아픈 장모님을 방문하고 돌아온 뒤 바람둥이 마르코가 진짜로 그의 아내를 떠날 것인지에 대해, 초조하게 기다리는 마르코의 애인 리타보다 독자가 더 잘 알고 있을 것이다. 이 이야기에서는 리타가 일인칭 화자임에도 불구하고 말이다. 그리고 이건 좋은 일이다. 왜냐하면 서스펜스는 인물들이 무엇을 할지 예상하는 데서만 생겨나는 것이 아니라, 리타가 혼수를 고르는 장면을 보며 독자가 느끼는 긴장에서도 생겨나기 때문이다. 독자는 마르코가 아내를 떠나지 않으리라는 사실뿐 아니라 어쩌면 처음부터 아내가 아예 없었을 가능성도 크다는 것을 너무나 잘 알고 있다.

따라서 리타를 응원하는 우리가 가장 원치 않는 것은 그녀가 마르코와 결합하는 일이다. 아무리 우리가 리타 속에 들어가 있고 그녀의 강한 갈망을 실제로 느낄 수 있다고 해도 말이다. 그 대신 우리는 마르코가 사실은 그녀에게 가장 필요 없는 인간이라는 걸 리타가 깨닫기를 바란다. 너무 늦기 전에. 결코 그래서는 안 되지만, 리타가 마르코를 진짜로 얻기 전에. 리타의 진정한 투쟁(독자가 숨죽여 따라가는 것이자 이야기가 말하고자 하는 것)은 내면에서 벌어진다. 다시 말해 이 이야기는 실제로 무슨 일이 일어나는가보다는 어떻게 리타가 자신의 세계를 바라보고 있는가를 중심으로 전개된다. 그러므로 리타의 이야기 속에는 무수히 많은 갈등의 층이 서로 엮여 있다. 이것을 '다중 대결'이라고 불러보는 건 어떨까?

먼저 외부적 층위에서는 리타가 원하는 것(마르코)과 리타가 가진 것(마르코의 약속) 사이의 대결이 있고, 내면적 층위에서는 리타가 믿는 것(마르코는 자신의 소울메이트다)과 실제적 진실(마르코에겐 영혼이 없다) 사이의 갈등이 있다. 독자가 마르코를 차지하기 위해 애쓰는 리타를 지켜보는 동안 작가는 마르코가 리타의 생각과는 전혀 다른 인간이라는 사실을 천천히 보여준다. 이것은 리타가 그 사실을 알게 되었을 때 느낄 감정과 그 결과 그녀

끌리는 이야기는 어떻게 쓰는가

가 할 일들에 대해 독자에게 예측할 여지를 준다.

이것은 모든 대결 중에 가장 강력한 대결, 종종 경기장 전체를 정의하곤 하는 대결로 우리를 인도한다. 즉 리타가 원하는 것(마르코의 완전한 사랑)과 상대가 그녀에게 원하는 것(마르코는 리타가 자신의 바람기를 눈감아주기를 바란다) 사이의 대결로. 이야기 내내 리타는 마르코의 믿음, 곧 리타가 원하는 것은 오직 그의 변덕을 맞춰주는 것이라는 사실과 싸워야만 한다. 이것으로 인해 리타가 그녀의 친구들에게 얼마나 약하게 비춰질지를 생각해보면, 리타는 다음과 같은 친구들의 기대에도 부응하는 척을 해야 할 가능성이 높다. "리타는 그 남자를 곧 차버릴 거야. 맹세까지 했거든. 다만 아직까지 적당한 타이밍을 찾지 못했을 뿐이지."

이는 리타의 머리 뒤쪽에 마르코에 대한 친구들의 말이 맞을 수도 있다는 조그마한 목소리를 불러일으킨다. 그러나 지금 그녀는 마르코에게 푹 빠져 있기 때문에 자신의 의심을 무시해버린다. 이제 리타는 자신과도 싸우기 시작한다. 이것은 마르코의 행동에 대한 그녀의 내면적 대응에서 분명해진다. 그녀는 합리화를 한다. 이는 그녀가 말하는 것과 실제로 행동하는 것이 서로 일치하지 않게 된다는 걸 의미한다. 긴장을 단계적으로 높여가는 훌륭한 방법이다.

그렇다면 나머지 모두에겐 분명한 사실을 리타는 왜 무시하고 있는가? 우리가 찾고자 하는 건 대체 리타가 마르코에게 왜 그렇게 목을 매는지 설명해줄 이유다. 단순히 마르코가 그녀의 심장 박동수를 급등하게 한다는 사실 말고 말이다. 예를 들어 리타의 보다 깊은 동기는 혼자 남겨지는 것에 대한 두려움이라고 해보자.

두려움. 이것이 또 다른 갈등의 원천이 될 수 있을까? 리타의 목표와 그녀의 두려움 사이의 대결 같은 게 가능할까? 그럴 것 같진 않다. 두려움은 그녀의 목표 달성을 방해하는 요소라기보다는 마르코를 향한 그녀 욕망의 일부다. 일단 그와 맺어지게 되면 홀로 남겨지는 것에 대한 두려움 따위와는 대면할 필요가 없다. 그러니 아직까진 대결이라 볼 수 없다. 그러나 우리는 아직 리타의 내면적 목표에 대해 살펴보지 않았다. 운명(즉, 작가)이 알고 있듯 리타의 내면적 목표는 진실한 남자를 만나 사랑받는 것이다. 그 남자가 마르코일까? 그럴 리 없다. 여기서 확실한 갈등이 발생한다. 다음은 멋진 경험의 법칙이다.

주인공이 처음에 원하던 바가 그의 진정한 목표인지를 판별하는 방법 중 하나는 이렇게 물어보는 것이다. "목표를 이루기 위해 주인공은 자신이 가장 크게 두려워하는 것과 맞서 내면의 문제를 해결해야만 하는가?" 만약 여기에 대한 대답이 "아니요"라면 그것은 가짜 목표다.

이것이 무엇을 의미하는지 아는가? 사실 리타의 두려움은 매우 강력한 대결의 일부다. 그녀의 두려움과, 진실한 남자에게 사

끌리는 이야기는 어떻게 쓰는가

랑받고자 하는 진정한 목표 간의 대결에서 말이다. 따라서 만약 그녀가 스스로에게 진실하고자 한다면 설령 혼자 남겨진다 하더라도 마르코를 피할 것이다. 이러한 겹겹의 층들을 잘 알고 있는 작가는 홀로 남겨지는 것에 대한 리타의 두려움을 이용하여 일어나는 모든 일들에 대한 그녀의 반응을 결정할 것이다. 그러므로 리타의 외면적 결정, 내면적 독백, 그리고 몸짓 언어는 그녀 자신이 의식하든 못 하든 간에 어떤 식으로든 그녀의 진정한 동기를 반영해야 한다. 물론 리타가 아래처럼 노골적으로 생각해야 한다는 얘기는 아니다.

'이런, 마르코는 살만 뒤룩뒤룩 찐 멍청이가 분명해. 하지만 혼자 죽기는 싫으니, 그가 원하는 건 뭐든지 다 해야겠어. 이 지독한 하이힐 때문에 죽을 것 같더라도 말이야.'

그보다는 이런 식에 가깝다.

마르코와 내가 걸어서 마당에 들어왔을 때, 나는 이웃 마벨이 서둘러 아파트로 들어가는 것을 보았다. 그녀는 키우는 고양이들이 빠져나가지 못하도록 급하게 문을 닫았다. 그녀는 고양이를 몇 마리나 키우고 있을까? 여덟? 아홉? 그렇지만 그녀는 늘 슬퍼 보였다. 마치 고양이들마저 자신을 좋아해주지 않을까 두려워하는 사람처럼. '신의 은총이 없었다면, 나도 저리 되었겠지.' 내 어깨를 감싼 마르코 팔의 무게에 감사하며 나는 생각했다. 비록 그건 그와 보조를 맞추기 위해 더 빨리 걸어야 한다는 걸 의미하지만 말이다. 하이힐을 신고 그렇게 걷기란 쉽지 않은 일이었다.

독자가 리타의 진정한 동기에 대해 더 알면 알수록, 우리는 다른 방면에선 그리도 똑똑하고 빈틈없는 리타 같은 여자가 왜 마르코 같은 네안데르탈인을 쫓아다니는지 이해할 수 있다. 그리고 리타가 어서 마르코 대신 마벨의 귀여운 새끼 고양이 중한 마리에게 푹 빠지기를 응원하게 된다.

갈등의 가장 확실한 원천을 제공하는 것은 바로 '대립세력'이다. 여기서 대립세력은 물론 마르코다. 하지만 그에게 너무 많은 관심을 기울이진 말자. 어디까지나 우리는 리타에게 훨씬 더 흥미가 있기 때문이다. 우리의 우주에서 리타는 태양이다. 모든 것이 리타 주위를 돈다. 마르코에 대해 우리가 관심을 기울이는 것은 오직 그가 리타에게 어떤 영향을 끼칠 것인가에 관련한 사실뿐이다.

마르코는 리타가 극복해야 할 장애물들을 직접 몸으로 나타내는 인물이므로, 그가 자신의 역할을 잘 해내는 것은 매우 중요하다. 주인공은 대립세력이 강제하는 만큼만 강해질 수 있기 때문이다. '증명'의 문제에서만큼은 독자는 아주 까다롭다(마치 'Show Me' 주라 불리는 미주리에 사는 주민들 같다). 독자는 주인공이 얼마나 용감한지에 대해 아무나 내뱉는 말을 결코 덥석 믿을 생각이 없다. 대담하다거나, 훌륭하다거나, 그런 말은 누구나 할 수 있다. 하지만 그게 무언가를 증명해주는가? 그는 허풍쟁이이고 지루하며 대개는 겁쟁이일 뿐이다. 실제로 진정 용감한 사람들은 자신을 용감하다고 생각하지 않는다.

여기서 핵심은 대립세력이 주인공을 자신의 페이스 안으로 끌어들여야 한다는 것이다. 마르코는 리타를 설득하기 위해 필요한 모든 것을 다 해야 한다는 걸 의미한다. 단 하나, 그녀가 원하는 남자가 되는 것만 빼고. 리타에게 필요한 것은 마르코가 아니라 두려움을 대면할 수 있는 능력이기 때문이다. 마르코는 무자비하게 그녀를 이끎으로써 리타가 언제나 뒤에 숨겨왔던 무엇을 대면할 수 있게 만들어준다. 그리고 이것이 정확히 독자가 응원하고 있는 바다.

대부분의 경우 그렇다.

왜냐하면 싸워야 하는 마지막 대결이 하나 남아 있기 때문이다. 바로 대립세력과 자비(혹은 자비롭게 보이는 것) 사이의 대결이다. 누구나 처음부터 못되게 태어난 사람은 없다. 사이코패스를 제외하곤. 사이코패스의 정의를 보면 그들은 실제로는 아무것도 느끼지 못하면서 공감을 가장할 수 있는 능력을 가지고 있다. 일례로 연쇄살인범 테드 번디 같은 이들은 굉장히 매력적이며 마치 공감 능력이 있는 사람처럼 보인다. 강력 접착테이프와 쇠톱을 꺼내들기 전까지는 말이다. '자비' 법칙의 핵심 요소는 그 안에 '어쩌면'이 암시되어 있다는 점이다. 결코 쉽진 않겠지만 '어

'쩌면' 마르코는 변할 것이다. 작가는 독자가 이렇게 생각할 수 있는 순간을 몇 차례 만들어두어야 한다. '이봐, 결국 마르코는 그렇게 나쁜 사람이 아닌 것 같은데.' 이런 순간은 아마 리타가 다시는 그를 만나지 않기로 결정하는 과정쯤에 나타날지 모른다. 여기서 독자는 마음이 누그러지고 약해진다. 그리고 잠시 동안 마르코의 모든 것이 괜찮아 보인다. 그러나 아무도 보는 사람이 없자, 마르코는 마벨의 고양이 중 하나를 발로 아주 세게 걷어찬다. 그러면 우리는 생각한다. '이게 아닌가?'

이것이 왜 중요한가? 결론이 정해져버리면 서스펜스를 유지하기가 힘들기 때문이다. 아주 약간의 '어쩌면'만으로도 이것을 해낼 수 있다. 생각해보자. 만약 대립세력(그게 팜므 파탈이건 비열한 사내건 사이보그건)이 완전히 악한 존재라면 굳이 그들을 등장시키는 수고를 할 필요가 어디 있겠는가? 그냥 협박 전화만 계속 시켜도 될 것이다(요즘 같이 발신자 이름이 다 뜨는 시대에 누가 그 전화를 받겠냐마는!).

하지만 주인공이 지독한 독감에 걸려 누워 있다고 해보자. 그리고 연쇄살인범 테드 번디가 집에서 만든 따뜻한 닭고기 수프를 들고 나타난다면 이야기는 달라진다. '어쩌면' 그는 마음의 변화를 겪은 후일지도 모른다. '어쩌면' 수프엔 비소가 섞여 있을지도 모른다. 중요한 건 우리는 모른다는 점이다. 이것이 바로 서스펜스다.

다양한 종류의 대결이 서스펜스를 조성하는 데 탁월한 이유는, 서로 대립하는 두 가지의 욕망, 사실, 진실들이 본질적으로 지속적인 갈등을 일으키기 때문이다. 이를 통해 독자는 응원할 대상을 찾게 되고 주인공의 진행 상황을 가늠해볼 수 있는 척도를 갖게 되며 갈등이 일어나고 있는 지점을 선명하게 볼 수 있다. 작가들이 서스펜스를 숨겨놓을 수 있는 독창적인 플롯을 고안하기 위해 얼마나 열심히, 때론 과로까지 해가며 노력하는지를 독자들이 안다면 놀랄지도 모른다. 하지만 이렇게 서스펜스를 더할 수 있다고 믿는 방법들이 실은 종종 정반대의 결과를 초래하기도 한다.

잘못된 믿음 : 독자를 사로잡기 위해서는 반전을 위한 정보를 최대한 나중까지 숨겨야 한다.

실제 : 정보를 숨기는 것은 이야기의 흡인력을 빼앗을 뿐이다.

첫째, '반전'이란 무엇인가? 반전이란 어떤 사실이 공개되어 무언가가 변한다는 것이다. 많은 경우 이 무언가는 '전부'인 경우가 대부분이다. 그중에서도 커다란 반전은 결말 근처에서 나타나 놀랍게도 그 이전까지의 모든 것을 뒤집어버리는 역할을 한다. 예를 들면 〈스타워즈〉에서 다스 베이더의 대사가 그렇다. "루크, 내가 네 애비다."

이러한 반전들은 충격적이긴 하지만 듣는 순간 완벽히 믿어진다. 왜냐하면 이야기가 잘 흘러왔음에도 그 직전의 순간까지 우리는 우리 눈에 보이는 것 이상의 뭔가가 있을 거라는 생각을 지울 수가 없기 때문이다. 이것이 가능한 이유는 이야기가 진행되는 동안 작가들이 계속해서 일정한 패턴의 힌트를 주어온 까닭이다. 그래서 반전이 일어나기 전까지도 이야기는 충분히 말이 되고 이해할 수 있지만, 반전이 일어난 뒤로는 더욱더 그럴듯해지는 것이다.

하지만 여기서 실수하지 말아야 할 것이 있다. 반전이 곧바로 진실로 받아들여지는 경우는 오직 일정한 패턴의 힌트들이 주어졌을 때만 가능하다는 사실이다. 그렇지 않으면 반전은 다음의 끔찍한 세 가지 C, 즉 편리함(convenience), 기계 장치(contrivance), 우연의 일치(coincidence) 중 하나가 될 뿐이다. 이건 마치 미스터리 소설을 읽는데 죄를 짓지도 않은 주인공이 살인 혐의로 교수대에 가기 직전에야 그에게 아무도 몰랐던 살인범 쌍둥이 형제가 있다는 사실을 알게 되는 것과 비슷하다.

이런 책들의 문제는 작가가 중요한 정보들을 알려주지 않아서 독자로서는 대체 무슨 일이 일어나고 있는지 알 수 없는 데다 딱히 알아낼 방법도 없다는 데 있다. 이보다 더 나쁜 점은 지면 위에 적힌 것 너머에서 무슨 일이 진행되고 있는지 독자가 전혀 알 수 없다는 것이다.

이전에 나는 '프레드'를 주인공으로 하는 500쪽짜리 원고를 읽은 적이 있다. 프레드는 어느 자동차 회사의 비양심적인 사장으로, 새롭게 발표되는 신차에 회사의 사활을 걸고 있다. 그런데 발표 바로 전날, 그는 신차에 치명적인 설계 결함이 있다는 사실을 알게 된다. 그는 이 사실을 숨긴 채 차를 발표하고 결국 비극적인 결과를 맞는다. 이 소설은 이후 프레드가 어떻게 정의를 향해 나아가느냐에 관한 이야기다. 450페이지까지 이 원고에는 아무런 놀라움도 없다. 그러다 갑자기 프레드가 처음부터 FBI의 비밀수사 대상이었음이 밝혀진다. 그의 정부인 샐리를 포함해 그와 개인적 친분이 있는 몇몇이 주위에서 프레드를 감시해온 것이다. 하지만 원고에서 이런 낌새는 전혀 없다. 아주아주 사소한 힌트 하나조차도. 작가에게 이 점에 대해 묻자 그는 미소를 지으며 '일부러' 그랬다고 답했다. 마지막에 가서 큰 반전을 주기 위해서 그랬다는 것이다.

문제는 아무도 거기까지 읽지 않으리라는 점이다. 왜? 독자를 철저한 어둠 속에 내버려둠으로써 긴장과 서스펜스라는 이야기의 가장 중요한 요소를 빼앗았기 때문이다. 역설적으로 들릴지 모르지만 진실은 단순하다.

음모가 진행 중이라는 것을 독자가 모른다면, 음모는 없는 것이나 마찬가지다.

독자들은 새로운 정보가 나타났을 때 앞으로 다시 돌아가 각각의 구체적 사건들이 지닌 의미를 재해석하는 일을 즐긴다. 따라서 반전을 위해서는 다음 두 가지 엄격한 조건이 먼저 충족되어야 한다.

1. 반전이 일어났을 때 비로소 드러나고 설명되는 일정한 패턴의 '힌트'들은 그 이전부터 존재하고 있어야 한다. 이를 통해 독자는 보이는 것이 다가 아니라는 사실을 알 수 있다.

2. 이러한 힌트들은 반드시 반전의 순간 전에 이미 드러나 있어야 하며, 납득 가능해야 한다.

독자는 결코 맨 앞으로 돌아가 서브플롯 전체를 다시 삽입해 넣는 일 같은 건 하지 않는다. 그건 마치 이렇게 말하는 것과 같다. "이봐, 프레드를 450페이지 동안 지켜보는 건 정말 지루한 일이었어. 하지만 이제 돌아가서 처음부터 모든 걸 다시 생각해 보기로 하지. 그러니까 FBI가 늘 문밖에서 그를 엿듣고 있었는데 그들은 모두 프레드의 친구였고, 그들 전부가 비밀스럽게 연결되어 있었다는 거지? 그리고 프레드의 애인 샐리는 그를 사랑한 적이 단 한 번도 없고 말이야."

이 반전에서 더욱 안 좋은 점은, 프레드의 친구들이 했던 모든 행동이 더 이상 진실하게 보이지 않는다는 것이다. 그들은 모두 한통속이었기 때문에 아마도 초조했을 것이고, 만약 티가 났다면 몸짓에서 티가 났을 것이다. 샐리의 행동에서 그녀가 다만 쾌락의 대상 이상이라는 사실이 넌지시 비춰졌을 가능성도 있다. 물론 우리 중 아주 친절한 독자는 이렇게 생각할 것이다. '흠, 샐리는 FBI니까 그런 일에 있어선 프로야. 프레드에게 자신의 존재를 드러낼 만한 행동 따윈 결코 하지 않았겠지.' 문제는 거짓말을 하지 못하는 몸짓 언어와 부주의한 실수를 범하는 인간의 본성을 우리가 알고 있는 한, 아무리 그렇게 이해한다고 한들 그녀가 자신의 진짜 감정을 숨기고 있는 것을 더 설득력 있게 만들어주지는 못한다는 점이다.

이것은 독자가 샐리의 정체를 알아야 한다는 말이 아니다. 그러나 독자는 적어도 샐리의 행동에서 뭔가 '어긋나는 점'이 있다는 것은 알아야만 한다. 우리 눈에 보이는 것 이상의 무언가가 벌어지고 있다는 사실을 알려주는 무엇 말이다. 작가는 독자로 하여금 이것이 무엇인지 알아내도록 노력하게끔 만들어야 한다. 그래야 끝에 가서 전혀 다른 방향으로 가도록 독자를 현혹할 수도 있다. 이때 현혹은 거짓말과는 다르다. 히치콕의 〈현기증〉에는 은퇴한 형사 스카티 퍼거슨이 등장한다. 그는 매들린이라는 이름의 젊고 아름다운 여인이 자신의 오랜 친구 개빈 엘스터의 아내라는 사실을 알게 된다. 개빈이 정상이 아닌 자신의 아내가 자살하지 않게 감시하려고 스카티를 고용한 것이다. 곧 스카티는 수수께끼의 여인 매들린을 사랑하게 되며, 우리는 그녀 역시 그에게 매력을 느끼는 동시에 거기 저항하고 있다는 것을 알게 된다. 여기서 긴장과 서스펜스가 생겨난다. 우리는 곧 다음과 같은 믿을 만한 결론을 내린다. 그녀는 결혼했을 뿐만 아니라 상대가 남편의 친한 친구라는 것에 이중으로 죄책감을 느끼고 있어서 도저히 스카티를 사랑할 수 없다. 하지만 여전히 그녀는 엘스터의 말처럼 미친 것 같지는 않다. 그래서 우리가 진짜 사건의 전모를 알게 되었을 때(그녀는 스카티와 사랑에 빠졌으며 개빈 엘스터와는 결혼하지 않았고 다만 스카티를 끌어들이기 위해 고용되었다는 사실) 그녀의 행동들을 돌아보면 더욱 이해가 간다. 반전의 정당성을 온전히 입증해주는 것이다.

이를 자동차 회사 사장 프레드와 샐리의 이야기와 비교해보자. 거기선 작가가 확고하게 그 어떤 힌트도 보여주지 않았기 때문에, 독자는 적혀 있는 내용 너머에 무엇이 더 있는지 짐작조차 할 수 없다. 그리고 결과적으로 그 이야기는 상당히 지루했다. 샐리가 프레드에게 진실을 속이고 있었다는 사실, 독자가 알았다면 틀림없이 굉장히 재미있었을 그 사실을 알고 있던 유일한 사람은 누구인가? 작가다. 그렇다면 왜 같은 즐거움을 독자에겐 주지 않았는가?

모호한 반전의 역설

제대로 되기만 한다면, 반전은 매우 효과적인 장치다. 그러나 실제로 반전은 심하게 남용되고 있으며 거의 대부분은 부작용만 초래한다. 작가라면 스스로에게 다음과 같은 중요한 질문을 던져야 한다.

- 이야기 측면에서 볼 때 이 정보를 숨기고 있는 것에는 어떤 이득이 있는가?
- 이것이 이야기를 더 좋게 하는 데 어떤 도움을 주는가?

반전의 오남용은 이와 같은 근본적인 오해에서 비롯된 것이다. 거기서 시작해보자. 어떤 작가들은 독자가 다음에 무슨 일이 일어날지 알고 싶게 하는 '급박함'을 느끼게 만드는 것이 중요하다는 사실을 안다. 그래서 뭔가를 '비밀스럽게' 숨기는 것이 그 역할을 해줄 거라 생각한다. 그러면 당연히 독자는 그 비밀을 알아내기 위해 계속 읽어가지 않겠는가? 이렇게 생각하는 작가들은 그러려면 독자가 먼저 비밀을 알고 싶어 해야 한다는 사실을 잊어버리는 경향이 있다. 따라서 독자를 사로잡는 방법이 아래와 같은 식이 되어서는 결코 안 된다.

인물들이 하는 행동 뒤에 숨겨진 진짜 이유를 전혀 가르쳐주지 않음으로써, 독자로 하여금 진짜 이유라는 게 있는지조차 알 수 없게 만드는 것

더 흔하게는 다음과 같은 방법도 있다.

독자에게 비밀이 있다는 것을 알려주고는, 너무 모호하게 만들어서 대체 그 비밀이라는게 구체적으로 무엇인지 상상조차 할 수 없게 하는 것

이 두 가지 방법의 공통된 문제는 독자가 인물들에게 무슨 일이 일어나는지 신경 쓸 만큼 충분히 몰입해 있다고 전제한다는 점이다. 아이러니하게도 대부분의 경우 작가가 감춰둔 바로 그 정보가 우리를 몰입하게 만든다. 반전을 위해 작가가 대개 가장 흥미로운 정보를 모호한 일반성으로 표현하기 때문인데, 이미 6장에서 살펴보았듯 우리가 일반적인 이야기에서 얻을 수 있는 건 거의 없다.

주인공 밥이 실직이라는 '문제'를 안고 있다고 해보자. 작가는 두 가지 사실을 감추기로 했다. 하나는 밥의 문제가 무엇인지에 대해서, 다른 하나는 밥이 하던 일이 무엇인지에 대해서. 나중에 독자들을 더 크게 놀라게 해주려고 말이다. 작가가 준비한 반전은 밥이 실은 시 월드 수족관에서 일하는 토이 푸들이었고, 무대에서 뒷다리를 들고 깡충깡충 뛰는 일이 모욕적이라고 생각해 일을 그만두고 대신 다람쥐를 쫓기로 했다는 사실이다. 이 정도면 흥미롭다고 할 수 있겠다. 하지만 이 반전을 망치지 않기 위해 작가가 너무 많은 디테일들을 감추는 바람에, 독자는 몇 백 페이지를 읽어 내려갈 때까지 밥이 그저 털이 비정상적으로 많은 사내일 거라고 생각하게 된다. 그는 자신의 행운을 경멸해서

고속도로 밑 나무 상자에 살고 있는 거라고. 이때 독자에게 분명한 사실은 한 가지뿐이다. 도대체 무슨 일이 일어나고 있는지 알 수 없다는 것.

인물과 상황에 대해 이런 식으로 모호하게 처리할 때의 문제는(그것도 단지 힌트를 주지 않기 위해) 이것이 이야기를 구속시킬 뿐 아니라 인물들의 신뢰성까지 떨어뜨린다는 점이다. 이미 작가가 주인공의 가장 큰 비밀을 숨기기로 작정했기 때문에 주인공은 거기에 대해 많은 생각을 할 수가 없다. 분명히 그에 대해 생각하는 것이 마땅한데도 말이다. 더 치명적인 문제는, 일어나는 일들에 대해 주인공이 응당 그래야 할 반응을 취할 수 없다는 것이다. 그렇게 되면 독자에게 또 힌트를 주게 되니까. 따라서 마침내 반전이 일어났을 때, 주인공이 그때까지 한 일은 상식적으로 같은 상황에 처한 다른 사람이 했을 법한 일들과 어떤 식으로도 일치하지 않게 된다. 이런 반전은 독자를 한숨 짓게 한다.

좋은 소식은 다른 방법이 있다는 것이다.

패를 보여주는 것은 아름답다

당신의 카드를 테이블 위에 앞면이 보이도록 뒤집어놓는다면 어떨까? 서스펜스 측면에서 어떤 차이가 있을까? 작은 실험을 하나 해보자.

먼저 속내를 잘 드러내지 않는 장면을 보자. 밸은 돌아올 시간을 몇 시간이나 넘긴 룸메이트 이니드를 찾는 중이다. 동네를 다 돌아다녀보았지만 그녀는 보이지 않는다. 밸은 마지못해 새로 이사 온 이웃 호머의 집을 두드리고는, 그에게 이니드의 사진을 보여주고 혹 그녀를 보았냐고 묻는다. 호머는 못 봤다고 대답하지만, 근심 어린 밸의 모습을 보고 들어와 따뜻한 차라도 한잔 마시기를 권한다. 밸은 지금 상황에 어울리지 않는 일이라는 것을 알면서도 호머의 귀여운 외모에 끌려 이를 수락한다. 김이 피어오르는 두 잔의 차를 앞에 두고, 호머는 밸을 안심시킨다. 아마도 이니드는 그냥 친구 집에 놀러 간 것 같으니 그렇게 걱정할 필요 없다고. 30분쯤 후 밸은 한결 편안한 마음으로 호머의 집을 떠난다. 그가 싱글일지 궁금해하면서.

자, 이제 똑같은 장면을 한 번 더 그려보자. 한 가지 다른 점은 호머가 이니드를 지하실에 감금해놓고 있다는 사실을 우리가 안다는 점이다. 이니드는 두 사람의 대화를 들을 수 있고, 그래서 필사적으로 빠져나가려고 애쓰는 중이다. 이때 큰 충격을 받은 우리는 탈출을 시도하는 이니드를 응원하며, 동시에 호머가 밸에게 건넨 차에 최음제 같은 걸 넣지 않았기를 기도한다.

하지만 이것이 곧 당신의 카드 전부를 뒤집어 올려놔야 한다는 걸 의미하는가? 나중에 쓰기 위해 몇 장 정도는 소매 속에 숨겨둘 수는 없는가? 당연히 가능하다. 속아 넘어가는 일보다 독자가 더 사랑하는 건 없으니까. 단 여기엔 조건이 하나 있다. 반전이 일어났을 때 모든 것이 여전히 말이 돼야 한다는 점이다. 상황이 일어나는 당시에도, 뒤늦게 '진짜 진실'이 드러난 이후에도.

그러면 다시 벨과 호머의 이야기로 돌아가보자. 이니드는 강력 접착 테이프로 의자에 묶인 채 지하실에 감금되어 있다. 이번에는 벨과 호머가 이야기를 나누는 동안 이니드가 가까스로 탈출에 성공했다고 상상해보자. 그녀는 테이프를 뜯고 지하실 창문으로 기어 올라가 집으로 달려간다. 이제 우리는 호머가 벨까지 묶기 전에 벨이 어서 그 집에서 빠져나가기를 바라기만 하면 된다. 그래서 마침내 그녀가 호머의 집을 나왔을 때 우리는 저절로 큰 안도의 한숨을 쉰다.

하지만 벨이 떠나고 난 뒤 호머의 전화기가 울린다. 전화를 건 사람은 호머의 FBI 상사다. 상사는 지원 병력이 가고 있는 중이며, 호머가 단지 일주일간의 잠복근무 끝에 악명 높은 쇠톱 살인마 이니드 딘스모어를 붙잡았다는 사실에 감탄한다. 그들은 방금 전 이니드가 오늘 밤 또 다른 살인을 저지를 계획이라는 정보를 입수했다. 벨이라는 이름의 룸메이트가 그 대상이라는 사실도.

긴장감 있지 않은가? 새로운 사실이 하나둘 밝혀질수록 갈등이 전혀 사라지지 않기 때문이다. 이것은 본능적이다. 작가는 독자에게 상황 속으로 뛰어들고 가능성을 상상해볼 수 있는 '공간'을 내주어야 한다.

이야기란 두 개의 반대세력 사이의 공간에서 전개된다는 사실을 결코 잊어서는 안 된다. 독자에게 주인공이 처한 갈등 상황을 언제나 잘 알려줄 수 있다면, 당신은 이야기라는 이름의 경주를 독자와 함께 뛸 수 있다.

CHECK POINT 07

첫 페이지에서부터 앞으로 일어날 갈등의 싹을 분명히 심어놓았는가?
독자가 갈등의 단서들을 엿볼 수 있는가? 주인공이 아직 인식하지 못한 문제들을 독자가 예측할 수 있는가?

주인공이 사이에 끼어 있는 '대결'을 만들어두었는가? 독자가 이를 인지할 수 있는가?
원하는 것을 얻기 위해 주인공이 어떻게 변해야 하는지를 독자가 예측할 수 있는가?

그것이 합리화든 실제 변화든, 갈등으로 인해 주인공이 무엇인가를 하게 되는가?
만약 당신이 주인공이라면 무엇을 피하고 싶을지 상상해보라. 그리고 주인공에게 바로 그것을 대면하게 하라.

나중에 있을 커다란 반전을 위해 구체적인 사실을 숨겨두었다면, 이로 인해 이야기가 얻는 이득이 있는가?
독자에게 너무 많은 정보를 주는 것을 두려워하지 말라. 정보는 언제든 줄일 수 있으니까. 패를 보여주는 건 대개 아주 좋은 일이다.

반전이 일어난 뒤 새로운 정보에 비추어 봐도 그때까지 일어난 모든 사건들은 여전히 아귀가 잘 맞는가?
이 점을 명심하라. 반전 없이도 이야기는 앞뒤가 완벽하게 맞아야 한다. 그리고 반전 이후에는 그보다 더 말이 되어야 한다.

8장 인과관계의 중요성

'무엇'보다 '왜'가
훨씬 더 중요하다

**뇌의
비밀**

태어날 때부터
우리 뇌의 주된 목표는
인과관계를 만드는 것이다.

**이야기의
비밀**

이야기는 시작부터 끝까지
인과관계의 궤적을 따른다.

> "사람들은 세계가 인과 구조로 이뤄져 있다고 생각한다.
> 따라서 세계 안에서 일어나는 모든 사건은
> 인과관계로 설명할 수 있다고 믿고 싶어 한다.
> 단지 하나 다음에 다른 하나가 무작위로 일어나는 것이 아니라."
>
> — 스티븐 핑커, 《마음은 어떻게 작동하는가》

우리는 종종 추측하지 말라는 충고를 듣는다. 혹시 그러지 않으려고 시도해본 적이 있는가? 그건 마치 숨을 쉬지 말라는 말과 같다. 우리는 매일 매 순간 모든 것에 대해 추측한다. 그것은 호흡과 같아서, 우리의 생존이 거기에 달려 있기 때문이다. 우리는 도로를 살피지 않고 길을 건너면 차에 치여 죽을 수도 있다고 추측한다. 부엌에 밤새도록 있던 먹다 남은 참치를 먹으면 배탈이 날 수도 있다고 추측한다. 새벽 2시 이후 울리는 전화벨 소리는 좋은 소식일 리 없다고 추측한다. 만약 그 어떤 것의 결과도 추측할 수 없다면 아침에 침대에서 일어날 이유가 뭐 있겠는가? 그래서 우리는 추측을 한다. 철학자 데이비드 흄이 지적했듯 우리에게 인과관계란 "우주를 연결시키는 접착제"다.[1]

그렇다면 이 추측들은 이따금씩 틀리기도 하는가? 당연하다. 안토니오 다마지오가 적절한 비유를 제시했다. "우리는 대개 뇌를 수동적인 기록 매체로 생각하는 경향이 있다. 마치 필름처럼 사물의 특징이 뇌에 기록되어, 감각을 통해 분석 가능하며 정확하게 분류될 수 있다고 말이다. 이것은 단지 눈을 수동적인 카메라로, 뇌를 텅 빈 필름으로 보는 시각이다. 이건 완전한 착각이다." 다마지오는 대신 다른 식으로 설명한다. "우리의 기억은 우리의 과거 경험과 믿음에 의해 왜곡된다."[2]

다시 말해 우리의 추측은 이전의 경험에서 얻은 결론을 기반으로 한다. 하지만 여기서 끝이 아니다. 높은 지능을 가진 몇몇 다른 종들이 관찰과 예측이라는 기초적인 시도만을 하는 것과 달리, 인간은 '왜'라는 이유를 설명하려고 한다.[3] 왜 '이것'으로 인해 '저것'이 일어나게 되었는지를 이해하면 우리는 앞으로 일어날 일을 예측할 수 있고 무엇을 해야 할지도 결정할 수 있다. 이를 통해 우리는 미래에 대한 이론을 세울 수 있으며 더 나아가 이것을 우리의 이점으로 삼을 수도 있다.

잘못된 추측은 어떤 결과를 낳는가? 이를 통해 우리는 인간으로서 저지를 수밖에 없는 오류의 가능성을 인정하게 된다. 우리는 일이 계획대로 되지 않을 수 있다는 것을 안다. 따라서 무언가를 할 때는 뜻대로 되지 않을 위험을 감수하는 용기를 내야만 한다. 사람들이 '추측하지 마라'라는 충고를 할 때가 바로 이 시점이다. 이 충고의 진짜 의미는 '네가 하고 있는 추측은 틀렸어. 다른 추측을 해봐'라는 뜻이다. 《오류의 인문학》의 저자 캐스린 슐츠가 말했듯 "우리는 이런 일이 일어날 거라고 생각하지만 결

국은 늘 다른 무언가가 일어나기" 때문이다.[4]

　이야기는 '일어날 거라고 생각했던 일'과 '실제로 일어난 일' 사이의 갈등에서 비롯된다. 그런 다음 이것은 명백한 인과관계의 궤적을 따라 펼쳐진다. 그냥 '하나 다음에 다른 하나'가 일어나는 게 아니다. 이번 장에서 우리는 당신의 이야기가 어떻게 이 인과관계 법칙을 따르는지 알아보고, 어떻게 하면 플롯상의 외부적 원인과 결과를 더 강력한 내면적 원인과 결과로 연결할 수 있는지 살펴볼 것이다. 또한 우리는 '말하지 말고 보여주라'라는 원칙이 왜 '무엇'의 문제가 아니라 '왜'의 문제인지 생각해보고, 이야기가 인과관계의 궤적을 벗어나지 않도록 막아주는 '그래서?' 테스트에 관해서도 배워볼 것이다.

'만약, 그러면, 그러므로'의 논리

　우리는 안다. 삶과 이야기 모두 감정에 의해 움직인다는 사실을. 그런데 감정은 논리의 지배를 받는다. 감정이 음이라면 논리는 양이다. 우리의 기억, 즉 우리가 세상을 이해하는 방법은 논리적으로 밀접한 관계를 맺고 있다. 안토니오 다마지오에 따르면 우리의 두뇌는 수많은 정보와 기억들을 조직화한다. 마치 영화 편집자들이 편집을 통해 '어떤 행동이 어떤 결과를 가져왔다'라는 일관된 서사 구조를 만들어내는 것처럼.[5]

우리의 두뇌는 모든 것을 인과관계의 틀로 분석하기 때문에, 이야기가 분명한 인과관계의 궤적을 따르지 않으면 혼란스러워한다. 이것은 신체적 고통을 일으킬 수 있으며[6] 심지어 책을 창밖으로 던져버리고 싶게 만들 수도 있다. 좋은 소식은 한 가지 규칙만 따르면 이야기가 순조롭게 이 궤적을 따르게 할 수 있다는 것이다. 바로 '만약, 그러면, 그러므로' 규칙이다. 간단한 예를 들어보자. '만약' 내가 손을 불 속에 넣는다(행동). '그러면' 화상을 입는다(반응). '그러므로' 불 속에 손을 넣지 말아야 한다(결정).

행동, 반응, 결정은 이야기를 앞으로 나아가게 하는 요소다. 처음부터 끝까지 이야기는 인과관계의 궤적을 따라야 한다. 그래야만 주인공이 마침내 자신의 궁극적인 목표에 이르렀을 때 그를 거기까지 이끌어온 길이 뚜렷이 보일 뿐 아니라, 돌이켜 보았을 때 왜 처음부터 이러한 대립이 불가피했는지가 드러난다. 여기서 "돌이켜 보았을 때"라는 말이 중요하다. 이야기의 모든 것은 완전히 예측이 가능해야 하지만, 어디까지나 '결말'에서 바라본 관점에서 납득이 가능해야 한다.

이것은 이야기가 꼭 일차원적이어야 한다거나 인과관계의 방식이 반드시 시간 순이어야 한다는 뜻이 아니다. 오히려 그 반대다. 이야기는 시간과 장소를 갑작스레 뛰어넘거나 심지어 거꾸로 진행될 수도 있다. 마틴 에이미스의《시간의 화살Time's Arrow》, 해럴드 핀터의《배신Betrayal》, 크리스토퍼 놀란의 영화 〈메멘토〉를 보라. 그러나 이때도 변함없는 것은 첫 페이지에서부터 시작

끌리는 이야기는 어떻게 쓰는가

된 감정 곡선이 명확한 논리를 따라야 한다는 것이다. 그래야 독자가 이야기를 따라갈 수 있기 때문이다. 심지어 여러 인물의 이야기를 따라 앞뒤로 시간을 오가는, 그래서 겉보기에는 매우 '실험적인' 제니퍼 이건의 퓰리처 상 수상작 《깡패단의 방문》조차도 이 곡선을 따른다. 이건은 이렇게 말했다. "어떤 것이 실험적이라는 말을 들으면, 난 그 실험 때문에 이야기는 묻혀버릴 거라는 생각을 하게 돼요. 좋은 이야기란 다음에 무슨 일이 일어날지 궁금하게 만드는 것이라는 생각이 전통적이라면, 궁극적으로 난 전통주의자예요. 그게 독자들의 관심사고, 또 독자로서 내 관심사이기도 하니까요."[7]

독자들이 관심을 가질 만한 이야기를 만들어내기 위해서는 시작에서부터 감정적 인과관계의 궤적을 잘 따라야 한다. 어떻게? 물리적 우주의 기본 법칙을 따름으로써. 열역학 제1법칙을 기억하라. 아무것도 없이 무언가를 얻을 수는 없다. 혹은 아인슈타인이 말한 것처럼 "뭔가가 움직이기 전까지는 아무 일도 일어나지 않는다." 다시 말해 뭔가가 갑자기 당신의 허를 찌른다 해도 그건 느닷없이 일어난 일이 아니라는 것이다. 실제 삶에서 그렇듯 이야기에서도 그렇다. 모든 일에는 언제나 인과관계의 궤적이 존재한다. 이야기 속의 주인공 혹은 실제 삶의 우리가 알든 알지 못하든 간에.

공중에 뜬 플라이 볼을 상상해보자. 타자가 세게 친 공이 모든 사람들이 지켜보고 있는 가운데 우리 머리 위로 떨어지기 직전,

우리는 종종 아무 생각이 없어진다. 레슬리도 그렇다. 그녀가 자신의 남자 친구 세스와 경리부 하이디가 바람이 났다는 사실을 전혀 모르고 있는 사이, 사무실 사람들은 모두 눈치를 채고 있다. 결국 세스가 몰염치한 나쁜 놈이라는 것을 레슬리가 알게 되었을 때 그건 그녀에겐 너무나 충격적인 사실이지만, 그녀의 동료들은 기껏 레슬리가 세스와 하이디 중 누굴 먼저 때려눕힐 것인가 내기하면서 몇 주를 보내왔을 것이다. 그들의 관계를 알게 된 후 레슬리는 스스로를 돌아보며 그때 거기 있었던 명백한 단서들, 이제는 어지러울 만큼 분명하고 도미노처럼 가지런하게 서 있는 징후들을 왜 진작 발견하지 못했는지 자책하게 될 것이다.

그러나 이야기 속의 열역학 법칙과 현실에서의 열역학 법칙은 서로 다르다. 실제 생활에서는 수만 가지의 관계없는 일들이 동시에 일어나는 반면 이야기 안에서는 인과관계 궤적에 어떤 식으로든 영향을 주지 않는 일은 일어나지 않는다. 따라서 이야기를 위해 구체적인 이야기 패턴, 즉 '만약, 그러면, 그러므로' 패턴에 초점을 맞추고 이를 유지하는 것이 작가의 일이다. 인과관계의 궤적은 이야기의 서사라는 열차가 요란한 소리를 내며 달리는 철로다. 물론 여기엔 구불구불한 급커브, 오르막과 내리막, 심한 굴곡, 심지어 몇 번의 역주행 코스까지 포함돼 있다. 하지만 어떤 길이든 열차는 절대로 튀어 오르거나 탈선하거나 멈추지 않아야 한다.

여기서 잠깐. 그렇다면 실험적인 문학이나 전위적인 소설의 경우는 어떤가? 이런 류의 소설들은 인과관계의 법칙에 매여 있지 않으며 심지어 어떤 법칙에도 제한되지 않는 듯하다. 어떤 이들은 이러한 소설들의 '존재 이유'는 소설에 플롯이나 주인공, 내적 논리 혹은 사건조차도 필요 없다는 것을 증명하기 위함이라고, 이것들은 이제 소설이 그런 것들을 넘어섰다는 것을 보여주기 위해 존재하는 소설들이라고 말한다. '의식의 흐름' 기법으로 쓰인 제임스 조이스의 소설《율리시스》가 바로 그 예다.《율리시스》는 오늘날 가장 위대한 문학 작품 중 하나로 널리 알려져 있지 않은가? 이것은 당대 매우 실험적인 소설이었다.

> **잘못된 믿음** : 실험적인 문학은 아무 문제없이 스토리텔링의 모든 법칙을 깰 수 있다. 이것이야말로 고급 예술이며, 지금까지의 전통적인 일반 소설보다 훨씬 더 우월하다.
>
> **실제** : 읽기 힘든 소설은 읽히지 않는다.

몇 년 전 아일랜드 동시대 최고의 소설가로 꼽히는 로디 도일은 제임스 조이스를 기념하기 위해 뉴욕에 모인 관중들을 놀라게 했다. 그가 "《율리시스》는 더 좋은 편집자를 만났어야 했다"라고 말했기 때문이다. 열기가 고조되는 가운데 그는 계속 말을 이었다. "사람들은 언제나《율리시스》를 최고의 책 10위 안에 넣지만, 정말로 그 책에 감동을 받은 사람이 있는지는 의문이다."[8]

사람들은《율리시스》에 대해 논쟁하는 걸 어느 정도는 좋아한다. 왜냐하면 이 책을 끝까지 읽는 건 너무 어려워서, 읽었다는 것만으로 자신의 지적 능력(실은 인내력)을 증명할 수 있기 때문이다. 그러나 그런 이들이 얼마나 똑똑한가와는 무관하게, 실제로 이 책을 즐기며 읽는 사람은 거의 없다. 문제는 설혹 읽지 않는다 해도 이런 책들로 인해 작가지망생들이 어마어마한 피해를 받을 수 있다는 점이다. 《자유》의 작가 조너선 프랜즌의 말에 따르면 《율리시스》 같은 책은 독자에게 이런 메시지를 전달한다. "문학이란 끔찍이도 읽기 어려운 것이다." 또 이제 막 글쓰기를 시작하려는 작가들에게는 이런 메시지를 준다. "존경을 얻고 싶다면 무조건 난해하게 쓰라."[9] 바로 여기에 진정한 문제가 있다.

이야기를 '이해하는 것'은 작가들의 몫이 아니라 독자의 책임이라고 생각하는 학파들이 있다. 실험적인 소설을 쓰는 많은 작가들은 특정 학교를 졸업하며 석사나 박사 학위를 딴다. 따라서 이들 입장에서 독자들이 '이해하지 못할 때' 이 잘못의 책임은 작가가 아닌 독자에게 있다. 이러한 태도는 무의식적으로 독자를 무시하는 태도를 품게 하며, 작가들을 자기표현 외의 어떤 책임으로부터도 자유롭게 만든다. 또 이것은 독자의 흥미와 몰입을 전제로 하기 때문에, 독자는 마치 작가에게 빚을 진 사람처럼 단어 하나하나를 참아내야만 한다고 생각한다.

문제는 이렇게 플롯, 인물, 심지어 인과관계마저 초월한 소설을 읽는 것은 순식간에 하나의 일이 되어버린다는 사실이다. 그

끌리는 이야기는 어떻게 쓰는가

러나 우리가 기꺼이 떠맡는 대부분의 일들(매일 출근하기, 마당의 잡초 제거하기, 강아지 배변 훈련시키기 같은 것)과 달리 이 일은 고생 끝에 어떤 보상을 안겨줄지 알 수 없다. 독자인 당신이 지루한 경험을 얻기 위해 지루할 것이 분명한 책을 읽는 게 아닌 이상 말이다. 최근 한 학생이 털어놓은 경험이 훨씬 더 일반적일 것이다. 얼마 전 그녀는 최고의 명문대에서 예술석사 학위를 취득했는데, 학교를 다니며 의무적으로 읽어야 할 책들 때문에 운 적이 많았다고 고백했다. 모든 책들이 견딜 수 없이 지루했기 때문이었다. 아마도 작가의 의도는 아니었겠지만.

하지만 여기서 더 깊고 흥미로운 질문이 생겨난다. 독자가 반응하도록 설계된 의사소통의 한 방법이 이야기라고 한다면, 이러한 소설들은 대체 무엇인가? 이것들을 이야기라고 부를 수 있기나 한 걸까? 대부분의 경우 대답은 확실한 "아니요"다. 일부 선택된 독자들마저 그 소설들로부터 배울 게 없다는 뜻은 아니다. 하지만 우리는 교과서나 수학 공식, 논문들로부터도 무언가를 배운다. 그리고 그 안에 즐거움도 있을 수 있다. 그렇지만 어려운 문제를 풀었을 때의 기쁨과 눈을 뗄 수 없는 이야기를 읽었을 때의 즐거움을 비교할 수는 없다. 문제를 풀었을 때 우리는 마치 신문의 십자 퀴즈를 완성했을 때처럼 똑똑해진 것 같은 기분을 느낀다. 거기에 잘못된 것은 하나도 없다.

잘못된 것은, 이야기를 정말로 즐긴다고 하면 이를 한심하고 저급하게 여기는 생각이다. 아이러니한 것은 좋은 이야기에서 즐거움을 느낀다는 사실 자체가 이야기가 인간의 생존에 필요한 것임을 증명한다는 점이다. 생물학적으로 음식을 맛있게 느낌으로써 우리가 먹는 행위를 계속하는 쪽으로 진화했듯이, 이야기는 즐거움을 유발하여 우리로 하여금 계속 집중하도록 만든다.

작가 A. S. 바이엇이 말했듯 "서사는 호흡이나 혈액순환처럼 인간 본성의 일부다. 모더니즘 문학은 천박한 스토리텔링을 없애고 그 자리를 플래시백이나 에피파니, 의식의 흐름 등으로 대체하려 했다. 그러나 스토리텔링은 인간 안에 생물학적으로 내재된 것이다. 우리는 거기서 결코 벗어날 수 없다".[10]

그리고 누가 거기서 굳이 벗어나려 하겠는가? 좋은 소식은 실험적인 소설도 독자의 기대와 연결될 수 있다는 것이다. 사실 이미 뛰어난 소설들은 그렇게 하고 있다. 가장 중요한 것은 독자가 다음에 일어날 일을 알고 싶게 만드는 거라고 공언한 제니퍼 이건의 말을 좀 더 들어보자. "만약 멋진 이야기와 함께 흥미로운 기술적 시도까지 할 수 있다면 그건 대박인거죠."[11]

문학에서 '대박'이란 당신의 눈부신 실험 속에서 일어나는 모든 일에 의미를 부여할 수 있는 서사를 찾아내는 것을 의미한다. 그렇다면 이제 어떻게 그 작업을 해낼 수 있는지 알아보자.

인과관계의 두 가지 차원

실험적이든 전통적이든, 혹은 그 둘 사이 어디쯤이든 이야기는 두 가지 차원에서 동시에 전개된다. 주인공의 내면적 갈등(이야기가 진짜로 말하고자 하는 것)과 외부적 사건들(플롯)이 그것이다. 따라서 인과관계가 이 두 가지 차원 모두를 지배하는 것은 그렇게 놀라운 일이 아니다. 원인과 결과는 이 두 차원을 딱 들어맞게 하여 매끄러운 서사를 만들어낸다.

1. 플롯 측면에서 인과관계는 표면적인 수준으로 전개된다. 하나의 사건이 논리적으로 그다음 사건을 촉발한다. 조가 클라이드의 반짝이는 빨간 풍선을 터뜨린다. 조는 광대 학교에서 쫓겨난다.

2. 이야기 측면에서 인과관계는 더 깊은 수준, 즉 '의미'의 차원으로 전개된다. 이것은 조가 쫓겨날 것을 알면서 '왜' 클라이드의 풍선을 터뜨렸는지를 설명해준다.

이야기는 '일어난 일이 누군가에게 어떤 영향을 미치는가'에 관한 것이다. 예를 들어 조를 보자. 그가 풍선을 터뜨린 '이유'는 터뜨렸다는 '사실'보다 훨씬 중요하다. 즉 '무엇'보다 '왜'가 더 중요하다는 것이다. 이것을 일종의 서열로 생각해보자. 가장 먼저 오는 것은 '왜'다. '왜'가 '무엇'을 이끌어가기 때문이다. '왜'

는 원인이고 '무엇'은 결과다. 다시 조의 이야기로 돌아가보자. 조는 클라이드가 비밀스럽게 광대인 척하는 킬러라는 사실을 알고 있었다. 클라이드는 순진한 어린이를 버려진 대형 천막으로 유인하기 위해 풍선을 사용하려는 것이었다. 조의 꿈은 언제나 작디 작은 차에 다른 광대들과 함께 우르르 올라타는 것이었음에도, 그는 만약 클라이드를 막지 못하면 자신을 용납할 수 없게 될 거라는 걸 알았다. 그래서 그는 풍선을 터뜨린 것이다. 따라서 서사적 측면에서 볼 때 인과관계는 주인공이 어떻게 A 지점(광대 학교에 다님)에서 B 지점(광대 학교에서 쫓겨남)으로 이동했느냐가 아니라 '왜' 이동했느냐가 된다. 이야기 차원에서 내면적 인과관계의 궤적은 주인공의 내면적 문제의 변화를 따른다. 이 변화가 그의 행동에 동기를 부여하기 때문이다. 이것은 주인공이 자신에게 일어난 일을 어떻게 해석하는지를 보여주며, 그를 다음 장면으로 내던지게 될 결정에 어떻게 이르게 되는지를 알려준다.

놀랍게 들릴 수도 있겠지만, 실은 늘상 반복해서 듣게 되는 "말하지 말고 보여주라"라는 말이야말로 사람들이 글쓰기에 대해 가장 많이 오해하고 있는 격언일 것이다.

잘못된 믿음 : "말하지 말고 보여주라"는 말 그대로다. 존이 슬프다고 말하지 말고, 그가 우는 것을 보여주라.

실제 : "말하지 말고 보여주라"는 비유적 표현이다. 존이 슬프다고 말

끌리는 이야기는 어떻게 쓰는가

하지 말고, 그가 '왜' 슬픈지를 보여주라.

 작가들이 맨 처음부터 계속해서 듣는 조언이 하나 있다면 그건 아마도 "말하지 말고 보여주라"일 것이다. 훌륭한 조언이다. 문제는 이 말이 제대로 설명된 적이 거의 없기 때문에, 종종 완전히 잘못 해석되기도 한다는 것이다. 마치 이 '보여주다'가 무조건 시각화를 의미하는 것처럼, 밖에서 안을 들여다보듯 써야 하는 것처럼, 영화처럼 보여주라고 해석된다는 것이다. 그래서 이 충고를 들은 작가는 어떻게 존의 눈물이 거센 폭우처럼 흘러내려서 오랫동안 존이 보관해온 지하실의 모든 것들이 떠내려가고 정전이 되며 키우던 고양이가 거의 익사하게 되었는지를 묘사하는 데 많은 시간을 쏟아붓는다. 하지만 말하지 말고 보여주라는 것은 이런 게 아니다. 독자는 존이 우는 것(결과)을 보고 싶은 게 아니라 무엇이 그를 울게 했는지(원인)를 알고 싶다.

 '보여주라'의 진짜 의미는 사건이 스스로 전개되는 것을 지켜보자는 뜻이다. 존의 아버지가 가업인 회사의 연례 주주총회에서 갑작스레 존을 해고하고 쫓아냈을 때 존이 엉엉 울었다고 말하는 대신 내쫓기는 장면을 보여주라는 것이다. 왜? 여기엔 아주 그럴듯한 두 가지 이유가 있다.

 1. 만약 이것을 존이 해고된 이후에 말한다면, 그건 이미 결정된 일이므로 독자는 더 이상 예상할 것이 없다. 더 나쁜 것은 불명확하다는

것이다. 독자는 정확히 무슨 일이 일어났는지 알지 못하기 때문에 아무런 의미도 얻어낼 수 없다. 그러나 존이 스스로 CEO가 될 거라고 확신하며 주주총회에 들어가는 장면을 보여준다면, 거기선 어떤 일이든 일어날 수 있다(서스펜스가 생기는 것은 물론이다!). 그리고 독자는 무엇이 일어나는지 보게 될 것이다. 존은 말을 할 수 있고 협박을 할 수도 있으며, 먼저 그만두겠다고 선언해버림으로써 모든 이를 놀라게 할 수도 있다. 이 경우 어쩌면 존이 흘리는 눈물은 기쁨의 눈물일지도 모른다. 장면들은 즉각적이며, 모든 것을 잃을 수도 혹은 얻을 수도 있는 가능성으로 가득 차 있다. 그런데 일이 이미 벌어진 후에 같은 정보를 준다? 그건 이미 지나간 뉴스다.

2. 만약 독자가 주주총회를 보게 된다면 우리는 존이 '왜' 해고되었는지, 존의 아버지가 실제로 뭐라고 말했는지, 그 순간 존이 어떻게 반응했는지를 알 수 있다. 이 과정은 그들의 관계를 드러내주고, 눈앞에 어떤 일이 닥쳤을 때 그들이 어떤 사람인가에 대한 통찰을 준다. 여기가 바로 우리가 6장에서 말했던, 수많은 디테일이 누락되기 쉬운 장소다.

한마디로 '말하기'는 우리가 깊이 알지 못하는 정보로부터 얻어진 결론을 언급한다. 그러나 '보여주기'는 인물들이 어떻게 그 결론에 도달하게 되었는지를 먼저 보여준다. 따라서 '말하지 말고 보여주라'의 의미는 인물이 가진 생각의 흐름을 보여주라는 뜻이다. 한때 함께 일했던 작가의 이야기다. 그 작가의 소설에는 브라이언이라는 이름의 주인공이 등장했는데, 브라이언은 늘 절대 뭔가를 하지 않겠다고 맹세하고서는 아무 이유 없이 그 일을 해버리는 습관을 갖고 있었다. 이 습관이 주인공 브라이언의 신뢰성을 크게 약화시켰기 때문에 나는 그 작가에게 브라이언이 각각의 결정을 내리는 과정을 '보여주는' 것이 어떻겠냐고 조언했다. 그러고 나서 한참 후에 다시 원고를 보았더니, 이런 단락들이 가득했다.

> "제발, 브라이언. 로버에게 일어난 일 이후에 당신은 절대 개를 키우지 않겠다고 했지만, 유기견 보호소에서 굉장히 귀여운 강아지를 봤어. 어떻게 생각해?"
> 브라이언은 소파에 앉아 깊은 생각에 잠긴 채 창밖을 내다보며 턱을 쓰다듬었다. 얼마간의 시간이 흐른 뒤, 마침내 한숨을 쉬며 그가 말했다. "그래 여보, 보호소에 가보자."

예닐곱 문장을 읽기도 전에 작가가 내 조언을 진정으로 받아들였음을 알 수 있었다. 그는 정말로 브라이언의 의사 결정을 '보여주고' 있었다. 물론 의도한 것과는 전혀 달랐지만. 내가 보여주라고 한 것은 브라이언의 생각의 흐름, 즉 그가 마음을 바꾸게 되는 논리적 과정이었다. 대부분의 경우 말하지 말고 보여주어야 할 것은 인물이 가진 내면적 논리의 진행 과정이다. 브라이언이 마음을 바꿨다는 걸 '말해주지' 말고, 그가 어떻게 그 결론에 도달하게 되었는지를 '보여주어야' 하는 것이다.

그렇다면 '말하지 말고 보여주라'라는 말이 물리적인 무엇인가를 보여준다는 뜻도 되는가? 그렇다. 여기 주된 두 가지 경우를 보자.

1. **우리가 이미 '왜'를 알고 있을 때** : 브렌다가 아무것도 모르는 뉴먼과 잔인하게 관계를 정리하는 장면을 쓴 이후, 작가는 분명히 "뉴먼은 슬펐다"라는 문장을 그의 슬픔을 나타내는 시각적 이미지로 바꾸고 싶을 것이다. 그건 뉴먼의 눈물일 수도 있고, 목소리의 떨림일 수도 있으며, 축 처진 어깨일 수도 있다. 아니면 심지어 땅바닥에 태아처럼 구부정하게 웅크리고 흐느끼는 모습일 수도 있다. 그러나 중요한 것은 뉴먼이 어떤 행동을 하든지 그 행동이 우리가 아직 모르는 뭔가에 대해 말해주어야 한다는 점이다. 어쩌면 독자는 뉴먼처럼 건장한 사내가 운다는 것 자체에 충격을 받을지도 모른다. 그는 우리가 생각했던 것보다 훨씬 더 예민했음이 틀림없다. 아니면 뉴먼은 별일 아니라는 것처럼 행동할지도 모른다. 하지만 그의 축 처진 어깨를 보면서 그가 사실 굉장히 힘들다는 것을 눈치챌 수 있다.

2. **눈앞의 주제가 순전히 시각적일 때** : 안톤 체호프가 한 유명한 말대로 "달이 빛난다고 말하지 말고, 깨진 유리에 비친 빛의 반짝임을 보여주라."[12] 하지만 감히 이렇게 말하고 싶다. 만약 거기 깨진 유리가

끌리는 이야기는 어떻게 쓰는가

있다면 그 유리는 거기에 있어야만 하는 필연적 이유를 가져야 한다고. 말 그대로 누군가 그걸 밟으려 한다든지, 아니면 비유적으로 브렌다의 이별 통보가 뉴먼을 갈기갈기 찢으려 한다든지.

'당신의 말을 행동으로 보여주세요' 테스트

외적으로든 내적으로든 이야기는 오직 주인공이 목적을 달성하느냐 마느냐의 문제를 중심으로 진행되기 때문에, 크고 작은 인과관계의 바퀴들은 모두 그를 답에 더 가까워지게 해야 한다. 어떻게? 적당한 이유나 억지스러운 합리화처럼 주인공을 방해하는 모든 것들을 걸러내어 '지금 아니면 결코' 안 되는 선택의 순간에 이르게 함으로써. 이건 의자 놀이(음악을 들으며 한 줄로 늘어선 의자 주위를 뛰어다니다가 음악이 멈추면 의자를 차지하고 앉는 놀이로, 의자에 못 앉는 사람은 탈락함–옮긴이)와 비슷한 면이 있다. 의자 하나하나의 생김새가 모두 다르다는 점만 빼면 말이다. 각각의 원인과 결과가 맺는 구체적이고 논리적인 짝은 다음 인과관계를 불러온다. 매 장면마다 내리는 결정이 다음 장면의 행동에 의해 검증된다. 다시 말해 매 장면은 다음 장면을 불가피하도록 만든다.

이것을 '당신의 말을 행동으로 보여주세요' 테스트라 부르기로 하자. 주인공이 스스로에게 "그래, 이건 잘한 결정이야. 왜냐하면……"이라고 말하며 결심할 때마다 이야기는 씩 웃으며 의자에 삐딱하게 기대앉아 말한다. "오 그래? 어디 한번 증명해보시지."

우리 모두가 해당하는 예를 하나 들어보자. 추수감사절에 당신은 또 한 번 크게 과식을 했다. 원래는 헐렁했던 옷을 벗으며, 당신은 남은 음식들을 내일 절대 먹지 않겠다고 다짐한다. 이미 잔뜩 먹어 속이 약간 메스껍기까지 한 상태이기 때문에 당신은 이 목표를 이룰 수 있다고 자신한다. 지금은 음식 생각을 하는 것만으로도 토할 것만 같으니까. 어떤가? 행동이 있고, 반응이 있고, 결정이 생겼다.

다음 날 아침 당신의 계획은 일단 잘 지켜진다. 잠시 동안은. 그런데 갑자기, 전혀 생각도 하지 않았는데 문득 배가 고파진다. 따라서 오늘의 행동은 어젯밤의 결정을 시험한다. 어떻게 할 것인가? 만약 당신이 나와 비슷한 사람이라면, 약간 통통해지는 것은 지나친 사회 규범에 대한 저항의 한 방법이라고 스스로를 설득할 것이다. 그리고 고무줄 바지가 꽉 끼게 느껴질 때까지 신나게 먹는다. 이 행동은 다시 내일의 첫 결정으로 당신을 인도한다. 위밴드 수술(체중감소를 위해 밴드를 삽입해 위를 축소하는 수술-옮긴이)이란 어떤 것인지, 의료보험 적용은 가능한지를 알아보는 것으로 말이다. 점점 일이 커지는 것이 느껴지는가?

최대한으로 끌어올리기

일을 점점 더 크게 벌이기 위해 우리가 확인하고 싶은 것은 충분한 힘을 가진 '원인'을 주입해 예상치 못한, 그러나 완벽하게 논리적인 한 방을 가진 '결과'를 얻어내는 것이다. 예를 들어 영화 〈졸업〉에서 주인공 벤저민 브래독이 끝까지 하고 싶지 않은 일은 로빈슨 부인의 딸 일레인과 데이트하는 것이다. 그래서 그의 부모가 이 일을 그에게 강요할 때 그는 일단 그녀를 만나 아주 못되게 행동해서 그녀가 다시는 그를 보고 싶지 않도록 하려는 묘안을 하나 세운다. 그러면 문제 해결이다. 이 결정으로 자신감을 얻은 그는 계획을 실행에 옮긴다. 그의 계획은 완벽하게 들어맞았다. 한 가지 예상치 못한, 커다란 '한 방'을 제외하곤. 벤저민이 그만 그녀, 즉 이제 그에게 오만 정이 다 떨어지고 만 일레인에게 반해버린 것이다. 즉 그는 하나의 문제를 해결함으로써 더 큰 문제를 만들어낸 것이다. 이것은 그로 하여금 일레인의 사랑을 얻을 수 있는 방법을 찾자는 새로운 결심을 갖게 한다.

같은 식으로, 각각의 장면이 구체적인 '행동, 반응, 결정'을 효과적으로 이용하여 긴장을 최대한으로 고조시키고 가능성을 높이도록 만들어야 한다. 매 장면의 첫 부분마다 스스로 이렇게 묻는 것이 도움이 될 것이다. "이 장면에서 나의 주인공은 무엇이 일어나길 바라는가?" 이게 정해지면 다시 물어보라. "여기서 문제는 무엇인가?" 즉 주인공이 원하는 것을 얻기 위해 치러야 하는 대가는 무엇인가? 여기에 대한 정보를 가지고 있다면 당신은 해당 장면을 쓸 준비가 된 것이다. 한 장면을 다 쓰고 다음 장면으로 넘어가기 전에는 아래의 질문들을 검토해보라.

- 주인공은 변화했는가? 하나의 감정으로 시작한 주인공은, 그와 다른 감정을 갖고 끝나는가? 대개 마지막 감정은 처음의 감정과는 정반대인 경우가 많다.
- 문제가 있고 거기에 대한 여러 선택지가 있었지만 주인공은 그중 한 가지 결심을 했다. 이제 그가 세계를 바라보는 방식은 장면이 시작했던 때와 비교해 달라졌는가?
- 독자는 그가 왜 그런 결정을 했는지 알고 있는가? 심지어 그의 논리에 결함이 있다 하더라도, 그 결정에 이르기까지의 과정을 이해하는가? 독자는 이 결정이 지금 일어나고 있는 일에 대한 주인공의 해석에 어떤 영향을 주었는지 아는가? 또 그가 앞으로의 계획을 어떻게 변경했는지 아는가?

일어난 일에 대한 주인공의 '내면적 반응'은 그다음에 일어날 일을 좌우할 뿐 아니라 거기에 의미를 부여한다. 내가 이 사실을 자꾸 강조하는 이유는 많은 이야기들이 이 지점에서 길을 잃기 때문이다. 뭔가가 일어나기는 하지만, 독자는 그 일이 주인공에게 어떤 영향을 끼치는지 그리고 주인공은 이를 어떻게 생각하는지 모르기 때문에, 독자에게 아무런 감정적 영향력을 지니지

끌리는 이야기는 어떻게 쓰는가

못한다. 분명 많은 일들이 일어남에도 불구하고 주인공이 보이는 외면적 반응의 이유가 불투명하기 때문에(즉 그가 왜 그런 결론에 도달했는지 독자가 알지 못하기 때문에) 이야기는 그만 교착 상태에 빠지고 만다.

'인과관계'는 '예측 가능'을 의미하지 않는다

이 모든 작업이 당신의 이야기를 하나도 놀라울 게 없는 것으로 만드는 것처럼 여겨질지도 모르지만, 기운 내시라. 이야기의 모든 과정이 마치 첫 번째 도미노가 흔들려 넘어진 순간처럼 이미 결정되었다 하더라도, 이것이 꼭 예측 가능하다는 것을 의미하는 건 아니다. 내면적 원인과 외면적 원인 사이의 관계를 잘 알고 있다면 당신은 얼마든지 독자를 가지고 놀 수 있다. 물론 독자도 이런 상황을 좋아할 테고 말이다. 매력적인 예측 불가능성에 관한 다음 네 가지 영역을 살펴보자.

1. 분명한 인과관계 패턴은 독자로 하여금 이야기 중 계속되는 와일드 카드(극복해야 하는 대상 앞에서 주인공은 실제로 어떻게 행동할 것인가?)에 집중하도록 만든다. '대결'의 힘을 기억하는가? 서로 상충하는 욕망과 두려움은 늘 존재하기 때문에, 선택 역시 언제나 그 뒤를 따른다. 삶이 그렇듯, 쉬운 일은 없다.

2. 인간은 자유의지를 가지고 있다. 누군가가 무언가를 할 수 있기 때문에 당신의 주인공도 그렇게 할 수 있다는 보장은 없다. 수없이 다양한 반응들이 있고 그 뒤에는 다양한 결정들이 이어지며 이로 인해 구체적인 행동이 시작된다. 비록 나중에 모든 것이 밝혀진 후에, 인물이 보였던 반응과 결정이 실은 유일하게 가능한 선택이었다는 것을 알게 될지라도. 다시 말해 자유의지로 보이는 것들도 이야기에서는 시간이 흘러 돌아보면 운명이었음이 밝혀지게 되어 있다.

3. 대부분의 인간들과 마찬가지로 등장인물 역시 각종 징후들을 잘못 해석하고 완전히 잘못된 방향으로 무턱대고 돌진하는 데는 선수들이다.

4. 작가들이 나중에 써먹으려고 몰래 감춰두는 비장의 카드들을 기억하는가? 전략적으로 밝혀진 새로운 정보는, 주인공이 그때까지 일어난 모든 일을 다르게 해석하도록 만든다. 물론 독자 역시 그 시점 이후로 주인공의 동기를 다르게 해석한다.

이야기를 이끌어가는 것은 주인공 내면에서 일어나는 갈등이기 때문에, 플롯의 모든 전환점들은 최소의 것을 잃으면서 최대의 것을 얻고자 하는 주인공의 노력에서 비롯된다. 그리고 실제 삶에서와 마찬가지로 이런 시도는 대개 상황을 더 악화시키곤 한다. 따라서 주인공이 스스로 제 무덤을 파게 만들 수 있는 창의적인 방법은 무척이나 많은 셈이다. 우리의 목표는 사전에 주인공에게 동기를 부여하여, 예상치 못한 결과가 나타났을 때 독자로 하여금 놀라고 당황하도록 만드는 것이다. 독자는 아마도 이렇게 중얼거릴 것이다. 아아, 이럴 줄 알았어야 했는데.

그렇다면 인과관계의 법칙을 따르지 않는 이야기는 어떻게 될까? 결과는 꽤 심각하다.

결과 없는 원인의 최후

예를 들어 지금 주인공인 바버라를 예상치 못한 곤경에서 구해주어야 하는 상황이다. 작가는 그녀를 그 순간 구해낼 수 있는 시나리오를 고안해낸 다음 문제가 해결된 뒤에는 이를 까맣게 잊어버린다. 하지만 해결을 위해 동원된 어떤 사실이나 인물은 독자의 마음속에 결코 떠나지 않고 남게 마련이다. 사라지지 않는 기대와 함께. 나중에 10장에서 자세히 알아보겠지만 우리의 두뇌는 다음에 무슨 일이 일어날지 예상하도록 설계되어 있다. 그리고 우리는 패턴을 찾아냄으로써 이 일을 해낸다. 익숙한 패턴은 안전하다. 그러나 패턴을 벗어나면 그때부터는 독자의 주의가 집중된다. 한번 패턴을 벗어나면 그때부터 독자는 이것을 렌즈로 삼아 인물들의 모든 행동을 지켜보게 되는 것이다.[13]

더 구체적으로 들어가보자. 바버라에게는 로널드라는 직장

상사가 있다. 그는 거들먹거리는 데다 여자를 몹시 밝히는 사내다. 어느 날 꼭두새벽까지 함께 야근을 한 다음 그가 바버라를 집까지 데려다 주겠다고 한다. 바버라는 가슴이 철렁하지만 거절할 수가 없다. 직장에서 잘리면 안 되기 때문이다. 마침내 그의 차가 그녀의 집 앞에 도착했을 때 바버라는 안도의 한숨을 내쉰다. 그러나 로널드가 자신의 커다란 SUV에서 새빨리 내려 그녀가 탄 조수석 쪽의 문을 열어주는 순간, 그녀는 자신이 곤경에 처했음을 깨닫는다. 그의 음흉한 미소를 눈치챈 그녀는 집에 혼자서 들어갈 수 있다고 말한다. 그러나 로널드는 꿈쩍도 하지 않은 채 집 안에 침입자가 없는지 직접 확인하기 전에는 절대 연약한 여성을 놔두고 떠날 수 없다고 답한다. 이를 구실로 그의 팔이 그녀의 허리 쪽으로 미끄러져 들어온다. 바버라는 빨리 어떤 행동을 취하지 않으면 문제가 커질 수도 있겠다고 생각한다.

이것이 바로 문제 상황이다. 작가는 로널드의 감정을 상하지 않게 하면서 곤경에 빠진 바버라를 구해야 한다. 그래서 작가는 바버라에게 미소를 띤 채 로널드를 돌아보며 이렇게 말하게 한다. "걱정 마세요. 물론 특수부대에서 저격수로 근무하던 2006년보다는 조금 녹슬었겠지만, 아직은 어느 방향에서 움직이는 타깃이 날아와도 정확히 맞힐 수 있으니까요. 아마 지금 서 계신 그 자리에서 반 마일 정도 떨어진 곳까지는 충분히 가능할 거예요." 그리고 그녀는 의도적으로 핸드백에 손을 가져다 댄다. 그녀가 집 열쇠를 찾는 건지 아니면 38구경 권총을 찾는 건지 기다릴 것도 없이 로널드는 혼비백산해서 자신의 육중한 SUV로 돌아간다. 그러고는 곧바로 쌩 사라진다. 문제 해결이다.

바로 이 순간부터 독자는 바버라가 총을 꺼내 죽을 고비를 넘기거나 아니면 실제로는 특수부대가 뭐 하는 곳인지도 잘 모른다는 사실을 고백하게 만드는 사건이 언제 일어날지 궁금해하게 된다. 어쩌면 그녀는 톰 클랜시의 소설을 한번 읽어본 것뿐일지도 모른다. 하지만 피해는 여기서 그치지 않는다. 이야기와 아무 관련이 없는 기대가 커지는 것은, 사실상 그 순간부터 일어나는 모든 일들에 대한 독자의 해석을 절대적으로 바꾸어놓는다.

바버라의 이야기가 가볍게 읽을 수 있는 칙릿 로맨스 소설이라고 해보자. 여기서 바버라의 가장 큰 문제는 남자 친구인 젊은 의사 카일에게 그녀가 자신의 추잡한 상사 로널드와 바람을 피우지 않았다는 사실을 납득시키는 것이다. 문제는 그녀가 특수부대를 언급하는 순간 독자는 전혀 다른 이야기 속으로 들어가게 된다는 것이다. 이 문제는 마냥 가볍지가 않다. 읽는 즐거움의 가장 큰 부분은 앞으로 일어날 일을 예측하는 데 있기 때문에 독자들은 가능한 모든 시나리오를 머릿속으로 그려볼 것이다. 그리고 작가인 당신은 그걸 원래의 이야기와 어떻게든 연관 짓고 싶을 것이다. 작가에게 최악의 상황은 독자가 이렇게 생각하는 경우다. '뭐야, 바버라가 정말 특수부대 출신이라면 왜 비료 공장에서, 그것도 로널드 같은 저질 밑에서 접수원으로 일하는 거지? 으음, 그럼 혹시 이 비료 공장에선 폭탄을 제조하는 게 아닐까? 그리고 남자 친구 카일은 과거에 대해 너무 말이 없는데. 맞아, 카일은 '국경 없는 의사회'에서 일했다고 했지? 하지만 그가 그 와중에 마약 밀반입을 했다 한들 누가 알겠어? 만약 그렇다면……' 이런 식으로 독자는 작가가 꿈에서도 상상하지 못한 이야기를 써내려가기 시작한다.

당신이 이야기 속에 추가하는 각각의 것들은 마치 깨끗한 물에 한 방울씩 떨어뜨리는 페인트와 같다. 퍼지면서 모든 것을 물들인다. 삶이 그렇듯 새로운 정보는 우리에게 이전까지의 일들이 지닌 의미와 감정의 무게를 다시 평가하도록 함으로써 미래를 보는 새로운 시각을 가져다준다.[14] 이것은 이야기 속에서 일어나는 모든 일을 해석하는 데 영향을 미치고 이를 통해 앞으로 무엇이 일어날지에 대한 구체적인 기대치를 높인다. 이야기에서 눈을 뗄 수 없게 하는 것은 이러한 연결 고리를 만들어갈 때 생기는 희열이며(우리는 모두 도파민 중독자이므로) 이 연결고리는 실제로 존재해야 한다. 그렇지 않고 작가가 무심코 서사와 아무 관련 없는 정보를 집어넣게 되면, 독자의 마음속에서 이야기는 실제 가고 있는 방향을 벗어나 전혀 다른 방향으로 나아가게 된다. 따라서 작가는 로널드가 떠나버리는 순간 바버라의 특수부대 이야기를 완전히 잊어버릴 수 있지만, 독자는 그렇지 않다. 이것은 안톤 체호프가 S. 시추킨에게 했던 말과 정확히 맞아떨어진다. "만약 1장에서 벽에 사냥용 소총이 걸려 있다고 말했다면, 2장이나 3장에서 이 총은 반드시 발사되어야 한다. 발사될 것이 아니라면 총은 거기 매달려 있어서는 안 된다."[15]

좋은 의미에서 이것은 수학과 같다

이 인과관계의 의무는 작가를 겁먹게 할 수 있다. 어떻게 모든 것을 계속해서 파악할 수 있단 말인가? 어떻게 독자를 엇나가게 만드는 실수를 하지 않았다고 자신할 수 있는가? 하버드대 심리학 교수 대니얼 길버트는 이렇게 말했다. "모든 행동은 하나의 원인과 하나의 결과를 지닌다."[16] 그러므로 어쩌면 우리는 이것을 옛날 방식의 아주 간단한 수학 테스트로 바꿔볼 수도 있을 것이다.

그 전에 먼저 인과관계의 법칙에 대해 우리가 이미 알고 있는 것들을 다시 한 번 살펴보자. 모든 장면들은 아래와 같은 법칙들에 의해 구성된다.

- 각 장면들은 어떤 식으로든 이전 장면에서 이뤄진 '결정'에 의해 만들어진다.
- 일어나고 있는 일들에 대한 인물의 반응을 통해 이야기를 앞으로 진전시킨다.
- 그다음 따라올 장면은 불가피한 것이어야 한다.
- 등장인물에 대한 통찰을 줌으로써 독자가 그들의 행동 뒤에 있는

동기를 파악할 수 있게 한다.

그런 다음 아래의 질문들을 스스로에게 던져봄으로써 구체적으로 특정 장면이 커다란 인과관계의 연결고리 중 하나인지 아닌지를 판별해보자.

- 이 장면이 주는 결정적인 정보가 있는가? 그것 없이는 말이 안 되는 미래의 장면들이 있는가?
- 독자가 알 수 있는 명확한 원인이 있는가? (비록 '진짜' 원인은 나중에 밝혀진다 할지라도.)
- 인물들이 왜 그렇게 행동했는지에 대한 통찰을 제공하는 장면인가?
- 곧 일어날 것 같은 구체적인 행동에 대해 독자의 기대를 높이는가?

이제 각 장면의 타당성을 평가할 때 스스로에게 물어보라. '만약 이걸 빼버린다면 다음에 일어날 일들이 달라질까?' 만약 대답이 "아니요"라면 그건 빼버려야 한다. 물론 쉽지 않은 일이다. 하지만 이야기와 상관없는 것들로 이야기를 가득 채우는 데 몸과 마음을 다 바치는 것보다는 낫다.

쓸데없는 얘기들은 왜 치명적인가

최근 가장 재미있게 읽었던 소설을 떠올려보자. 페이지를 넘길 때마다 배 속 어딘가에서 느껴지던, 다음에 일어날 일을 알고 싶어 못 견딜 듯한 그 감각을 기억하는가? 이것이 바로 가속도의 느낌이며, 일종의 본능이다. 이 본능은 우리의 두뇌가 나중에 유용하게 쓸 정보를 가둬두기 위해 우리를 붙잡아두는 하나의 방법이다.

이제 이야기를 자동차라고 생각해보자. 작가가 운전대를 잡고 있는 이 차는 시속 60마일로 달리고 있다. 당신은 이미 가속도의 지배를 받고 있으며, 자동차와 한 몸이 돼 있다. 그때 갑자기 작가의 왼쪽 시야에 근사한 꽃밭이 들어온다. 그는 급브레이크를 밟고, 당신은 앞 유리에 머리를 부딪치고 만다. 밖을 내다보니 작가는 꽃밭에서 이리저리 뛰어놀고 있다. 아주 잠시, 아름답고 사랑스러운 시간을 보낸 다음 작가는 차로 돌아온다. 하지만 자동차가 다시 60마일로 갈 수 있을까? 그럴 수 없다. 작가가 차를 완전히 멈추었기 때문에 차, 즉 이야기의 현재 속도는 0이다. 더군다나 이제 당신이 작가를 예전만큼 신뢰할 수 없게 되었기 때문에 이야기는 원래의 속도로 돌아가지 못할 가능성도 있다. 작가는 아무런 이유 없이 이야기를 한 번 멈췄다. 그가 또 그러지 않으리라고 어떻게 확신할 수 있는가? 게다가 이 정차로 인해 인과관계의 연결고리가 끊어져버렸기 때문에 당신은 정확히 무슨 일이 일어나고 있는지도 알 수 없다. 사실 당신은 지금 아까의 꽃밭이 이야기와 무슨 관계가 있는지 꿰맞춰보려는 중이다. 물론 잘될 리가 없다. 당신은 페이지 위에서 실제로 일어나고 있는 일들에 아까보다 주의를 덜 기울이고 있다. 그러다 보면 정작 이야기를 제대로 다시 좇을 수 있는 중요한 단서를 놓칠 수도 있는데 말이다.

매정하게 들릴지 모르겠지만 쓸데없는 이야기들은 반드시 죽여야 한다. 그것들이 당신의 이야기를 죽이기 전에. 이쯤에서 마크 트웨인의 말을 새겨들을 필요가 있다. "성공적인 책은 그 안에 있는 무언가 때문에 만들어지는 게 아니라, 빠진 것 때문에 만들어진다."[17]

쓸데없는 이야기들은 아주 다양한 형태로 등장하기 때문에 경계를 늦춰선 안 된다. 이것은 엉뚱하게 배치된 플래시백일 수도 있고 중심 서사와 아무 관련 없는 서브플롯일 수도 있으며 아주 사소한 여담일 수도 있다. 한마디로 우리가 알 필요 없는 모든 정보는 '쓸데없다'.

이야기 속의 모든 정보는 필연적으로 존재해야 한다. 그리고 인과관계의 궤적 속에서 독자가 '바로 그 순간에' 알아야 하는 것이어야 한다. 따라서 이야기의 마지막 장면까지 당신이 집요하게 물어봐야 하는 질문은 바로 이것이다. "그래서?" 만약 당신이 묻지 않는다면 독자가 묻게 될 것이다.

'그래서?' 테스트

독자가 '그래서?'라는 질문을 통해 테스트하려는 것은 이야기의 타당성이다. 이 정보가 우리에게 말해주는 것은 무엇인가? 요점은 무엇인가? 이야기를 더 발전시키는가? 어떤 결과를 가져오는가? 이 질문들에 모두 답할 수 있다면, 아주 좋다. 하지만 많은 경우 우리의 대답이 "음, 글쎄요"인 것이 문제다.

만약 영화 〈멋진 인생〉에서 뜬금없이 조지 베일리가 플라잉 낚시를 배우는 장면이 등장한다고 상상해보자. 아마 당신은 머리를 긁적이며 생각할 것이다. '근데…… 내가 저걸 왜 알아야 하지?' 어쩌면 당신은 이 장면을 하나의 은유로 받아들여야 할지도 모른다고 생각한다. '물고기 잡는 법을 가르쳐주면 사람은 평생 자기 힘으로 먹고살 수 있다' 같은 속담과 관련지어서 말이다. 그리고 여기에 골몰하는 동안 당신은 그만 빌리 아저씨가 8천 불을 신문지에 싸서 포터의 무릎에 던져주는 것을 놓쳐버린다. 그 이후 한동안 영화 내용이 도무지 이해가 가지 않는다. 따라서 조지가 낚시를 하며 아무리 행복한 시간을 보냈다 하더라도 우린 여기에 대해 전혀 알 필요가 없다. 이 장면은 '그래서?' 테스트를 통과하지 못한 것이다.

당신의 이야기는 어떤가? 이따금씩 흥미롭기는 하지만 쓸데없는 방향으로 빗나가지는 않는가? 인과관계를 찾으려는 독자의 기대를 꺾어버리지는 않는가? 빨간 펜을 꺼내 그 부분을 표시하라. 소심해질 필요는 없다. 일찍이 새뮤얼 존슨이 작가들에게 했던 충고를 기억하라. "당신이 쓴 글을 꼼꼼히 읽어라. 그리고 특별히 맘에 든다고 생각되는 구절을 만날 때마다 그걸 빼버려라."[18]

CHECK POINT 08

당신의 이야기는 첫 페이지에서부터 인과관계의 궤적을 따르는가? 각 장면들은 앞선 장면들에 의해 촉발되는가?
이것은 도미노를 세우는 일과 같다. 첫 번째 조각을 건드리면 모든 조각들이 질서정연하게 넘어진다. 마치 이전 장면에서 만들어진 '결정'이 다음 장면을 넘어뜨리는 것과 같다.

이야기 속의 모든 인과관계들이 주인공의 여정(이야기의 핵심 질문)을 중심으로 전개되는가?
그렇지 않다면, 빼버려라. 이건 쉽다.

이야기의 외부적 사건들(플롯)이 변화하는 내면적 인과관계의 궤적에 의해 영향을 받는가?
허리케인이든 주가 폭락이든 외계인의 침략이든 신경 쓰지 마라. 주인공의 여정에 이것들이 직접 영향을 주지 않는다면.

주인공이 결정을 내리기까지의 과정이 독자에게 늘 명확한가? 특히 무언가에 대한 마음이나 생각을 바꾸었을 때?
잊지 마라. 작가인 당신이 주인공의 생각을 알고 있다고 해서 독자도 자동적으로 아는 것은 결코 아니다.

각 장면들은 '행동, 반응, 결정'의 패턴을 따르고 있는가?
이것은 왈츠의 하나, 둘, 셋과 같다. 이 리듬(행동, 반응, 결정)을 머릿속에 확실히 입력하고, 이야기에 가속도를 붙이는 데 사용하라.

이야기의 모든 것에 '그래서?'라는 질문을 던졌을 때, 걸리는 부분이 없는가?
네 살짜리 아이처럼 이 질문을 끈질기게 해보라. 만약 여기에 대답할 수 없다면 그건 쓸데없는 이야기다. 당신이 먼저 죽이지 않으면, 쓸데없는 이야기가 당신의 이야기를 죽일 것이다.

9장 시험 들기와
상처 입히기

잘못될 수 있는 것들은
반드시 잘못되어야 한다

뇌의
비밀

우리의 뇌는 미래에 닥칠
어려운 일을 미리 경험해보기 위해
이야기를 사용한다.

이야기의
비밀

이야기의 역할은 주인공을
꿈에서도 통과할 수 없으리라
생각하는 시험 속으로
밀어 넣는 것이다.

"폭풍을 만났을 때 배에서 내릴 수 있었다면,
대양을 건넌 이는 아무도 없었을 것이다."

— 찰스 케터링

이런 속담이 있다. "좋은 판단은 경험에서 온다. 그리고 경험은 나쁜 판단에서 온다." 문제는 나쁜 판단이 치명적일 수 있다는 점이다. 브레이크를 밟을 때마다 나는 끽끽거리는 소리를 무시한다거나 엄지발가락에 난 이상한 모양의 사마귀가 무엇인지 알아보는 걸 미룬다거나 상당한 이윤을 거두는 헤지펀드에 전 재산을 투자하기로 결정한다거나 하는 것들. 이건 우리가 생각하는 것보다 훨씬 더 심각한 문제다. 리처드 레스탁의 말대로 "우리는 사회적 동물이기 때문에 어딘가에 소속되는 것은 우리의 생존에 필수적이다. 이것은 음식이나 산소에 대한 욕구와 같다".[1] 우리에겐 좋은 판단이 요구되는 까다로운 상황들이 수없이 많이 존재하므로, 종종 다른 이의 것에서 배우는 것이 최고의 경험이 된다. 이것이 바로 이야기 아니겠는가?

오랜 시간 동안 신경과학자, 인지과학자, 진화생물학자들은 다음의 문제를 고민해왔다. 우리의 두뇌는 언제나 무엇이 안전하고 무엇이 안전하지 않은지를 밝혀내기 위해 밤낮없이 일하는데, 왜 우리로 하여금 곧잘 진짜 세계를 멈춘 채 이야기 속에 빠져들도록 허락하는 걸까?[2] 뇌는 꼭 해야 하는 일이 아니라면 결코 하지 않는다. 마이클 가자니가의 지적을 들어보자. "뇌 어딘가에는 독자로 하여금 좋은 이야기를 즐기게 하는 보상 체계가 존재하는 것 같다. 이는 허구적 경험에 어떤 이익이 있음을 암시하는 것이다."[3]

그렇다면 생존의 측면에서 볼 때 끊임없이 이어지는 일상의 파도를 효과적으로 차단한 다음 우리를 좋은 이야기가 만들어내는 즐거움으로 인도하여 얻게 되는 이익은 무엇인가? 답은 명확하다. 이 즐거움은 우리에게 편안히 앉아 불행의 가혹한 공격을 겪는 다른 사람을 통해 이를 간접적으로 체험하게 하고, 나아가 앞으로 그 화살들이 우리를 겨누었을 때 피하는 방법을 배울 수 있게끔 한다.

스티븐 핑커가 말한 대로 이야기 속에서 "작가는 현실 세계의 법칙이 지배하는 배경 속에 허구적 인물과 가상의 상황을 배치하여, 독자가 그 결과를 탐색할 수 있도록 해준다".[4] 우리는 주인공이 겪는 일을 마치 자신에게 일어나는 일처럼 느끼게 되어 있기 때문에, 경험이라는 측면에서 무언가를 경험하지 않고도 경험하는 것이나 다름없게 된다. 이것이 이야기의 핵심이다.

주인공은 마치 실험실의 흰쥐와 같다. 그것을 좋아하든 말든

흰쥐 덕분에 우리는 고통을 직접 겪을 필요가 없다. 흰쥐에게는 그들을 위해 투쟁하는 PETA(세계적인 동물 보호 단체 – 옮긴이)라도 있지만 우리의 주인공들은 이 모든 것을 스스로 해내야 한다. 인지심리학자 키스 오틀리와 레이먼드 마는 이렇게 말한다. "예를 들어 이야기 속 주인공이 애인과 고통스러운 이별을 겪는다면 독자는 이를 통해 자신이 같은 처지에 처했을 때 어떠할지를 미리 경험하게 된다. 이 지식은 앞으로의 삶에서 그와 같은 일이 일어났을 때 활용할 수 있는 하나의 자산이 되는 것이다."[5]

문제는 우리의 주인공이 반드시 고통을 겪어야 한다는 것이다. 만약 그렇지 않다면 주인공은 우리에게 아무것도 가르쳐줄 수 없을 뿐 아니라, 우리 역시 그에게 무슨 일이 일어나든 관심을 기울일 이유가 없어진다. 물론 이건 세상 모든 일이 그렇듯이 말처럼 쉬운 일은 아니다. 이런 이유로 이번 장에서는 왜 주인공에게 몇 차례의 어려움을 마련해두어야 하는지, 왜 상업 소설보다 순문학 소설의 주인공들이 더 많은 고통을 겪어야만 하는지, 또 이 문제들을 어떻게 만들어나갈 것이며 왜 일부 작가들은 자신의 주인공들에게 가혹해지지 못하는지에 대해 살펴볼 것이다. 마지막으로 주인공의 계획을 저지할 수 있는 열한 가지의 못된 방법에 대해서도 자세히 알아볼 것이다.

고통이 없으면 얻는 것도 없다

혹시, 어떤 식으로든 사디스트라는 말을 들어본 적이 있는가? 아주 좋다. 주인공을 사랑한다면, 작가인 당신의 목표는 주인공이 필사적으로 피하고 싶은 모든 것을 눈앞에 가져다놓을 수 있는 플롯을 짜는 것이 되어야 한다. 주인공이 애를 쓰면 쓸수록 상황은 자꾸만 더 악화되어야 한다. 착한 일을 하고도 고생해야 한다. 물론 이따금씩 모든 게 괜찮아 보일 때도 필요하다. 단, 주인공 앞에 더 큰 추락이 기다리고 있을 때에 한해서. 마음을 풀어주어 가드를 살짝 내리게 만든 다음 가장 기대하지 않고 있을 때 크게 한 방 먹이는 것이다(아무리 그럴 자격이 있다고 느끼더라도, 주인공에게 의심할 수 있는 지혜 같은 걸 주어선 안 된다. 만약 그렇게 한다면 주인공은 결코 영웅이 될 수 없다).

아이러니한 것은 이렇게 한다 해도 당신은 사디스트가 아니라는 사실이다. 다 주인공을 위해 하는 일이기 때문이다. 초등학교에서부터 쭉 들어왔던 말처럼, 당신은 주인공 안에 있는 '진정한 잠재력'을 끌어내고 싶다. 사람들은 모두 말한다. 자기가 될 수 있는 최고의 모습이 되고 싶다고. 내일이나 그다음 날이나 뭐 적당한 때에 말이다. 하지만 그건 말도 안 되는 소리다. 적당한 때란 없다. 오직 지금만이 있을 뿐. 그리고 지금 해야 할 일은 통제 불가능한 상황들이 주인공을 안락의자에서 끌어내어 싸움터로 밀어 넣는 걸 지켜보는 일이다. 이야기란 점점 더 커지는 도전이며, 이야기의 목표는 주인공이 그 자신의 목표에 걸맞은 사람인지를 확인하는 것이다. 이 사실은 주인공을 다루는 데 있어 어렵겠지만 작가가 냉혹해져야 한다는 것을 의미한다. 주인공이 몸부림을 치기 시작하더라도 그의 발바닥을 불속에 넣어야 한다는 얘기다. 아무리 소리를 지른다고 해도 말이다. 작가인 당신은 주인공이 말뿐인 허풍쟁이 영웅이 되는 걸 바라진 않을 테니까.

하지만 이렇게 생각할 수도 있다. '잠깐만, 근데 그건 상업 소설에나 적용되는 얘기 아냐?' 사람들은 대개의 상업 소설은 플롯 중심이어서 그런 소설에서는 응당 많은 일이 일어나고 쌓이면서 여러 결과가 생겨야 한다고 말한다. 그리고 순문학 소설들은 인물 중심이기 때문에 플롯처럼 인위적인 뭔가를 필요로 하지 않으며 그냥 삶의 단면을 보여주기만 하면 된다고 생각한다. 정말 그런가?

그렇지 않다. 실은, 아주 잘못된 생각이다.

잘못된 믿음 : 순문학 소설은 인물 중심이기 때문에 플롯이 필요 없다.
실제 : 순문학 소설도 대중적인 상업 소설만큼, 아니 어쩌면 그 이상으로 많은 플롯을 가지고 있다.

순문학 소설에서는 상업 소설에 비해 '큰' 사건들이 적게 일어나는 경향이 있기 때문에 오히려 더 잘 짜여진 플롯이 필요하다. 순문학 소설에서의 플롯은 보다 섬세하고 미묘한 주제를 드러내기 위해 훨씬 더 다층적이고 복잡하며 세밀하게 짜여 있어야 한다. 인물 중심의 소설은 침몰하는 배나 쏟아지는 유성이나 해일보다는 놓쳐버린 몸짓, 재빠른 끄덕거림, 순간의 망설임 같은 것에 훨씬 더 많이 의존한다. 위대한 작가라면 이것들을 통해 진도 9.0의 지진보다도 더 강력하게 독자를 흔들 수도 있다. 그러나 착각하진 말자. 순문학 소설도 여전히 주인공에게 일어나는 일련의 역경을 중심으로 돈다는 사실을. 그리고 어떠한 시련이 주인공을 괴롭힌다고 해도 그는 여전히 무엇인가를 간절히 원하고 있다. 이 욕망이 그를 어떤 시험에 들게 하지 않는다면 주인공과 그의 이야기는 평이하고 시시해져버릴 것이다. 기억하라. 이야기는 주인공을 내면적 문제와 맞닥뜨려 싸우게 만드는 사건들을 중심으로 전개된다. 아이러니하게도 순문학 소설들은 이를 위한 훨씬 더 다양한 방법들을 지니고 있다. 그러니 케케묵은 격언에 속지 말라. 필요하다면 헌신짝처럼 차버려라.

사례연구 : 영화 〈설리반의 여행〉
우여곡절 많은 밤의 진화

좋다. 우리가 우리의 주인공을 얼마나 사랑하는지와는 관계없이, 주인공이 이야기의 중심이 되려면 어렵고 험한 밤을 겪어야만 한다. 얼마나 험해야 할까? 처음엔 별로 험하지 않아도 좋다. 시작 부분에서 주인공의 여정은 종종 쉬워 보인다. 적어도 주인공 자신에겐 말이다. 그래야 한다. 삶에서도 그렇듯, 만약 주인공이 자신의 목표를 이루기 위해 감당해야 할 피와 땀과 눈물을 미리 알았다면 침대에서 기어 나오지도 않았을 것이다. 다행인 것은 주인공도, 또 우리도 그게 얼마나 힘들지 미리 알지 못한다는 점이다. 존 L. 설리반의 1941년작 영화 〈설리반의 여행〉을 보자. 성공적이긴 하지만 의미는 없는 영화를 찍는 데 지친 설리(그가 찍은 마지막 영화의 제목이 〈건초 더미에서의 안녕〉이라는 걸 아는 것만으로 충분하다)는 이제 진지한 영화를 찍고 싶어 한다. "난 이 영화가 인간의 존엄성에 대한 작품이 되었으면 해요. 인간 고통의 문제를 진실하게 다루는 그런 영화 말입니다." 그는 제작자의 다음과 같은 걱정스러운 질문에 얼굴을 붉히며 말했다. "그치만 베드신은 좀 넣어줄 거지?"[6]

하지만 누군가 정작 설리는 어떤 종류의 고통도 경험해본 적이 없다는 사실을 지적하자, 그는 순순히 동의한다. 그러나 그는 포기하는 대신 아주 간단한 해법을 내놓는다. 그렇다면 고통을 당해보자. 고통은 어디까지 가능한가? 그래서 그는 의상부서에 가서(집사의 도움을 받아) 충분히 낡은 옷을 골라 입은 다음, 주머니에 10센트짜리 하나만 넣고서 히치하이킹으로 동네를 벗어난다. 허나 그가 경험한 것은 고통이라기보다는 남자에 굶주린 과부의 손길에서 느낀 잔잔한 짜증이었다. 그리고 곧 그는 할리우드에 돌아와 있는 자신을 발견한다.

고통을 당하는 일도 생각보다 쉽지 않다는 것을 깨달은 그는 다시 한 번 길을 떠난다. 그러나 그가 자신이 찾는 고통을 진짜 발견하게 될까 봐 걱정이 된 스튜디오는 만약을 대비해 일종의 '베이비시터'들로 꽉 찬 차로 그를 뒤따른다. 이번에 그가 겪는 고통은 바보가 되는 것인데, 이 역시 제대로 되지 않는다. 그러자 그는 강도를 높여 다시 길을 떠나고, 이번에는 마침내 떠돌이 일꾼들과 함께 기차를 탄다. 그제야 그는 진짜 고통과 지독한 가난을 목격한다. 그는 바닥에서 자고 배고픔에 시달린다. 하지만 가난한 것과 빈털터리인 것에는 커다란 차이가 있다. 따라서 그는 또다시 실패한다. 이번에 그가 실패한 이유는, 불편하게 지내는 것을 충분히 이해하기엔 그가 너무 불편했기 때문이다.

이제 설리는 정말로 두 손 두 발 다 들고 할리우드로 돌아가 찬찬히 문제를 정리하려 한다. 시도한 모든 것이 역효과를 낳았으니, 다 무슨 소용인가? 게다가 그는 인간의 고통을 훔쳐보는 일에 더러운 무언가가 있다고 의심하기 시작한다. 그건 마치 지나치게 운명을 시험하는 것처럼 느껴진다. 바로 이때 삶이 끼어들어 판돈을 크게 올린다. 그의 신발을 훔친 떠돌이 일꾼 중 하나가 이후 그만 열차에 치여 죽고 만 것이다. 신발 밑창에는 스튜디오 출입증이 꿰매져 있었다. 나중에 그의 신분증을 발견한 경찰은 설리가 죽었다고 발표한다.

실제로 설리는 일꾼들에게 두들겨 맞고 돈도 다 털린 상태다. 인사불성 상태에서 그는 경찰을 공격하고 바로 체포된다. 설리

끌리는 이야기는 어떻게 쓰는가

는 경찰에게 자신이 누구인지를 열심히 설명하지만, 신분증도 없는 그를 누가 믿어주겠는가? 이미 뉴스 헤드라인마다 그의 죽음이 대문짝만 하게 보도되었는데. 설리는 유죄 판결을 받고 교도소로 보내진다. 마침내 삶은 그에게 그가 찾던 경험을 선사해 주었다. 예외 없는 인간의 고통. 목표가 이뤄진 것이다. 이제 할리우드로 돌아가기만 하면 설리는 그가 그리고자 했던 '진정한 인간의 고통'에 관한 영화를 만들 수 있을 것이다.

그가 배우는 궁극적인 교훈을 제외하곤 모든 것이 그가 예상했던 것과 정확히 반대다. 고통받는 사람들이 가장 하기 싫어하는 일은 더 많은 사람의 고통을 보는 것이라는 사실을 이제 그는 알기 때문이다. 그들이 원하는 건 고통으로부터 벗어나는 것이다. 그들은 웃고 싶어 하고, 잠시나마 그들 삶에서 잘못되어버린 모든 일들을 잊고 싶어 한다. 그들은 〈건초 더미에서의 안녕〉 같은 영화를 보며 인생이 얼마나 우스꽝스러워질 수 있는지를 느끼고 싶어 한다.

결국 잘못될 수 있는 모든 일들이 잘못되었기에 설리는 완벽한 이야기가 주인공에게 선사할 수 있는 모든 것을 경험하게 된다. 그는 자신이 출발한 곳으로 돌아와 모든 것을 새로운 눈으로 보기 시작한다. 세상은 변하지 않았다. 오직 그가 변했을 뿐이다.

만약 작가와 감독이 그를 불쌍히 여겼다면, 영화는 설리가 권리를 박탈당한다는 것이 어떤 느낌인지 자신은 알 길이 없다는 사실을 깨달았을 때 즈음 끝날 수도 있었다. 그러고는 묻는 것이다. 이봐, 이 정도면 설리도 할 만큼 했잖아? 어쨌든 이 정도면 잘된 거 아냐? 하지만 그렇지 않다. 빠져나갈 방법도 없이 교도소에 갇히기 전까지, 설리는 모든 것을 자신의 방식대로만 경험해왔기 때문이다. 자기 방식대로 치르는 시험은 결코 진짜 시험이 될 수 없다. 감독은 이를 잘 알고 있었기에 최후의 순간에 죄수들로부터 설리를 구출해내는 대신, 오히려 한 발짝 뒤로 물러서서 설리로 하여금 삶의 고통을 있는 그대로 당하게 했다. 사실 이렇게 해서 그는 설리에게 큰 은혜를 베푼 것이나 다름없다. 속담에도 이런 말이 있지 않은가. "역경을 당해보지 않은 사람만큼 불행한 자는 없다. 인생의 가장 큰 고통은 고통을 당해본 적이 없는 것이다." 설리에게 최대한의 고통을 주는 것만이 우리가 그에게 좀 더 나은 인간이 될 수 있는 기회를 주는 방법이다.

사랑하는 이에게 상처를 주는 일의 중요성

작가들은 주먹을 날리고 총을 쏘고 칼로 찌르는 등 다른 여러 방법으로 자신의 주인공을 괴롭게 하곤 하지만, 여기 더 강한 방법이 있다. 바로 주인공에게 창피를 주는 것이다. 지나고 나면 맞은 것은 그저 맞은 것일 뿐이다. 육체적이고 외면적이다. 찔린

곳은 희미해지고 상처는 치유된다. 대개 시간이 조금 지나면 곧 사라지고 잊혀진다. 게다가 육체적 고통은 아무에게도 알리지 않고 숨길 수 있다. 누구도 알 필요가 없다. 하지만 창피를 당하는 것이라면? 이건 공개된 일이다. 육체적 고통과 달리 창피함은 당신에 대해 무언가를 말해준다. 이것은 당신이 실수를 범했을 뿐 아니라 다른 사람들이 그것을 알게 되었다는 걸 의미하기 때문이다. 창피, 굴욕, 수치 같은 사회적 고통은 오래 남는다. 이렇게 생긴 상처는 사라지는 것이 아니라 생각할 때마다 새롭게 느껴진다. 수십 년이 지난 뒤라고 해도 말이다.[7] 따라서 '굴욕감을 주다(mortify)'라는 단어의 원래 뜻이 '죽다(to die)'라는 사실은 그리 놀랍지 않다. 우리가 창피를 당할 때 종종 하고 싶은 일이 바로 그것이기 때문이다.

따라서 작가들이 주인공에게 창피나 굴욕, 혹은 수치를 주지 않으려 하는 것은 안타까운 일이다. '피그말리온'까지 갈 것도 없이 작가와 예술가들에게는 자신의 창조물에 홀딱 반해버리는 경향이 있다. 그래서 그들은 언제나 본의 아니게 주인공의 길을 평탄하게 해주고 딱딱한 야구공 대신 소프트볼을 던진다. 이건 마치 카메라가 스타의 '잘생긴 쪽'만을 찍게 하는 배려심 많은 감독과도 같다. 물론 현실에서 누군가를 난처한 상황에 처하게 하는 것은 모양새가 좋지 않다. 만약 그를 손가락질해 다른 모두가 알게 한다면 더욱더 나쁜 일이 될 것이다.

결국 개인적으로 실패하는 것과 모두가 볼 수 있는 지면에 실패가 드러나는 것은 전혀 다른 일이다. 예를 들어 명문 로스쿨을 졸업한 존이 졸업 후 변호사 시험에 떨어졌다고 해보자. 그것도 두 번이나. 그는 이렇게 생각할 것이다. '뭐, 그래도 이건 나밖에 모르니까.' 하지만 그 존이 존 F. 케네디라면 이야기가 달라진다. 당시 〈뉴욕 포스트〉에는 실제로 이런 헤드라인이 실렸다. "존 F. 케네디, 변호사 시험에 떨어지다." 대중 앞에서의 실패는 굴욕적이다. 하지만 이것은 분명히 사람을 변하게 한다. 가명을 쓰면서 다른 사람으로 살아갈 수 있는 낯선 곳으로 갈 수도 있고, 아니면 케네디가 그랬던 것처럼 시련에 맞서 싸울 수도 있다(이후 존 F. 케네디는 다시 도전하여 변호사 시험을 통과한 뒤 맨해튼 지방 소속 검사로서 맡은 6건의 소송에서 모두 승리했다).

주인공을 단련시키기 위해서는 고난과 역경의 강도를 끊임없이 올려야 한다. 이것은 굉장히 중요하다. 왜냐하면 맨 마지막에 가서 주인공이 넘어야 할 관문은 일견 불가능해보일 정도로 높아야 하기 때문이다. 따라서 그 전까지 더 큰 어려움을 견디게 할수록 결과적으로 주인공에겐 좋은 일이 된다. 미국의 시인 에밀리 디킨슨의 말을 빌리면 "상처 입은 사슴이 가장 높이 뛰어오른다".[8] 당신의 주인공이 마지막 시험을 통과해 만세를 부르는 것을 보고 싶다면, 그 과정에서 그를 좀 더 거칠게 다룰 필요가 있다는 말이다.

고난이 시작되기 전에 독자들은 주인공의 원래 계획이 무엇인지 잘 알고 있어야 한다는 점을 염두에 두자. 이제 여기 우리의 주인공을 괴롭히는 방법들을 소개한다. 어디까지나 다 주인공을 위해서다.

주인공의 계획을 망가뜨리기 위한 열한 가지 방법

1. 어쩔 수 없지 않은 이상 주인공에게 아무것도 쉽게 시인하도록 하지 마라. 그 자신에게조차도.

어렸을 때 누군가가 당신이 하고 싶지 않은 일을 시킨 적이 있을 것이다. 그때를 기억해보라. 아마 당신은 이렇게 받아쳤을 것이다. "아 그래요? 한번 그렇게 만들어보시죠." 이야기에서 이것은 당신 주인공에게 꼭 필요한 주문이다. 이야기 속에선 어떤 인물이든 강요당하지 않는 이상 그 무엇도 누설해서는 안 된다. 머리에 총이 겨눠진다거나 통제 불가능한 어떤 상황이 아니라면 말이다. 정보는 곧 돈과 같다. 벌어야 하는 것이지 거저 주어지는 게 아니다. 그리고 모든 것에는 값이 존재한다. 뭔가를 인정하고 시인하려면 당신의 주인공에겐 납득할 만한 이유가 필요하다. 이 고백은 주인공에게 무언가를 가져다주거나 나쁜 일이 일어나는 것을 막아준다. 결코 아무것도 아닐 수는 없다.

2. 비밀을 갖게 하라. 그러나 지키게 하지는 말라.

우리가 비밀을 지키는 이유는 딱 하나다. 그것이 발설되면 무슨 일이 일어날지 두렵기 때문이다. 즉, 변화가 두려운 것이다. 하지만 비밀 지키기는 쉽지 않은 일이다. 신경과학자 데이비드 이글먼이 《인코그니토》에서 쓴 것처럼 비밀이란 "뇌의 서로 다른 두 부분 사이에서 일어나는 갈등의 결과물"이기 때문이다.[9] 한쪽 편에선 무언가를 드러내고 싶어 하고 다른 한쪽에선 숨기고 싶어 한다. 실제로 비밀을 유지하는 것은 육체적으로나 정신적으로 건강에 유해하다는 것이 밝혀졌다. 심리학자 제임스 페네베이커에 따르면, "어떤 사건에 대해 타인과 이야기하지 않거나 속내를 털어놓지 않는 행위는 사건 자체를 경험한 것보다 더 많은 피해를 줄 수 있다".[10]

따라서 주인공을 괴롭히는 것이 작가에게 얼마나 고통스러운 일인지를 감안할 때, 주인공으로 하여금 비밀을 누설하게 하는 것이 결국은 친절을 베푸는 거라는 사실은 위로가 된다. 비밀에 대한 스트레스 때문에 주인공에게 심장마비가 오는 것을 바라지는 않지 않는가? 그러므로 아무리 주인공이 열렬히 비밀을 지키고자 한다 할지라도, 작가인 당신은 그걸 허용해선 안 된다. 주인공이 비밀을 지키려고 하면 할수록 이야기는 더욱더 그의 입을 열고자 할 것이다.

그리고 하나 더. 주인공의 비밀을 독자에게 숨기지 말라. 독자들은 주인공 속에 있는 것을 좋아한다. 그들은 주인공이 무엇을 왜 숨기고 있는지 아는 데서 기쁨을 느낀다. 그리고 주인공이 말하는 것과 진짜 생각하고 있는 것 사이의 긴장을 즐긴다.

3. 주인공이 상황을 바로잡기 위해 하는 모든 일은 반드시 더 나쁜 결과로 이어지게 하라.

이것은 다른 말로 '아이러니 요소'라고도 부른다. 하나의 장면에서 내리는 결정은 다음 장면에서의 행동을 촉발한다. 일은 이런 식으로 전개되고 점차 커지며 주인공으로 하여금 나사가 조여올 때마다 계속해서 상황을 재평가하게 만든다.

일을 키우는 데는 수많은 방법이 있다. 예를 들어 게리라는 남자와 비밀스럽게 사랑에 빠진 에이프릴이라는 여자가 있다고 해보자. 그녀는 그를 더 잘 알고 싶은 나머지 그가 다니는 회사에 입사 지원서를 낸다. 그녀는 합격을 하고 게리의 부서로 배치된다. 그러나 분수에 맞지도 않는 비싼 옷을 사 입고 그녀가 첫 출근을 한 날, 에이프릴은 자신이 실은 게리의 자리에 뽑힌 거라는 사실을 알게 된다. 게리는 승진을 해서 런던 사무실로 발령을 받은 것이다(혹은 더 나쁘게, 사실 게리는 에이프릴 때문에 잘렸다. 그녀의 경력이 그보다 훨씬 화려했기에).

때때로 아이러니는 주인공의 계획이 멋지게 성공해서 원하던 것을 정확히 얻은 순간 발생한다. 그러고 나서야 주인공은 그게 실은 자신이 가장 원치 않았던 일이라는 걸 깨닫게 되는 것이다. 이 경우 다른 예는, 게리가 그 즉시 에이프릴과 사랑에 빠져서 그녀를 꼭 껴안고 "나는 널 스타크래프트만큼 사랑해"라고 속삭이는 것이다. 스타크래프트만 있다면 게리는 매일 밤이라도 샐 수 있는 사람이니까. 그의 엄마가 벽을 탕탕 치지만 않는다면.

4. 잘못될 수 있는 거라면 뭐든 잘못되게 하라.

처음엔 그저 주인공이 할 일은 돈을 요청하는 것뿐이라고 믿게 하라. 그러면 다음 날 전 세계 곳곳에서 특급우편으로 그에게 돈이 도착할 거라고 생각할 테니. 그가 과대망상을 하고 있는 게 아니다. 이것이 인간의 본성이다. 귀중한 에너지를 절약하기 위해 우리의 뇌는 일을 덜할 수 있으면 언제든 그렇게 한다.[11] 시작 부분에서는 누구도 문제를 풀기 위해 노력을 기울이지 않는다. 솔직히 우리가 마지막으로 문제를 풀어본 게 언제인지 기억이나 하는가? 상황을 나쁘게 만드는 것은 이미 검증된 방법이고, 주인공이 결코 상상하지 못했던 식으로라면 더욱 바람직하다. 액션히어로가 나오는 영화에서 주인공이 이렇게 말하면 우리는 움찔한다. "뭐, 적어도 이것보다 나쁜 일은 일어나지 않겠지." 그 이유는 이 말이 오직 한 가지 사실, 즉 진짜진짜 나쁜 일이 곧 일어나리라는 것을 의미하기 때문이다. 그리고 그 일은 지금 이 순간까지 일어난 모든 일들을 아무것도 아닌 것으로 만들어버릴 것이다.

5. 처음에는 1달러에도 벌벌 떨게 하다가, 나중에는 아예 농장 전체를 판돈으로 걸게 하라.

점점 커지고 복잡해지는 주인공의 문제 속에서, 재미있는 것

290

은 주인공이 푼돈을 걸 때 더 움츠리고 우는 소리를 하며 조바심을 낸다는 사실이다. 나중에 시간이 흘러 농장 전체를 판돈으로 내놓을 때보다도 더 말이다. 예를 들어 존 휴스 감독의 1986년작 〈페리스의 해방〉에서, 페리스의 친구 캐머런은 빈티지 페라리를 자신의 삶보다도 귀하게 여기는 아버지에게 감히 대들지 못한다. 캐머런은 사실 누구에게도 대들지 못하는 겁쟁이라서 페리스는 그에게 같이 수업을 빼먹고 그 페라리를 잠시만 타보자고 한다. 걱정하는 캐머런에게 페리스는 늘어난 주행 기록계의 숫자는 차를 후진시켜 없애면 된다고 안심시킨다. 캐머런은 투덜거리고 불평하면서도 안 된다고 말할 용기는 없다.

자연스러운 일이지만 그들은 잠깐 타보는 대신 하루 종일 그 페라리를 타고 돌아다닌다. 주행 마일은 캐머런의 상상을 뛰어넘는 숫자로 늘어나버리고, 차는 계속해서 도난과 분실과 사고의 위험에 노출된다. 캐머런은 칭얼거리며 이 일을 시작하지만, 하루를 보내는 동안 스스로를 강하게 만드는 여러 상황들을 경험하며 자신에게 스스로도 몰랐던 용기가 있었음을 깨닫는다. 그리고 이렇게 멋진 차를 운전하지 않고 유리 차고 속에 내버려두는 것은 아무리 좋게 봐야 바보 같은 짓이라는 것도 알게 된다(마치 운전도 하지 않는 차에 아들에게보다 더 큰 관심을 기울이는 것과 같이). 오랜 시간이 지난 후 캐머런은 마침내 아버지에게 화가 나고 만다.

그러나 막상 그날 저녁이 되자 캐머런은 다소 당황한다. 벽돌 위에 차를 올려놓고 후진 기어를 넣어 움직여도 주행 마일이 줄어들지 않는다는 사실을(놀랍지는 않지만) 깨달았기 때문이다. 몹시 화가 난 그는 자신의 억눌린 분노를 차 앞쪽을 걷어차는 것으로 표출한다. 움푹 파여 찌그러질 때까지. 캐머런은 이제야 자신이 아버지와 맞설 수 있게 되었다는 사실을 깨닫고 차에 기대어 만족스러운 미소를 짓는다. 그때 시동이 걸려 있던 차가 뒤로 조금 밀리고, 벽돌 밑으로 내려간 타이어가 땅에 닿는 순간 차가 가속력을 얻어 차고의 유리문을 뚫고 밖으로 나간다. 그리고 내리막을 향해 곤두박질친다.

이날 하루 종일 자립하는 법을 배웠기에, 캐머런은 모든 책임을 지겠다는 페리스의 제안을 거절하고 내면 깊숙한 곳에서 아버지에게 사실대로 말할 용기를 끄집어낸다. 아버지의 페라리는 언덕 저 밑에 산산조각 나 있다. 그 사실을 말하는 일이 캐머런에겐 아침까지 그가 가장 두려워했던 일, 그러니까 주행 기록계에 늘어난 10마일을 설명하는 일보다 훨씬 더 두렵지 않다.

6. '공짜 점심' 같은 건 세상 어디에도 없다는 사실을 잊지 말라. 독이 들어있는 음식이 아니라면 말이다.

다시 말해 이것은 모든 것이 힘들게 얻어져야 한다는 말의 다른 표현이다. 쉽게 가질 수 있는 건 아무것도 없다. 독자의 목표는 어떤 일이 잘못되었을 때 주인공이 대처하는 방식을 경험하는 데 있다. 스티븐 핑커의 말대로, 이야기는 우리가 일종의 테

끌리는 이야기는 어떻게 쓰는가

스트를 통해 삶에서 가능한 선택지를 넓히는 데 도움을 준다. 실제로 그 재난을 겪지는 않으면서 가능한 한 가장 가까이 가보는 것이다.[12] 주인공은 원하는 것을 얻기 위해 노력해야만 하는데, 그 과정에서 종종 예상치 못한 일을 겪기도 한다. 무언가가 쉽게 이뤄질 때는 오직 하나, 주인공이 원하는 것과 정반대의 일이 일어날 때뿐이다.

영화 〈멋진 인생〉을 다시 보자. 어느 날 악당 포터는 난데없이 조지를 자신의 사무실로 불러 부드러운 목소리로 그를 유혹한다. 포터는 조지에게 말도 안 되는 돈을 얻을 수 있는 일생일대의 기회를 제안한다. 형편이 좋지 않은 조지로서는 단번에 상황을 벗어날 수 있는 좋은 기회다. 그러나 조지는 단 1분도 고민하지 않는다. 바보 같은 백설공주보다 훨씬 더 똑똑한 조지는 그 제안에 숨어 있는 독을 볼 수 있었기 때문이다. 지금 포터의 제안을 받아들인다면 나중에 훨씬 더 큰 대가를 치러야 한다는 사실을 조지는 잘 알고 있었던 것이다.

7. 거짓말을 하도록 주인공을 독려하라.

진짜 삶에서 우리는 거짓말하는 사람을 좋아하지 않지만, 이야기에서 독자의 시선을 잡아끄는 인물은 누군가에게 거짓말을 하는 사람이다. 자극적인 거짓말은 가장 평범하고 특징 없는 인물조차도 아주 흥미로운 인물로 만들 수 있다. 그러면 우리는 이렇게 생각하게 된다. '음, 왜 그런 거짓말을 했을까? 대체 뭘 숨

기려는 걸까? 어쩌면 이 인물은 내 생각만큼 평범하지 않을지도 몰라.'

이것은 작가가 독자로 하여금 그 인물이 실제로 거짓말을 하고 있다는 사실을 알려주어야 한다는 것을 의미한다. 그게 거짓말이라는 걸 독자가 모른다면, 나중에 진실이 밝혀졌을 때 어떤 일이 일어날지 우리가 어떻게 예상할 수 있겠는가? 비밀처럼 거짓말 역시 언젠가는 반드시 밝혀져야 한다. 독자가 계속해서 페이지를 넘기는 힘은 바로 이 거짓말이 초래할 수 있는 결과들을 상상하는 데서 온다.

거짓말이 끝내 탄로 나지 않는 경우도 있는가? 물론 있다. 하지만 결코 '그냥'은 아니다. 탄로 나지 않은 거짓말은 반드시 인물에 대해 중요한 사실을 말해주어야만 한다. 그리고 때때로 주인공이 거짓말을 하고도 발각되지 않는다는 사실은 그 자체로 이야기가 된다. 예를 들어 퍼트리샤 하이스미스의 훌륭한 소설 《리플리》에서 주인공 톰 리플리는 도덕관념이 없는 젊은이이자 살인자다. 《리플리》 시리즈는 다섯 권이나 있기 때문에 톰의 행동과 거짓말은 탄로 나지 않았다고밖에 말할 수 없다. 그 과정 내내 그는 계속해서 거짓말을 해온 것이다. 이 소설의 스릴은 바로 언젠가 자신의 거짓말들이 모두 탄로 날지도 모른다는 그의 두려움과, 그의 거짓말이 어떻게, 또 왜 탄로 나지 않는가에 대한 독자의 예상에서 비롯된다. 이것은 시나리오 작가 노먼 크래스나가 했던 말의 완벽한 예다. "관객들이 기대하는 것으로 놀라게 하라."[13]

이야기에서 거짓말을 해선 안 되는 사람은 단 한 명, 작가인 당신뿐이다. 그러나 작가들은 언제나 거짓말을 해댄다. 우리가 6장에서 논의한 것처럼, 독자들이 사태를 파악하고 이해하는 것을 원치 않기 때문이다. 문제는 독자는 작가를 절대적으로 신뢰한다는 점이다. 일단 작가가 자신에게 거짓말을 했다는 사실을 한번 알게 되면 독자는 이야기 속의 또 어떤 부분이 진실이 아닐지 생각하게 되고, 곧 모든 것을 의심하기 시작할 것이다.

8. 분명하고, 현재적이며, 점점 커지는 위험을 만들라.

이야기에서 반대세력이 필요하다는 것을 모르는 사람은 없다. 적이 없으면 주인공이 해야 할 일도 없어지기 때문이다. 반대세력은 주인공이 자신의 가치를 증명하기 위해 있는 힘을 다해 노력하는 일을 거의 불가능한 일로 만들어버리는 역할을 한다. 따라서 반대세력은 반드시 잘 설정되어야 하며 현재적이어야 한다. 이것은 결코 현실화되지 않는 모호한 위협에 그쳐서는 안 되며, 아무리 악랄하다 해도 행동 근처를 의미심장하게 오가며 결국 실제로 아무것도 하지 않는 적이어서는 곤란하다.

이러한 점에서 모든 '나쁜 놈'들이 꼭 가지고 다녀야 하는 액세서리가 있다. 바로 똑딱거리는 시계다. 빠르게 다가오는 데드라인처럼 사람의 마음을 죄는 것은 없기 때문이다. 이것은 주인공을 제대로 나아가게 할 뿐 아니라, 작가 역시 제대로 나아가게 한다. 주어진 시간 안에 임무를 완수하지 못하면 모든 것은 물거품이 된다는 것을 끊임없이 상기시켜줌으로써 말이다.

물론 반대세력이 꼭 사람일 필요는 없다. 엄격한 사회구조의 구속, 무분별한 기술의 비인간성, 법률의 압제 같은 개념적인 것일 수도 있다. 그러나 중요한 사실은 이것들이 개념적인 차원에 머물러서는 안 된다는 점이다. 개념이란 추상적이기 때문이다. 그리고 추상적인 것들은 우리가 이미 이야기했듯이 우리에게 어떠한 영향도 주지 못한다. 문자적으로나 감정적으로나. 우리에게 영향을 줄 수 있는 것은 구체화된 개념이다. 따라서 개념들은 반드시 주인공의 뜻을 꺾고 계획을 비틀 수 있는 구체적인 인물들로 의인화될 필요가 있다.

예를 들어 켄 키지의 소설 《뻐꾸기 둥지 위로 날아간 새》는 사회구조의 구속이 이를 따르는 개인에게 어떤 영향을 미치며 또 그 개인을 얼마나 생각 없는 존재로 만들 수 있는지에 관한 이야기다. 정신병원을 무대로 펼쳐지는 이 이야기는 래치드 수간호사라는 반대세력을 등장시킨다. 실제로 환자들을 학대하고 그들의 삶을 파괴하는 것은 그녀지만, 사실 그녀는 주제를 온몸으로 의인화하고 있는 존재일 뿐이다. '사회구조의 구속'이라는 개념이 그녀를 통해 구체화된 것이다.

9. 악당에게도 좋은 면을 지니게 하라.

아무리 작고 순간적이라 할지라도 악당들도 반드시 선한 면

끌리는 이야기는 어떻게 쓰는가

을 갖고 있어야 한다. 세상에 악하기만 한 사람은 없다. 만에 하나 그렇다 해도 스스로를 나쁘게만 보는 사람은 없는 법이다. 피에 굶주렸던 역사 속 폭군들을 생각해보라. 그들 대부분은 신과 조국을 위해 자신들이 옳은 일을 하고 있다고 생각했다. 하지만 더 중요한 것은 독자들에게 이분법으로 구분되는 인물들(착하기만 하거나 나쁘기만 한)은 따분하게 느껴진다는 사실이다. 때때로 100% 선한 인물은 악당보다 더 정이 가지 않는다.

생각해보라. 모든 일을 제때 완벽하게 해내고 행복한 가정을 꾸리고 있으며 얼굴도 잘생긴 데다 심지어 책상조차 어지르지 않고 늘 말끔한 사내가 있다면, 그의 집 지하실에 뭐가 묻혀 있는지 궁금하지 않겠는가? 질투심에서가 아니다. 누구도 그런 식으로 진짜 '완벽할' 수는 없기 때문이다. 주인공에게 결점이 필요한 것처럼 반대세력에게도 긍정적인 면이 필요하다.

게다가 100% 악한 인물에게는 변화의 가능성이 없다. 다시 말해 보이는 그대로가 전부라면 독자가 얻는 것은 지루함뿐이라는 얘기다. 그러나 만약 당신이 창조한 악당에게 몇 가지 좋은 면이 있다면 이로 인해 서스펜스가 생겨날 것이다. 악당이 꼭 좋은 일을 하지 않더라도 어떤 가능성이 열려 있다는 사실만으로 그 인물과 이야기 모두 훨씬 더 흥미로워질 것이다.

10. 인물들의 결점, 두려움, 불안을 드러나게 하라.

이야기란 '불편한' 사람들에 대한 것이다. 그리고 변화보다 우리를 불편하게 만드는 것은 없다. 혹은 토머스 칼라일의 말대로 "인간은 본래적으로 변화를 싫어한다. 진짜로 부서져내리는 소리가 귀에 들리기 전까지는 오래된 집을 버리지 못한다".[14]

이 말은 곧 이야기는 다른 사람의 집이 부서져내리는 것을 지켜보는 일이라는 걸 의미한다. '만약 이런 일이 일어난다면······'으로 시작하는 가정은 '행복하게 잘 자란 여성이 멋진 남성과 결혼한 다음, 일에서 큰 성공을 거둘 뿐 아니라 똑같이 행복하고 반듯하게 자란 두 명의 아이를 갖는 것'으로 이어지지 않는다. 왜? 일단 '완벽함'은 실제로 가능하지 않기 때문이며, 어떻게든 부서지고 망가지지 않는 이야기는 재미가 없기 때문이다. 그게 우리 집 이야기가 아닌 이상 말이다.

그러므로 작가의 책무는 피난처를 찾는 주인공의 발이 닿는 모든 곳을 허물어서 그를 다시 혹한의 추위 속으로 내모는 것이다. 작가들은 자꾸만 마음이 약해지는 경향이 있어서, 정작 거칠어져야 할 때 주인공에게 의심할 수 있는 특권을 주기도 한다. 그러나 영웅은 영웅적인 행동을 통해서만 영웅이 될 수 있다. 위기에 맞서고 악조건을 딛고 일어서며 그 과정에서 마음속 깊은 심연과 대면하는 것. 수많은 우여곡절을 통해 주인공으로 하여금 결코 보고 싶지 않은 것들을 대면케 하는 것만이 그를 계속해서 올바로 나아가게 한다. 그리고 그것은 작가인 당신 몫이다.

  작가들이 때로 자신의 주인공을 보호하고 진짜 성가신 질문들은 피해갈 수 있게 해주는 데는 더 복잡한 이유가 숨어 있다. 이것은 주인공을 보호하는 것이라기보다는 주인공이 직면한 문제가 작가 자신에게도 '불편한' 문제라는 것을 의미한다. 주인공이 문제를 회피할 수 있게 해줌으로써 작가 자신도 그 문제를 피하려는 것이다. 자신의 주인공을 그대로 '내놓게' 되면 결국 그들이 작가 자신 역시 끌어낼 것이므로. 인물들이 인상을 쓰면서라도 해야 할 일은 하게 한다면 당신은 당신 삶의 반대쪽 영역, 즉 아무도 보지 않을 때 당신이 하는 생각과 행동이 속한 곳에 대해 무지하지 않은 사람이다. 이것이 바로 독자가 원하는 것이다. 우리 모두는 예의 바른 사회가 어떤 모습인지 잘 안다. 누구도 그걸 굳이 설명해줄 필요는 없다. 하지만 자신감 넘치는 우리의 공적 가면 아래를 들춰 보면, 우리들 대부분은 꽤 엉망이다. 이야기는 이처럼 엉망인 우리 내면에 관한 것이어야 한다. 우리는 세계를 이해하기 위해 열심히 노력하는 동시에 이 내면을 감추고 덮기 위해 애쓴다. 하지만 이 내면이야말로 '진짜 이야기'가 펼쳐지는 거대한 경기장이며, 독자에게 다음과 같은 안도 섞인 경이감을 주는 곳이다. '맞아, 나도 그래! 나 혼자만이라고 생각했었는데!' 일찍이 플루타크는 주인공과 작가 양쪽 모두에게 이런 지혜의 말을 남겼다. "위대한 일을 하고자 하는 이는 엄청난 고통 역시 겪어야만 한다."[15] 때론 여러 사람 앞에서 말이다.

좀 더 철학적으로 말해보겠다. 융은 다음과 같이 말했다. "인간은 빛의 모습을 상상함으로써가 아니라 어둠을 자각함으로써 계몽된다."[16]

CHECK POINT 09

잘못될 수 있는 모든 것이 정말로 잘못되었는가?

착해지지 말라. 조금도. 사회적 관습 같은 건 창문 밖으로
던져버려라. 당신의 플롯이 주인공으로 하여금 계속해서
위기에 맞서게 만들고 있는가?

주인공의 가장 내밀한 비밀과 결코 내보이고 싶지 않은 약
점을 드러나게 했는가?

이 드러냄의 과정이 아무리 창피하고 고통스럽다 하더라도,
결국 자백하게 했는가? 주인공이 자기 내면의 두려움과 심
연을 똑바로 바라보게 했는가? 맞서 싸우지 않는다면 어떻
게 그것들을 극복할 수 있겠는가? 어쩌면 주인공은 그 두려
움이 그리 나쁜 것만은 아니라는 것을 깨달을 수도 있다.

주인공이 모든 것을 스스로 노력해 얻게 했는가? 잃는 것에
대해선 값을 치르게 했는가?

다시 말해 이것은 일어나는 모든 일에는 결과가 뒤따라야
한다는 것을 의미한다. 이상적으로, 주인공을 움직여 행동
하게 만드는 것은 바로 이 결과다.

상황을 해결하기 위해 주인공이 하는 모든 노력이 결과적
으로 일을 망치고 있는가?

아주 좋다. 최악의 일이 일어날수록 이야기는 더 재밌어질
테니까. 나쁜 일이 더 나쁜 일이 되어갈수록 긴장은 고조되
고 이야기는 궤도에 올라 제대로 나아갈 것이다.

반대세력이 의인화되어 있고 현재적이며 능동적인가?

적이 늘 거인이거나 성난 고릴라거나 총을 가진 미치광이일
필요는 없다. 그러나 독자는 맞서 싸울 수 있는 누군가(혹은
무언가)를 원한다. 애매모호한 위협이나 일반화된 '악', 구
체적이지도 않고 일어나지도 않는 끔찍한 일 같은 것은 적
에 해당하지 않는다. 위험은 구체적이어야 한다. 그리고 빠
르게 똑딱거리며 줄어드는 시계에 연결되어 있어야 한다.

10장 복선에서 결과까지

독자는 예측하는 데서
즐거움을 느낀다

뇌의
비밀

우리의 뇌는 임의성을 싫어하기
때문에, 언제나 모든 정보를
의미 있는 패턴으로 전환한다.
그것이 다음에 일어날 일이
무엇인지 예측하는 데
더 좋기 때문이다.

이야기의
비밀

독자는 이야기에서 항상
패턴을 찾는다.
독자에게 책 속의 모든 것은
복선이거나 결과, 혹은
그 사이의 과정이다.

"예술이란 경험에 패턴을 부여하는 것이다."

— 알프레드 노스 화이트헤드

   '저기 위의 빨강이 가장 동그란 순간의 자갈에게 농담
을 한다.'

  이 문장은 이해하기 어렵다. 그렇지 않은가? 마치 머릿속에서
열차가 충돌한 것 같은 느낌이다. 각각의 새로운 단어들이 당신
이 본능적으로 기대한 언어적 패턴에 어긋난다. 다시 말해 이때
는 새로운 도파민이 분비되지 않으며 오히려 당신의 뇌는 평소보
다도 적은 도파민을 내보낼 것이다. 즉, 당신은 지금 불쾌하다.[1]

  우리의 뇌는 임의적인 것을 좋아하지 않는다. 그리고 실제로
존재하든 그렇지 않든 거기에 어떤 규칙을 부여하려고 애쓴다.
별이 가득한 밤하늘을 예로 들어보자. 노벨 물리학상을 수상한
에드워드 퍼셀은 생물학자 스티븐 제이 굴드에게 쓴 편지에서
이렇게 말했다. "무작위로 펼쳐진 별들 속에서 내가 흥미를 느
끼는 부분은 이런저런 '형태'들의 압도적인 느낌입니다. 선이건

무리건 별자리건 빈틈이건, 거기서 찾아낼 수 있는 어떤 종류의 형태도 실은 의미 없는 우연일 뿐이라는 사실을 받아들이긴 참 어렵지요. 왜냐하면 그 모양들은 모두 패턴을 찾고자 하는 내 눈과 두뇌의 욕망에 의해 비롯된 것들일 뿐이니까요."[2]

무작위가 아닌 것은 패턴을 찾고자 하는 우리의 열정뿐이다. 누군가에게 빠져 넋을 잃고 있을 때조차도 우리는 구름 속에서 그 사람의 얼굴을 발견해내곤 하니까. 패턴을 찾는 습관은 실내 화장실이나 냉장고, 문 같은 것들이 등장하기 훨씬 전부터 시작되었다. 그러니까 집은 동굴이고, 그 안에는 편안한 잠자리를 위해 나뭇잎 한 무더기가 깔려 있던 시절에서부터 말이다. 그때는 '앞으로 무슨 일이 일어날지 예측하는 것'이 종종 생사를 가르기도 했다. 동굴에는 벌거벗은 원시인과 사자 혹은 호랑이가 밤이든 낮이든 예고 없이 들이닥칠 수 있었기 때문에 우리의 뇌는 모든 데이터들을 일정한 패턴으로 변환하는 데 전문가가 되어야만 했다. 밤에 우연히 마주친 것이 대체 무엇인지 알아낼 수 있도록. 결국 일반적인 패턴이 무엇인지 알지 못한다면, 무언가가 정상이 아니라는 것은 어떻게 감지할 수 있겠는가? 그래서 안토니오 다마지오는 이렇게 말했다. "두뇌는 타고난 지도 제작자다."[3] 어머니의 자궁을 떠난 그 순간부터, 우리의 뇌는 우리를 둘러싼 모든 것을 패턴화한다. 언제나 같은 질문을 던지면서 말이다. "무엇이 안전하지? 시선은 어디에 두어야 하지?"[4]

이야기는 우리가 시선을 둘 필요가 있는 것들에 대해 말한다.

많은 이야기들은 주인공의 삶의 패턴이 작동을 멈추는 순간에 서부터 시작된다. 이건 바람직한 일이다. 칩 히스와 댄 히스 형제도 말했다. "누군가의 관심을 끄는 가장 기본적인 방법은 패턴을 깨는 것이다."[5] 작은 글자로 적힌 주의사항이 보이는가? 패턴을 깨기 위해서는 먼저 패턴이 어떤 것인지 알아야 한다. 독자로서는 모든 것이 패턴의 일부다. 그리고 독서의 짜릿함은 바로 이러한 패턴들을 알아채는 데 있다. 게다가 독자는 이야기의 모든 면이 서로 연결되어 있다고 생각한다. 마치 퍼즐 조각처럼 말이다. 이따금 작가들은 이 정도 수준의 이야기는 단순한 플롯에 불과하다고 치부해버리고는, 대신 미묘한 뉘앙스가 완벽하게 조화를 이룬 이야기를 완성하는 데 모든 노력을 기울인다. 하지만 이건 마치 아직 굽지도 않은 케이크 위에 설탕 장식을 올리는 일이나 다름없다. 독자들이 뉘앙스를 즐기는 것은 맞지만, 그들이 찾고 있는 선명한 패턴을 밝히고 심화시키지 않는 뉘앙스는 빈 집에 붙은 예쁘장한 창문 장식에 불과하다.

이쯤 되면 독자들이 매우 까다롭다는 사실은 분명하다. 독자들은 구체적인 기대를 가지고 있으며(그들 자신은 대개 의식하지 못하지만) 그들의 뇌는 그 기대가 충족되지 않으면 언제든 책을 덮고 집으로 돌아가게 한다. 독자의 가장 원초적인 기대 중 하나는 무엇이든 새로운 패턴의 시작처럼 보이는 것이 있다면 이는 복선이어야 하고, 마땅히 그에 상응하는 결과 역시 있어야 한다는 기대다. 복선에서만큼은 독자는 왕성한 식욕을 지니고 있다. 복선은 독자를 흥분시키고 상상력을 자극하며, 독자가 가장 좋아하는 일 중 하나인 '예측'을 하게 만들기 때문에 독자의 사랑을 받는다. 복선은 독자로 하여금 다음에 일어날 일을 기대하게 하고, 더 나아가서는 여러 가지를 연관 지어 도달한 통찰을 통해 아드레날린 분비를 촉진함으로써 기분을 더 좋게 한다.[6] 독자는 복선을 발견하면 계속해서 앞으로 일어날 일을 상상하며, 끝내 자신의 예측이 맞았음을 알게 되면 스스로 똑똑하다고 느낀다. 복선은 모든 감각의 시조나 다름없는 '참여'를 통해 독자를 유혹한다. 독자가 의도적으로 이야기에 참여하고 있다는 느낌을 갖게 하고, 내부자로서 무언가의 일부인 것처럼 느끼게 한다. 독자는 복선을 작가가 보내는 암호라고 생각한다. 따라서 복선을 알아채는 순간부터 독자는 결과로 이어지는 패턴을 정신없이 추적하기 시작한다. 자기 멋대로 문제와 씨름하고, 매 순간을 즐긴다. 때론 자야 할 시간을 한참 넘기면서까지.

잠을 못 자 피곤하지만 그만큼 이야기에 만족한 독자를 많이 얻기 위해, 이번 장에서는 복선이 무엇인지, 또 복선에서 결과에 이르는 과정을 실제로 지면 위에 어떻게 구현해야 하는지에 대해 알아볼 것이다. 덧붙여 의도치 않은 복선이 어떻게 이야기를 망치는지도 생각해보고, 단순하지만 큰 결과를 가져오는 복선들의 예도 살펴볼 것이다.

끌리는 이야기는 어떻게 쓰는가

이거, 복선인 것 같은데?

'복선'이란 정확히 무엇인가? 단어의 뜻 그대로, 이것은 미래의 행동을 암시하는 어떤 것(사실, 행동, 사람, 사건)을 의미한다. 가장 기본적인 형태의 복선은 결과가 일어나기 훨씬 전에 독자에게 필요한 하나의 작은 정보다. 그래야만 결과를 믿을 수 있기 때문이다. 아주 단순하게, 제임스가 스와힐리어를 할 수 있다는 걸 알려주는 것도 복선이 될 수 있다. 그래야 시내 한복판에 떨어질 운석의 방향을 바꾸는 방법이 스와힐리어로 적혀 있다는 사실이 밝혀졌을 때, 제임스가 그 언어를 읽을 수 있다고 말하더라도 독자가 당황하지 않을 수 있다. 또한 이것은 작가가 1장에서부터 제임스의 외국어 능력을 알려주는 '진짜' 이유를 독자는 알지 못하기 때문에, 그의 스와힐리어 능력이 빛을 발하기 전까지는 이야기 전개에 걸맞은 다른 이유 역시 필요하다는 것을 의미한다. 그렇지 않으면 독자 입장에서 이 사실은 눈에 빤히 보이는 생뚱맞은 복선이 될 수도 있기 때문이다. 정보를 너무 주지 않아서 독자를 감질나게 하는 것과 너무 많이 주어서 서스펜스 자체를 없애버리는 것은 오십보백보다. 그저 독자로 하여금 의심하게 하라. 그러면 독자는 당신에게 푹 빠질 것이다.

작가가 독자에게 원하는 생각은 이런 것이다. '와, 난 제임스가 스와힐리어를 배운 건 고등학교에서 배울 수 있었던 외국어가 그것뿐이라서인 줄 알았는데. 안 배우면 졸업을 못 하니까.

근데 그때 배운 외국어가 결말에 이런 식으로 도움이 되네. 그럴 줄은 몰랐어.' 따라서 만약 이 이야기에서 스와힐리어와 관련된 부분이 다시 등장하지 않는다면, 스와힐리어 부분은 뭔가 할 일을 찾아 이야기 속을 헤매는 외로운 코끼리들 중 한 마리로 변해버릴 것이다.

물론 대개의 복선은 '제임스가 스와힐리어를 한다'라는 단순한 정보보다 훨씬 더 깊고 복잡하다. 복선은 서브플롯 전체와 작품의 모티브, 사건에 대한 해석에까지도 영향을 준다. 중요한 것은 시작 부분에서 복선을 발견한 독자가 예측하는 결과는 옳을 필요가 없다는 사실이다. 오히려 거리가 먼 경우가 많다. 거의 대부분 복선의 '진짜' 의미는 오직 모든 것이 끝나고 난 뒤에야 명확해지기 때문이다. 앞서 살펴본 히치콕의 〈현기증〉에서, 우리는 수수께끼의 여인 매들린이 개빈 앨스터라는 사내의 아름답지만 정신적으로 문제가 있는 아내라고 생각한다. 그리고 개빈이 정상이 아닌 자신의 아내를 보호하기 위해 스카티를 고용한 것이라고 믿는다. 그러나 나중에 가면 매들린으로 불린 여자가 실은 매들린인 척한 여자 점원이라는 사실이 밝혀진다. 이런 류의 시나리오에서 핵심적인 문제는 결과가 밝혀졌을 때 그때까지 모든 잘못된 가정을 지탱하고 있던 것들이 이제는 새로운 결말을 뒷받침해야 한다는 것이다. 레이먼드 챈들러가 썼던 대로 "밝혀진 결말은 반드시 불가피한 것이어야 한다".[7]

이 진실을 피할 길은 없다. 독자에게 이야기 속의 모든 것은

끌리는 이야기는 어떻게 쓰는가

복선이거나 결과, 혹은 그사이의 과정이라는 사실을 잊지 말자.

복선이 아닌 것들

독자들은 항상 패턴을 찾는다. 따라서 독자가 복선이 아닌 것을 복선으로 착각하거나, 더 나아가 뭔가를 하도록 내버려두어선 안 된다. 그건 마치 칸막이 옆자리의 섬뜩한 남자가 당신이 그를 무시하는 방식이 자신을 남몰래 사랑하는 증거라고 생각하는 것과 같다. 내버려두면 그는 당신이 굉장히 싫어할 만한 일을 할 것이다. 이야기에서 이것은 작가가 잘 지어놓은 건축물 속으로 엉뚱한 정보를 가지고 들어오는 것에 비견할 수 있다. 잘못된 패턴 찾기는 작가가 의도한 길에서 독자를 멀어지게 만든다.

따라서 아무리 강조해도 부족한 사실은 이것이다. 독자의 인지적 무의식은 이야기 속의 모든 것들이 꼭 알아야 할 필요가 있어서 거기 있다고 생각하며, 작가가 제공하는 모든 것이 어떤 패턴의 일부일 거라고 당연스레 여긴다. 독자들은 각각의 사건, 정보, 행동이 매우 중요한 의미를 지닌다고 믿기 때문에, 쓸데없는 이야기나 불필요한 사실들을 복선으로 오해하는 일은 그들에게 놀랄 만큼 쉽게 일어난다. 설상가상으로 그것이 '지금' 일어나고 있는 일과 잘 연결이 되지 않으므로 독자는 '나중에' 이것이 더욱 중요해질 거라는 의미로 받아들인다. 그리고 그때부터는 이 잘못된 복선에 기대 앞으로 일어나는 모든 일들의 의미를 파악하기 시작하는 것이다.

예를 들어 노라라는 주인공이 있다고 하자. 그녀는 남편 루에게 옆집 사는 베티가 껄렁한 데다 총까지 들고 다니는 남자 친구를 하루 종일 큰 소리로 질책했다는 얘기를 한다. 작가의 원래 의도는, 노라가 그로 인해 심한 두통에 시달리고 있기 때문에 잃어버린 강아지를 찾는 남편을 도울 수 없다는 걸 설명하기 위해서 그 이야기를 꺼냈다는 것이다. 그러나 독자는 이렇게 생각할 수도 있다. '뭐? 베티 남자 친구가 총을 들고 다닌다고? 그 친구는 분명 불쌍한 노라네 강아지의 실종과 관련이 있을 거야. 그리고 참, 노라의 여동생 캐시는 어떻게 됐지? 캐시는 베티네 집에서 저녁을 먹은 밤 이후로 도통 등장하지 않던데, 그러면 혹시……'

더 나쁜 경우는, 독자가 그 정보를 어떻게 적용해야 할지 갈피를 잡지 못하는 것이다. 외부인의 출입이 엄격히 통제되는 퀘이커 교도 마을에서 총을 들고 다니는 불량배가 무슨 일을 할 수 있겠는가? 따라서 독자들은 노라와 루의 강아지에 대해 계속 읽어나가면서도 마음 한편으론 이 총 든 사내가 무엇을 의미하는지 되새기느라 뒤처지게 된다. 스탠퍼드대 연구진이 밝혀낸 바에 따르면, 널리 퍼진 믿음과는 달리 효과적인 정신적 멀티태스킹이란 실제로 가능하지 않다. 우리 뇌는 서로 다른 두 종류의 정보 입력을 동시에 처리할 수 없다는 것이 밝혀진 것이다. 신경과학자 앤서니 와그너에 따르면, 외부 세계에서 유입되거나 기억에서 떠오른 여러 종류의 정보들에 집중하려 할 때 인간은 눈앞의 목표와 관계없는 정보를 걸러낼 수 없다고 한다.[8] 다시 말해 독자가 마음속으로 베티 남자 친구의 의미를 고민하고 있는 동안, 그 페이지에서 실제로 일어나고 있는 일들의 중요성은 점차 사라져간다는 뜻이다. 이건 마치 굉장히 강한 억양으로 말하는 사람의 말을 알아듣기 위해 단어 하나하나에 신경을 쓰느라 정작 그가 무슨 이야기를 하려고 하는 건지 놓치게 되는 일과 같다. 일이 어떻게 되어가고 있는지 알 수 없게 된 독자는 얼마 지나지 않아 이야기에 흥미를 잃고 만다.

이건 선택의 문제가 아니라 선천적인 것이다. 뇌는 특정한 이야기가 이 험한 세상을 헤쳐나가는 데 도움이 되는 정보를 준다고 믿는 경우에만 '오프라인'이 되도록, 즉 현실 세계를 무시하고 허구의 세계로 빠져들도록 설계되어 있다. 한번 이야기에 빠져들면 뇌는 스위치를 눌러 실제 현실을 차단하지만, 이 믿음이 깨지는 순간(즉 복선이 제대로 작동하지 않을 때) 현실은 홍수처럼 다시 쏟아져 들어온다.[9]

이 점을 염두에 두면 질문은 이렇게 바뀐다. "그렇다면 '진짜' 복선은 어떤 것인가?" 우리가 계속해서 이야기하고 있는 복선이 실제로 어떤 것인지, 몇 가지 예를 들어 살펴보자.

사례연구 : 영화〈다이 하드〉와 소설《위기의 소녀들》

때로 복선은 전혀 복선처럼 보이지 않기도 한다. 예를 들어 영화〈다이 하드〉는 주인공 존 매클레인이 로스앤젤레스 국제공항에 막 착륙한 비행기 안에 앉아 있는 장면에서 시작한다. 뉴욕 경찰인 매클레인은 아내가 크게 승진하여 로스앤젤레스로 이사를 가야 했을 때 전근 요청을 하지 않았다. 아내는 아이들을 데리고 떠나버렸고, 지금 그는 아내를 되찾고 싶다. 그는 지칠 대로 지쳐 있다. 그리고 분명 비행기가 더 이상 떠 있지 않다는 사실에 기뻐하고 있다. 옆자리에 앉은 나이 든 세일즈맨은 매클레인이 안도하는 모습을 보고 그가 초보 비행객일 거라고 생각한다. 그러고는 매클레인에게 시차를 극복하는 방법에 대해 조언한다. "발판 위에 맨발로 서서, 발가락을 오므리는 거요."[10] 이 장면은 웃음을 유발함으로써 긴장을 풀어주는 일종의 코믹릴리프이며, 매클레인의 공손하지만 회의적인 반응으로 그가 세계를 어떻게 바라보고 있는지 보여준다.

이 장면에 숨어 있는 의미는 명확하다. 비행을 싫어하는 매클레인의 더 깊은 내면에는 자신의 영역을 벗어나는 것에 대한 반감이 자리하고 있다. 뉴욕은 늘 해가 내리쬐는 로스앤젤레스와는 완전히 다른 도시다. 더군다나 크리스마스 이브라면 말이다. 문제는 매클레인이 세일즈맨과 나눈 대화 속에서 '복선'이라고 할 만한 것이 있었냐는 점이다. 그래 보이지 않는다. 이 짧은 대

끌리는 이야기는 어떻게 쓰는가

화는 다만 매클레인이라는 사람에 대해 뭔가를 말해주고 있을 뿐이며, 엄밀히 말하면 그게 전부다. 다행스럽게도 거기엔 "날 좀 봐. 난 당신이 생각하는 것보다 훨씬 더 중요하다고"라고 말하는 빨간 밑줄이 없다. 작가에게 복선이 쉽게 드러나는 것만큼 싫은 일도 없기 때문이다. 하지만 어쨌든 이 장면은 복선이다.

왜냐하면 이후 매클레인이 아내가 일하는 회사에서 열린 크리스마스 파티에 찾아가 호화로운 중역 화장실에서 소외감과 긴장감을 느끼다, 신발을 벗고 이 충고대로 따라해보기 때문이다. 그는 이게 정말 효과가 있다는 사실에 놀라며 미소를 짓는다. 그러나 그가 행복을 느끼며 발가락을 오므리고 있는 그때 밖에서 총소리가 들린다. 매클레인은 생각할 겨를도 없이 베레타 권총을 쥐고 상황을 파악하기 위해 복도로 달려 나간다. 맨발로.

덕분에 영화 내내 매클레인은 피를 흘리며 깨진 유리 밭을 누빈다. 우리가 말했던 첫 장면, 코믹할 뿐 아니라 매클레인에 대해 뭔가를 말해줬던 그 장면은 매클레인이 영웅이 되는 길을 훨씬 더 어렵게 만들어준 '복선'이었다.

당신은 아마 이런 식으로 반문할지도 모른다. 그런 식의 복선이 꼭 필요한가? 매클레인이 그냥 신발을 벗으면 안 되나? 스스로 중얼거리면서, 비행을 하면 발이 부풀어 오르니까 이렇게 신발을 벗고 있으면 한결 낫다고 말하는 건 어떤가? 물론 그럴 수 있다. 아니면 아예 세수를 하다 물이 신발에 튀어서 신을 벗고 말리는 중이라고 해도 좋다. 그러나 관객들에게 이런 식의 '복선

없는' 시나리오들은 원래의 오프닝 장면으로 지니게 되었던 무언가를 빼앗고 있다. 바로 '아하'의 순간이다. 어떤 인물의 행동 뒤에서 구체적인(혹은 더 깊은) 이유를 찾아낼 때 우리가 느끼는 희열 말이다. 이것은 우리로 하여금 다음과 같은 아이러니를 음미할 수 있게 해준다. '만약 비행기에서 그 남자가 입만 닥치고 있었다면, 매클레인은 가는 곳 어디에나 저 핏자국을 남기고 다니지 않았을 텐데.'

잘 짜여진 복선은 마치 운명처럼 느껴진다.

〈다이 하드〉에서 예로 든 복선이 작은 장치였다면, 캐럴라인 레빗의 소설 《위기의 소녀들》에서는 복선이 훨씬 더 순간적이지만 중요한 역할을 한다. 보스턴을 배경으로 시작되는 이 소설은, 열여섯 살의 예비 미혼모 세라와 그녀의 아이를 입양한 조지와 에바라는 커플의 관계를 중심으로 전개된다. 조지와 에바는 이것이 개방 입양이 될 거라고 약속하고, 세라 역시 언제나 환영이라고 말한다. 그리고 아이가 태어나기 전까지는 정말 그랬다. 조지와 에바는 세라와 되도록 많은 시간을 함께 보내려고 애를 쓰고(두 사람 모두 세라를 진심으로 아꼈고 혹시라도 세라가 마음을 바꿀까봐 두려웠으므로) 그녀에게 많은 사랑과 관심을 쏟는다. 그러나 막상 아이가 태어나자 두 사람에 대한 세라의 의존은 도를 넘어선다. 게다가 아기의 유일한 엄마가 되고 싶은 에바에게 세라의 존재는 위협으로 느껴지기 시작한다. 문제가 점점 커지고 있음이 뚜렷이 느껴지고, 따라서 독자는 조만간 일이 터지리라는 것을 확신하게 된다.

  이 와중에 치과의사인 조지는 자신이 처한 새로운 상황에 대한 부담을 느낀다. 아기를 향한 예기치 못했던 격렬한 사랑과 세라의 가난, 그리고 세라에게서 점점 더 멀어져야 할 아내 에바까지. 어느 날 그는 이렇게 생각한다.

> 오후 4시쯤, 예상했던 것보다 1시간 빨리 일이 끝났다. 마지막 환자는 다른 응급실에 가 있었다. 도저히 먹지 않고 배길 수 없는 사과를 베어 무는 바람에 그녀의 의치에는 아직도 붉은 사과가 달라붙어 있었다. 환자는 먹으면 안 되는 음식 목록을 받아들고 임시직과 함께 떠났다. 조만간 다른 위생사를 구해야만 했지만, 조지는 동업자를 구하고 싶었다. 대부분의 치과의사들은 혼자서 일하고, 그 역시 누군가와 파트너로 일하는 것을 원해본 적은 없다. 하지만 어쩌면 그게 이 모든 일에 도움을 줄지도 모른다. 이렇게 오래, 힘들게 일할 필요도 없다. 그러나 문제는 역시 누구를 파트너로 구하느냐다. 이런 종류의 문제일수록 신중해야 하니까. 조지가 떠올릴 수 있는 사람은 학교 시절부터 오랜 친구였던 톰뿐이었다. 톰은 플로리다에 살면서 기회만 되면 조지에게 플로리다로 내려와 살라는 말을 했다. "푸른 하늘에, 모래 해변이라니까." 톰은 조지를 설득했지만, 조지는 이사하고 싶은 생각이 없었다.[11]

  이 장면은 소설의 98페이지에 등장한다. 그리고 169페이지가 될 때까지, 조지는 톰이나 플로리다에 대해 한 번도 다시 생각하지 않는다. 하지만 그 70여 페이지 동안 독자는 이에 대해 생각한다. 왜냐하면 대수롭지 않게 언급된 '플로리다로 이사 오라는 톰의 권유'가 독자에게는 하나의 복선으로 눈길을 끌기 때문이다. 이야기 속에서 이 부분이 '집중해주세요. 여길 기억해주세요' 같은 식으로 전달되지 않음에도 불구하고, 독자는 이것을 감지한다. 왜? 이야기 자체에 이미 이 복선이 들어갈 만한 충분한 맥락(즉 패턴)이 만들어져 있기 때문이다. 독자는 지금 이 상황이 얼마나 불안정한지 알고 있고, 또 앞으로 더 심해질 수밖에 없으리라는 것도 안다. 따라서 어떤 일이든 일어나겠구나 예상하면서도 실제로 무슨 일이 어떻게 전개될지에 대해선 확신하지 못한다. 플로리다에 있는 톰 이야기가 직접 나오기 전까지는 말이다.

톰 이야기가 나온 그 순간부터 독자는 조지와 에바가 혹시 플로리다로 이사를 가버리는 건 아닐까 의심하게 된다. 그리고 만약 그런 일이 일어난다면 세라가 어떤 반응을 보일지 예상한다. 따라서 이 작은 복선은 보기보다 훨씬 더 큰 중요성을 지니며, 70여 페이지 동안 일어나는 모든 일들, 즉 복선(톰에 대한 조지의 스쳐 지나가는 생각)에서 결과(조지가 다시 한 번 톰을 떠올린 순간, 그는 톰과 동업을 하기로 하고 세라에겐 아무런 언질 없이 가족과 함께 플로리다로 이사한다)까지를 독자가 해석하는 데 영향을 끼친다.

물론 플로리다에 대한 생각이 독자의 마음에서 한시도 떨어지지 않는다거나, 그래서 조지 부부가 결국 이사를 할 것인지 말 것인지 의심하는 순간이 없다는 말은 아니다. 복선이 언제나 피할 수 없는 구체적인 결과를 만들어내려면, 예상을 억누를 것이 아니라 오히려 자극해야 한다. 복선의 역할은 가능성을 보여주는 것이다. 그리고 가능성으로부터 실제로 어떤 결과가 일어난다. 조지 가족이 플로리다로 이사한 것처럼. 그러나 그사이의 과정에서 독자는 늘 양쪽 중 어느 쪽 일도 일어날 수 있다는 느낌을 받아야 한다. 독자로 하여금 이야기를 계속 읽어나가게 하는 힘은 점점 더 커져가는, 결과를 알고자 하는 욕망이기 때문이다.

복선에서 결과로 가는 과정의 중요성 : 길을 만드는 세 가지 법칙

무언가를 예측해보는 일은 언제나 즐겁다. 더군다나 독자들은 복선에서 결과에 이르는 길이 서서히 밝혀지는 것을 사랑한다. 결국 읽기의 즐거움이란 깨닫고, 해석하고, 점을 잇는 과정을 통해 몰랐던 어떤 그림을 발견하는 데 있다. 이를 위해 작가인 당신이 반드시 알아두어야 할 세 가지 법칙을 소개한다.

법칙 1 : 실제로 '길'이 있어야 한다

이 말은 복선이 결과에 지나치게 붙어 있어서는 안 된다는 것을 의미한다. 즉, 무엇이 문제인지를 독자가 알게 되는 순간 문제가 해결되어버리면 곤란하다는 얘기다. 긴장을 풀어버리고 갈등을 잠재우며 서스펜스를 없애버린다면 독자가 무엇을 예측할 수 있겠는가. 예를 들어 에이미의 앞니가 성공적으로 붙었다는 소식을 듣게 된 순간, 독자는 어젯밤 모리스가 격렬한 카드게임 도중 실수로 에이미를 쳤다는 사실과 치과의사가 응급 수술을 해주지 않았더라면 에이미가 평생 간직해온 꿈이 산산조각 날 수도 있었다는 사실을 함께 알게 된다. 그랬다면 다음 날 아침 에이미는 '미스 퍼펙트 스마일 콘테스트'에 앞니 없이 출전해야 했을 테니 말이다. 결과적으로 에이미한테는 잘된 일이지만, 독자에겐 지루한 일이다.

그렇다면 이제 우리가 그 자리, 에이미의 앞니가 빠지던 순간에 거기 있었다면 느꼈을 긴장과 갈등, 그리고 서스펜스를 상상해보자. '미스 퍼펙트 스마일 콘테스트'는 앞으로 6시간도 채 남지 않았고, 새벽 1시에 어디서 문 연 치과를 찾을 수 있을지도 의문이다. 에이미와 모리스의 관계는? 말할 필요도 없다.

법칙 2 : 길이 펼쳐지는 '과정'을 독자가 반드시 볼 수 있어야 한다

이것은 이 과정이 페이지 밖에서, 즉 비밀리에 이뤄져서는 안 된다는 것을 의미한다. 작가들이 복선과 결과 사이의 과정을 장막 속에 감춰놓는 데는 크게 세 가지 이유가 있다. 첫째, 모두가 알고 있듯 커다란 반전을 위해서. 둘째, 스스로도 뭘 하고 있는지 잘 몰라서. 이 경우 작가들은 그저 그럴듯한 스토리라인만 만들어놓고 독자에게 이제부터 어떤 일이 벌어질지를 상상하도록 맡겨버린다. 그런 다음 중요한 결과가 나타날 때 즈음에 맞춰 그 이야기가 다시 등장하도록 하는 것이다. 이런 작가들은 종종 자신들이 무슨 일이 일어나고 있는지 알려주기 때문에 독자를 얕잡아 봐도 된다는 잘못된 착각에 빠져 있으며, 따라서 이야기의 대부분은 작가의 머릿속에만 남아 있게 된다.

이번에는 존의 예를 들어보자. 거액의 유산을 상속받으려면 존은 30세 이전에 결혼을 해야만 한다. 이어지는 수백 페이지 동안 존은 우리가 전혀 들어본 적 없는 여인들과 데이트를 한다. 존이 아내 될 사람에게 원하는 것이 무엇인지, 결혼할 생각이 정말로 있기는 한 것인지조차 모르기 때문에 독자는 그의 데이트를 어떤 식으로도 이해하거나 해석할 수 없다. 그러다 어느 시점에 이르러 존은 마침내 누군가와 어떤 이유로 결혼하기로 결심한다. 그리고 끝. 독자가 이 결말을 알기란 쉽지 않은데, 왜냐하면 그때까지 책을 붙들고 있을 사람이 많지 않을 것이기 때문이다. 요점은 이렇다. 우리는 점을 잇고 싶은 것이지, 점을 만들고 싶은 게 아니다.

이것은 작가들이 과정을 숨기는 세 번째 이유로 연결된다. 때때로 작가들은 패턴을 만들기 위해 필요한 것들을 독자에게 '말해주는' 일에 무의식적으로 인색하다. 작가로서 당신은 모든 것을 알고 있다. 이야기가 어디로 가는지, 누가 누구에게 진짜로 무슨 일을 하는지 등등. 당신은 각각의 '점'들이 실제로 무엇을 의미하는지, 또 어떻게 하나로 연결되는지에 대해 아주 잘 알고 있다. 하지만 문제는 독자들은 그렇지 않다는 것이다. 당신에게 모든 것을 다 줘버리는 듯이 느껴지는 것도 독자에겐 감질나는 것이 될 수 있다. 당신이 '말해주지' 않으면 독자는 가장 좋아하는 일, 즉 진짜로 무슨 일이 일어나고 있는지 알아내는 일을 할 수가 없다.

법칙 3 : 결과는 명백히 불가능한 일이 아니어야 한다

여기서 불가능이란 '일단 도전해보자. 실패하더라도 뭔가를 배울 수 있을 거야'에서의 불가능이 아니다. 이것은 말 그대로 불가능을 말한다. 주인공에게 생각할 수 있는 시간이 주어진다면 결코 하지 않을 일을 뜻하는 불가능 말이다.

그런데 작가가 어떻게 이걸 놓칠 수 있을까?

그 이유는 작가가 어느 시점에서 주인공이 한 발짝 더 내딛지 못하게 하는 무언가가 먼저 일어나리라는 것을 알고 있기 때문이다. 그러니 작가로선 귀찮게 끝까지 다 생각할 필요가 없는 것이다. 그런데 굳이 왜 그래야 하는가?

독자가 있기 때문이다.

독자는 주인공이 씁쓸한 결말을 향해 터덜터덜 걸어가지 않을 것이란 사실을 알지 못한다. 우리가 독자에 대해 아는 단 한 가지는, 그들이 앞으로 일어날 일을 예측하기 좋아한다는 사실이다. 하지만 독자는 거기서 멈추지 않는다. 일단 어떤 패턴을 발견하면 독자는 자신의 상식에 비추어 그 타당성을 시험한다. 따라서 독자는 주인공보다 훨씬 앞서 있다. 그리고 작가가 하지 않은 어떤 것을 발견한 순간(특정한 결과가 도무지 논리적으로 가능하지 않을 때) 독자는 떠나버리고 만다.

예를 들어 노버트는 유치원 때부터 베시를 남몰래 사랑해왔다고 해보자. 베시는 시각 장애인이라 앞을 전혀 보지 못하며, 안타깝게도 노버트를 좋은 친구 이상으로는 생각해본 적이 없다. 이제 베시는 하버드대에 진학하여 노버트에 대해서도 잘 아는 동향 친구들과 함께 방을 쓰고 있다. 외로워진 노버트는 계획을 짠다. 그도 하버드에 지원해 입학한 다음 영국식 억양을 써서 전혀 다른 사람인 것처럼 베시에게 접근하는 것이다. 그러나 작가는 이미 노버트가 거기까지 가지 못하리라는 것을 알고 있다. 그전에 하버드 입시에서 떨어질 것이기 때문이다. 따라서 작가로선 노버트가 애써 연습한 영국식 억양을 써보기도 전에, 베시의 룸메이트들이 금세 노버트를 알아보고 베시에게 그의 정체를 말해줄 거란 사실을 생각할 필요가 없다. 다시 말해 작가는 자신의 인물들이 하려는 일이 타당하고 이치에 맞는지 확인해야만 한다. 그들이 실제로 그 일을 하기 전에 다른 무언가가 일어나 결국은 하지 못하게 된다는 것을 작가는 이미 알고 있다고 해도 말이다.

사례연구 : 영화 〈다이 하드〉

〈다이 하드〉는 완벽한 이야기다. 왜? 모든 복선들이 그에 맞는 결과로 돌아오기 때문이다. 앞서 '맨발 장면'을 살펴보았지만, 그것뿐만이 아니다. 모든 인물의 변화와 배후에서 일어나는 서브플롯들은 빠짐없이 해결된다. 낭비되는 것은 하나도 없고, 모든 것은 미리 숨어 있으며, 그러면서도 과정에서 수많은 놀라움을 준다.

여기서 복선이 인물의 변화와 동기, 그리고 서브플롯에 어떤 영향을 주는지 알아보기 위해 한 가지 사례, 바로 알 파웰 경사를 자세히 살펴보자. 그는 나카토미 빌딩의 총성을 보고한 매클레인에게 최초로 반응하는 경찰이며, 과거에 실수로 무고한 아이를 쏜 이후로는 사무직만 담당하고 있는 말단 경찰관이기도 하다. 8년 전 그 사건 이후 파웰은 총을 꺼내본 적이 없다. 그가 매클레인에게 이 사실을 털어놓는 순간, 우리는 이것이 그가 여느 사람에게 했던 고백과는 다름을 느끼게 된다. 파웰이 이 이야기를 털어놓는 이유는 두 사람이 일종의 유대감을 갖기 시작했기 때문이며, 또 생존이라는 측면에서 그만큼 매클레인의 상황이 좋아 보이지 않았기 때문이다. 그래서 매클레인이 왜 현장을 떠나 책상에 앉아 있냐고 물었을 때, 파웰은 둘러대는 대신 진실을 말한 것이다.

파웰의 고백은 복선이다. 이것은 그가 가진 두려움(그는 또다시

끌리는 이야기는 어떻게 쓰는가

무고한 사람을 다치게 할까 봐 총을 꺼내는 것을 두려워한다)과 욕망(서류 작업이 아닌 진짜 경찰의 업무로 돌아가고픈 마음)을 동시에 보여줌으로 써 그가 어떤 인물인지를 말해준다. 이 복선은 이야기의 주된 질문, 즉 '매클레인은 이 하루를 무사히 수습하고 아내를 되찾을 수 있을까?' 사이사이에서 파웰의 이야기를 전개하며 이끌어간다.

영화 내내 파웰은 멍청한 윗대가리들에게 대항해 매클레인을 옹호하며, 모든 것이 끝난 것 같은 때조차도 그에게 용기를 준다. 마지막 부분에 이르러 악당들이 모두 죽고 매클레인이 빌딩 밖으로 나왔을 때, 그가 가장 먼저 한 일은 파웰을 찾아 그를 껴안고 당신 없이는 결코 살아나오지 못했을 거라고 말하는 것이다. 파웰은 겸손하게 그렇지 않다고 답한다. 진심으로. 그는 자신이 마땅히 해야만 하는 일을 했다고 생각할 뿐이다. 영웅적인 행동이 아니었다.

그때 아직 죽지 않은 악당 칼이 등장한다. 그는 기관총을 들고 빌딩을 빠져나와 매클레인을 조준한다. 이제 매클레인은 꼼짝없이 죽은 목숨이다. 얼어붙은 군중 속으로 총소리가 울려 퍼지고, 한 사내가 쓰러져 죽는다. 칼이다. 카메라가 비춘 반대편엔 파웰이 서 있다. 이번에는 정말로 그가 매클레인을 살린 것이다. 흥미로운 점은, 대본에는 파웰이 이렇게 외치는 장면이 있다는 것이다. "당신이 옳았어. 나 없이는 결코 살아나오지 못했을 것 같군."

하지만 영화에서는 이 장면이 등장하지 않는다. 영화에서 파웰은 아무 말도 하지 않는다. 총을 든 그의 눈빛에는 더 깊은 무엇, 어쩌면 매클레인과는 아무런 상관도 없는 무엇인가가 담겨 있다. 마침내 파웰은, 현장으로 돌아온 것이다. 설명은 필요 없다. 이미 우리는 뼛속 깊이 그것을 느끼고 있기 때문이다.

이토록 만족스러운 결과가 나오는 이유는 그 과정이 훌륭했기 때문이다. 파웰에 대한 각각의 점이 잘 연결되었다는 뜻이다. 그러나 마지막 장면 전까지, 파웰은 매클레인을 위해 헌신적으로 애를 써오긴 했지만 그 자신의 시험대에 오르지는 않았다. 칼이 기관총을 들고 나타난 그 순간에야 우리는 매클레인이 파웰에게 얼마나 큰 의미인지, 그리고 그를 보호하기 위해 파웰이 극복해야만 했던 것이 무엇인지 알게 된다. 그리고 이로 인해 이 장면은 사나이들의 우정을 다룬 영화에서 가장 감동적인 순간으로 남는다.

이야기에 의도하지 않은 복선이 숨어 있는가?
실제로 의도한 것도 아닌데 복선으로 오해될 만한 부분이
있지 않은지 살펴보자. 의도하지 않은 복선을 색출하기 위
한 가장 좋은 방법은 "그래서 어쨌다고?" 하고 묻는 것이다.

복선에서 결과 사이에 명확한 일련의 사건들(즉 패턴)이 존
재하는가?
어떤 결과도 복선의 등에 바로 업혀 있지 않은 것이 확실한
가? 각각의 복선과 결과 사이에 실제로 '점'들이 존재하는가?

'점'들은 잘 이어지는가?
복선에서 결과에 이르는 점들을 연결할 때 잘 이어지는가?
패턴이 나타나는가? 독자가 점차적으로 진전되는 사건을
볼 수 있고, 거기서 결론을 이끌어낼 수 있으며, 다음에 일
어날 일을 예측할 수 있는가?

복선에서 비롯되는 각각의 결과는 논리적으로 가능한가?
각각의 복선이 논리적인 결론으로 귀결되는지 확인하라.
주인공이 거기까지 가지 않을 것을 작가인 당신이 이미 아
는 경우에라도. (이미 아는 경우라면 더욱!)

11장 서브플롯의 비밀

이야기의 겹은
샛길로 인해 풍부해진다

**뇌의
비밀**

우리의 뇌는 지금 이 순간 일어나는
일의 의미를 파악하기 위해
과거를 불러온다.

**이야기의
비밀**

전조, 플래시백, 서브플롯은
독자가 메인 스토리에서
일어나는 일을 파악하는데
즉각적인 통찰을 주어야 한다.
나중에 그 의미는 변한다 할지라도.

"기억하지 않는 한, 우리는 이해할 수 없다."

— E. M. 포스터

    기억은 진화한다. 자동차 키를 찾는다고 해보자. 아마 수백 번은 더 그랬을 테지만, 이번에도 정확히 어디 두었는지 기억이 잘 나지 않는다. 현재 처한 문제를 해결하기 위해 기억은 두뇌에 저장된 과거의 정보 중 도움이 될 만한 것은 뭐든 꺼내본다. 먼저 꺼낸 것은 소파 뒤에 키가 놓여 있었던 날의 기억이다(하지만 젠장, 오늘은 거기 없다). 그다음엔 현관문에 열쇠 꾸러미를 꽂은 채 들어왔을 때(거기에도 없다). 그제야 기억은 당신의 10대 아들이 가끔씩 당신이 잠든 사이에 키를 '빌려가곤' 했다는 걸 생각해낸다(아하!). 두뇌의 다른 부분과 마찬가지로, 저장 정보 역시 적응이 가능하다. 그리고 이것은 확실히 알 수 없는 미래에 대한 결정과 판단을 내리는 데 도움을 준다.[1] 말하자면 죽음과 세금을 뺀 대부분의 일에 말이다.

    안토니오 다마지오는 그의 책《마음으로 온 자아Self Comes to

Mind》에서 상상의 바다로 나아가 미래를 항해할 수 있는 우리의 능력은 자아와 기억의 교차점으로 인해 가능한 선물이라고 말한다. 그 능력 때문에 우리는 자아라는 배를 안전하고 생산적인 항구로 인도할 수 있다는 것이다.[2] 우리는 과거를 현재를 가늠하는 척도로 사용하며, 이를 통해 내일은 무언가 해낼 수 있게 되기를 바란다. 더군다나 이 과정에서, 때때로 과거에 대한 우리의 평가는 현재에서 배우는 것들에 따라 달라지기도 한다.[3] 기억은 계속 수정되며, 우리가 의미를 찾아냄에 따라 나중에는 더 큰 쓸모를 지니게 되기도 한다.

다시 말해 기억은 단순히 추억만을 위해 존재하는 것이 아니다. 결코 그렇지 않다. 기억이란 현재에 필요한 능력이다. 개인적인 기억만을 말하는 게 아니다. 이야기에 관해 우리가 어떤 말을 했는지 기억해보라. 이제껏 우리는 이야기가 두뇌의 가상현실이며, 고난에 처한 주인공들의 경험을 통해 독자는 간접체험이라는 이득을 얻는다고 했다.[4] 마찬가지로 우리는 다른 사람들(가족이든, 친구든, 적이든)이 삶의 어려운 문제들과 어떻게 싸워나가는지를 보고 이야기함으로써 배운다. 이 과정에서 우리는 짜릿한 쾌감을 느끼는데, 이를 통해 우리는 실제로 어려움에 빠지지 않고도 어떤 행동을 하면 어떤 결과가 이어지는지 알 수 있기 때문이다. 스티븐 핑커가 지적하듯 "가십거리는 모든 인간 사회의 가장 인기 있는 취미다. 아는 것은 곧 힘이기 때문이다".[5] 때때로 아는 것은 타인과의 관계에서 우리에게 보다 많은 권력을 주며, 또 비슷한 일이 우리에게 닥쳤을 때 올바른 결정을 내릴 수 있는 힘이 되어준다.

결론적으로 우리가 보고, 행동하고, 읽은 모든 종류의 기억은 우리가 지금 하려는 일과 영향을 주고받는다. 미국 HBO 채널의 유명한 드라마 〈소프라노스〉를 보면, 유약한 조카 토니 B.를 죽여야 한다고 압박하는 법률자문 실에게 토니 소프라노는 이렇게 말한다. "이봐, 당신은 조직의 넘버원이 된다는 게 어떤 건지 전혀 모르는군. 그건 내가 내리는 모든 결정이 모든 일의 모든 면에 영향을 미친다는 걸 의미해. 씨발, 해결해야 할 게 너무 많다고."[6]

이것은 삶의 진실인 동시에 이야기의 진실이기도 하다. 토니처럼 작가는 아무리 불가능하게 느껴진다 할지라도 그것을 해결해야만 한다. 문제는 주인공이 자신의 내면적 문제와 싸우는 과정에 이 모든 기억과 결정들이 영향을 끼친다면, 작가가 이것을 어떻게 하나로 엮어내야 하느냐는 것이다. 어떻게 주인공의 과거에서 이야기에 관련된 부분들을 골라내고, 그로 하여금 세계관을 흔드는 사건들을 겪게 하며, 외부의 힘이 그에게 미치는 영향을 빠짐없이 나타낼 것인가? 더욱이 이 모든 것을 어떻게 완벽하고 우아하게 하나로 만들어 독자에게 전달할 수 있는가?

여기가 바로 플래시백과 서브플롯, 그리고 전조(미리 보여주기)가 필요한 지점이다. 이번 장에서는 이들을 어떻게 다루는지에 대해 살펴볼 것이다. 우리는 이야기 핵심 질문에 비추어 새로운 정보를 어떻게 해석해야 하는지, 이야기에 깊이를 더해주는 서브플롯의 세 가지 주요 방식은 무엇인지, 플래시백과 서브플롯, 또 전조에서 속도와 타이밍의 역할은 무엇인지 알아보려고 한다. 또한 아주 작지만 적절한 전조의 삽입이 독자의 비난을 받을 수 있었던 이야기를 어떻게 구해낼 수 있는지에 대해서도 논의해보려 한다.

까마귀의 비밀

여기 재미있는 패러독스를 보자. 이야기는 두 점 사이의 가장 짧은 거리다. 여기서 거리는 이야기의 질문이 시작되는 지점부터 해결되는 지점까지의 거리다. 하지만 이 두 점 사이의 최단 거리는 종종 아주 돌아가는 우회 경로다. 말하자면 이것은 까마귀가 소용돌이 모양으로 나는 것과 같다. 왜냐하면 이야기란 단순히 A부터 Z까지 가는 것이 아니라, 그 과정 속의 각 단계마다 과거, 현재, 미래, 내면과 외면의 모든 것이 주인공의 여정에 어떤 영향을 끼치는지를 아는 것이기 때문이다.

그렇다면 어떻게 다층적인 삶의 경험을 2차원적인 종이 위에, 그것도 1차원적인 언어를 통해 전달할 수 있을까? 그건 그림과 같은 방식으로 가능하다. 보는 사람을 속이는 것이다. 아이러니하게도 현실과 같은 풍부함을 불러일으킬 수 있는 방법은 오직

끌리는 이야기는 어떻게 쓰는가

지금 말하고 있는 특정한 이야기의 핵심에만 집중하는 것이다. 여기에 영향을 주지 않는 모든 다른 현실의 영역은 배제해버리고 말이다. 우리의 목표는 과거에서의 필요한 요소들과 진행 중인 여러 스토리라인들, 그리고 미래에 대한 힌트들을 서브플롯과 플래시백, 또 약간의 전조를 이용해 하나로 엮어내는 것이다. 그리하여 독자가 자신에게 필요한 정보들을 얻을 수 있도록 말이다.

쉬운 일은 아니다. 문제는 타이밍이다. 중요한 정보를 너무 빨리 주면 독자는 이를 잊어버릴 것이다. 쓸데없는 정보쯤으로 여길 것이다. 너무 늦게 주면 독자는 속았다는 생각과 함께 화가 날 것이다. 그러므로 모든 서브플롯과 플래시백은 반드시 '적당한 순간에' '독자가 알아챌 수 있는 방식으로' 이야기에 영향을 주어야 한다. 주인공이 언제나 과거라는 여과기를 통해 현재를 바라보는 것처럼, 독자 역시 당신이 하고 있는 이야기를 통해 모든 서브플롯과 플래시백을 해석하기 때문이다.

서브플롯 : 플롯을 견고하게 만드는 법

서브플롯이 없는 이야기는 1차원적이기 쉽다. 그건 마치 건물 그 자체 말고 설계도를 보여주는 것과 비슷하다. 서브플롯은 수많은 방법으로 이야기에 깊이와 의미와 울림을 더한다. 서브플롯은 주인공이 하려는 행동이 실제로 어떻게 전개될지를 보여주기도 하고 메인 스토리라인을 더 복잡하게 만들어주기도 하며 주인공의 행동 이면에 있는 이유를 설명해주기도 한다. 또한 그렇게 함으로써 플롯 안에 존재하는 구멍들을 깔끔하게 메워주기도 하고 곧 중요한 역할을 하게 될 인물을 소개하기도 하며 동시에 일어나고 있는 일들을 보여주기도 한다. 그밖에도 서브플롯은 독자에게 일종의 숨 쉴 공간을 주어 속도를 조절하는 데 도움을 준다. 이로 인해 독자의 인지적 무의식은 메인 스토리라인이 어디를 향하고 있는지 찬찬히 생각해볼 수 있게 된다.[7]

퀵, 퀵, 슬로로로로로로로오우우 : 속도 조절하기

비범한 문학 블로거 나단 브랜스포드가 간단하고 멋지게 이야기했듯, 속도란 '갈등 사이의 시간 길이'다.[8] 갈등이 이야기를 앞으로 끌어나가는 힘인 건 맞지만, 때로 너무 지나쳐서 독자가 여기에만 열중하다 보면 숨 쉬는 것을 잊어버리게 된다. 너무 오래 지속되는 갈등은 마치 아이스크림 선디만 먹으면서 다이어트를 하려는 것과 같다. 당신은 아마 놀라울 만큼 빨리 질려버리고 말 것이다. 필요 이상의 지방과 설탕 때문에 낮잠에 빠져들기도 전에 말이다. 이것은 지난 장에서 우리가 했던 이야기의 이면이다. 일단 패턴이 익숙해지고 예상 가능해지며 평범해지면, 그다음부터 우리의 집중력은 흩어지게 마련이다. 이는 생물학적 보편성이다.[9] 독자가 받아들일 수 있는 갈등의 양은 제한되어 있

끌리는 이야기는 어떻게 쓰는가

다.

작가가 독자의 심장을 빨리 뛰게 하는 속도로만 계속 글을 전
개한다면, 이야기는 더 빨리 그 매력을 잃어갈 것이다. 말하자면
이런 식이다. 지금 밖이 섭씨 32도라고 해보자. 덥다. 그렇지 않
은가? 하지만 평생 동안 당신이 실내와 실외가 모두 32도인 환
경에서 살아왔다고 상상해보자. 이 경우 32도는 더 이상 더운
온도가 아니다. 그건 '정상'이다. 그리고 '정상'에서는 아무리 땀
이 많이 난다 해도 흥미롭지 않다. 예전에 나는 자동차 극장에서
〈인디아나 존스 2〉를 본 적이 있다. 영화 끝으로 가면서 이야기
가 아주 길고 단조로운(그러나 수백만 달러의 예산이 들었을) 추격 장
면에 접어들었을 때, 나는 너무 지루한 나머지 자동차 안에서 청
소를 시작했다. 그날 저녁 가장 짜릿했던 순간은 인디아나 존스
가 나쁜 놈들을 이겼을 때가 아니라(그건 너무 뻔했기 때문에 그 어떤
서스펜스도 없었다) 글러브 박스 깊숙한 곳에서 잃어버린 줄 알았
던 선글라스를 찾아냈을 때였다.

목표는 각각의 갈등들이 메인 스토리라인 속에서 최대한의
효과를 낼 수 있도록 속도를 조절하는 것이다. 갈등이 절정에 치
달은 뒤마다 작가는 독자들이 이를 받아들이고, 처리하고, 의미
를 생각해볼 수 있는 시간을 주기 위해 잠시 물러날 필요가 있
다. 바로 여기가 서브플롯이 들어올 지점이다.

서브플롯 : 독자의 기대

　서브플롯은 독자가 방금 전까지 겪고 있던 갈등에서 빠져나와, 머지않아 곧 원래의 이야기로 다시 이어질 거라는 믿음 하에 잠시 걸어보는 샛길이다. 독자는 이 길을 걷고 나면 다시 메인 스토리로 돌아가 거기서 일어나고 있는 일들을 더 통찰력 있게 해석할 수 있으리라고 믿기 때문에 이 짧은 여행을 기꺼이 감수한다.

　처음에 독자는 서브플롯의 구체적인 이유가 확실히 보이지 않더라도 이를 받아들인다. 작가가 곧 이를 채워줄 거라는 무언의 기대를 갖고서. 그렇기 때문에 독자는 서브플롯이 본래 이야기와 무슨 연관을 지니고 있는지, 또 본래 이야기에 어떤 영향을 주게 될지 파악하려 끊임없이 노력한다. 무슨 말인지 감이 잡히는가? 실제로 영향을 끼쳐야 한다는 것이다. 궁극적으로 모든 서브플롯은 메인 스토리와 하나로 합쳐져야 하고, 문자 그대로든 은유적으로든 영향을 주어야 한다. 그렇지 않으면 독자는 매우 실망하게 될 것이다. 인터넷이 없던 옛날에는 독자가 불만이 있더라도 그저 침묵 속에서 고통스러워하는 것이 다였다. 그러나 지금은 어떤가? 수많은 인터넷 서점들이 있고, 거기엔 매일 수많은 리뷰들이 올라온다. 미래의 독자들은 아마 당신 책 밑에 달린 악성댓글들을 가장 먼저 보게 될 것이다.

서브플롯 : 이야기를 여러 겹으로 만들기

이제 우리는 이야기 속 모든 것이 주인공에게 영향을 주어야 한다는 것을 잘 안다. 닐의 목표는 예일대에 들어가는 것이다. 그래서 고등학교 역사 수업에서 F를 받았을 때 닐의 마음은 무너진다. 이 사건의 효과는 명확하고 간결하며 직접적이다. 그리고 나쁘지 않다. 하지만 더 좋아질 수가 있다. 같은 정보(닐은 역사 수업에서 F를 받을 것이다)라도 이를 서브플롯을 통해 전달한다면, 서스펜스가 생겨날 뿐만 아니라 이야기에 흥미로운 새로운 층을 하나 더하는 게 된다. 독자에게 앞으로의 일을 예상하는 것보다 더 흥미로운 건 없기 때문이다.

예를 들어 닐은 역사 과목에서 충분히 A를 받을 만한 자격이 있다고 하자. 하지만 닐이 열심히 기말 과제에 매달리고 있을 때 역사 선생인 쿠퍽 씨에 대한 서브플롯으로 넘어간다. 그는 유머라곤 찾아볼 수 없는 꽉 막힌 교사로, 방금 학생 중 누군가가 자신의 얼굴에 쥐를 합성해 유튜브에 올린 것을 발견하고는 반 전체에 F를 주기로 결심한다. 이 장면 안에서 독자가 이것이 닐에게 어떤 영향을 미칠 것인지 바로 알게 되는 것은 아니다. 하지만 우리는 닐이 원하는 것을 알고 있다. 예일대에 가는 것. 따라서 우리는 닐이 F 학점을 받았을 때 그가 받을 영향을 예상할 수 있다. 그리고 우리는 다시 메인 스토리로 돌아간다. 닐은 이제 막 기말 과제를 끝마쳤고, 그 과제가 이제껏 그가 한 것 중 가장 잘 썼다는 생각에 몹시 기분이 좋다. 그는 이 과제라면 적어도 반에서는 가장 높은 점수를 받을 것이며, 어쩌면 졸업생 대표 연설을 하게 될 수도 있다고 기대한다. 하지만 독자는 알고 있다. 그가 가슴 아플 정도로 잘못 생각하고 있다는 걸. 우리는 쿠팍 씨의 결정이 얼마나 불합리하고 불공정한 것인지 알기 때문에 화가 난다. 그리고 그 선생을 막을 길은 없는지 닐이 방법을 찾아보기를 응원하게 된다. 독자는 그의 변호인이 되어 그를 보호해주고 싶다. 더 솔직히 말하면 우리는 이제 좀 더 우월한 위치에 있기 때문에 신이 난다. 닐이 모르는 것을 우리는 알기 때문이다. 앞으로 무슨 일이 일어날지에 대해 독자는 한 발 더 앞서 있기 때문에 이야기에 최대한 몰입하게 된다.

그러나 명심해야 할 것이 있다. 기본적으로 서브플롯의 의미와 역할이 메인 스토리에 어떤 영향을 미치는가에 달려 있는 것은 맞지만, 서브플롯 역시 자신만의 삶이 있다. 다시 말해 서브플롯도 하나의 이야기다. 나름의 이야기 질문이 있고, 또 이는 반드시 해결되어야 한다. 예를 들어 무서운 쿠팍 선생은 정말로 반 전체에 F를 줄까? 처음부터 그가 그런 사람이 된 이유는 무엇일까?

하지만 모든 서브플롯이 주인공에게 직접적으로 영향을 주는 것은 아니다. 때때로 서브플롯의 목적은 주인공에게 어떤 통찰력을 주는 것이다. 이야기가 독자에게 통찰을 주는 바로 그 방식, 불쌍한 다른 사람의 경험을 통해 그 일을 당하지 않고도 배우는 방법을 통해 말이다.

끌리는 이야기는 어떻게 쓰는가

거울형 서브플롯 : 거울이 좌우를 바꾸는 것처럼

5장에서 언급했듯이 거울형 서브플롯은 메인 스토리를 그대로 복사하는 것이 아니다. 세상의 그 어떤 독자도 한 책에서 똑같은 이야기를 두 번 읽고 싶지는 않을 테니까. 거울형 서브플롯은 주변 인물들로 하여금 주인공과 비슷한 상황에 놓이게 하는 것이다. 그들에게 일어나는 일은 주인공에게 외면적으로는 영향을 주지 않아도 되지만, 대신 내면적으로 영향을 주어 주인공이 상황을 보는 방식을 바꾸게 하는 것이어야 한다. 거울형 서브플롯의 역할은 이야기의 핵심 질문이 해결될 수 있는 대안들을 보여주는 것이기 때문이다. 이것은 주인공에게 교훈을 주거나 확인을 해주거나 신선한 시각을 제시해준다.

예를 들어 이야기의 핵심 질문이 '대니엘과 페리는 실패한 결혼 생활을 다시 살릴 것인가?'라고 해보자. 거울형 서브플롯에서 이 둘의 불행한 이웃 에단과 피오나는 서로를 포기하고 이혼한다. 이 사실은 두 주인공들에게 그런 선택도 가능하다는 것을 다시금 일깨워준다. 마침내 이혼하여 자유를 얻은 에단과 피오나는 이전보다 훨씬 더 행복해 보인다. 대니엘과 페리는 몰래 혼자만의 삶을 모색해보기 시작한다.

하지만 거울형 서브플롯은 전개되어가면서 메인 스토리의 방향과 정반대 쪽으로 나아가는 경향이 있다. 그리고 독자에게 자꾸만 속삭인다. '이게 정말 당신이 원하던 거예요? 과연 꼭 이렇게 했어야만 했냐고요.' 따라서 결국 에단과 피오나는 자신들의 이혼을 깊이 후회하게 된다. 그리고 이를 보며 페리와 대니엘은 결혼 생활을 유지하는 것도 결코 나쁜 선택만은 아니라는 사실을 깨닫게 된다.

거울형이든 아니든, 모든 서브플롯은 독자에게 메인 스토리를 더 잘 이해할 수 있도록 하는 사실적, 심리적, 논리적 정보를 주어야 한다. 이를 위해 아래 세 가지 원칙을 살펴보자.

1. 메인 스토리라인에서 일어나고 있는 일에 영향을 줄 수 있는 정보를 제공하라.

예를 들면 아까의 쿠팍 선생이 등장하는 서브플롯을 만드는 것이다. 그는 어떤 학생이 유튜브에 자신을 희화화해서 올린 영상을 보고 몹시 화가 나서, 누군지 모르는 그 학생이 속한 반 전체에 F 학점을 주기로 결심한다.

2. 주인공의 여정을 더 어렵게 만들라.

역사 수업 전체에 F를 줌으로써 쿠팍 선생은 닐의 여정을 훨씬 더 어렵게 만든다.

3. 주인공을 더 깊이 이해할 수 있는 단서를 제공하라.

쿠팍 선생은 잠시 잊자. 닐의 할아버지가 닐에게 슈나우저 털 깎는 법을 가르쳐주는 서브플롯은 어떤가? 강아지 손질에 대한 닐의 타고난 사랑을 드러내주는 일화로 말이다. 게다가 예일엔 아직 이런 과가 없다. 독자는 아마 이렇게 생각할 것이다. '이런, 닐이 정말로 예일에 가고 싶은 건지 잘 모르겠는데.' 그렇다면 역사 수업에서 F를 맞은 것이 어쩌면 닐에게는 좋은 일로 판명될지도 모른다.

서브플롯과 플래시백, 그리고 타이밍

친구에게 "유머의 비밀이 뭐야?"라고 물어봐 달라고 부탁한 다음, 친구가 "비밀"이라는 단어를 말할 때 "타이밍!"이라고 외쳐보자. 맞는 말 아닌가? 사실, 타이밍은 모든 것의 비밀이다. 특히 서브플롯과 플래시백이라면 더더욱. 문제는 '전체 흐름을 망치지 않고 이들을 이야기 속에 넣고 빼는 '타이밍'을 어떻게 알 수 있는가'다. 이미 우리는 서브플롯이나 플래시백이 독자에게 일종의 숨 쉴 틈을 제공해준다는 사실을 알고 있다. 이야기의 중요한 전환점이나 갑작스러운 반전, 놀라운 급진전 같은 강력한 장면들 뒤에는 주로 이런 틈이 등장하게 마련이다. 우리가 모르는 것은 서브플롯이나 플래시백에 들어 있는 정보들이 그 시점에서 어떤 관련이 있는지에 관한 것이다. 플래시백은 하나의 온전한 서브플롯이 될 수 있으므로, 이제 '타이밍의 기술'을 중심으로 플래시백에 대해 살펴보자.

플래시백 : 이유와 효과

최근 한 학생이 나에게 이런 말을 했다. 자신의 글쓰기 선생이 글쓰기의 첫 번째 원칙 중 하나로 '절대 플래시백을 사용하지 말 것'을 강조했다는 것이다. 이 얘길 듣고 나는 초등학교 때 선생님들에게 많이 듣던 말을 떠올렸다. "건강을 유지하는 데 가장 좋은 방법은 붉은 고기를 감자와 함께 많이 먹는 거란다."

사실, 그 학생이 들은 말이 완전히 틀린 건 아니다. 학생에게 나는 그 선생님이 형편없는 원고를 너무 많이 읽은 게 분명하다고 말해주었다. 별다른 이유 없이 이야기가 멈춰 서고, 작가가 독자에게 무언가 중요한 일이거나 자신이 흥미롭다고 생각하는 일에 대해 계속해서 말하고 싶을 때는 여지없이 플래시백이 등장한다. 더 나쁜 건, 이런 플래시백의 경우 대개 (보여주기가 아닌) 설명조의 이야기들로 가득 차 있다는 점이다.

나는 그 학생에게 아마도 선생님의 충고는 플래시백을 '잘못' 사용하지 말라는 이야기일 거라고 다시 말해주었다. 많은 작가 지망생들이 플래시백을 이런 식으로 오남용하는 데다, 플래시백은 잘못 사용하면 이야기를 완전히 엇나가게 만들기 때문이다.

여기엔 후일담이 있다. 작가들이 모인 워크숍에서 이 이야기를 했더니, 그중 한 여자가 목이 쉰 듯한 웃음소리를 내며 말했다. "어, 그 선생이 바로 저예요." 나는 깜짝 놀랐다. 다행스럽게도 그녀는 곧바로 덧붙였다. "맞아요. 정확히 그런 뜻이었어요."

끌리는 이야기는 어떻게 쓰는가

이후 그녀는 잘못 사용된 플래시백이 다른 면에서 매력적인 이야기도 어떻게 돌이킬 수 없게 만드는지에 대해 한탄하듯 말했다. 구구절절 옳은 얘기였다.

잘못된 타이밍에 쓰인 플래시백은 마치 영화관에서 끊임없이 당신의 어깨를 툭툭 치는 뒷자리 사내와 같다. 지금 막 영화 속 주인공은 모든 것을 잃었고, 따라서 당신은 뒤를 돌아보고픈 마음이 전혀 없다. 뒤를 돌아보는 순간 지금까지의 몰입은 깨져버릴 게 분명하니까. 그러므로 당신에게 지금 꼭 알아야 할 이야기가 있다면, 사내는 그냥 그걸 말해주는 게 낫다. 영화관에 불이 났다거나 당신이 방금 백만 달러를 상속받았다거나 하는 것들.

플래시백과 서브플롯이 지닌 문제는 독자를 읽고 있던 이야기에서 끌어내어 잘 알지 못하는 어떤 것으로 밀어 넣는다는 데 있다. 그건 마치 영화 〈청춘 낙서〉의 끝 장면에서 로리가 스티브에게 하는 말을 떠올리게 한다. 대학에 가기 위해 떠나는 스티브에게, 그를 보내고 싶지 않은 로리는 말한다. "있잖아, 다른 집을 찾기 위해 집을 떠난다는 건 말도 안 돼. 새로운 삶을 위해 지금까지의 삶을 떠난다는 것도, 새로운 친구를 사귀기 위해 좋아하던 친구에게 작별 인사를 한다는 것도 말야."[10] 정말로 그렇다.

잘못 놓여진 플래시백이 주는 느낌이 딱 이와 같다. 그건 새로운 이야기를 찾기 위해 좋아하던 이야기에게 작별을 고하는 것이다. 그리고 아마도 당신은 새 이야기를 이전 것만큼 좋아하지는 않을 것이다. 서맨사와 팸의 이야기를 예로 들어보자. 주인공

팸은 서맨사의 엄마로, 우리는 이야기 중간 어디쯤에서 팸이 늑대에 의해 길러졌다는 사실을 알 필요가 있다. 작가는 지금이 좋은 때라고 생각해서, 여섯 살짜리 팸이 무리와 함께 사냥감에게 다가가고 있는 플래시백을 넣기로 한다. 그런데 하필 지금 서맨사는 시장 선거에 출마하려고 한다. 결국 작가는 그녀가 선거에 나가기로 결심한 순간과 첫 번째 선거 운동 연설을 하는 장면 사이에 이 플래시백을 끼워 넣는다. 서맨사의 선거 출마 과정을 쭉 지켜보고 있던 독자는, 당연히 처음엔 당황하게 된다. '팸은 누구지? 왜 이 여자애는 늑대들과 네 발로 기어 다니고 있는 거야?'

이렇게 되면, 일단 독자는 이 두 이야기 사이의 연관성을 찾으려 한다. 서맨사는 환경 문제를 공약으로 내세워 선거 운동을 하려는 걸까? 아니면 꿈인 걸까? 그러나 팸과 함께 숲 속으로 좀 더 깊이 들어가게 되면서 독자는 어떤 선택을 내려야 한다는 걸 깨닫는다. 서맨사에 대해선 잠시 잊고 새로운 이야기에 집중하든지, 아니면 서맨사가 다시 등장할 때까지 책장을 획획 넘겨버리든지. 이건 마치 얼어붙은 호수 위에 서 있는데 발밑의 얼음이 갈라져 양쪽으로 벌어지기 시작한 것과 같다. 빨리 어느 한쪽을 선택하지 않으면 우리는 물에 빠져 얼어 죽고 말 것이다. 역설적이게도 플래시백은 앞으로 나아가는 쪽이기 때문에, 대개 우리는 플래시백이라는 얼음덩이 위에 올라서게 된다.

자, 그렇다면 늑대 이야기를 선택하기로 해보자. 그럴 확률이 더 높다. 정치적 이슈에 대한 토론을 듣는 것보다는 아무래도 늑대와 노는 편이 더 재미있지 않겠는가? 그러나 우리가 서맨사를 버리고 팸을 선택한 지 얼마 되지 않아, 작가는 서맨사가 잔뜩 긴장한 채 무대에 서 있는 어느 고등학교 강당으로 우리를 데리고 간다. 이제 우리가 잃어버린 쪽은 팸이다. 숲 속에서 늑대와 일어났던 일들이 어떤 의미를 지니는지 독자는 아직도 제대로 알아내지 못했다. '나중에' 가서 팸이 서맨사의 엄마라는 사실이 밝혀진다 해도 그건 중요하지 않다. 어찌됐든 '지금 이 순간' 독자가 길을 잃었기 때문이다. 즉, 그건 독자가 나중이 될 때까지 이 이야기를 기다려주지 않을 거라는 걸 의미한다.

하지만 꼭 이렇게 긴 플래시백이 필요한가? 몇 개의 단편적인 백스토리(backstory)로 이를 대신할 순 없는가? 충분히 가능하다. 그렇다면 플래시백과 백스토리의 차이점은 무엇인가?

플래시백 vs 백스토리

"플래시백과 백스토리가 같은가"에 대한 대답은 "그렇다"다. 이 둘은 재료가 같다. 그러나 쓰임새는 다르다. 백스토리는 이야기가 시작되기 전 일어났던 모든 일을 의미한다. 말하자면 플래시백을 뽑아낼 수 있는 원료인 셈이다. 그렇다면 플래시백과 백스토리의 차이점은 무엇인가? 간단하다. 대화와 행동으로 구성된 실제의 어떤 장면이 등장하여 메인 스토리를 멈춘다면, 그건 플래시백이다. 백스토리는 그런 식으로 사용되지 않는다. 사실상 백스토리는 현재의 일부다.

잘 엮여진 백스토리는 단순한 기억의 조각이며, 때로는 과거에 일어난 어떤 일로 인해 생긴 태도일 수도 있다. 이것은 주인공의 마음속에 여전히 남아 '지금 이 순간' 그의 눈앞에 일어나고 있는 일들을 평가하게 만든다.

월터 모슬리의 장편소설《공포 그 자체Fear Itself》는 여기에 대한 완벽한 예를 보여준다. 이 소설의 배경은 1950년대 로스앤젤레스의 와츠로, 이 짧은 장면에서 주인공 패리스 민턴은 왜 자신이 계속해서 용감한 친구 존스를 위해 목숨을 바치려 하는지에 대해 생각하고 있다.

나를 알고 존스를 모르는 사람이라면, 누구든 내가 왜 스스로를 그토록 위험한 상황에 처하게 하는지 놀랄 것이다. 세상이 보기에 나는 대체로 법을 준수하는 겁쟁이다. 마약, 도박, 절도 혹은 불법적인 어떤 것도 나는 피하며 살아왔으니까. 나는 결코 떠벌리는 사람이 아니고, 거칠게 한 행동이라곤 기껏 동물원 우리에 갇힌 맹수들에게 소리 몇 번 지른 게 전부다.

하지만 존스에 관해서라면 난 마치 전혀 다른 사람이 되어버리는 것만 같다. 오랜 시간 동안 나는 그 이유가 언젠가 샌프란시스코의 어두운 골목길에서 그가 내 목숨을 구해주었기 때문이라고 생각했다. 그리고 그 일은 그를 향한 내 감정에 큰 영향을 주었다. 하지만 최근

끌리는 이야기는 어떻게 쓰는가

몇 달 동안 나는 존스에 관한 무엇인가가 나를 그렇게 변하도록 강제한다는 것을 깨달았다. 부분적으로 그것은 그와 함께 있노라면 그 어떤 것도 나를 해할 수 없다는 깊은 확신을 느끼기 때문이었다. 시어도어 티머맨은 그 거리에서 나를 죽였어야 했지만, 존스는 그를 멈추게 했다. 불가능한 일이었는데도 말이다. 그건 안전하다는 것 이상의 느낌이었다. 존스에게는 그와 함께 있으면 나를 실제의 나보다 더 큰 사람으로 느끼게 하는 능력이 있었다. 내 마음은 변한 게 없고, 가슴 깊숙한 곳에서 나는 여전히 겁쟁이임에도 불구하고, 존스만 있으면 나는 떨면서도 무너지지 않고 버틸 수 있었다.[11]

매우 단순하기 때문에 더 강력하게 느껴지는 이 구절은, 세계를 향한 패리스의 시각을 보여준다. 그가 세계를 어떻게 바라보며 무엇에 가치를 두고 가장 중요하게는 '왜' 그렇게 생각하는지에 관해. 그리고 그 과정에서 작가는 단 한 번도 이야기를 멈추지 않은 채, 그의 과거에서 주목할 만한 몇 가지 정보를 알려준다.

플래시백도 같은 기능을 수행하지만, 그러기 위해서는 먼저 이야기 전체의 '일시정지' 버튼을 눌러야 한다. 독자에게 충분하고 완전한 집중을 요구하면서 말이다. 다시 말해 플래시백은 그 순간에 위치해야만 하는 더 확실하고 분명한 이유가 필요하다. 그렇지 못하면 앞서 이야기한 선생의 충고대로 '결코 사용하지 않는 편이' 더 낫다. 굳이 힘들여 자기 무덤을 팔 필요는 없을 테니까.

플래시백과 서브플롯 : 인과관계와 타이밍 연결하기

좋은 소식은, 플래시백 혹은 서브플롯과 메인 스토리라인을 앞뒤로 원활하게 연결할 수 있는 훌륭한 인과관계의 원칙이 있다는 것이다.

- 플래시백이 등장해야 하는 유일한 때는 플래시백이 주는 정보가 없으면 앞으로 일어날 일을 제대로 이해할 수 없는 때다. 따라서 플래시백을 유발하는 구체적인 필요 혹은 원인이 존재해야 한다.
- 이 원인은 명확해야 한다. 독자는 플래시백이 시작되는 순간 이야기가 왜 과거로 가야 하는지 알고 있어야 한다. 독자에게 왜 '지금' 이 정보가 필요한지 잘 이해하고 있어야 한다는 말이다. 또한 플래시백이 진행됨에 따라 이것이 잠시 멈춰 있는 원래의 이야기와 어떻게 연관되어 있는지도 알 수 있어야 한다.
- 플래시백이 끝났을 때, 여기서 얻어진 정보는 독자가 이야기를 바라보는 관점에 그 즉시 영향을 줄 수 있어야 한다. 다시 말해 앞으로 무슨 일이 일어날지에 대한 정보를 주지 않는 플래시백은 의미가 없다. 이것은 플래시백에서 당장이 아니라 앞으로 중요해질 정보를 주면 안 된다는 말이 아니다. 다만 그것뿐이어서는 안 된다는 말이다.

끌리는 이야기는 어떻게 쓰는가

전조 : 위기를 벗어나게 해주는 최고의 조커

이런 일은 항상 일어난다. 작가인 당신은 스테파니에 관한 이야기를 정성들여 만들었고, 그녀 역시 아직까진 아주 잘 해내고 있었다. 그런데 갑자기 그녀는 세드릭 삼촌에 대한 진실을 밝혀내기 위해서는 계단 밑의 작은 청소도구함에, 그것도 얼마가 될지 모르는 시간 동안 숨어 있어야 한다는 걸 깨닫는다. 문제는 당신이 2장에서 이미 그녀에게 폐쇄공포증을 선사했다는 점이다. 디즈니랜드에서 스테파니가 조카 베키를 데리고 놀이기구에 탈 수 없었던 이유를 설명하기 위해 말이다. 이제 어떻게 해야 할까? 만약 당신이 스테파니의 폐쇄공포증을 무시하고 그녀를 저녁 내내 좁은 공간 속에 웅크리고 있게 한다면, 독자는 대번에 이를 알아챌 것이다. 요즘 같은 디지털 시대에 재빨리 작가에게 비난 메일 하나쯤 보내는 것은 일도 아니다. 그러나 반대로 당신이 앞으로 돌아가 스테파니로 하여금 조카 베키를 데리고 놀이기구에 타도록 이야기를 수정한다면, 그건 그 시점 이후로 일어나는 모든 일을 바꿔놓을 것이다. 그러니 대체 어떻게 해야 하는 걸까? 바로 이럴 때 '전조'가 빛을 발한다.

놀이기구 탑승과 옷장에 들어가야 하는 순간 사이의 어느 지점에서, 스테파니는 자신의 폐쇄공포증을 극복해야 할 필요를 느낄 수 있다. 그래서 30층에 있는 자신의 사무실까지 이어진 계단을 터덜터덜 걸어 올라갈 때마다 이렇게 생각하곤 하는 것이다. '엘리베이터가 저렇게 작지만 않았어도, 매일 이런 고생을 할 필요는 없었을 텐데…….' 그러면 나중에 그녀가 좁은 청소도 구함 속에서 빗자루와 쓰레기봉투에 둘러싸인 채 고생하고 있 더라도, 독자 입장에서는 이것을 다른 식으로 이해할 수 있다. 그녀가 자신 앞에 놓인 (잘 설계된) 장애물을 멋지게 극복하길 응 원하면서 말이다.

'잠깐, 내가 뭔가 빠뜨린 게 틀림없어'

아주 사소해 보이는 것일지라도, 논리적 오류가 줄 수 있는 피해를 결코 과소평가하지 말라. 예를 들어 독자는 론다가 토드 를 열렬히 사랑한다는 사실을 알고 있다. 오늘은 그들의 기념일 이다. 그래서 론다는 그에게 멋진 저녁 식사를 만들어주려고 재 료를 사러 마트에 가는 길이다. 그런데 그때 론다는 이상한 광경 을 목격한다. 토드가 낯선 여자와 키스를 하고 있는 것이다! 하 지만 여기서 론다는 아무 반응도 보이지 않는다. 독자는 이를 이 해할 수 없다. 론다의 행동은 예상을 완전히 벗어나는 것이기 때 문이다. 독자는 작가에게 당장 전화라도 걸어 대체 무슨 일이 일 어나고 있는 건지 묻고 싶은 심정이다.

반면에 작가는 싱긋 웃으며 걱정하지 말라고 말할지도 모른 다. 론다에겐 그럴 수밖에 없는 사정이 있고, 그건 다음 문단에 서 곧 밝혀질 거라고 말이다. 한두 문장만 더 읽으면 되니까 조 금만 더 인내심을 갖고 기다리라고.

자, 그러면 누구 말이 맞을까? 독자 말이 맞을까, 아니면 작가 말이 맞을까?

독자가 맞다. 언제나. 토드가 다른 여자와 입을 맞추는 것을 론다가 보고서도 '아무런 반응도' 보이지 않는 순간, 독자 입장에서 이야기는 급정거를 해버리고 만다. 별안간 이야기는 말이 되지 않고, 독자는 이야기 밖으로 튕겨져 나가 원래의 의식으로 돌아온다. 그 결과는? 독자는 그 자리에 멈춰 이리저리 생각해보게 된다. 그리고 지금까지의 과정 가운데 자신이 뭔가를 빠뜨린 게 있지는 않은지 돌이켜본다. 토드는 가끔씩 기억상실증을 앓고 있었나? 이런 '일시정지'는 아무리 짧은 시간이라 해도 이야기를 멈춰버리게 만든다. 바로 다음 문단에 그 답이 나와 있다 할지라도 독자의 혼란을 해결해주지는 못한다. 어떻게 그럴 수 있겠는가? 이미 일은 벌어졌는데.

결코 이런 짓을 하지 말라.

주인공이 날 수 있다고 독자를 믿게 만드는 법

전조의 좋은 점은 이것을 활용하면 당신의 주인공이 뭐든 할 수 있다는 것이다. 날아다니건, 벽을 걷건, 사전을 통째로 거꾸로 암송하건 이 비범한 재능을 독자에게 미리 말해주기만 한다면 말이다. 단, 이 재능이 없으면 벗어날 수 없는 곤란한 상황이 닥치기 한참 전에. 따라서 우주의 보편적 법칙들을 깨거나 구부리거나 재해석하려고 할 때는 독자에게 정당한 경고를 해줄 필요가 있다. 특히 과학소설이나 판타지, 마술적 리얼리즘 같은 장르를 쓴다면 더더욱 그렇다. 작가가 창조한 세계이니 무엇이든 마음대로 해도 되는 것은 맞지만, 이 자유에는 그에 합당한 책임도 따른다. 그 세계에 맞는 정당한 논리와 원칙을 만들어야 하고 그것들을 엄격히 지켜야 하는 것이다. 그래야만 당신이 어떤 '변화'를 예고했을 때 독자는 그 변화가 '어디서부터' 왔는지를 알수 있다.

인물들로 하여금 정상 영역을 벗어나게 만들고 싶을 때도 마찬가지다. 먹지 않으면 배가 고프고 마시지 않으면 목이 마른 법이다. 길을 건널 때 양쪽 편을 살피지 않으면 트위터에 글을 올리다가 죽을 수도 있다. 다시 말해 주인공이 우리가 생각하는 기본적인 인과관계에 부합하지 않을 때 독자에겐 불만이 생긴다. 독자에게는 선택의 여지가 없다. 우리의 두뇌는 등장인물들의 신빙성을 판단할 때 우리가 가진 기본 지식을 사용하기 때문이다.[12] 독자는 이렇게 질문해야만 하는 상황을 좋아하지 않는다. "주인공이 차에 치였는데 피를 안 흘리네요?"

이건 주인공이 꼭 피를 흘려야 한다는 얘기가 아니다. 오히려 그 반대다. 만약 그가 피를 흘리지 않는다면, 그것에 대한 아주 그럴싸한 이유를 먼저 제시했어야 한다는 말이다. 차에 치인 주인공이 도로 위에 누워 있는 상태에서 낄낄거리며 이렇게 말한다고 될 문제가 아니다. "아 맞다. 그런데 존은 사실 화성인이에요. 존의 몸이 고무로 만들어졌다는 사실을 얘기 안 했던가요? 그러니 차에 치여도 아플 리가 없죠. 좀 간지러웠을지는 모르지만."

따라서 등장인물들이 정상적인 범주에서 확연히 벗어난 무언가를 할 때는, 독자는 이미 다음 두 가지 중 하나를 알고 있어야 한다.

1. 그들은 그렇게 할 능력을 가지고 있다. 그리고 독자는 이미 그들의 행동을 통해 그 사실을 본 적이 있다. 예를 들어 도나와 웬디는 숨바꼭질 중이다. 밀폐된 지하실에 들어가 문을 잠군 웬디가, 남은 산소를 모두 빨아들이는 스위치마저 건드렸다. 그런데 그 순간에 독자가 도나에게 벽을 뚫고 들어갈 수 있는 능력이 있단 걸 알게 된다면? 곤란하다. 하지만 그 전에 우리가 이미 도나가 벽을 뚫고 지나가는 걸 한두 번 본 적이 있다면, 웬디가 지하실 문을 잠그는 순간에도 우리는 안도의 한숨을 내쉴 수 있다.

2. 도나가 벽을 뚫고 지나가는 장면을 실제로 본 적이 없다면, 그전까지 독자는 이와 관련된 충분한 설명을 들은 상태여야 한다. 도나가 벽을 뚫고 들어가더라도 금세 수긍할 수 있도록 말이다. 도나가 유난히 숨바꼭질을 잘하는 아이였다면? 그 순간 도나가 벽에 기대어 빨려 들어가듯 그 안으로 사라졌다면? 독자는 그때 비로소 도나의 능력과 비밀을 깨닫게 되는 것이다.

그렇다 하더라도, 단지 '플롯의 요구'에 따라 인물들로 하여금 그들 전혀 하지 않을 것 같은 일들을 하게 만드는 것은 일종의 유혹이다. 영화나 드라마에서 이런 경우를 자주 볼 수 있다. 에드거는 스탠퍼드 박사 학위가 두 개나 있고, 태권도 유단자이며, 6개 국어를 구사할 수 있는 데다 남는 시간엔 미스터리 소설을 쓰는 베스트셀러 작가이기까지 하다. 그런데 그런 그가 멕시코 국경 부근에서 낯선 사람이 부탁하는 소포를 일말의 망설임도 없이 선뜻 받아든다. 국경을 넘는 도중에 에드거가 체포되지 않으면 나머지 이야기가 수포로 돌아가는 플롯이기 때문이다.

작가는 이러한 유혹에 넘어가지 말아야 한다. 등장인물의 간청에 귀를 기울여라. 그들이 원하는 것은 자신들이 하는 모든 행동, 반응, 말, 그리고 갑자기 떠올라 모든 것을 바꿔버리는 기억에까지 그럴듯한 이유를 부여해 달라는 것이다. 이것이 바로 전조, 플래시백, 그리고 서브플롯의 역할이다. 독자는 이미 자신의 삶을 통해 과거의 기억에서 종종 무시할 수 없는 지혜의 덩어리들을 발견할 수 있다는 사실을 알기 때문에, 일견 상관없어 보이는 이 짧은 여행에 기꺼이 동참할 것이다.

CHECK POINT 11

모든 서브플롯이 이야기 속에서 주인공에게 외면적 혹은 내면적으로 영향을 미치는가?
독자는 단지 재미있거나, 아름답거나, 쉬어갈 틈을 주기 때문에 서브플롯을 필요로 하는 게 아니다. 이 모든 걸 다 갖췄다 할지라도, 서브플롯은 무엇보다 이야기의 질문을 위해 존재해야 한다. 스스로에게 물어보라. 이 서브플롯은 목표를 향해 가는 주인공의 여정에 어떤 영향을 끼치고 있는가? 독자가 정말로 주인공에게 무슨 일이 일어나는지 파악할 수 있도록 구체적인 정보를 제공하는가?

서브플롯이나 플래시백이 시작될 때, 독자가 이것들이 왜 '지금' 필요한지 알 수 있는가?
논리는 작가의 머릿속이 아니라 페이지 위에 펼쳐져 있어야 한다. 메인 스토리라인에서 떠나고자 할 때는, 독자가 소리를 지르거나 저항하지 않고 순순히 따라오도록 만들어야 한다.

메인 스토리라인으로 돌아올 때, 독자는 그때부터 모든 것을 새로운 시각으로 바라보게 되는가?
다시 돌아온 독자는 일어나고 있는 일들에 관해 새로운 통찰을 갖게 되어야 한다.

주인공이 배역에 어울리지 않는 행동을 할 때, 이에 대해 미리 보여주었는가?
이야기 과정에서 당신은 독자에게 충분한 설명을 해주었어야 한다. 독자의 반응이 "잠깐만요"가 아닌 "아하!"가 되도록.

무슨 일이 일어나고 있는지 독자에게 충분한 정보를 주었는가? 인물의 행동이나 말로 인해 독자가 무언가를 놓쳤다고 여기게 되지는 않았는가?
독자가 읽기를 멈추고, 자신이 무엇을 놓쳤는지 파악하려고 책을 뒤로 다시 돌려보게 되는 현상은 결코 바람직하지 않다.

12장 작가의 머릿속 들여다보기

쓸 때의 뇌는
읽을 때의 뇌와 다르다

뇌의
비밀

뇌가 인지적 무의식을
사용하기 위해서는
장기적이고 의식적인 노력이
필요하다.

이야기의
비밀

쓰기란 없다.
다시 쓰기만 있을 뿐이다.

> "첫 번째 원칙은 스스로를 속이면 안 된다는 것이다.
> 자기 자신이야말로 가장 속이기 쉬운 사람이기 때문이다."
>
> — 리처드 P. 파인만

이제까지 독자의 관점, 독자의 두뇌 쪽에서 이야기를 살펴보는 데 많은 시간을 투자했다. 하지만 작가의 뇌는 어떨까? 페이지가 술술 넘어가는 이야기를 창조하기 위해 작가의 뇌는 어떻게 작동해야 할까? 공평하게 방향을 바꿔, 이번엔 작가의 뇌를 들여다보아야 할 시간이다. 나부터 시작하겠다.

얼마 전 나는 아주 이상한 점 하나를 발견했다. 어떤 단어의 철자를 잘못 썼을 때, 그 단어의 철자가 무엇이었는지를 자세히 생각하면 할수록 철자가 점점 더 엉망이 된다는 사실이었다. 대신 아무런 생각 없이 그냥 그 단어를 빠르게 다시 쓰면 열에 아홉은 틀리지 않았다. 얼마 동안 나는 주위 사람들에게 내 머리는 철자법을 모르지만 손가락은 알고 있다고 말하고 다녔다. 결국 내 뇌는 내가 생각한 것보다 더 많이 알고 있었다. 거기에 대해 생각하지만 않는다면 말이다.

리처드 레스탁은 "많은 경우 너무 열심히 생각하면 정확성과 효율성이 떨어진다"라고 했다.[1] 그는 누구나 가지고 있는 아쉬운 기억을 떠올려보라고 지적한다. 학창시절 객관식 시험을 볼 때 항상 일어나곤 했던 일 말이다. 연구에 따르면 문제를 보고 처음 떠오른 번호를 그대로 바꾸지 않고 다음 문제로 넘어갔다면 우리 모두 훨씬 좋은 성적을 얻을 수 있었을 거라고 한다. 이 쓰디 쓴 경험에서 배울 수 있는 하나의 교훈은, 때로는 열심히 할수록 결과가 더 나빠진다는 사실이다.[2]

그렇다면 결국 가장 좋은 방법은 되는 대로 쓰는 것인가? 이 제껏 우리가 이야기한 것은 다 잊어버리고 손이 가는 대로 쓰는 것만이 최선인가? 하지만 레스탁 박사의 나머지 말을 끝까지 들어보자. "이것은 당신이 시험을 잘 준비했고 내용에 대해 잘 알고 있을 때만 가능한 이야기다."[3]

17세기의 작가 토머스 풀러는 이러한 개념을 다르게 표현했다. "모든 것은 어렵다. 쉬워지기 전까지는." 노벨 경제학상 수상자 허버트 사이먼은 어떤 주제를 완전히 습득하기까지는 약 10년의 시간이 필요하다고 말했다. 그때가 되면 우리 두뇌에는 50,000개가 넘는 지식 덩어리들이 모여 잘 분류되어 있기 때문에, 우리의 인지적 무의식이 각각의 덩어리를 필요로 할 때마다 쉽게 접근하여 사용할 수 있다는 것이다. 사이먼은 이것을 다음과 같이 설명한다. "많은 상황에서 전문가들이 '직관적으로' 반응할 수 있는 것은 바로 이 때문이다. 다시 말해 그들은 구체적

끌리는 이야기는 어떻게 쓰는가

인 과정을 거치지 않고도 빠르게 답에 도달할 수 있다. 직관은 더 이상 신비의 영역이 아니다."[4]

안토니오 다마지오 역시 이에 동의한다. "우리가 어떤 기술을 아주 깊게 연마하게 되면, 그에 대한 우리의 전문성은 무의식의 공간에서 나온다. 그 기술을 쓰기 위해 의식적인 단계를 거칠 필요가 없게 되는 것이다. 우리는 의식의 차원에서 그 기술을 배우고 발전시켜 나가지만, 완성된 후에는 그것을 지하실, 즉 우리의 넓은 무의식 속으로 내려 보낸다."[5]

작가 역시 마찬가지다. 이런 과정을 통해 작가는 직관적으로 이야기를 써나갈 수 있고, 무의식의 근육 속에 기술을 저장할 수 있다. 좋은 소식은, 이미 오래전부터 시간이 흐르기 시작했다는 것이다. 10년 동안의 습작 기간까지 포함해 타이머는 이미 켜져 있는 셈이다. 어쩌면 당신은, 혹은 당신의 무의식은 이미 알고 있을지도 모른다. 글쓰기의 아주 큰 부분은 다시 쓰기가 차지하고 있다는 걸.

마지막 장에서 다루고자 하는 이야기는 다음과 같다. 첫째, 초고 쓰기의 믿을 수 없는 즐거움. 둘째, 제한 없는 비평을 받는 일의 중요성. 셋째, 글쓰기 과정에서 다시 쓰기가 본질적인 과정인 이유. 넷째, 작가 모임의 장단점. 다섯째, 전문적인 문학 컨설턴트의 이점. 여섯째, 모르는 사람들이 당신의 작품에 대해 무자비한 공격을 퍼붓기 전에 당신의 은신처를 강화할 수 있는 방법.

처음으로 결승선을 넘는 황홀

당신은 지금 막 초고를 완성했다. 스스로가 무척 자랑스럽다. 약간 어지러울 정도다. 이 원고를 진짜 끝냈다는 게 믿기지 않는다. 중간에 수백 번도 넘게 포기하고 싶었지만, 당신은 그러지 않았다. 당신은 텅 빈 공간에서 시작하여 마침내 작가들의 사전에서 가장 아름다운 두 단어에 도달했다. "The End." 당신은 이제 뭘 해야 하는지 잘 알고 있다. 나가서 마음껏 즐기는 것이다.

다음 날 아침, 이 위대한 업적의 여운에 아직도 취해 이렇게 생각한다. 출판사에 투고하기 전에 원고를 다시 한 번 읽어보는 것도 괜찮을 것 같다고. 혹시나 오타가 있을지도 모르니까 말이다. 그러나 원고를 몇 페이지 넘기지도 않는데 당신은 난감한 기분이 든다. 쓸 때는 엄청나게 재미있고 매력적이고 깊이 있던 이야기가, 어쩜 이렇게 단순하고 진부하게 변할 수 있을까? 밤새 누군가 몰래 들어와 원고를 다 고쳐놓기라도 한 걸까?

쓸쓸한 마음으로 '삭제' 키를 누르기 전에, 당신은 이런 현상이 누구에게나 일어나는 것임을 알아야만 한다. 글쓰기는 하나의 과정일 뿐이다. 한 번의 원고로 이야기의 모든 문제점을 해결한다는 것은 거의 불가능하다. 자책할 필요는 없다. 당신 잘못이 아니라 원래 그런 것이다. 성공한 모든 작가의 공통점이 하나 있다면, 그것은 그들이 다시 쓴다는 점이다. 경험에 비추어보면 성공하는 작가들과 그렇지 못한 작가들의 차이점은 문제가 있는 부분을 찾아내어 고칠 수 있는 인내심의 유무다.

믿기지 않는가? 존 어빙의 말이라면 어떤가. "내 삶의 반은 다시 쓰기다."[6] 도로시 파커의 말도 있다. "다섯 단어를 쓸 수는 없지만, 일곱 단어를 고칠 수는 있다."[7]

《위기의 소녀들》의 저자 캐럴라인 레빗은 자신의 아홉 번째 소설을 편집자에게 보여주기 전에 여러 번 다시 썼고, 보여준 후에는 편집자의 충고에 따라 네 번 더 다시 썼다. 책은 금세 팔려나갔다. 그리고 그녀는 다시 새로운 네 개의 초고를 써서 편집자에게 보여주었다.

젊은 작가 존 H. 리터는 각각의 소설마다 출판 전에 보통 열다섯 번 정도 다시 쓴다고 말한다. UCLA 시나리오 학과장인 리처드 월터는 자신의 제자이자 뛰어난 시나리오 작가 데이비드 켑이 17고까지는 얼마든지 행복하게 다시 쓸 거라고 이야기한다. 그 이후에는 다소 화를 내겠지만.

수많은 작가들의 말을 한마디로 요약하면, 어니스트 헤밍웨이가 했던 유명한 말이 된다. "모든 초고는 쓰레기다." 하지만 이 말 한마디로 모든 게 해결되는 건 아니다. 그러니까 아무 말이나 막 써도 된다거나, 혹은 어차피 고칠 거니까 열심히 쓸 필요가 없다는 뜻도 아니다. 초고는 중요하다. 초고는 우리가 끝마쳐야 하는 것이고 벗어나야 하는 대상이면서 동시에 새롭게 만들어 반질반질하게 다듬어야 하는 재료다. 따라서 아무리 별로일지라도 초고는 중요하다. 하지만 잊지 말아야 할 점은 '열심히 하는 것(당신이 하려는 것)'과 '첫 번째 단어부터 완벽하게 쓰려는 것(불가능한 것)' 사이에는 커다란 차이가 있다는 사실이다. 우리의 목표는 아름다운 문장으로 가득 찬 글을 쓰려는 게 아니다. 우리의 목표는 당신이 하고자 하는 이야기에 최대한 가깝게 다가가는 것이다.

그러므로 지금 당신이 들고 있는 것이 초고든 17고든 마음을 편히 먹어라. 완벽한 원고를 만들려고 하지 말고, 다만 이전 원고보다 조금 더 나은 이야기를 만들려고 노력하라. 이야기는 여러 겹으로 구성되어 있기 때문에 일어나는 모든 일은 다른 모든 일에 영향을 미친다. 다시 말해 당신이 하나의 문제를 고치면, 그로 인해 달라지는 또 다른 무언가 역시 해결해야 한다는 말이다. 이런 과정이 계속될 것이다. 한 번의 원고로 이야기의 모든 문제점들을 해결할 수 없다는 것이 이토록 분명한데, 왜 자꾸 그런 미친 짓을 하려고 하는가?

그러나 이야기를 쓰는 일에 있어서만큼 작가들은 분명한 이점을 가지고 있다. 비록 초능력 같은 건 아니지만, 그래도 그건 꽤 편리하다. 특히 다시 쓰기를 시작할 때 즈음이라면 말이다.

작가의 두뇌가 지닌 이점

최근 진화심리학자 로빈 I. M. 던바는 스스로에게 이런 질문

끌리는 이야기는 어떻게 쓰는가

을 던졌다고 한다. '이야기를 감상하는 능력이 이토록 보편적이라면, 왜 훌륭한 작가는 그렇게 흔치 않은 것일까?' 그의 연구는 이 현상의 주요 원인 중 하나가 '의도성'과 관련되어 있다는 것을 밝혀냈다. 이것의 핵심은 '다른 사람이 무엇을 생각하고 있는지를 추론하는' 능력이다. 유사시에 대부분의 사람들은 다섯 개의 심리 상태를 놓치지 않고 좇을 수 있다. 던바는 이렇게 말한다. "예를 들어 청중이 셰익스피어의 〈오셀로〉를 관람한다고 해보자. 그들은 의도 단계의 네 번째 순서에서 극을 이해하게 된다. '나(청중)는 데스데모나가 다른 누군가를 사랑하길 원한다고 오셀로가 생각하도록 이아고가 의도했다는 것을 안다.' 만약 셰익스피어가 무대 위에 네 사람을 등장시켜 서로 상호 작용하는 것을 보여주었다면, 우리는 다섯 번째 순서로 극을 이해하게 될 것이다. 대부분의 사람이 지닌 한계점에서 말이다."[8]

훌륭한 작가는 무엇이 다른가? 작가는 자신의 마음을 억누르고, 등장인물의 심리를 좇는 동시에 독자들의 심리 상태 역시 좇을 수 있다. 때론 여섯 번째나 일곱 번째 단계까지 내려가서 말이다. 마치 비디오게임 같지 않은가? 따라서 다시 쓰기 작업을 할 때, 각 인물들이 처한 서로 다른 현실을 좇는 것은 언제나 도움이 된다.

원 속의 원처럼, 바퀴 속의 바퀴처럼

작가로서 당신은 전체 그림을 알고 있다. 당신은 '진짜로' 무슨 일이 일어나고 있는지도 알고 있다. 당신은 보물이 어디에 묻혀 있는지도 알고, 주인공이 아무리 열심히 애를 쓴다 하더라도 결국 허탕을 칠 거라는 사실도 안다. 누가 거짓말을 했는지, 누가 진실을 말했는지도 안다. 어떤 사실이 진짜고 어떤 게 가짜인지도 당신은 안다.

반면에 당신이 만든 인물들은 종종 무슨 일이 일어나고 있는지 전혀 모른다. 그래서 그들은 자신들이 실제로 속한 세계와 전혀 다른 세계를 전제로 하고 행동하게 된다.

작가로서 우리는 이따금씩 이 점을 간과한다. 우리는 진실이 무엇인지 알고 앞으로 무슨 일이 일어날지도 알기에, 종종 우리의 인물들은 그렇지 못하다는 걸 잊어버리곤 하는 것이다. 다시 말해 이 점을 고려하면 이야기 속에는 동시에 서로 다른 네댓 개의 세계가 존재하는 셈이다. 이건 정확히 무엇을 의미하는 걸까?

이야기 속에는 하나의 진짜 세계, 그러니까 하나의 객관적 세계가 존재한다. 이것은 실재하는 세계이며 모든 일이 일어나는 곳이고, 해석이나 의견 없이 모든 것이 있는 그대로 존재하는 장소다. 당신의 등장인물들이 이 세계를 완벽하게 알고 있기란 애초부터 불가능하다. 허구에서조차 누구도 모든 것에 대해 완전하게 알고 있을 수는 없기 때문이다. 따라서 인물들이 아는 것은

끌리는 이야기는 어떻게 쓰는가

오직 일어나고 있는 일들의 '일부분'뿐이다. 게다가 그들이 '아는' 것의 일부는 굉장히 잘못된 것일 수도 있다. 대개 갈등은 여기에서 비롯된다. 그리고 무엇보다, 그런 다음 인물들은 이 모든 것에 자신의 의견을 덧붙인다.

물론, 이러한 사실도 자신이 진실이라고 믿는 것을 진짜 진실로 여기고 행동하는 주인공을 막을 수는 없다. 이로 인해 때로 주인공은 커다란 대가를 치른다. 로미오를 보라. 베로나로 돌아온 그는 줄리엣이 '죽었다고' 믿는다. 가슴 찢어지는 아픔을 느끼며, 그는 자신에게 주어진 유일해 '보이는' 길을 선택한다. 독약이 든 물병을 마시는 것. 그리고 극적으로 죽는 것. 몇 분만 기다리면 약에서 깨어난 줄리엣이 기지개를 켜며 일어나리라는 사실을, 그는 알 방법이 없다. 만약 로미오가 그걸 알았다면 그들은 평생 행복하게 같이 살았을 수도 있다. 안타깝게도 '실제 세계'와 로미오가 생각했던 세계는 너무나 다른 곳이었다.

리얼리티 체크

이야기의 '리얼리티'와 관련하여 각 장면을 다시 쓸 때 다음의 질문들을 스스로에게 던져보자.

- 이야기의 '실제 세계', 즉 '객관적 세계'에서 진짜로 어떤 일이 벌어

지고 있는가?

- 각각의 인물들은 어떤 일이 벌어지고 있다고 생각하는가?

- 모순점은 어디에 있는가? (예: 조는 자신의 형 마크가 아버지의 편애를 받는다고 생각해서, 언제나 아버지에게 인정받으려 노력한다. 그러나 마크는 자신의 아버지가 실제로는 아주 사악한 외계인이라는 사실을 알기 때문에, 조가 태어난 직후부터 지금까지 그를 보호해왔다.)

- 각각의 인물들이 진실이라 믿고 있는 것이 서로 다를 때, 하나의 장면에서 그들은 각각 어떻게 행동하는가?

- 등장인물이 진실로 믿고 있는 것에 비추어 볼 때, 각 장면에서의 행동이 이해가 가는가?

누가, 무엇을, 언제?

전체 이야기를 위해 도표를 하나 만들어보자. 먼저 이야기의 시간 순서대로 '실제 세계'에서 어떤 일들이 일어나는지를 적는다. 예를 들어 이렇게 적는 것이다. 1) 로미오는 줄리엣을 만난다. 2) 그들은 사랑에 빠지고 비밀리에 결혼을 한다. 3) 줄리엣은 로미오에게 집안 간의 싸움을 멈춰 달라고 부탁한다. 4) 로미오는 그러려 했지만 결국 그녀의 친척을 죽이고 만다. 5) 줄리엣이 약혼 당했다는 것을 모른 채 로미오는 도망을 친다. 6) 수도사의 도움을 얻어 줄리엣은 죽은 것처럼 위장해 결혼에서 벗어난다. 그리고 로미오에게 이 계획을 설명하는 편지를 보낸다. 7) 편지를 받지 못한 로미오는 베로나로 돌아와, 약을 마시고 지하

끌리는 이야기는 어떻게 쓰는가

실에 누워 있는 줄리엣을 발견한다. 그녀가 죽었다고 생각한 로미오는 자살한다. 8) 잠시 후 깨어난 줄리엣은 무슨 일이 일어났는지를 깨닫고, 같은 식으로 생을 마감한다. 그들의 죽음으로 인해 두 집안은 서로 화해한다.

포괄적인 시간 흐름 아래에 각각의 주요 인물들을 위한 시간 흐름을 만든다. 그리고 그들이 이야기 속에서 진실이라 믿는 것이 무엇인지 적어 넣는다. 이 작업은 인물들이 언제 어디서 서로 어긋나게 될지를 드러내줄 뿐 아니라, 특정한 순간에 등장인물이 자신의 믿음을 따라 어떤 반응을 보일 것인지를 확인하는 데도 유용하게 쓰인다.

마지막으로 표에 추가해야 할 사람이 하나 더 있다. 바로 독자다. 장면마다 스스로에게 질문해보라. "독자는 무엇이 일어나고 있다고 생각할 것인가?" 이 질문은 굉장히 중요하기 때문에, 노트북을 덮고 난 뒤 '실제 세계'에 가서도 동일한 질문을 던져볼 필요가 있다.

피드백의 첫 단계 : 마중물 붓기

당신이 쓴 작품에 대한 속이 뒤틀리는 비평들("이건 내가 지금까지 읽어본 것 중 최고야! 어디 가면 살 수 있니?" 같은 걸 제외한)을 부탁하기 전에, 놀랍도록 유용한 피드백을 얻는 법을 공개한다. 이것은 창작의 어느 단계에서든, 누구의 실제 의견에도 영향을 주지 않고 얻을 수 있다는 장점이 있다. 게다가 이 방법이 가져오는 정보는 명확하고 간결하며 구체적이다. 이상적으로는 당신의 이야기가 어떤 내용인지 전혀 모르는 친구나 가족을 모집하는 것이 가장 좋다. 당신이 해야 할 일은 그저 그들에게 당신의 이야기를 읽어보고, 각 장면이 끝날 때마다 아래의 질문에 대한 대답을 적어 달라고 부탁하는 것이다.

- 다음에 어떤 일이 일어날 것 같습니까?
- 중요한 인물들은 누구라고 생각하십니까?
- 각각의 인물들이 원하는 것은 무엇입니까?
- 눈에 띄는 복선이 있습니까?
- 진짜 중요하다고 생각한 정보는 무엇입니까?
- 가장 알고 싶은 정보는 무엇입니까?
- 혼란스러운 부분이 있습니까? 있다면 무엇입니까?

  (이 질문이 우리가 실제로 받게 될 진짜 비평과 가장 유사할 것이다.)

이들의 대답은 당신 머리에 있던 이야기가 페이지 위로 얼마나 다 전해지지 않았는지를 깨닫는 데 큰 도움을 줄 것이다. 앞으로 드러날 플롯의 허점, 논리적 비약, 군더더기, 상관없는 여담 등은 논외로 하고서도 말이다. 하지만 그들에게 지금 당신이 원하는 것은 오직 이 질문들에 대한 답뿐이라고 이야기하라. 만

끌리는 이야기는 어떻게 쓰는가

약 이 시점에서 그들에게 전권을 위임한다면, 아마 그들은 당신의 작품 속 모든 것을 바꾸려 들지도 모르니까.

다른 사람들의 의견

어떤 시점에 이르면(3고든 6고든 27고든) 당신은 다른 사람들에게 진짜로 작품 전체를 읽어 달라고 부탁할 필요가 생긴다. 당신이 아무리 고통스럽게 객관성을 유지하려 했으며 이야기가 옆길로 새지 않게 냉철했고 이야기의 모든 요소를 면밀히 조사했다 하더라도, 결국 그걸 한 사람은 당신이기 때문이다. 그리고 이 모든 일을 아무리 잘해냈다고 해도, 결코 한 번도 읽어보지 않은 것처럼 자신의 이야기를 읽는 것은 불가능하다. 읽기를 시작하기도 전에 이야기는 이미 당신 안에 있다. 이야기 속 모든 것이 의미하는 바를 알고 무슨 일이 벌어지는지를 다 알고 있는데, 어떻게 이 글자들이 타인의 마음속에서도 똑같은 마술을 부릴 거라고 확신할 수 있겠는가? 아무것도 없이 오직 페이지 위에 적힌 단어만을 읽어야 하는 이들이? "지식의 저주"라는 말을 기억하라. 당신은 너무 많이 알고 있기 때문에, 처음 읽는 독자들에게 그 이야기가 어떤 영향을 미칠지 판단할 수 없다.

이것이 바로 작가가 자신의 이야기를 세상에서 가장 무자비한 '독자의 시선'으로 살펴봐야 하는 이유다. 이 독자는 자신이 신뢰하는 작가 친구들일 수도 있고 일종의 작가 모임일 수도 있으며 돈을 받는 전문가일 수도 있다. 할 수만 있다면 세 개 다 하는 것도 좋을 것이다. 이건 마치 이웃 사람들한테 '놀이터에서 놀고 있는 아이들에게 무차별 사격을 좀 해주세요!'라는 부탁을 하는 기분과 비슷하다. 그러면 어떤 일이 벌어질까? 그들은 쏠 것이다. 독자에겐 그 아이들이 당신만큼 사랑스러울 이유가 전혀 없기 때문이다. 독자에게 그들은 단순히 이야기에 방해가 되는 존재들일 뿐이다.

유머작가 프랭클린 존스가 말했듯이 "솔직한 비평은 받아들이기 어렵다. 특히 친구, 친척, 지인, 그리고 모르는 사람에게서라면 더욱더".

피드백 받아들이기

다른 사람의 의견에 귀를 기울이고 실제로 이를 수용하는 일의 중요성은 이루 말할 수 없다. 여전히 어려운 점은, 당신은 피드백을 주는 대상이 실제로 그럴 만한 능력이 있는지를 확인하고 싶다는 것이다. 다시 말해 독자는 무엇이 자신을 이야기 밖으로 벗어나게 하는지, 그리고 언제 이야기가 엇나가기 시작하는지 지적해줄 수 있어야 한다.

'조이'라는 이름을 가진 여자의 이야기를 살펴보자. 그녀는 회고록을 하나 썼는데, 내용은 이렇다. 그녀는 작은 마을에서 자라났다. 어머니가 지역의 유명 인사였던 탓에, 유치원에서부터 조이는 늘 세상의 주목을 받아야 했다. 그녀 개인의 삶은 마치 아주 잘 만든 한 편의 영화 같았다. 이 회고록은 재미도 있고 감동도 있으며 마지막에 희망의 여운을 남기며 끝난다. 문제는 조이가 이야기를 들려주는 법을 몰랐다는 사실이다. 제대로 된 서사 없이(즉 이야기 질문이나 내면적 문제 없이) 이야기는 만들어지지 않는다. 따라서 그녀의 이야기가 일관성 없는 에피소드의 나열로 혼란스러워지는 데는 그리 오랜 시간이 걸리지 않았다. 3장 어딘가쯤에서 이야기는 길을 잃고 이후로는 쭉 그 상태를 유지했다. 각각의 장면과 에피소드들이 잘 쓰여진 것은 아무 도움이 되지 않았다. 그 장면들에 의미를 부여할 수 있는, 전체를 관통하는 맥락이 부재했기 때문이다. 이 경우 독자는 각 에피소드의 의미는 무엇인지, 또 이 회고록이 도대체 어디를 향해 가고 있는지 알 수 없게 된다.

하지만 조이에겐 그게 보였다. 그것도 아주 명확하게. 왜 그렇지 않겠는가? 그녀는 실제로 그 삶을 살아온 당사자였으니까. 조이는 원고를 가까운 친구들과 대학시절 은사에게 보여주었고, 그들 모두는 원고가 매우 잘 쓰였으며 참 좋았다고 말해주었다. 그래서 그녀의 에이전트가 원고의 이러이러한 점들을 고쳐야 한다고 말했을 때 조이는 듣지 않았다. 대신 에이전트의 수정 제안들이 왜 불필요하며, 지적된 모든 것이 실제로 이야기 속에 다 녹아 있다는 것을 설명하는 데 많은 힘을 쏟았다. 조이는 원고가 이미 그 자체로 충분하다고 생각했다. 회고록에 적힌 대로 그녀는 산전수전을 겪은 매력적인 젊은 여인이었다. 다시 실패와 거절의 경험으로 돌아가고 싶지는 않았다. 그래서 원고는 있는 그대로 제출되었고, 곧 20개 출판사의 편집자들에게 보내졌다. 편집자들은 그녀를 개인적으로 전혀 몰랐고, 원고의 이상한 부분들에 대한 그녀의 긴 설명을 듣지도 않았다. 그래서 그들은 모두 원고를 거절했다. 그들이 보낸 거절 편지에는 이전에 에이전트가 그녀에게 지적했던 부분들이 똑같이 적혀 있었다.

물론 조이의 친구들은 원고가 완벽하다고 생각했다. 하지만 그들은 이미 조이의 이야기를 잘 알고 있었다. 그래서 조이가 무심코 남긴 이야기의 빈틈들을 자신도 모르는 사이에 자동적으로 메울 수 있었다. 더 위험한 점은 그들 모두가 그녀를 사랑한다는 것이었다. 즉 그들은 그게 무엇이든 그녀가 쓴 것을 좋아할 준비가 되어 있었다. 원고 그 자체보다 조이가 책 한 권을 써냈다는 사실 자체에 먼저 놀라고 감탄했다. 다시 말해 그들이 페이지를 넘기게 한 힘은 조이의 스토리텔링 기술에서 온 것이 아니었다.

그렇다면 주위 사람들이 그녀에게 했던 말은 다 거짓일까? 당연히 아니다. 다만 조이의 원고에 적용된 기준은 그들이 보통 서점에 가서 모르는 책을 살피고 읽고 사는 과정에서 적용한 기준과는 사뭇 달랐다는 것이다.

하지만 그들은 그 사실을 몰랐다. 문제를 더 복잡하게 만드는 것은, 그 사람들이 스스로 생각하는 '사랑스러운 책의 기준'에 대해 그녀에게 제대로 표현하지 못했으리라는 사실이다. 그건 마치 이런 말과 비슷하다. "포르노가 무엇인지 정의할 수는 없지만, 일단 보면 알게 되더라고."[9] 즉 이것은 일종의 감각이다. 포르노에서 이 감각은 좀 더 아래쪽에 있을지도 모르지만.

정말로 재미있는 책을 읽을 때 느끼는 감각과 친한 친구의 원고를 읽을 때 느끼는 감각을 구별하기란 사실상 불가능하다. 감각의 원인을 다른 곳으로 잘못 돌리는 실수는 놀라울 만큼 쉽게 일어나기 때문이다. 고전적인 실험을 예로 들어보자. 깊은 협곡 위의 다리 중간에 서 있는 남자에게 매력적인 여인이 다가와 설문지를 준다. 다리는 아주 무서워서 심장이 두근거릴 정도다. 남자가 이것을 작성하면 여자는 자신의 전화번호를 그에게 건넨다. 이번에는 같은 수의 남자에게, 다리를 지나 벤치에 앉아 있을 때 같은 실험을 한다. 설문지를 부탁하고 전화번호를 건넨다. 실험 결과 다리 위에 있던 남자 중 65퍼센트가 그녀에게 전화를 걸었고, 벤치에 앉아 있는 남자는 겨우 30퍼센트만이 전화를 했다.[10] 이 실험의 결과는 무엇을 의미할까? 대다수의 남자들은 두려움으로 인해 생긴 아드레날린 분비를 여인의 매력 때문에 오는 아찔함과 혼동했다. 똑같은 식으로, 당신의 친구와 가족 역시 당신의 글을 읽으며 같은 현상을 경험한다. 자신들이 느끼는 아드레날린의 분비를 당신이 썼다는 사실을 아는 데서 오는 흥분이 아니라 작가의 이야기 솜씨가 좋기 때문이라고 착각하는 것이다. 물론 당신이 정말 훌륭한 책을 썼을 리가 없다는 뜻은 아니다. 다만 적어도 그들은 그 두 가지를 제대로 구별하지 못할 거라는 사실이다.

한마디로 사랑은 우리를 눈멀게 한다.

그렇지 않다 해도 우리의 피드백은 솔직하지 못할 가능성이 높다. 친구의 글을 읽는다면 당신은 먼저 친구를 생각하게 된다. 따라서 느낌상으로는 뭔가 이상하고 고쳐야 할 부분이 있음에도 불구하고, 당신은 친구가 이 글을 쓰기 위해 얼마나 고생했을지, 또 이 책이 친구에게 얼마나 큰 의미일지를 생각하게 된다. 친구의 기분을 상하게 하고 싶지 않은 것은 물론이다. 그렇지 않으면 싸움이 시작될 테니까. 아는 사람의 글도 똑같다. 나쁜 소식을 전하고 싶은 사람은 아무도 없다. 이 원고의 경우에는 갈등으로 인해 긴장이 생겨나지 않는다고 해보자. 책에서는 갈등이 우리를 끌어들이는 매력으로 기능하지만, 현실에선 그렇지 않다. 피할 수만 있다면 피하고 싶다. 따라서 당신은 이 원고 속에 갈등과 긴장이 전혀 없다는 사실을 깨달았음에도 불구하고, 현실에서 갈등과 긴장을 만들고 싶지는 않기 때문에 그 점을 지적하지 않는다.

그래서 당신은 좋은 말을 찾아낸다. "설정이 죽이는데. 주제가 좋아. 배경이 끝내주고. 읽으면서 진짜 내가 거기 있는 것 같았지 뭐야. 어떻게 이런 생각을 다 했어?" 당신 친구는 환하게 웃고, 당신은 한마디도 거짓말을 하지 않았다. 다만 생략을 했을 뿐이다. 그리고 당신은 스스로에게 말한다. '뭐 내가 전문적인 비평가도 아니잖아. 어쩌면 이 책이 진짜 끝내주는 건지도 모르지. 내가 못 알아보는 걸 수도 있고.' 그렇게 안도의 한숨을 내쉰 다음, 당신은 원고를 그냥 믿어주기로 한다.

그러나 작가로서 원하는 피드백이 정말 이런 것인가? 그냥 믿어주는 것? 안 될 이유는 없다. 피땀 흘려 고생한 일에, 내 전부를 다 바친 일에 잘했다는 소리를 듣고 싶은 것은 당연하다. 완벽하다, 눈부시다 같은 말이면 더 좋다. 하지만 입장을 바꿔 생각해보자. 당신은 의대를 다니는 동안 '그냥 믿어준' 의사에게 진료를 받고 싶은가? '그냥 믿어줘서' 파일럿이 된 사람이 기장으로 있는 비행기에 지금 올라타야 한다면?

그렇지만 잠깐, 당신의 이야기는 당신 것이 아닌가? 작가가 꼭 모든 사람을 만족시켜야 한다는 법이 어디 있는가? 무엇보다 글을 쓰는 이유는 자신을 위해서가 아니었던가? 자신의 진실을 표현하기 위해서? 뭐, 그럴지도 모른다. 하지만 스스로에게 물어보라. 소설을 읽을 때 작가의 진실이 알고 싶어서 읽었던 적이 있는가? 아니, 아예 그런 생각이라도 해본 적 있는가? 독자로서 우리가 찾는 것은 오직 '우리 자신'과 연관시킬 수 있는 무엇이다. '자신의 진실'에 집중하는 작가들은 중요한 사실을 잊고 있는 것이다. 적어도 누군가가 자신이 쓴 이야기를 읽어주기를 원하는 한, 글쓰기는 자기표현이 아니라 커뮤니케이션이라는 걸. 여기서 우리가 없애버려야 할 잘못된 믿음이 또 하나 등장한다.

잘못된 믿음 : 작가는 규칙을 깨기 위해 태어난 반역자다.

실제 : 성공한 작가들은 그 망할 규칙을 잘 따른다.

작가는 종종 반역자다. 직업상 우리는 흐름을 거스르는 존재다. 작가는 익숙한 것에서 낯선 것을 찾아낸 다음, 이를 이야기로 번역하여 독자가 우리의 세계 속으로 들어올 수 있게 한다. 이렇듯 우리 자신이 창조자인데 왜 낡은 기준과 규칙들을 따라야만 하는가? 거추장스러운 구속은 모두 벗어버리고 자유롭게 숨 쉬면 안 되는가? 작가는 이야기를 만드는 사람이다. 규칙을 만들지 못할 이유가 있나?

이 시점에서 꼭 누군가는 코맥 매카시를 이야기할 것이다. "그는 규칙을 따르지 않잖아요. 그래서 퓰리처 상도 탔고요." 내 대답은 언제나 같다. "코맥 매카시는 규칙을 따라요. 다만 특이한 방법으로 따라서 마치 새로운 규칙을 만든 것처럼 보일 뿐이죠." 맞다. 세상에는 완전히 다른 목소리를 지닌 거장들이 존재한다. 그들은 분석이 불가능해 보일 정도의 새로운 방법들로 작품 속에 필요한 급박함을 불어넣는다. 이 능력은 그들의 DNA 속에 있다. 따라서 누구도 이를 복제할 수 없다. 이런 작가들은 매우 희귀하다. 우리가 그들처럼 쓸 수 있었다면, 벌써 오래전부터 우리 작품들은 출판되어왔을 것이고 대학에선 그 작품들을 주제로 한 세미나들이 열리고 있을 것이다.

반면, 아주 성공한 작가들의 거의 대다수도 그들처럼 쓰지 않는다.

그리고 한 가지 더 정신이 번쩍 들 만한 얘기. 규칙을 비웃는 것처럼 '보이는' 성공한 작가들로 인해, '정말로' 규칙을 비웃는 수백만의 사람들이 있다. 그리고 그 결과로 그들의 원고는 거절 당하고 불태워진다. 아마 당신은 이런 원고에 대해 전혀 들어본 적이 없을 것이다. 당연하다. 왜? 이미 거절 당하고 불태워졌기 때문에. 그들은 아마도 자신들이 받은 피드백을 완전히 무시했 거나, 아예 피드백을 구하지도 않았을 것이다.

잘못된 게 뭔지 모른다면, 어떻게 발전이 있을 수 있는가?

작가에겐 어디로도 치우치지 않은 공정한 피드백이 필요하 다. 이를 얻을 수 있는 곳 중 하나는 당연하게도 작가 모임이다. 잘 운영되는 작가 모임의 멤버들은 당신의 이야기 속에서 무엇 이 좋지 않은지를 지적해줄 뿐만 아니라 그 이유도 말해준다. 문 제는 이들의 지적이 옳아야 한다는 점이다. 이야기 속에서 어떤 부분이 제대로 작동하지 않는다는 걸 찾아내는 일은 그리 어렵 지 않다. 어려운 것은 '왜' 작동하지 않는지 설명하는 일이다. 바 로 이 점 때문에 작가들은 때때로 잘못된 충고를 듣는다. 이 충 고로 인해 작가는 문제를 더 악화시키거나, 근본적인 해결 없이 단순히 하나를 다른 하나로 바꿔 끼는 데 그치고 만다. 따라서 작가 모임에 참여할 때(특히 아는 사람이 아무도 없는 경우) 가장 좋 은 자세는 뒤로 기대 앉아 그저 듣는 것이다. 당신은 그들이 당신 작품을 비평할 때보다, 그들이 서로의 작품을 비평하는 것을 볼 때 더 많은 것을 배우게 될 것이다. 왜 그럴까?

무엇보다 그것은 당신이 실제로 '들을 수' 있기 때문이다. 낯선 모임에 참석한다는 것은(더군다나 처음으로) 그 자체로 이미 사람을 압도하기 쉽다. 전에 우리가 많은 사람 앞에서 실수를 범했을 때 느끼는 굴욕감에 대해 말했던 것을 기억하는가? 남의 비평을 듣는 일이 바로 그렇다. 모든 사람이 당신을 쳐다보고 있고 얼굴은 자꾸 붉어지며 귀에서는 윙윙대는 소리가 들리고 갑자기 방이 몹시 더워진다. 사람들은 이런저런 말을 하지만 당신은 한마디도 입을 뗄 수 없다. 듣는 것만으로도 벅차서 다른 건 아무것도 할 수 없다.

반면 모임의 멤버들이 서로의 작품을 비평할 경우, 당신은 훨씬 쉽게 그들의 비평이 핵심을 찔렀는지 아니면 한참 빗나갔는지를 판단할 수 있다. 당신 자신도 해당 작품에 대한 의견을 갖게 될 것이다. 따라서 남들의 의견이 통찰력이 있는지, 눈치는 빠른지, 인정사정없는지, 협조적인지 파악할 수 있을 것이다.

한 가지 잊지 말아야 할 점은 당연히 작가 모임은 당신의 작품을 부분적으로만 파악할 것이라는 점이다. 따라서 이야기 전체의 흐름과 구조에 대해서는 정확한 비평을 해주기 어렵다. 예를 들어 모든 복선들이 결과로 제대로 이어지고 있는지, 모임에서 모두가 칭찬했던 주인공의 아름다운 키스 장면이 정작 다른 등장인물에게는 어떤 영향을 끼치는지에 관한 문제들에 있어선 올바른 지적을 기대하기 힘들다.

전문가를 고용하라

최근에는 피드백을 얻는 새로운 방법이 하나의 흐름을 만들고 있다. 뉴욕에서 문학 에이전트 일을 하고 있는 동료는 이렇게 말했다. "날이 갈수록 전문적으로 잘 다듬어진 최종 원고만 제출하는 것이 점점 더 중요해지고 있어요. 옛날처럼 에이전트나 편집자에게 원고를 보여주고 고쳐 달라고 하지 마세요. 모든 사람이 바쁘고 시간에 쫓기기 때문에, 예전처럼 여러 번 원고를 보여주고 수정하는 과정을 거치기가 어렵거든요. 작가가 개인적으로 프리랜서 편집자나 컨설턴트를 고용해서 원고를 다듬는 일이 급속도로 일반화되고 있는 추세입니다."

좋은 소식은 출판계에 능력 있는 프리랜서 편집자들이 매우 많다는 사실이다. 그들은 객관적이고 전문적인 피드백을 제공해 주기 때문에, 당신은 자신의 이야기를 더 낫게 고칠 수 있을 뿐 아니라 그 과정에서 글쓰기 기술 자체를 향상시킬 수도 있다. 나쁜 소식은, 만약 당신이 구글에서 '문학 컨설턴트'라는 단어를 검색한다면 엄청난 양의 목록을 보게 될 거란 사실이다. 그들 가운데는 뛰어난 사람도 있지만 그렇지 않은 사람도 있다. 내가 해 줄 수 있는 충고는 그들 중 편집자나 에이전트로서 출판 경력이 있는 사람을 고르라는 것이다. 당신이 시나리오 작가라면 영화 쪽 일을 진행해본 사람을 찾아야 할 것이다. 경험이 가장 중요하기 때문이다. 누구라도 당신 이야기가 좋은지 별로인지는 알아챌 수 있다. 하지만 별로일 때 왜 별로인지 말해줄 수 있는 사람은 적다. 별로인 것을 고치기 위해 무엇을 해야 하는지 알려줄 수 있는 사람은 더더욱 적다.

리뷰 읽기를 통해 얻을 수 있는 것

글쓰기의 마지막 단계에 들어오기 전에 스스로를 단련할 수 있는 한 가지 방법은 바로 리뷰를 읽는 것이다. 책이나 영화, 혹은 어떤 종류의 리뷰라도 상관없다. 왜? 관점 때문이다. 이것을 일종의 훈련으로 생각하라. 당신이 리뷰의 대상인 책의 저자라고 상상하는 것이다. 리뷰를 쓰는 사람들은 가차 없다. 그래야 하고 말이다. 물론 그럴수록 그들은 신이 난다.

예를 들어 〈뉴욕타임스〉의 A. O. 스콧은 영화 〈다빈치 코드〉에 대한 리뷰를 쓰면서 책의 저자 댄 브라운과 시나리오 작가 아키바 골즈만 둘 다를 공격한다. 그는 먼저 댄 브라운의 소설을 "영어로 된 문장을 못 쓰는 법에 대한 입문서"라고 부른 다음, "자기 맘대로 대화를 써댄" 아키바 골즈만을 비난한다.[11]

이런 말을 듣는 것은 아프다. 하지만 적어도 위의 리뷰는 인신공격이라기보단 글 자체에 대한 것이다. 저자 자신을 공격하는 경우는 더 심하다. 예를 들어 영화로 만들어진 엘리자베스 워첼의 베스트셀러 에세이 《프로작 네이션》에 대한 데이나 스티븐스의 리뷰를 보자.

> 맞다. 영화 〈프로작 네이션〉은 매우 우스꽝스럽다. 하지만 이걸 직시할 필요가 있다. 며칠 밤을 새면서 스스로를 비극의 주인공으로 과장하는, 그리고 결국 〈하버드 크림슨〉(하버드 대학의 교내 신문 - 옮긴이)에 루 리드(미국의 가수 - 옮긴이)에 대한 글을 기고하는 중산층 여자애는 선천적으로 우스꽝스럽다…… 워첼의 이런 비극적 포즈를 진지하게 다룰 때마다 영화는 허우적댄다.[12]

이번에는 두 배로 아프다. 이 한 방으로 스티븐스는 책과 영화, 그리고 워첼까지도 날려버린다. 그것도 인쇄된 글자로, 모든 사람이 보는 가운데서 말이다. 오늘날 세계는 인터넷으로 인해 어떤 리뷰든 자판 몇 번만 치면 24시간 365일 언제 어디서나 볼 수 있다. 그것도 영원히.

마음을 단단히 먹으라. 당신이 아무리 좋은 작품을 썼다 하더라도 사람들은 좋든 나쁘든 이를 분석하고자 할 것이다. 몇몇은 아주 특이한 방식으로 무차별 사격을 가할 것이고, 몇몇은 디테일에 몰두할 것이며, 몇몇은 당신이 놓친 문제점들을 집요하게 물고 늘어질 것이다.

만약 친구에게 개인적으로 들은 이야기의 문제점을 많은 사람 앞에서 낯선 이에게 듣는다고 생각해보라. 어떤 기분이 들겠는가? 따라서 당신은 강해져야 한다. 그렇다고 처음부터 한 대 얻어맞은 것 같은 기분이 들지 않는 건 아니다. 그걸 피해갈 수 있는 방법은 없다. 《돈키호테》의 작가 미겔 데 세르반테스는 이미 자신의 후배 작가들에게 이런 경고를 한 적이 있다. "어떤 부모도 자기 자식이 못생겼다고 생각하지 않는다. 그리고 이러한 자기기만은 정신적 자식들에 대해서는 더 강해진다."[13]

언제나 해뜨기 전이 가장 어둡다

전체를 서너 번씩 다시 쓰는 일이 과연 가치가 있을까? 다섯 번이나 여섯 번이라면? 몇 번이라 정하는 일이 가능하긴 할까? 그건 말할 수 없다. 그래서 어쩌면 이 일화 하나로 충분할지 모른다. 길이 얼마나 길고, 보상은 또 얼마나 달콤한지에 대해.

1999년, 영화판에서 대본 보조로 10년을 일한 마이클 안트는 이제 때가 됐다고 생각했다. 그리고 그동안 모은 종잣돈을 가지고 일을 그만둔 뒤 시나리오를 쓰기 시작했다. 그는 여섯 개의 시나리오를 썼고, 모두 버렸다. 그리고 사흘 만에 일곱 번째 시나리오를 썼을 때 뭔가 느낌이 왔다.[14] 그래서 그는 그걸 계속 고쳤다. 100번 동안. 그의 좌우명은 '제대로 하지 않을 거면 아예 하지를 말자'였다. 말하자면 그는 제대로 해낼 운명이었다.[15]

어쩌면 이런 이유로, 마이클 안트는 글을 쓰기 시작한 지 6년

만에 영화 〈리틀 미스 선샤인〉으로 아카데미 각본상을 받았다. 어떻게 그럴 수 있었을까? 그가 충실했던 것은 자기 자신도, 초고도, 99고도 아니었기 때문이다. 그는 이야기 자체에 충실했다. 그리고 우리에게 충실했다. 낯선 이들로 가득한 세상은 결코 그에게 호의를 베풀지 않았다. 그래서 그의 이야기도 우리에게 호의를 부탁하지 않았다. 우리는 그저 등을 기대고 앉아 편안한 마음으로 그의 이야기에 귀를 기울이기만 하면 되는 거였다.

천재일 필요는 없다. 필요한 건 인내심이다. 한 사람을 작가로 만드는 것은 오직 '글을 쓰는' 행위다. 의자에 앉아라. 매일 매일, 어떤 핑계나 변명도 대지 말고. 잭 런던이 말한 것처럼 "빈둥거리면서 영감이 찾아오길 기다리지 마라. 대신 몽둥이를 들고 그 뒤를 쫓아라".[16] 헤밍웨이의 결론은 이렇다. "매일 작업하라. 어젯밤에 무슨 일이 있었든지, 일어나서 미루지 말고 써라."[17]

당신이 말하고자 하는 이야기가 서서히 드러나는 것은 오직 이렇게 했을 때뿐이다. 이야기 속에서 독자가 반응하도록 설계되어 있는 것에 다가갈 때, 독자가 첫 문장에서부터 찾고 싶어 하는 것은 바로 당신의 진실이다. 신경과학자 데이비드 이글먼의 말대로 "수많은 조각과 부분들을 합쳐놓았을 때, 전체는 단순한 합계보다 더 크다…… 창발성의 개념이 의미하는 것은 어떤 부분에도 내재되지 않은 것이 전체를 통해 새로운 무언가로 나타날 수 있다는 사실이다".[18]

앞으로 드러나게 될 것은 당신의 상상력이다. 독자는 이를 보고 또 경험하게 될 것이다. 그러니 뭘 기다리는가? 써라! 그게 무엇인지는 아직 몰라도, 독자들은 앞으로 무슨 일이 일어날지 벌써부터 궁금해하고 있다.

감사의 말

이야기와 신경과학으로부터 내가 배운 것이 하나 있다면, 우리가 내리는 모든 결정은 바로 그 순간까지 우리에게 일어난 모든 일을 기반으로 이뤄진다는 사실이다. 따라서 이 책이 수많은 사람들의 격려와 전문지식, 또 응원에 빚지고 있다는 건 전혀 놀라운 일이 아니다.

먼저 탁월한 재능을 지닌 친구들과 가족, 동료들이 없었다면 난 이야기가 무엇인지에 대해 여전히 잘 모르고 있을 것이다. 지니 루치아노, 폴 F. 에이브람스, 모나 프리드먼, 주디 토비, 빌 콘타디, 파멜라 카츠, 리처드 월터, 에이미 베딕, 세라 크론, 주디 넬슨, 에디스 바쇼브, 마사 토머스, 라돈나 매브리, 애브라 빅햄, 브렛 허드슨, 덕 마이클, 비키 초이, 아이리스 차예, 마니 맥린, 안젤라 리날디, 프랜시스 핍스, 마크 파우처, A. 카르노 그리고 뉴먼 울프에게 감사한다.

또한 UCLA 창작 프로그램의 린다 베니스와 그녀의 스태프들, 매 레스피치오, 캐스린 플래티, 세라 본드에게 감사한다. 창작 프로그램에서 글쓰기를 가르치는 동안 나는 어디에서도 만나기 힘든 뛰어난 학생들의 의견을 통해 내 생각을 넓히고 가다듬을 수 있었다. 그중 특별히 미셸 몽고메리에게 감사한다. 수업이 끝난 어느 날 밤 그녀는 내게 이렇게 말했다. "선생님은 항상 다른 사람들에게 책을 쓰라고 하시잖아요. 그런데 왜 직접 한 권 쓰지 않으세요?" 늘 도전적이고 살아 있는 질문들로 나를 정신 차리게 했던 토미 호킨스, 질 베이어, 실 카말 사이들러에게도 고마움을 전한다.

이 책이 완성되는 동안 내 원고를 수없이 되풀이해서 읽고 의견을 준 이들에게 나는 큰 빚을 지고 말았다. 이들의 도움 덕분에 원고는 훨씬 더 좋아질 수 있었다. 린다 와인먼, 캐럴라인 레빗, 리사 닥터, 레이첼 칸, 콜린 킨들리, 칼린 로버트슨, 미셸 피오달리소, 찰리 피터스, 랜디 라벤더, 존 키예스, 체릴린 파슨스, 로널드 닥터, 머레이 노젤, 크리스 넬슨, 웬디 테일러, 로버트 로스타인, 카렌 칼, 로버트 울프, 리 레빈에게 감사한다.

오랫동안 이야기는 내 업이었지만 신경과학에 대해 관심을 갖게 된 것은 비교적 최근의 일이었다. 인지신경과학의 공동 창시자인 마이클 가자니가에게 감사한다. 그는 내 원고를 읽고 감수해주었다.

포기할 줄 모르고, 통찰력 있으며, 아름답고도 잔인하게 솔직한 프리랜서 편집자 지니 내시에게 감사한다. 그녀가 없었다면 이 책은 쓰이지 못했을 것이다. 짜증 한 번 내지 않고 수없이 원고를 읽어준 내 딸 애니에게 감사한다. 애니는 나를 포함해 그 누구도 알아채지 못한 논리적 오류들을 집어내는 묘한 재주를 가졌다. 나만큼이나 이야기를 사랑하는 아들 피터와의 대화를 통해 나는 많은 생각을 다듬고 발전시킬 수 있었다. 이야기에 관해 대화할 때 아들보다 더 많은 가르침을 주는 상대는 없다. 내가 나 자신을 믿지 못할 때조차도 나를 믿어주는 작가 제이슨 벤레비와, 용기와 인내 그리고 신의에 대해 귀중한 가르침을 준 토머스 콜로니어에게도 감사를 전한다.

늘 나를 도와주는 명민하고 훌륭한 에이전트 로리 압케마이어를 향한 고마움은 어떤 말로도 다 담을 수 없다. 그녀가 어떤 마법을 부렸는지는 몰라도, 덕분에 나는 모든 과정 내내 스트레스 없이 작업할 수 있었다. 꼼꼼한 편집자 리사 웨스트모어랜드의 도움이 없었다면 이 책은 아마 굉장히 달라졌거나 어쩌면 완성되지 못했을지도 모른다. 멋진 책을 만들어준 그녀와 텐 스피드 출판사 관계자들에게 감사한다.

남편 스튜어트 더마에게 마음 깊은 곳에서 우러나는 감사를 전한다. 그는 바쁜 와중에도 매일 요리를 해주고 모든 집안일을 도맡아 내가 새벽까지 글쓰는 일에만 집중할 수 있게 해주었다. 진정한 터프가이만이 할 수 있는 일이다. 마지막으로, 이 모든 것을 가능케 해준 평생의 벗 돈 할편에게 변치 않는 감사를 표한다. 다몬과 피디아스의 우정도 우리보다 진실하지는 않았을 것이다.

이야기는
아름다운 글을 이긴다

뉴욕에서 소설 창작 워크숍에 참석했을 때의 일이다. 대학원 수업으로 개설된 이 워크숍에는 매주 열 명 남짓한 학생과 작가들이 모여 서사에 대한 이야기를 나누고 서로의 작품을 합평했다. 수업을 이끌던 소설가 척 와첼은 이탈리아계 미국인 3세로, 날카로운 문체와 대비되는 특유의 썰렁한 유머 감각이 매력적인 사내였다.

맨해튼 전체에 폭설이 내린 어느 저녁, 수업의 주제는 "서사의 구조를 어떻게 만들 것인가"였다. 서사의 기승전결 구조에 대해 척이 이런저런 설명을 하고 있는데, 브루클린에서 온 대학원생 하나가 대뜸 척의 말을 자르며 물었다.

"잠깐만요, 그럼 기에서 승으로 넘어가는 시점은 정확히 언제죠?"

그는 "정확히"라는 단어에 힘을 주어 말했다.

"그야 물론,"

척은 잠시 그 학생을 바라보더니, 알 듯 말 듯한 미소를 지으며 답했다.

"첫 번째 광고가 나올 때지."

말하자면 이 책은 "첫 번째 광고가 어디에 들어가야 하는지"에 관한 책이다. 동시에 마지막 광고가 끝나고 엔딩 크레딧이 올라갈 때까지 독자와 관객을 이야기 속에 붙잡아두는 비밀에 관한 책이기도 하다. 인간의 두뇌는 인간 자신만큼이나 양면적이고 모순적이다. 복잡하면서 단순하고, 게으르면서도 부지런하다. 생존을 위협하는 위험을 최대한 피하려고 하는 반면, 왕성한 호기심을 바탕으로 미지의 대양을 향해 돛을 올리기도 한다. 저자 리사 크론은 이러한 두뇌의 속성들을 살펴봄으로써 이야기 너머에 숨겨져 있는 서사의 비밀들을 하나하나 파헤친다.

열두 개의 장을 통해 저자는 우리가 흔히 그럴 것이라고 믿어 온 선입견을 깨고 두뇌의 속성이 이야기의 비밀로 변화하는 지점을 포착하여 이로부터 서사의 규칙을 끄집어낸다. 첫 페이지의 중요성, 주인공의 감정, 내면적 목표와 외면적 목표, 구체성의 힘과 갈등의 구조, 원인과 결과, 복선과 서브플롯, 마침내 작가의 뇌에 이르기까지, 이야기의 비밀을 따라가는 여정은 그 자체로 하나의 완결된 서사처럼 느껴진다.

누군가는 예술을 기계적인 규칙과 패턴으로 접근한다는 사실 자체에 거부감을 느낄지도 모르겠다. 소설은 지침서를 들여다본 다고 해서 쓸 수 있는 것이 아니며, 스토리텔링보다는 아름다운 문장과 정치한 묘사야말로 산문 문학의 핵심이라고 생각할 수 도 있다. 그러나 보르헤스가 말했듯 예술이란 불과 수학의 결합 이다. 거기에 한마디 덧붙이자면, 불은 아마추어의 영역이고 수 학은 프로페셔널의 영역이다. 영감은 작품을 시작하게 해주는 원동력이지만 결코 끝맺어주지는 못한다. 아름다운 문장은 독자 의 눈길은 빼앗을 수 있을지 몰라도 독자를 주인공에게 '탑승시 켜' 위험한 상황을 대신 체험하도록 해주지는 못한다. 잘 된 서 사는 반드시 치밀한 계산과 설계를 바탕에 두고 있으며, 이것은 단순히 글을 '잘' 쓰는 것보다 훨씬 더 중요하다. 서사에서 이제 껏 우리가 간과하고 있었던 것은 바로 이러한 수학이다. 저자의 말처럼, 이야기는 아름다운 글을 이긴다. 언제나.

한국에 돌아와 소설 창작에 대한 강의를 시작하면서, 이 책에 서 다루고 있는 내용은 나에게도 큰 도움이 되었다. 종종 학생들 은 예전 브루클린 대학원생이 했던 질문을 내게 던졌고, 나는 척 이 했던 대답을 그대로 돌려주었다. 그때 척이 왜 그런 미소를 지었는지 이제는 어렴풋이 알 것 같기도 하다.

찾아가야 할 곳이 없는 사람에게 지도는 무용지물이다. 그러 나 반드시 가고픈 목적지가 있는 이들에게 지도는 꼭 필요한 존 재다. 비록 더는 창공에 별이 빛나지 않는 시대라 할지라도, 여

끌리는 이야기는 어떻게 쓰는가

전히 어디선가 소설과 서사를 꿈꾸는 이들에게 이 책이 작은 지도가 되기를 소망한다. 삶이 그렇듯 서사도 글쓰기도 떠나보기 전에는 그 끝을 알 수 없는 여행이니까. T. S. 엘리엇의 말처럼, 우리의 글쓰기도 "출발한 곳으로 돌아와 그곳을 재발견할 때" 비로소 끝이 날 것이다.

2015년 1월
문지혁

주

들어가며

1   M. Gazzaniga, Human: The Science Behind what Makes Your Brain Unique (New York: Harper Perennial, 2008), 220.

2   J. Tooby and L. Cosmides, "Does Beauty Build Adapted Minds? Toward an Evolutionary Theory of Aesthetics, Fiction and the Arts," SubStance 30, no. 1 (2001): 6-27.

3   Ibid.

4   S. Pinker, How the Mind Works (New York: W.W. Norton, 1997/2009), 539.

5   M. Djikic, K. Oatley, S. Zoeterman, and J. B. Peterson, "On Being Moved by Art: How Reading Fiction Transforms the Self," Creativity Research Journal, 21, no. 1 (2009): 24—29.

6   Common quote based on J. L. Borges, "Tlön, Uqbar, Orbis Tertius," in Ficciones, trans. Emecé Editores (New York: Grove Press, 1962), 22.

7   PsysOrg.com, "Readers Build Vivid Mental Simulations of Narrative Situations, Brain Scans Suggest," January 6, 2009, http://www.physorg.com/print152210728.html.

1장

1   T. D. Wilson, Strangers to Ourselves: Discovering the Adaptive Unconscious (Cambridge, MA: Belknap Press of Harvard University Press, 2002), 24.

2   R. Restak, The Naked Brain: How the Emerging Neurosociety Is
     Changing How We Live, Work and Love (New York: Three Rivers
     Press, 2006), 24.

3   D. Eagleman, Incognito: The Secret Lives of the Brain (New York;
     Pantheon, 2011), 132.

4   A. Damasio, Self Comes to Mind: Constructing the Conscious Brain
     (New York: Pantheon, 2010), 293.

5   Ibid., 173.

6   Ibid., 296.

7   Pinker, How the Mind Works, 543 (see introduction, n. 4)

8   B. Boyd, On the Origin of Stories: Evolution, Cognition, and Fiction
     (Cambridge, MA: Belknap Press of Harvard University Press, 2009),
     393.

9   J. Lehrer, How We Decide (Boston and New York: Houghton Mifflin
     Harcourt, 2009), 38.

10   R. Montague, Your Brain Is (Almost) Perfect: How We Make
     Decisions (New York: Plume, 2007), 111.

11   C. Leavitt, Girls in Trouble (New York: St. Martin's Griffin, 2005), 1.

12   J. Irving, "Getting Started," in Writers on Writing, ed. R. Pack and J.
     Parini (Hanover, NH: University Press of New England, 1991), 101.

13   Restak, Naked Brain, 77.

14   D. Devine, "Author's Attack on Da Vinci Code Best-Seller Brown,"
     WalesOnline.co.uk, September 16, 2009, http://www.walesonline.
     co.uk/news/wales-news/2009/09/16/author-s-astonishing-attack-on-
     da-vinci-code-best-seller-brown-91466-24700451.

2장

1   M. Lindstrom, buyology: Truth and Lies About Why We Buy (New
     York: Broadway Books, 2010), 199.

2   P. Simpson, Stylistics (London: Routledge, 2004), 115.

3   Boyd, On the Origin of Stories, 134 (see ch. 1, n. 8).

4   Wilson, Strangers to Ourselves, 28 (see ch. 1, n. 1).

5   Lehrer, How We Decide, 37 (see ch. 1, n. 9).

6   Boyd, On the Origin of Stories, 134.

7   Damasio, Self Comes to Mind, 168 (see ch. 1, n. 4).

8   R. Maxwell, R. Dickman, The Elements of Persuasion: Use Storytelling to Pitch Better, Sell Faster & Win More Business (New York: HarperBusiness, 2007), 4.

9   Pinker, How the Mind Works, 539 (see introduction, n. 4).

10 E. Strout, Olive Kitteridge (New York: Random House, 2008), 281.

11 Ibid., 224.

12 E. Waugh, The Letters of Evelyn Waugh, ed. by M. Amory (London: Phoenix, 1995), 574.

13 M. Mitchell, Gone with the Wind (New York: Simon & Schuster Pocketbooks, 2008), 1453.

14 W. Golding, Lord of the Flies (New York: Perigee Trade 2003), 304.

15 Gabriel (Jose) García Márquez," Contemporary Authors Online, Gale, 2007. Reproduced in Biography Resource Center. (Farmington Hills, MI: Gale, 2007), http://www.gale.cengage.com/free_resources/chh/bio/marquez_g.htm.

16 Mitchell, Gone with the Wind, 1453.

3장

1   Lehrer, How We Decide, 13 (see ch. 1, n. 9).

2   A. Descartes' Error: Emotion, Reason, and the Human Brain (New York: Penguin, 1994), 34-50.

3   Pinker, How the Mind Works, 373 (see introduction, n. 4).

4   Gazzaniga, Human, 226 (see introduction, n. 1).

5   Damasio, Self Comes to Mind, 254 (see ch. 1, n. 4).

6   Gazzaniga, Human, 179.

7   Wilson, Strangers to Ourselves, 38 (see ch. 1, n. 1).

8   E. George, Careless in Red (New York: Harper, 2008), 94.

9   A. Shreve, The Pilot's Wife (New York: Little Brown & Company, 1999), 1.

10   E. Leonard, Freaky Deaky (New York: William Morrow Paperbacks, 2005), 117.

11   George, Careless in Red, 99.

12   Restak, The Naked Brain, 65 (see ch. 1, n. 2).

13   Pinker, How the Mind Works, 421.

14   J. W. Goethe, "The Poet's Year," in Half-Hours with the Best Authors, vol. IV, ed. C. Knight (New York: John Wiley, 1853), 355.

15   Gazzaniga, Human, 190.

16   C. Heath, D. Heath, Made to Stick: Why Some Ideas Survive and Others Die (New York: Random House, 2007), 20.

17   Common quotation based on M. Twain, Following the Equator (Hartford, CT: American Publishing Company, 1898), 156.

18   W. Grimes, "Donald Windham, 89, New York Memoirist (Obituary)," New York Times, June 4, 2010.

19   J. Franzen, Life and Letters, "Mr. Difficult," New Yorker, September 30, 2002, 100.

4장

1   Pinker, How the Mind Works, 188 (see introduction, n. 4).

2   M. Iacoboni, Mirroring People: The New Science of How We Connect with Others (New York: Farrar, Straus & Giroux, 2008), 34.

3   Gazzaniga, Human, 179 (see introduction, n. 1).

4   Boyd, On the Origin of Stories, 143 (see ch. 1, n. 8).

5   PsysOorg.com, "Readers Build Vivid Mental Simulations" (see introduction, n. 7).

6   Pinker, How the Mind Works, 61.

7   Public Papers of the Presidents of the United States, Dwight D. Eisenhower, 1957 (Washington, DC: National Archives and Records Service, Federal Register Division, 1958).

8   J. Barnes, Flaubert's Parrot (New York: Vintage, 1990), 168.

9   K. Oatley, "A Feeling for Fiction," Greater Good, The Greater Good Science Center, University of California, Berkeley, Fall/Winter 2005-6,

http://greatergood.berkeley.edu/article/item/a_feeling_for_fiction.

10   M. Proust, Remembrance of Things Past, trans. C. K. Scott-Montcrieff
      (New York: Random House, 1934), 559.

11   J. Nash, The Threadbare Heart (New York: Berkley Trade, 2010), 9.

5장

1   Wilson, Strangers to Ourselves, 31 (see ch. 1, n. 1).

2   Gazzaniga, Human, 272 (see introduction, n. 1).

3   K. Schulz, Being Wrong: Adventures in the Margin of Error (New
      York: ecco, 2010), 109.

4   Damasio, Self Comes to Mind, 211 (see introduction, n. 1).

5   T. S. Eliot, Four Quartets (Boston: Mariner Books, 1968), 59.

6   B. Forward, "Beast Wars, Part 1," Transformers: Beast Wars, season 1,
      episode 1, directed by I. Pearson, aired September 16, 1996.

7   G. Plimpton, "Interview with Robert Frost," in Writers at Work: The
      Paris Review Interviews, 2nd series (New York: Viking, 1965), 32.

8   T. Brick, "Keep the Pots Boiling: Robert B. Parker Spills the Beans on
      Spenser," Bostonia, Spring 2005.

9   K. A. Porter, interview by B. T. Davis, The Paris Review 29 (Winter-
      Spring 1963).

10   J. K. Rowling, interview by Diane Rehm, The Diane Rehm Show,
      WAMU Radio Washington, DC, transcript by Jimmi Thøgersen,
      October 20, 1999, http://www.accio-quote.org/articles/1999/1299-
      wamu-rehm.htm.

11   J. K. Rowling, interview by C. Lydon, The Connection (WBUR Radio),
      transcript courtesy The Hogwarts Library, October 12, 1999, http://
      www.accio-quote.org/articles/1999/1099-connectiontransc2.htm; J. K.
      Rowling, interview, Scholastic, transcript, February 3, 2000, http://
      www.scholastic.com/teachers/article/interview-j-k-rowling.

12   Gazzaniga, Human, 190.

13   Ibid., 274.

6장

1   Pinker, How the Mind Works, 285 (see introduction, n. 4).

2   Ibid., 290.

3   Gazzaniga, Human, 286 (see introduction, n. 1).

4   Damasio, Self Comes to Mind, 188 (see ch. 1, n. 4).

5   V. S. Ramachandran, The Tell-Tale Brain: A Neuroscientist's Quest for What Makes Us Human (New York: W.W. Norton, 2011), 242.

6   Damasio, Self Comes to Mind, 121.

7   Ibid., 46-47.

8   G. Lakoff, "Metaphor, Morality, and Politics, Or, Why Conservatives Have Left Liberals In The Dust," Social Research 62, No. 2 (Summer 1995): 177-214.

9   Pinker, How the Mind Works, 353.

10   J. Geary, "Metaphorically Speaking," TEDGlobal 2009, July 2009, transcript and video, http://www.ted.com/talks/lang/eng/james_geary_metaphorically_speaking.html.

11   Aristotle, Poetics (Witch Books, 2011), 53.

12   E. Brown, The Weird Sisters (New York: Amy Einhorn Books/Putnam, 2011), 71.

13   NPR, "Tony Bennett's Art of Intimacy," September 16, 2011, http://www.npr.org/2011/10/29/141798505/tony-bennetts-art-of-intimacy.

14   Heath and Heath, Made to Stick, 139 (see ch. 3, n. 16).

15   E. Leonard, Elmore Leonard's 10 Rules of Writing (New York: William Morrow, 2007), 61.

16   Pinker, How the Mind Works, 377.

17   G. G. Marquez, Love in the Time of Cholera (New York: Vintage Books, 2007), 6.

7장

1   Damasio, Self Comes to Mind, 292 (see ch. 1, n. 4).

2   Lehrer, How We Decide, 210 (see ch. 1, n. 9).

3   Wilson, Strangers to Ourselves, 155 (see ch. 1, n. 1).

4   B. Patoine, "Desperately Seeking Sensation: Fear, Reward, and the Human Need for Novelty," The Dana Foundation, http://www.dana. org/media/detail.aspx?id=23620.

5   Restak, The Naked Brain, 216 (see ch. 1, n. 2).

6   E. Kross et al., "Social Rejection Shares Somatosensory Representations with Physical Pain," Proceedings of the National Academy of Sciences of the United States of America 108, no. 15 (April 12, 2011): 6270–6275. http://www.ncbi.nlm.nih.gov/pmc/ articles/PMC3076808.

7   J. Mercer, "Ac-cent-tchu-ate the Positive (Mister In-Between)," by J. Mercer and H. Arlen, October 4, 1944, Over the Rainbow, Capitol Records.

8   Damasio, Self Comes to Mind, 54.

9   Gazzaniga, Human, 188-189 (see introduction, n. 1).

10   D. Rock and J. Schwartz, "The Neuroscience of Leadership with David Rock and Jeffrey Schwartz," Strategy + Business, webinar, November 2, 2006, http://www.strategy-business.com/webinars/ webinar/webinar-neuro_lead?gko=37c54.

8장

1   J. P. Wright, The Skeptical Realism of David Hume (Manchester: Manchester University Press, 1983), 209.

2   Damasio, Self Comes to Mind, 133 (see ch. 1, n. 4).

3   Gazzaniga, Human, 262 (see introduction, n. 1).

4   K. Schulz, "On Being Wrong," TED2011, March 2011, transcript and video, http://www.ted.com/talks/kathryn_schulz_on_being_wrong. html.

5   Damasio, Self Comes to Mind, 173.

6   Boyd, On the Origin of Stories, 89 (see ch. 1, n. 8).

7   N. Neary, "Jennifer Egan Does Avant-Garde Fiction—Old School," NPR, Morning Edition, July 6, 2010, http://www.npr.org/templates/

끌리는 이야기는 어떻게 쓰는가

story/story.php?storyId=128702628.

8   A. Chrisafis, "Overlong, Overrated, and Unmoving: Roddy Doyle's Verdict on James Joyce's Ulysses," The Guardian, February 10, 2004, http://www.guardian.co.uk/uk/2004/feb/10/booksnews.ireland.

9   J. Franzen, "Q. & A. Having Difficulty with Difficulty," New Yorker Online Only, September 30, 2002.

10 A. S. Byatt, "Narrate or Die," New York Times Magazine, April 18, 1999, 105-107.

11 Neary, "Jennifer Egan."

12 For the original translation of this phrase from Chekhov's letter to his brother, see W. H. Bruford, Anton Chekhov (New Haven, CT: Bowes and Bowes, 1957), 26.

13 Boyd, On the Origin of Stories, 91.

14 Damasio, Self Comes to Mind, 211.

15 The Isaiah Berlin Literary Trust, "Anton Chekhov," The Isaiah Berlin Virtual Library, 2011, quoted from S. Shchukin, Memoirs, 1911, http://berlin.wolf.ox.ac.uk/lists/quotations/quotations_by_ib.html.

16 D. Gilbert, "He Who Cast the First Stone Probably Didn't," New York Times, July 24, 2006, The Opinion Pages.

17 M. Twain, The Complete Letter of Mark Twain (Teddington, UK: Echo Library, 2007), 415.

18 J. Boswell, The Life of Samuel Johnson (New York: Oxford University Press USA, 1998), 528.

9장

1   Restak, The Naked Brain, 216 (see ch. 1, n. 2).

2   R. I. M. Dunbar, "Why Are Good Writers So Rare? An Evolutionary Perspective on Literature," Journal of Cultural and Evolutionary Psychology, 3, no. 1 (2005): 7-21.

3   Gazzaniga, Human, 220 (see introduction, n. 1).

4   Pinker, How the Mind Works, 541 (see introduction, n. 4).

5   R. A. Mar et al., "The function of fiction Is the Abstraction and

Simulation of Social Experience," Perspectives on Psychological Science 3, (2008): 173-192.

6   P. Sturges, Five Screenplays by Preston Sturges (Berkeley: University of California Press, 1986), 541.

7   Schulz, Being Wrong, 26 (see ch. 8, n. 4).

8   H. Vendler, Dickinson: Selected Poems and Commentaries (Cambridge: Belknap Press of Harvard University Press, 2010), 54.

9   Eagleman, Incognito, 145 (see ch. 1, n. 3).

10   J. W. Pennebaker, "Traumatic Experience and Psychosomatic Disease: Exploring the Roles of Behavioural Inhibition, Obsession, and Confiding," Canadian Psychology / Psychologie canadienne 26, no. 2 (1985): 82-95.

11   Damasio, Self Comes to Mind, 121 (see ch. 1, n. 4).

12   Pinker, How the Mind Works, 540.

13   P. McGilligan, Backstory: Interviews with Screenwriters of Hollywood's Golden Age (Berkeley and Los Angeles: University of California Press, 1986), 238.

14   T. Carlyle, The Best Known Works of Thomas Carlyle: Including Sartor Resartus, Heroes and Hero Worship and Characteristics (Rockville, MD: Wildside Press, 2010), 122.

15   Plutarch, Plutarch's Lives, Volume 3 (Cambridge, MA: Harvard University Press, 1967), 399.

16   C. G. Jung, Alchemical Studies (Collected Works of C.G. Jung, vol. 13) (Princeton, NJ: Princeton University Press, 1983), 278.

10장

1   Boyd, On the Origin of Stories, 89 (see ch. 1, n. 8).

2   S. J. Gould, Bully for Brontosaurus: Reflections in Natural History (New York: W. W. Norton, 1991), 268.

3   Damasio, Self Comes to Mind, 64 (see ch. 1, n. 4).

4   Gazzaniga, Human, 226 (see introduction, n. 1).

5   Heath and Heath, Made to Stick, 286 (see ch. 3, n. 16).

6 D. Rock and J. Schwartz, "The Neuroscience of Leadership with David Rock and Jeffrey Schwartz," Strategy + Business, webinar, November 2, 2006, http://www.strategy-business.com/webinars/webinar/webinar-neuro_lead?gko=37c54.

7 R. Chandler, Raymond Chandler Speaking (Berkeley and Los Angeles, CA: University of California Press, 1997), 65.

8 A. Gorlick, "Media Multitaskers Pay Mental Price, Stanford Study Shows," Stanford Report, August 24, 2009, http://news.stanford.edu/news/2009/august24/multitask-research-study-082409.

9 Boyd, On the Origin of Stories, 90.

10 J. Stuart and S. E. de Souza, Die Hard, directed by J. McTiernan. Silver Pictures and Gordon Company, 20th Century Fox, 1988.

11 C. Leavitt, Girls in Trouble (New York: St. Martin's Griffin, 2005), 98.

11장

1 S. B. Klein et al., "Decisions and the Evolution of Memory: Multiple Systems, Multiple Functions," University of California, Santa Barbara Psychological Review 109, no. 2 (2002): 306–329.

2 Damasio, Self Comes to Mind, 211 (see ch. 1, n. 4).

3 Gazzaniga, Human, 187-188 (see introduction, n. 1).

4 Ibid., 224.

5 Pinker, How the Mind Works, 540 (see introduction, n. 4).

6 D. Chase, R. Green, and M. Burgess, "All Due Respect," The Sopranos, season 5, episode 13, directed by J. Patterson, aired June 6, 2004 (HBO, Chase Films, and Brad Grey Television).

7 Lehrer, How We Decide, 237 (see ch. 1, n. 9).

8 N. Bransford, "Setting the Pace," March 5, 2007, http://blog.nathanbransford.com/2007/03/setting-pace.html.

9 Boyd, On the Origin of Stories, 90 (see ch. 1, n. 8).

10 G. Rucas, G. Katz, and W. Huyck, American Graffiti, directed by G. Lucas. American Zoetrope and LucasFilm, Universal Pictures, 1973.

11 W. Mosley, Fear Itself (New York: Little Brown & Company, 2003), 140.

12   Gazzaniga, Human, 190.

12장

1   Restak, The Naked Brain, 23 (see ch. 1, n. 2).

2   P. C. Fletcher et al., "On the Benefits of Not Trying: Brain Activity
     and Connectivity Reflecting the Interactions of Explicit and Implicit
     Sequence Learning,"Cerebral Cortex 15, no. 7 (2005): 1002-1015.

3   Restak, The Naked Brain, 23.

4   H. A. Simon, Models of Bounded Rationality, vol 3: Empirically
     Grounded Economic Reason (Cambridge, Massachusetts: The MIT
     Press, 1997), 178.

5   Damasio, Self Comes to Mind, 275 (see ch. 1, n. 4).

6   J. Irving, Trying to Save Piggy Sneed (New York: Arcade Publishing,
     1996), 5.

7   S. Silverstein, Not Much Fun: The Lost Poems of Dorothy Parker (New
     York: Scribner, 2009), 47.

8   Dunbar, Why Are Good Writers So Rare? (see ch. 9, n. 2).

9   Based on a concurring opinion by Justice P. Stewart, Jacobellis v.
     Ohio, 378 U. S. 184 (1964).

10   D. G. Dutton et al., "Some Evidence for Heightened Sexual Attraction
     under Conditions of High Anxiety," Journal of Personality and Social
     Psychology 30, no. 4 (1974): 510-517.

11   A. O. Scott, "Da Vinci Code' Enters Yawning," New York Times, May
     17, 2006, http://www.nytimes.com/2006/05/17/arts/17iht-
     review.1767919.html?scp=7&sq=goldsman%20da%20vinci%20
     brown&st=cse.

12   D. Stevens, Slate, March 22, 2005, http://www.slate.com/articles/
     news_and_politics/surfergirl/2005/03/what_have_you_done_with_
     my_office.single.html#pagebreak_anchor_2.

13   M. Cervantes Saaveda, The Life And Exploits of the Ingenious
     Gentleman Don Quixote De La Mancha, vol. 2 (Charleston, SC: Nabu
     Press, 2011), 104.

14   Wikipedia, s. v. "Michael Arndt," accessed October 25, 2011, http://en.wikipedia.org/wiki/Michael_Arndt.

15   A. Thompson, "'Closet screenwriter' Arndt Comes into Light," Hollywood Reporter, November 17, 2006.

16   J. London, "Getting into Print," The Editor, March 1903.

17   B. Strickland, ed., On Being a Writer (Cincinnati, OH: Writers Digest Books, 1992).

18   Eagleman, Incognito (see ch. 1, n. 3).

끌리는 이야기는 어떻게 쓰는가

초판 1쇄 발행 2015년 2월 16일
2판 2쇄 발행 2024년 2월 27일

지은이 리사 크론 **옮긴이** 문지혁

발행인 이봉주 **단행본사업본부장** 신동해
편집장 김경림 **편집** 김하나리
디자인 최희종 **마케팅** 최혜진 이은미 **홍보** 정지연
국제업무 김은정 김지민 **제작** 정석훈

브랜드 웅진지식하우스
주소 경기도 파주시 회동길 20
문의전화 031-956-7350(편집) 02-3670-1123(마케팅)
홈페이지 www.wjbooks.co.kr
인스타그램 www.instagram.com/woongjin_readers
페이스북 www.facebook.com/woongjinreaders
블로그 blog.naver.com/wj_booking

발행처 ㈜웅진씽크빅
출판신고 1980년 3월 29일 제406-2007-000046호

한국어판 출판권 ⓒ웅진씽크빅, 2015
ISBN 978-89-01-27935-0 (03800)